U0100831

荆圃倡和集

〔清〕杨芳灿 辑　梁艳 校注

朔方文库

主编　胡玉冰

上海古籍出版社

圖書在版編目(CIP)數據

荆圃倡和集 /（清）楊芳燦輯；梁艷校注. —上海：
上海古籍出版社，2022.8
（朔方文庫）
ISBN 978-7-5732-0337-3

Ⅰ.①荆… Ⅱ.①楊… ②梁… Ⅲ.①古典詩歌－詩
集－中國－清代 Ⅳ.①I222.749

中國版本圖書館 CIP 數據核字(2022)第 103933 號

朔方文庫

荆圃倡和集

〔清〕楊芳燦 輯　　梁 艷 校注
上海古籍出版社出版發行
（上海市閔行區號景路 159 弄 1－5 號 A 座 5F　郵政編碼 201101）
（1）網址：www.guji.com.cn
（2）E-mail：guji1@guji.com.cn
（3）易文網網址：www.ewen.co
上海展强印刷有限公司印刷
開本 710×1000　1/16　印張 18.5　插頁 6　字數 241,000
2022 年 8 月第 1 版　2022 年 8 月第 1 次印刷
ISBN 978-7-5732-0337-3
K・3196　定價：108.00 元
如有質量問題，請與承印公司聯繫
電話：021-66366565

國家社會科學基金重大項目

"《朔方文庫》編纂"（批准號：17ZDA268）經費資助出版

寧夏回族自治區"十三五"重點學科

"中國語言文學"學科建設經費資助出版

寧夏大學"民族學"一流學科群之"中國語言文學"學科

（NXYLXK2017A02）建設經費資助出版

《朔方文庫》委員會名單

學術委員會

主　任：陳育寧

委　員：（按姓氏筆畫排序）

于　亭　呂　健　伏俊璉　杜澤遜　周少川　胡大雷

陳正宏　陳尚君　殷夢霞　郭英德　徐希平　程章燦

賈三强　趙生群　廖可斌　漆永祥　劉天明　羅　豐

編纂委員會

主　編：胡玉冰

委　員：（按姓氏筆畫排序）

丁峰山　田富軍　安正發　李建設　李進增　李學斌

李新貴　邵　敏　胡文波　胡迅雷　徐遠超　馬建民

湯曉芳　劉鴻雁　趙彦龍　薛正昌　韓　超　謝應忠

總　序

陳育寧

寧夏古稱"朔方",地處祖國西部地區,依傍黃河,沃野千里,有"塞上江南"之美譽。她歷史悠久,民族衆多,文化積澱豐厚。在這片土地上產生並留存至今的古代文獻檔案數量衆多、種類豐富,有傳統的經史子集文獻、地方史志文獻、西夏文等古代民族文字文獻、岩畫碑刻等圖像文獻,以及明清、民國時期的公文檔案等,這些文獻檔案記述了寧夏歷朝歷代人們在思想、文化、史學、文學、藝術等各方面的成就,蘊含着豐富而寶貴的、具有地域和民族特色的歷史文化内涵,是中華各民族人民共同的精神和文化財富,保護好、傳承好這批珍貴的文化遺產,守護好各民族共有的精神家園,扎實推進新時期文化的繁榮發展,是寧夏學者義不容辭的擔當。

黨和國家歷來高度重視和關心文化傳承與創新事業,積極鼓勵和支持古籍文獻的收集、保護和整理研究工作,改革開放以來,批准實施了一批文化典籍檔案整理與研究重大項目,取得了一大批重要成果。2017年1月,中共中央辦公廳、國務院辦公廳印發《關於實施中華優秀傳統文化傳承發展工程的意見》,把中華優秀傳統文化的傳承和發展推上了新的歷史高度。《意見》指出,要"實施國家古籍保護工程","加强中華文化典籍整理編纂出版工作"。這給地方文獻檔案的整理研究,帶來了新的機遇。

寧夏作爲西部地區經濟欠發達省份,一直在積極努力地推進優秀傳統文化傳承發展事業。2018年5月,《寧夏回族自治區實施中華優秀傳統文化傳承發展工程方案》和《寧夏回族自治區"十三五"時期文化發展改革規劃綱要》正式印發,爲寧夏文化事業的發展繪就了藍圖。寧夏提出了"小省區也能辦大文化"的理念,决心在地方文化的傳承發展上有所作爲,有大作爲。在地方文獻檔案整理研究方面,寧夏雖資源豐富,但起步較晚,力量不足,國家級項目少。

這種狀況與寧夏對文化事業的發展要求差距不小,亟須迎頭趕上。在充分論證寧夏地方文獻檔案學術價值及整理研究現狀的基礎上,以寧夏大學胡玉冰教授爲首席專家的科研團隊,依托自治區"古文獻整理與地域文化研究"人文社科重點研究基地以及自治區重點學科"中國語言文學"、重點專業"漢語言文學"的人才優勢,全面設計了寧夏地方歷史文獻檔案整理研究與編纂出版的重大項目——《〈朔方文庫〉編纂》,並於 2017 年 11 月申請獲批立項爲國家社科基金重大項目,這一項目的啓動,得到了國家的支持,也有了更高的學術目標要求。

編纂這樣一部大型叢書,涉及文獻數量大、種類多,時間跨度長,且對學科、對專業的要求高,既是整理,更是研究,必須要有長期的學術積累、學術基礎和人才支持。作爲項目主持人,胡玉冰教授 1991 年北京大學畢業後,一直在寧夏從事漢文西夏文獻、西北地方(陝甘寧)文獻、回族文獻等爲主的古文獻整理研究工作,他是寧夏第一位古典文獻專業博士,已主持完成了 4 項國家社科基金項目,包括兩項重點項目,出版學術專著 10 餘部。從 2004 年主持第一項國家社科基金項目開始,到 2017 年"《朔方文庫》編纂"作爲國家社科基金重大項目立項,十多年來,胡玉冰將研究目標一直鎖定在地方文獻與民族文獻領域。其間,他完成的國家社科基金項目結項成果《寧夏古文獻考述》,是第一部對寧夏古文獻進行分類普查、研究,具有較高學術價值的成果,爲全面整理寧夏古文獻提供了可靠的依據;他完成的《傳統典籍中漢文西夏文獻研究》入選《國家社科基金成果文庫》,爲《朔方文庫·漢文西夏史籍編》奠定了研究基礎;他完成出版的《寧夏舊志研究》,基本摸清了寧夏舊志的家底,梳理清楚了寧夏舊志的版本情況,爲《朔方文庫·寧夏舊志編》奠定了研究基礎。在項目實施過程中,胡玉冰注重與教學結合,重視青年人才培養,重視團隊建設。在寧夏大學人文學院,胡玉冰參與創建的西北民族地區語言文學與文獻博士學位點、中國古典文獻學碩士學位點,成爲寧夏培養古典文獻專業高級專門人才的重要陣地。他個人至今已培養研究生 40 多人,這些青年專業人員也成爲《朔方文庫》項目較爲穩定的團隊成員。關注相關學術動態,加強與兄弟省區和高校地方文獻編纂同行的學術交流,汲取學術營養,也是《朔方文庫》在實施過程中很重要的一則經驗。

《朔方文庫》是目前寧夏規模最大的地方文獻整理編纂出版項目,其學術意義與社會意義重大。第一，有助於發掘和整合寧夏地區的文化資源，理清寧夏文脈，拓展對寧夏區情的認識，有利於增强寧夏文化軟實力，提升寧夏的影響力，促進寧夏經濟社會全面發展；第二，有助於深入研究寧夏歷史文化的思想精髓和時代價值，具有歷史學、文學、文獻學、民族學等多學科學術意義，推動寧夏人文學科的建設與發展；第三，有助於推進寧夏高校"雙一流"建設，帶動自治區人文社科重點研究基地、重點學科、重點專業以及學位點建設，對於培養有較高學術素質的地方傳統文化傳承與創新的人才隊伍有積極意義；第四，在實施"一帶一路"倡議大背景下，深入探討民族地區文獻檔案傳承文明、傳播文化的價值，可以更好地爲西部地區擴大對外文化交流提供決策支持。

　　編纂《朔方文庫》，既是堅定文化自信、鑒古開新、傳承和弘揚中華優秀傳統文化的需要，也是服務當下經濟社會文化發展的需要，是一項功在當代、澤溉千秋的文化大業。截至 2019 年 7 月，本重大項目已出版大型叢書兩套、研究著作，依托重大項目完成碩士研究生學位論文 9 篇。叢書《朔方文庫》爲影印類古籍整理成果，按專題分爲《寧夏舊志編》《歷代人物著述編》《漢文西夏史籍編》《寧夏典藏珍稀文獻編》《寧夏專題文獻和文書檔案編》共五編。首批成果共 112 册，收書 146 種。其中《寧夏舊志編》32 册 36 種，《歷代人物著述編》54 册 73 種，《漢文西夏史籍編》15 册 26 種，《寧夏典藏珍稀文獻編》10 册 7 種，《寧夏專題文獻和文書檔案編》1 册 4 種。《寧夏珍稀方志叢刊》共 16 册，爲點校類古籍整理成果，由中國社會科學出版社、上海古籍出版社分別於 2015 年、2018 年出版。《朔方文庫》出版時，恰逢寧夏回族自治區成立 60 周年，這也説明，在寧夏這樣的小省區是可以辦成、而且已經辦成了不少文化大事，對於促進寧夏文化事業的發展、提升寧夏知名度起到了重要作用。同時也要看到，由於基礎薄弱，條件和力量有限，我們還有許多在學術研究和文化建設上想辦、要辦而還未辦的大事在等待着我們。

　　國内出版過多種大型地方文獻的影印類成果，但尚未見相應配套的點校類整理成果。即將由上海古籍出版社推出的《朔方文庫》點校類整理成果，是胡玉冰及其學術團隊在影印類成果的基礎上的再拓展、再創新。從這一點來説，國家社科基金重大項目"《朔方文庫》編纂"開創了一個很好的先例，即在基本完成影印任務的情況下，依托高質量的研究成果，及時推出高質量的點校類整理成果，將極大地便于學界的研究與利用。我相信，《朔方文庫》多類型學術成果的編纂與出版,再一次爲我們提供了經驗,增强了信心,展現了實力。祇要我們放開眼界,集聚力量,發揮優勢,精心設計,培養和選擇好學科帶頭人,一個項目一個項目堅持下去,一個個單項成績的積累,就會給學術文化的整體面貌帶來大的改觀,就會做成"大文化",我們就會做出無愧於寧夏這片熱土、無愧於當今時代的貢獻!

2020 年 7 月於銀川

(陳育寧,教授,博士生導師,寧夏自治區政协原副主席,寧夏大學原黨委書記、校長)

目　　録

總序 ……………………………………………………………… 陳育寧　1

整理説明 …………………………………………………………………… 1

序 …………………………………………………………………………… 1

序 …………………………………………………………………………… 2

荆圃倡和集詩一 …………………………………………………………… 4

荆圃倡和集詩二 ………………………………………………………… 22

荆圃倡和集詩三 ………………………………………………………… 42

荆圃倡和集詩四 ………………………………………………………… 58

荆圃倡和集詩五 ………………………………………………………… 75

荆圃倡和集詩六 ………………………………………………………… 94

荆圃倡和集詩七 ……………………………………………………… 112

荆圃倡和集詩八 ……………………………………………………… 129

荆圃倡和集聯一 ……………………………………………………… 151

荆圃倡和集聯二 ……………………………………………………… 162

荆圃倡和集詞一 ……………………………………………………… 172

荆圃倡和集詞二 ……………………………………………………… 186

荆圃倡和集詞三 ……………………………………………………… 202

荆圃倡和集詞四 ……………………………………………………… 220

荆圃倡和集詞五 ……………………………………………………… 236

荆圃倡和集詞六 ……………………………………………………… 249

附録 ………………………………………………………………… 262

　一、序跋 ………………………………………………………… 262

　二、詩詞評 ……………………………………………………… 264

　三、傳記 ………………………………………………………… 265

參考文獻 …………………………………………………………… 279

整 理 説 明

《荆圃倡和集》十六卷,其中詩十卷,詞六卷,清朝楊芳燦輯。首都圖書館藏嘉慶四年(1799)幼舫本,按"文(陽)""行(春)""忠(白)""信(雪)"分成四冊。半頁十一行,行二十一字。四周單邊,黑口,單魚尾。

楊芳燦(1753—1815),字才叔,一字蓉裳,江蘇金匱(今江蘇無錫市)人,善詩文,尤工駢體,華贍有時譽。《清史稿》卷四八五、《清史列傳》卷七二有傳。乾隆四十三年(1778),應廷試,以拔貢入一等用爲知縣,掣簽赴甘肅,先攝西河、環縣事。四十五年(1780)正式任伏羌(今甘肅甘谷縣)知縣。五十二年(1787),以軍工補靈州知州,監修《靈州志迹》。仁宗嘉慶三年(1798),擢升平涼府權知。四年(1799)初,委署寧夏水利同知,同年因仲弟楊揆出任甘肅布政使,其遵例回避,改捐户部員外郎,在廣東司行走。六年(1801),舉爲《大清會典》纂修官,兩年後升會典館總纂修官。十一年(1806),辭官歸家奔母喪,先後出任衢杭、關中、錦江書院講席。十六年(1811),在蜀參修《四川通志》。二十年(1815)十二月,病逝於安縣(今四川安縣),年六十三。其生平資料參見光緒五年(1879)刻《楊蓉裳先生年譜》,十三年(1887)木活字印本《芙蓉山館自定義年譜》,十四年(1888)楊遂甫等纂修木活字印本《無錫楊氏家譜》,同年楊應坦、楊念祖纂修賜書堂木活字印本《楊氏家譜》及楊芳燦家乘之殘冊《無錫楊氏家乘》等,亦參見《芙蓉山館全集·附録》收録陳文述撰《蓉裳楊公傳》、陳用光撰《墓志銘》、姚椿撰《誥授奉直大夫户部廣東司員外郎楊公墓表》,《碑傳集》卷一〇八趙懷玉撰《户部廣東司員外郎前甘肅靈州知州楊君方燦墓志銘》,光緒七年(1881)刻《無錫金匱縣志·文苑傳》等。

《荆圃倡和集》共詩十卷、詞六卷。卷前有楊芳燦、楊揆序。詩卷一至詩卷八共存詩四百零六首,輯録《北邙山歌》《函谷關》《爲莊恂齊題元池覽古圖》《黄河水橋》《分賦朔方古迹得靈武臺》《過澗歇青銅峽》《受降城》《賀蘭山》等詩作。

詩卷九及詩卷一〇皆爲聯句詩,輯録《崆峒聯句一百韵》《河橋聯句》《蘭山夜集聯句》等詩作。詞卷一至詞卷六共存詞三百八十六首,輯録《摸魚兒·九日蘭山登高》《南鄉子·塞上曲》《繞佛閣·六盤山古寺題壁》等詞作。

《荆圃倡和集》記乾隆五十一年(1786)至嘉慶四年(1799)楊芳燦爲官伏羌、靈州時與仲弟楊揆、郭楷、周爲漢、侯士驤、楊承憲等師友間的詩詞倡和活動及作品。在卷前自序中楊氏稱乾隆丙午(1786)冬,其以伏羌令上計入都,正臘回甘,仲弟荔裳(楊揆)乞假偕出,間有倡和之作。靈州射堂前有隙地,植紫荆數本,枝葉繁茂,荔裳爲題楣額曰爲"荆圃"。後楊芳燦一官靈州,十年不調,與友人分題選韵,月凡三集,所得詩詞輯録而藏,因援例改官部郎,結習所存,不忍弃置,爰綜前後所作,付之剖劂,共十六卷,題曰《荆圃倡和集》。

荆圃倡和是清代乾嘉之際以靈州爲倡和活動中心,在西北文壇規模大、成就高的文人創作群體,倡和的文體詩詞兼有,倡和的作品豐富了寧夏乃至西北古代地域文學的内涵,對其研究具有重要的文學史價值。第一,古代文學研究對結社活動尤其是地方性的文學社群關注不够,對荆圃倡和群體的研究可豐富該領域研究成果,并爲後續研究提供可資利用的研究方法。第二,荆圃倡和群體對寧夏地域文化的書寫體現了寧夏古代文學的活力,真實地反映出文人社會生活、文化性格和審美心理,構建了乾嘉之際寧夏社會風貌的圖景,對其研究可成爲地方史料的有力補充。第三,荆圃群體在寧夏的倡和活動實現了江南文化與西北文化的融合,體現了不同地域間文化的互融互攝,對其研究可清晰地了解南方文人在寧的生存狀況和其對寧夏地域文化的認知過程中對自身文學創作和文藝觀的促進和影響,同時亦可管窺主流文壇對西北文壇的侵入和滲透。第四,荆圃倡和群體文學作品中體現的詩學主張和詞學追求是審視清代中期詩風詞風嬗變不可或缺的參照系,尤其詞學活動發生在浙西詞派和常州詞派交替之際,對清詞的發展和詞壇格局的形成具有促進作用,對其研究可成爲清代文學研究的有力補充。

《聽秋聲館詞話》《楊容裳先生年譜》對《荆圃倡和集》有著録。萬柳《清代詞社研究》有專章研究,王麗娜、杜運威、張瑜婷碩士學位論文論及此集。本次整理,主要以標點、校勘、注釋等方式進行。以清嘉慶四年(1799)幼舫本爲底本,以嘉慶十二年(1807)刻本楊揆《桐華吟館詩稿詞稿文鈔》、道光十四年(1834)刻本楊夒生《真松閣詞》、光緒十七年(1891)無錫劉繼增木活字印本楊芳燦《芙蓉山館詩鈔詞鈔文鈔》爲參校本。據他書附録序跋、楊芳燦生平材料等。

　　附録：《荆圃倡和集》整理研究成果

　　《清代詞社研究》：萬柳撰，中州古籍出版社 2011 年版。

　　《楊芳燦及其詞研究》：王麗娜撰，西南大學中國古代文學專業 2013 屆碩士學位論文，指導教師胥洪泉教授。

　　《楊芳燦及其詩詞研究》：杜運威撰，寧夏大學中國古代文學專業 2014 屆碩士學位論文，指導教師顧建國教授。

　　《楊夒生與嘉道詞壇》：張瑜婷撰，安徽大學中國古代文學專業 2015 屆碩士學位論文，指導教師教師鮑恒教授。

　　《楊芳燦詞輯佚及其價值》：杜運威、叢海霞撰，《嘉興學院學報》2014 年第 1 期。

序

　　乾隆丙午冬，①余以伏羌令上計入都，荔裳時官中書舍人。正臘回甘，荔裳乞假偕出。春明途次，間有倡和之作。嗣余奉檄之任，荔裳兩至官舍，雖相聚不久，而聚輒有詩。靈武射堂前有隙地，植紫荆數本，枝葉繁茂，荔裳爲題楹額曰"荆圃"。公餘歌歡，頗饒真趣。

　　戊申之冬，②荔裳以補官北上。至辛亥臘月，③從嘉勇公出師廓爾喀，道經西寧，始復一晤。荔裳從此馳驅軍旅，迄未少休。而余一官靈武，十年不調，幸邊城事簡，不廢吟咏。既得武威郭進士楷主書院講席，復有侯生士驤、周生爲漢、陸生芝田先後從游。分題選韵，月凡三集，所得詩詞輒録而藏弆之。時兒子承憲亦能把筆矣。迨己未夏五，④荔裳來任甘藩，余援例改官部郎，尚未謁選。夜闌剪燭，每譚往事，忽忽如夢。時老友黃君藥領亦同在官署，以二十年之別，歡然道故，相與賡唱，復得詩詞如千首。結習所存，不忍弃置，爰綜前後所作，付之剞劂，共詩十卷，詞六卷，仍題曰《荆圃倡和集》，識其始也。

　　嘉慶四年十一月，金匱楊芳燦序。

---

① 丙午：乾隆五十一年(1786)。
② 戊申：乾隆五十三年(1788)。
③ 辛亥：乾隆五十六年(1791)。
④ 己未：嘉慶四年(1799)。

序

昔元許左丞可用與其弟可行倡和，楚人馬熙及其子楨與焉，今所傳《圭塘款乃集》皆閑適之作也。蓋其地則平泉綠野，其人如正始、元嘉。機雲之屋，東西求默之山，大小蘭亭，高宴諸子，得預勝流蓮社。佳游門生，亦參末座，烟霞賞會，魚鳥流連。其屬思之清工，非緣處境之超曠歟！

余與伯兄弱歲饑驅，早年薄宦，西羈隴坂，北滯燕臺。夢永嘉之西堂，憶懷遠之故驛，離索之感，殆不可任。既而兄馳上計之車，余守校書之館。第五頡靈臺之下，或十日不炊；董威輦白社之中，無一廛可庇。衡門風雪，相對蕭然。遂乃尋避債之臺，移乞病之牘，同車入洛，聯轡過秦。陟三崤之嶮巇，覽二華之奇秀。蒼茫弔古，怊悵懷鄉，剔蘚看碑，磨厓灑墨。樊川句裏，老樹遺臺；長吉囊中，神林鬼冢。卷中所作，大率羈旅行役居多焉。況復官齋共被，未及三旬，幕府從戎，又逾萬里長征。歲暮，黃河已冰，遠別魂銷，青海無極。空抱矛淅劍炊之懼，[1]愧非投觚擲楯之才。而兄一障空乘，十年不調，原鴒隴雁嗟，予季以來歸。塞草關榆，盻阿干而不見，[2]傷離憶遠，其懷抱更可知也。

今夏，余任甘藩，伯兄視余官舍，塵袂繾捧，離心已攄。爰開庾信之小園，敞潘尼之閑館。洛濱之集，許仲容同游；臨海之詩，屬長瑜共和。水木明瑟，風光淡沱。霞初星晚，不無佇興之辭；花底樽前，時有言懷之作。自謂廿年以來，未見此樂。然而文案鮮暇，邊徼未寧，當赤白囊之交馳，及朱墨圍之錯置，敢耽吟而廢事，聊暇日以銷憂，以視圭塘之嘯歌自適者，其境迴殊，無怪乎言之未能工也。顧篇什漸多，不忍弃置，爰偕伯兄哀輯付梓。而余又量移西蜀，慨官程之莫定，感歡聚之難常。尋篋中之作，每憶前塵，題漢上之襟，預期後會。聊將袍襖抄播掯之詞，偶記年華，當樓羅之歷云爾。

嘉慶四年十二月，金匱楊揆序。

【校勘記】

〔1〕淅：原作“浙”，據《桐華吟館文鈔》卷一《荆圃倡和集序》改。《世説新語·排調》云：“矛頭淅米劍頭炊。”

〔2〕干：《桐華吟館文鈔》卷一《荆圃倡和集序》作“于”。

荆圃倡和集詩一

將發大梁留別方五子雲① 金匱楊芳燦蓉裳

春風吹客襟,春月照離心。堂中紅燭影,座上青琴音。青琴聲促
不能緩,燭影幢幢怨宵短。客中光景彈指過,別君有淚如流波。平生
幾度與君別,秦淮秋水梁園雪。憶昔秦淮握手時,傾心倒意不自知。
春衫典去換美酒,彩箋分得吟新詩。雨花岡頭瓦官閣,痛飲酣歌樂相
樂。人生會合那可常,萬里我忽行伊涼。感君送我出江氾,我別君行
非得已。故山猿鶴莫相嘲,奉檄知余爲親喜。迢迢邊徼滯一官,六盤
九折關山難。風波歷盡一身在,空囊仍復憂饑寒。十年對君夢中面,
昨歲梁園忽相見。愧我真成失旦雞,憐君又作依人燕。翹材館裏去
復來,今來正值園花開。花枝滿園春色好,節使憐才古來少。淹留三
十日,日日相追隨。風塵莫訝客心急,簡書自畏官程遲。黃河遠上秦
關路,我行正溯黃河去。萬里相望共此心,莫忘名山讀書處。

同作[1] 金匱楊揆②荔裳

君如春江魚,自惜白錦鱗。但飲長江水,不知陌上塵。我如北飛

---

① 方五子雲即方正澍(1743—1809),一名正添,字子雲,歙縣(今安徽歙縣)人,國子生。寓
居金陵(今江蘇南京),學詩於何士顒,與何士顒、陳毅并稱爲金陵詩人。與袁枚激揚風雅,争長詩
壇,畢沅選刻《吴會英才集》,以正澍爲第一,著有《伴香閣詩》。生平參見《清史列傳》卷七二。

② 楊揆(1760—1804),字同叔,號荔裳,楊芳燦二弟,江蘇常州金匱縣(今無錫)人。乾隆四十五
年(1780)招試,欽取一等第四名,恩賜舉人,授内閣中書。後從衛藏,歷任四川按察使、甘肅布政使、四
川布政使。著有《桐華吟館詩稿》十二卷、《桐華吟館詞稿》二卷、《桐華吟館文鈔》一卷,另有《衛藏紀聞》
一卷。生平參見《〔光緒〕無錫金匱縣志》卷二十《宦望》、《清史稿》卷四八五、《清史列傳》卷七二、《國朝
先正事略》卷四四,另有趙懷玉《四川布政使楊公揆墓志銘》、秦瀛《四川布政使荔裳楊君墓志銘》。

烏，慚無好毛羽。空擇上林枝，難爲夜啼苦。魚游既忘歸，寧憶江水深。烏飛更無定，寧戀嘉樹陰。浮沉各十年，千里同寸心。同心不得見，展轉勞相尋。同心忽相見，欲語情何限。爲我飭齋厨，良宵促高宴。座中孫與洪，謂洪大稚存、[①]孫大淵如。[②] 逸興凌滄洲。手把芙蓉花，邀我紫府游。我言青雲上，欲去路阻修。空持雕玉管，送上緑瓊輈。惟君托蓮幕，高卧安疏慵。不攀淮南桂，惟聽嵩陽鐘。開府擁節旄，當代推巨公。謂弇山中丞。[③] 風雅賴總持，賓客鄒枚同。愛君禮節疏，長揖殊雍容。[2]誦君篋中詩，謂侔古人作。精思工組織，秀語自鐫削。鵷雛具五色，文采寒不落。置君江鮑間，顔色定無怍。以此增感激，肝膽向座傾。逢余却談笑，同上信陵亭。層城楊柳枝，青青覆春草。君滯洛陽城，我涉秦關道。長路極風沙，何由放懷抱。惘惘迫中年，春華坐枯槁。却憶江南樂，秦淮舊酒鑪。木蘭雙畫槳，沽酒脱明珠。綽約吴姬艷，玲瓏結綺疏。勝游還自選，俊侣每相於。共有閑情在，寧教治習除。歡場鎮追逐，昔别祇須史。魚游歸有時，烏飛渺何許。

---

① 洪大稚存即洪亮吉（1746—1809），字禮吉，號稚存，又字君直，號北江，晚號更生居士。江蘇常州府陽湖人，乾隆五十五年（1790）榜眼，授翰林院編修，官至貴州學政，以博學工詩兼擅駢體文辭著稱，一生著述豐碩，有《北江詩話》《更生齋詩餘》等集存世。生平參見吕培纂修《洪北江先生年譜》、《清史稿》卷三五六、張維屏《國朝詩人徵略》卷四七、趙懷玉《皇清奉直大夫翰林院編修洪君墓志銘》、謝階樹《洪稚存先生傳》。

② 孫大淵如即孫星衍（1753—1818），字淵如，别字季述、伯淵，江蘇常州府陽湖人。乾隆五十二年（1787）以一甲二名進士及第，授翰林院編修，歷官刑部主事、員外郎。嘉慶十六年（1811），任代山東布政使時稱病請假回鄉。三年後客居揚州，參與校刊《全唐文》。嘉慶二十三年（1818）卒。孫星衍與楊芳燦相交，《楊蓉裳先生年譜》載"乾隆三十七年壬辰（1772），在澄江與邵星城辰焕、儲玉琴潤書、孫淵如星衍、吕映薇星垣定交"。時楊芳燦二十歲。生平參見《清史稿》卷四八一，《清史列傳》卷六九，張紹南編、王德福續《孫淵如先生年譜》。

③ 弇山中丞即畢沅（1730—1797），字纕蘅，一字湘衡，號秋帆，又號弇山，因從沈德潛學於蘇州靈巖山，又自號靈巖山人，江蘇鎮洋（今屬太倉）人。乾隆二十年（1755）以舉人補内閣中書，入值軍機處。二十五年（1760）進士，狀元及第，授翰林院編修。三十六年（1771）任陝西按察使，三十八年（1773）擢陝西巡撫。五十年（1785）官河南巡撫，次年擢湖廣總督。嘉慶元年（1796）賞輕車都尉世襲，二年（1797）病逝於湖南辰州官署，贈太子太保，賜祭葬。死後二年，因案牽連，被抄家，革世職。著有《靈巖山人詩集》四十卷、《靈巖山人文集》四十卷等。生平參見《清史稿》卷三三二、《清史列传》卷三十、史善長《弇山畢公年譜》。

金陵六朝山，我願移家住。試問秦淮水，春來幾度潮。因君今夜夢，同到赤欄橋。

王二秋塍招同方五子雲携酒過寓話別同用昌黎
寒食日出游韵　楊芳燦

梁園小住人移病，百五初過花事盛。連朝微雨快新晴，鄰屋紅桃一枝映。挈榼欣逢吟伴來，杜門懶與春人競。張筵樹底引深杯，擊缽風前促高咏。憶得前番展歡宴，元夜明蟾影端正。愁裏韶光匆月過，客中良會今宵更。人生離合信非偶，散雪搏沙總關命。宗工爲主珠槃會，藝苑獨持威斗柄。謂弇山師。① 共聯雁序洵有情，得傍龍門還自慶。才名夙著識元英，子雲。② 家學舊傅推子敬。秋塍。③ 忽憶洪稚存。孫淵如。先我去，④北望燕臺路修復。當時入座誇作達，惟爾銜杯能樂聖。二君豪於飲。是日，余與在座諸君皆不善飲也。別來雲樹苦懷思，何日風萍重合併。登山臨水惜年華，怨別傷春損情性。感君溫語慰勞人，長途珍重春風橫。青琴如訴聲欲希，紅燭多情泪齊迸。晴雲忽散萬重波，皎月初升半規鏡。川原浩蕩吾欲行，騷雅風流子爲政。夜闌別語倍纏綿，醉後吟懷轉豪勁。離居莫忘數寄書，隴雁飛時及秋令。

同作[3]　楊揆

花時有酒寧辭病，正值梁園賓客盛。故人携榼來款門，朗朗玉山相照映。風流未許久寥寂，枚馬前塵共追競。遠游愧我筆硯疏，敢索枯腸鬥新咏。高調爭誇商羽和，孤軍特出旌旗正。東華聯句夜燃燭，

---

① 弇山師即畢沅，生平詳見前。
② 子雲即方正澍，生平詳見前。
③ 秋塍即王斯年，號海村，浙江杭州海寧縣人，僑寓錢塘。著有《秋塍書屋詩文鈔》。
④ 稚存即洪亮吉，生平詳見前；淵如即孫星衍，生平詳見前。

良會今宵始能更。丁酉,①與秋塍同客都門,曾於述庵師寓齋聯句。②十年遠別勞
相憶,匝月重逢信闕命。譬如躔次聚星辰,有物暗中持厥柄。休言跳
蕩遜疇昔,舉白當筵且相慶。題襟況復共方干,總角論交等兄敬。劇
愁去去未能住,西指秦關路邅復。長貧誰念臣朔飢,罷飲懶中徐邈
聖。[4]鶯飛草長春幾許,客思鄉愁浩相併。爲君此夕聊放懷,作達須
教任天性。清明寒食忽忽過,幸少風狂兼雨橫。籠烟堤柳綠自媚,得
氣林花紅欲迸。只嫌長夜越三五,缺月窺人不成鏡。苦吟急若追宿
逋,險韵愁如被苛政。談深休慮燭跋見,醉裏偏餘筆鋒勁。朝來襆被
又登車,共惜分携負佳令。

信陵亭　楊芳燦

信陵墳上居人耕,信陵亭下春草生。身後凄凉竟如此,當時名冠
四公子。虎符半夜出宮闈,談笑已解邯鄲圍。羨君結客得客力,朱亥
侯嬴盡人杰。功高名重亦自疑,君今持此將安歸。婦人醇酒樂復樂,
英雄末路良不惡。

同作　楊揆

偶登信陵亭,訪古溯遺迹。雄心俠骨已成塵,惟見茸茸草萋碧。
千金招客華筵開,滿堂劍履同裏裏。日中自枉車騎過,夜半乃得兵符
來。十年留趙歸難請,海內論交重名姓。一士惟看朱亥俱,四君漫許
春申并。英雄末路愁復愁,爲君清泪緣纓流。須知醇酒傷心物,澆土
休同酹趙州。

---

① 丁酉:乾隆四十二年(1777)。

② 述庵師即王昶。王昶(1724—1806),字德甫,一字琴德,號述庵,又稱蘭泉先生,江蘇青
浦(今屬上海)人。乾隆十九年(1754)進士,官至刑部右侍郎。於學無所不通,著作甚豐,有《春融
堂詩文詞集》《金石萃編》《湖海詩傳》《湖海文傳》《國朝詞綜》《明詞綜》《征緬紀聞》《滇行日録》《青
浦縣志》等著行世。生平參見《〔光緒〕青浦縣志》卷二一、嚴榮《述庵先生年譜》、《清史稿》卷三〇
五、《國朝耆獻類徵出編》卷五三、《碑傳集·清故光禄大夫刑部右侍郎王述庵先生墓志銘》。

滎陽城　楊芳燦

滎陽城，一丸土，劉項當年戰爭所。重瞳叱咤氣如虎，隆準倉黃棄翁姥。苟嬰城，信誑楚，抍將朽骨付灰烟，不惜微軀委刀俎。慷慨孤忠心獨苦，我陟高原更懷古。滎陽城，深且阻，西成皋，北修武。

同作　楊揆

滎陽城，地險設，廣武成皋近相接。秦時失鹿走此城，孤城百戰楚漢爭，楚人夜呼漢將驚。楚方强，漢不利，將軍誑楚出奇計。楚人何愚漢人狡，寧有降車懸左纛。鴻門間道夜亡歸，故智區區豈難料？嗚呼！城失守，君得生。紀信死，周苛烹。漢家成敗縱天幸，慷慨兩生功莫并。

鄭州道中　楊芳燦

韶光九十春難住，行子無端逐春去。空向郵亭縮玉鞭，柳條不繫游絲住。花枝搖紅出短墙，烟絲蕩漾春風香。啼鶯乳燕莫相惱，客路風烟易斷腸。客心不耐花時節，况是花時偏惜別。剩有吳山入夢青，那堪秦樹連愁碧。連朝新雨細如塵，溱洧交流蕩遠春。可惜清明兼上巳，閑情都付采蘭人。

同作　楊揆

短轅兀兀村烟暝，雨聲催夢復催醒。誰家墻角開野桃，時向征衫墮紅影。征衫日日吹遠塵，花開不作紅樓春。道傍鄰鄰長春水，上巳行人渡溱洧。

北邙山歌[5]　楊芳燦

北邙山前小家住，今人耕耘昔人墓。山頭日日驅柳車，新鬼復奪故鬼居。烟林蒙密變風景，瑟瑟回飆捲衣冷。草碧猶疑古血痕，山青却想春魂影。禁人樵采幾荒塋，幾處行人下馬陵。須信黃壚三尺土，從來埋骨不埋名。不然寂寞歸丘隴，七貴三公何足重。斷碣空鐫蝌蚪文，劫灰那辨麒麟冢。北邙山勢高嵯峨，當年歸骨公卿多。只今同盡逐螻蟻，詎有姓氏留山阿。山空日落無人語，客子搖鞭背山去。一徑紅飄鬼客花，怪禽啼上山頭樹。

同作　楊揆

車鄰鄰，上北邙，後連成皋前太行。山深土厚不見石，惟有青櫟攢高岡。道傍麒麟左枝折，[6]碑碣模糊斷三尺。千年埋骨山不高，朽骨於山總無益。野烟滿地春冥冥，土花斑剝生古青。夜深飛雨入叢莽，瘦馬時踏殘磷行。北邙山下歸魂路，蒿里歌殘歌薤露。今人墓頭犁作田，後人田邊復成墓。花枝正好酒正醇，有酒須醉花前春。此間多少冥漠君，盡是當日看花人。花開花落最堪惜，不獨春人愛顏色。靈風上樹飄鬼桃，一種穠華攀不得。登北邙，心爲勞。前太行，後成皋。千乘萬騎隨烟消，拍手漫聽兒童謠。

河陽縣　楊芳燦

洛南壖，河北岸，舊是潘郎種花縣。少年專城任六雄，薦牘乃出魯武公。人言桃李花如纈，我識河陽總荊棘。官今種怨不種恩，孫令周旋記疇昔。一生乾没無已時，禍機猝發那得知。朝豪家，暮公府，高情自愧閑居賦。世間富貴盡空花，可惜種花人不悟。

同作　楊揆

行縣人羨看花輿，入市人羨擲果車。潘郎三十專城居，河陽花開錦不如。三遷八徙官，陋身苦難保。養拙慕寧蘧，知機何不早？二十四友誇結交，閑居一賦空自高。人生結交休結貴，人生結交休結賄。結賄惟餘白首悲，結貴徒勞望塵拜。衹今河陽城，無復河陽花，時平四野俱桑麻。區區此意應易識，從古種花非治績。

金谷園　楊芳燦

春酒美,園花開,二十四友連鑣來。朝歌停,夜弦續,主人留賓宴金谷。花枝滿堂羅綺陳,勸酒便殺彈箏人。驕奢意氣干青雲,一日謂足當千春。寧知轉眼繁華改,無萬家財散奴輩。陌上千絲錦障收,樓頭一斛明珠碎。我來駐馬洛城東,惆悵無人識舊踪。剩有東風芳草外,衰桃一樹委愁紅。

同作　楊揆

石家衛尉真豪華,春風開遍園中花。園花朝開暮還落,曾見花間起樓閣。筵前碎擊紅珊瑚,樓上一斛傾明珠。珊瑚碎紅珠碎綠,何處更償珠一斛。繁華過眼成古春,當時下拜空望塵。明珠幸未落人手,市上不須悲白首。

熊耳山　楊芳燦

山形如熊蹲,雙耳破空插。崢嶸信殊狀,詭異非恒法。洞黑衆壑深,層青兩崖夾。嶄然聳奇秀,不受嵩華挾。驅車未敢上,輪輻恐摧壓。徒行升層巔,腰腳苦疲苶。一重復一掩,出峽還入峽。古樹鬼攫人,巨石虎離柙。俯瞰洛水源,涓涓細流狹。出山才一掬,繞澗忽百匝。炎劉龍戰地,高積宜陽甲。誰驅百兜鍪,破此千鞬鞈?時平弗置防,投足心尚怯。轉鬥想當年,地險安可狎?流雲暗亭午,飛雨來一霎。仄徑泥漸深,却行力已乏。漫作勞者歌,山空響相答。

同作　楊揆

名山古熊耳,禹迹詳紀載。地據嵩華交,星辨井柳會。衆峰互迴抱,百里相向背。中見雙崖披,半壁色純黛。車輪愁欲脫,馬力行苦憊。摩空磴道盤,危步展齒礙。疏花拆林紅,[7]驚羽墮巖翠。下視浮濠流,出澗僅如帶。隨山三百折,始與洛水匯。中原苦平衍,到此意殊快。全秦收不得,奇秀落關外。長空捲層陰,絶壑忽晝晦。飛雲入太行,流影過衣袂。因知二陵近,風雨如有待。循途陟高岡,勇進非敢退。投足得山坳,漫告僕夫瘁。

函谷關　楊芳燦

函關何雄雄,蛇勢走秦中。黃河百折繞關下,關路西上河流東。中原到此疑無地,人馬延緣入空際。雙峽天爭一綫青,關頭盡日流雲氣。隘口置一卒,萬夫詎能來?丸泥封不住,畢竟非雄才。猶龍不見周柱史,落日餘霞半空紫。車中讀罷《五千言》,篋底更翻《關尹子》。

同作　楊揆

驅車函谷關,深塹如落井。延緣容窄步,仄路盤徬徨。全秦門戶一綫開,山勢直壓中原來。丸泥隘口封不住,守險可惜無奇才。[8]東來更問青牛迹,人世茫茫經浩劫。關河百二空復雄,道德五千長不滅。

潼關門　楊芳燦

朝輝出東峰,先射關門扇。河流正當關,一面三晋雲山望中見。風陵渡口波濤驚,空烟水氣朝冥冥。萬舟掭拖未敢發,逼岸恐有魚龍行。我行駐馬層坡上,飽看蓮花西岳掌。關前巨石屹若山,欲擬孟陽銘劍關。古來設險竟何益,此地雄師屢顛蹶。我朝威靈聾西極,須識時平由帝力。潼關門,闔且開,坐看西陲萬國梯航來。

同作　楊揆

函關西上潼關來,旭日正射關門開。門開四扇城百雉,迢遞層坡屹山崿。漢唐設險憑此關,連營甲騎屯如山。時平無處問殘壘,但見長河萬斛波回環。長河當風陵,雙峽險初脱。青山轉處有餘力,山束千重河一折。中流無風,時噴怒濤。[9]重舸徑下,長墻動搖。[10]昨宵我住嚴關下,愁聽驚流夢中瀉。河流東注我向西,曉上關頭看太華。

華陰廟[11]　楊芳燦

夙慕尚子平,名山寄真賞。中年婚嫁畢,挈侶遂長往。更羨宗少文,襟情極蕭爽。神游五岳間,撫琴衆山響。羌余山水癖,少小誇倜儻。所恨窘方隅,兼之墮塵坱。作吏西入關,差喜聞見廣。關中群山圍,太華獨雄長。排空一石起,杰特非鹵莽。金精自凝結,元氣孰陶甋。三峰類削成,直上無寸枉。偉哉造化工,奇觀世無兩。惜無雙飛翼,安得九節杖。乃知濟勝具,天賦誰能強。金天有清廟,結構極宏敞。前年詔修葺,賜金出官帑。三成構臺殿,十萬散緡緔。精鏐甃階戺,文石雕礎磉。洞户綴金樞,[12]高欄冪珠網。莊嚴秉珪珇,肅穆垂帷幌。甲夜群真朝,申裡百靈饗。陰廊夾砧斧,峻壁圖魍魎。刑神司震攄,氛祲歸滌蕩。松槐栝柏古,秦漢商周上。風霜超浩劫,烟露資幽養。昂藏萬夫特,森陳五兵仗。支祁形譎詭,防風骨骯髒。利爪紛攫拿,拗肉立崛強。礪角困猶鬥,捽頭怒而搶。揖讓賓盈廷,抱負兒在襁。騢目洵可呀,撟舌不容獎。杰閣凌重霄,蒼翠塞檐響。地勢據嶢崢,天容肅清郎。拓拓層雲開,輝輝朝日昺。眼力窮微茫,心神交炫晃。岳靈如慰我,軒豁呈萬象。危簪法吏冠,高擎巨靈掌。蕣收倚長劍,玉女披華氅。峨峨青菡萏,拔地五千丈。蓮房嵌明星,荷蓋承清沆。中空如藕竅,呀開映蕩蕩。飛仙所栖息,巖竇列銀牓。當關踞暗虎,遮道橫修蟒。絕境夢中游,真人天際想。雲松知此意,笙鶴招吾黨。家世本西秦,名德溯疇曩。華井吾故山,神皋吾舊壤。淵明里是栗,摩詰川名輞。如何買山志,到此轉迷罔。徘徊未忍去,却立神懭恍。慷慨自盟心,齊邀重叩顙。願誅茅數椽,更辦屐幾緉。投老好餐霞,忍飢甘拾橡。塵纓苦束縛,生事方勞攘。茲懷恐難遂,高吟徒技癢。登車紀奇勝,什一存仿像。去矣意未申,懷哉首空仰。

同作　楊揆

余夙隘井閈,却曲憚遠行。茲來陟秦川,放眼蓮華青。驅車駐山脚，巖扉洞無扄。天梯五千仞，[13]雷雨絕壁生，衆峰相回環，暝晦皆殊形。顧非餐霞儔，筋骨何能輕？空携綠玉杖，盼斷青柯坪。下築神景宮，序嶅堂廡成。岳靈所妥侑，金碧輝峥嶸。初行緣修廊，漸入登廣庭。回飈吹罘罳，鏦鐸聲瓏玲。檐鴟危欲啄，鐶獸蹲而獰。玉座居其中，群真肅垂纓。寢殿閟青瑣，石匱藏丹經。深窺怯窅窱，載拜通精誠。投壺玉女笑，奉劍金人迎。傍爲百靈趨，刻畫窮幽冥。凝睛碧睒睗，[14]植髮紅髼鬙。清鐘亭午來，如有潛魅聽。就視膽真慄，將回心未寧。階前松柏槐，霜霰無年齡。羅列如鼎彝，一一商周呈。義牙戟枝立，突兀槍幹撑。虯皮騰矯矯，虎爪舒棱棱。三尋蕩黑稍，百尺揚翠旍。枯柯發簫籟，嘹亮涵金笙。全敧神斧斫，半折鬼臂擎。强與春風期，空際吹幽馨。低檐落蒼翠，時向衣裾明。驚狌乍彈舌，巢鶴還遺翎。羌余嗜登歷，足繭無時停。一泓俯澄沼，千級凌飛甍。三霄噓吸通，杰閣何伶俜。層崖自開展，了了芙蓉屏。流雲若波濤，出入相洄渟。行思集仙侶，廣樂聽韶韺。如何咫尺間，黯慘生風霆。半空飛雨來，中帶龍涎腥。下視千虬枝，拿攫升滄溟。心旌自搖搖，回伴殿角鈴。長吟步虛詞，欲仿新宮銘。凡才愧蕪陋，應謝山元卿。

同作　　金匱楊棻①賓谷

我昔游泰山，山擁廟之後。廟中樹石奇，廟後烟巒縐。今來謁華陰，朝山妥崇構。高闕排嵯峨，雙標鐵竿瘦。門樓萬罌飛，垣墉屹深甃。贔屓森穿碑，龍蛇紆篆籀。一殿一重天，參差列星宿。瑶珉爲階墀，瑪瑙爲檐霤。金霞幕罘罳，珠蕊貼黼繡。靈石幻蹲人，枯柯賊立獸。頹僵疑敗腐，飛蠹備皴皺。槐柏秦漢唐，禇抱間榆檽。抱子更抱孫，獨幹枝層茂。包孕胡特神，如彼孳彀毂。軒舉或上冲，樸僕或前仆。苟非目見之，聞或嗤悠謬。杰閣入雲霄，欄楯互環凑。登望眼乍

---

①　楊棻即楊芳燦族叔。國子生，以能詩名，性伉直，乾隆四十五年臨雍獻頌，賜銀兩，著有《賜硯齋詩》。《楊蓉裳先生年譜》載："乾隆五十五年庚戌(1790)，在靈州，賓谷叔到署，主講奎文書院。"次年三月，賓谷南歸。生平參見《〔光緒〕無錫金匱縣志》卷二二《文苑》。

明，豁爽心無疢。全岳正當胸，中鍵支載覆。頭角骨崢嶸，腹背魄堅厚。神工逞斤斧，鬼匠鄙雕鏤。帝皞與蓐收，練武貫甲冑。疑昔共工逃，三騎怒欲驟。拔劍萬仞强，用矛一尖透。巨掌揭斗杓，寒芒逼衣袖。峰峰撑青旻，面面削紫堠。浩氣塞兩間，上極無聲臭。日月互蔽虧，陰陽相雜糅。雕摩屢前却，風勁忽回鬥。磅礴積扶輿，噓息泯粗陋。石濤起落中，芙蓉吐韶秀。蓮西雲類倏，蓮南雲肖鷇。蓮東雲藻摘，蓮北雲波逗。丹白暨蒼赭，花光變昏晝。雨露不輕濡，恩膏天特祐。大巧無巧名，奇勛自然奏。兩峭胥頡頏，仙境列左右。想見結撰初，縹緲闢巖竇。松喬時憩游，鶴鹿當靈囿。拾橡分棗梨，役使給猿狖。長醉沉瀏杯，不數中山酎。深洞幾敲棋，人寰換甲戌。桃李外繁霜，嚴冬春氣候。安知世上人，勞勞厭僝僽。我來氣不揚，骨與岳長幼。履舄香霏微，襟袂風颼飀。舒嘯招鸞凰，清泠口若漱。依依久凝眺，如兒戀保姆。欲下翻勞心，踟躕步三復。還出來時途，諸勝迭受授。千態并萬狀，一一重邂逅。慷慨念吾生，塵沙漫奔走。人無樹之年，樹無山之壽。庶幾長不衰，或恃文章富。韓歐及李杜，光焰騰宇宙。當其氣力雄，太華作登豆。至今數先生，開卷亦既覯。對此突兀形，仰止情益戀。旅舍爲追摹，伸紙紀元繇。夜半催升車，蒼茫夢巖岫。

爲莊恂齋題元池覽古圖　楊芳燦

　　濠梁公子才無敵，文工畫妙各臻極。韓句。① 胸中邱壑能位置，筆底濤瀾爭蕩激。朅來示我尺幅圖，烟林峭蒨雲模曲。歷歷前塵數游躅，節使聲華并斗山。宰官才地如冰玉，命儔真與鮑謝侔。探奇肯作蘇章續，郎君下筆衆所驚。座客傅觴遞相屬，嚴維五字嘆欲絶，洪厓

---

　　① 文工畫妙各臻極：出唐代韓愈《桃源圖》詩"南宫先生忻得之，波濤入筆驅文辭。文工畫妙各臻極，異境恍惚移於斯"句。

千言味不足。_{嚴冬友、①洪稚存二君詩最工。}古來勝境須勝游，不爾政恐山靈愁。如君紀勝得此卷，定許來者傳風流。展罷君圖讀君記，範水模山寫靈秘。穆滿重來黃竹枯，秦娥久去丹樓閉。廣樂惟餘㶁㶁聲，頹宮空想流雲氣。仙真人道證虛無，石室譚經辦同異。文奇何必追樊韓，筆妙何必師荆關。天機到處筆力赴，着我蕭瑟泓崢間。還君此圖三嘆息，笑我空耽山水癖。兩脚風塵苦未閑，百年婚嫁何時畢。五岳神游宗少文，撫琴動操衆山聞。夢餘倘入仙都去，借爾元池一片雲。

同作[15]　楊揆

勝日事游遨，仙都接近郊。山容環屈曲，樹色擁周遭。訪古意彌愜，尋幽興正饒。遠覓周王竹，還聆秦女簫。雲氣龍歸澗，風聲鶴定巢。飛泉縈石腹，孤塔露松梢。良朋盛裙屐，高宴駐旌旄。山靈久相識，應煩點素豪。踪迹已疇曩，披圖堪卧游。千盤濃綠聚，尺幅衆青收。飛梁架空影，洞壑閟寒湫。惆悵丹樓古，沿緣石室幽。閑雲衣上落，空翠屐邊浮。蘇章昔回步，橋畔記淹留。

欽叔三弟二十生朝詩以勉之②　楊芳燦

我誦《曲臺禮》，二十日弱冠。人生值兹辰，譬如日初旦。鼎鼎年華過，嶷嶷頭角換。培風看鷟翾，箾雲試駒汗。開觴壽予季，梨棗羅几案。堂前拜家慶，共博慈顏粲。我年二十時，兀兀事豪翰。一出違

----

① 嚴冬友即嚴長明（1731—1787），字冬友（一作東有），號道甫、用晦，秦中贅叟，清代江寧（今江蘇南京）人。乾隆二十七年（1762），高宗南巡至揚州，以諸生進呈所著詩文。三月，召試南京鐘山書院，特賜舉人，授官內閣中書。後入值軍機處，充任章京。乾隆三十六年（1771），擢內閣侍讀，兼《一統志》纂修官。乾隆三十八歲（1773），辭官奔喪回寧。乾隆四十年（1775），應陝西巡撫畢沅約，西游秦中近十載。晚年東下安徽合肥，主講廬陽書院。乾隆五十二年（1787），卒於合肥。嚴長明著述頗豐，有《西安府志》八十卷、《漢中府志》四十卷、《歸求草堂詩集》、《歸求草堂文集》等二十餘種。生平參見《〔嘉慶〕新修江寧府志》卷五四、《〔同治〕上江兩縣志》卷一二、《清史稿》卷四八五、《國朝先正事略》卷四二、《清史列傳》卷七二、《國朝耆獻類徵初編》卷一四六、錢大昕《潛研堂文集·內閣侍讀嚴道甫傳》、姚鼐《惜抱軒詩文集·嚴冬友墓志銘》。
② 三弟即楊芳燦弟楊英燦。生平詳見本集詞卷二《蘇幕遮》詞"楊英燦"條。

初心，風塵逐瀾漫。仲兄二十餘，校書入芸館。索米忍長飢，健足轉羈絆。兩昆少孤貧，況復困憂患。唯有文字緣，未使一日斷。卷無崔儦千，學愧袁豹半。歌吟時自喜，嘲誚非所憚。家門本儒素，身手苦疲懦。既未習蹶張，又不工權算。舍此無可爲，恐負七尺幹。爾才非朽鈍，爾氣亦精悍。惟患學不專，多好乃殽亂。如駕勿蹇馳，如耕勿越畔。攻瑕玉受礪，淬鍔金出鍛。日月如跳丸，入手難把玩。精勤未爲晚，蹉跎真可惋。但使一經傳，何必六藝貫。努力事丹鉛，相期在霄漢。

同作[16]　楊揆

余生二十時，志氣本佁儗。浪迹燕趙交，少學慚蕪穢。一官幸通籍，索米頗不耐。去日行漸多，來日空自愛。如舟溯流上，不進勢則退。君今年始冠，才足邁流輩。詎有門鳳譏，曾擅家禽對。一燈記相共，君卬我猶佩。漂零不十年，我負君任戴。我家昔中落，生計日憔悴。百口恃長兄，衰門復多累。臨晨辦葅鹽，隔宿斷鮭菜。本無田負郭，非不把鋤末。窮年事鉛槧，老屋遠闤闠。兄才實騰踔，余力愧不逮。千秋名山業，一世青雲睐。寧云升斗微，奉檄爲親在。憐君侍兄側，兼得荷慈誨。及此顏正韶，敢惜掌俱瘁。惟余久飄泊，遠首使心痗。依依戀晨昏，切切念兄妹。兹吟謝池句，伸紙喜復憬。危詞苦相勖，深恐後時悔。日出與炳燭，事半功乃倍。我亦有喻言，書紳冀同采。種松山之阿，樹萱堂之背。托根雖得地，何可忘灌溉。種木勿種樗，樹芳休樹艾。物理有因依，結交重其類。區區須努力，[17] 所望及鋒淬。無令慕紛華，潛修寸陰貴。

伏羌官舍中秋同荔裳二弟玩月因成長句　楊芳燦

月輪軋露離雲罅，濕翠團光相激射。曲廊風細上燈初，小院凉生卷簾乍。星楡歷歷入池動，烟篠離離傍欄亞。鏡影圓明彩暈銷，瓦光浮動金波瀉。高興寧誇庾亮樓，佳游不數陳王榭。天涯兄弟欣聚首，促坐開筵相慰藉。由來傲吏耽閑適，況是山城值休暇。當關且勿持事來，一夕清歡天許借。却憶連年怨暌隔，每逢佳節翻悲咤。小劫倉黃噩夢過，素衣惆悵緇塵化。欲訴離怦泪潛墮，未提往事心先怕。餘生何幸有今年，伯歌季舞同官舍。歡向高堂共捧觴，狂携小弟呼行炙。謂欽叔三弟。奪棗爭梨阿袞驕，燃脂弄墨平陽姹。詩債能償那肯遲，風光可買應無價。過雲妙曲圍絲竹，伴月名香爇蘭麝。擬將好語達瓊宮，各抱深衷待飆駕。下士無能望豈奢，書生有願言非詐。不羨鵬從溟海游，詎思鶴向揚州跨。已拚失脚墮塵埃，早乞閑身返耕稼。繞屋松篁覓故園，對床風雨消清夜。三生慧業付琴書，五岳靈踪畢婚嫁。鳳泊鸞飄定見憐，雲愁海思寧垂訝。忽聽銅壺急漏催，頻看銀濁高花卸。預籌良會明宵續，猶恐樂事前塵謝。深杯瀲灩且莫停，情話纏綿未能罷。詩筆拈來似有神，天香法樂從空下。

同作[18]　楊揆

新涼一榻桃笙展，[19]寂寂衙齋類荒館。劇憐佳節到中秋，獨抱閑愁深繾綣。兄來喚我還强起，七尺風廊簾盡捲。肯因病肺息香篝，且喜湔腸憑酒碗。亭亭桂影起端正，似恐玉輪遲不轉。清輝少頃流漸多，應費姮娥手親浣。一年看月惟此夕，明日欲虧昨未滿。百年此夕復有幾，風雨陰晴况難算。兄憐與我久暌隔，歲歲關河望凄斷。可堪撫景太匆匆，須屬臨觴歌緩緩。夜深官閣并羸影，時聽銅壺漏長短。繁霜漸白覺瓦涼，細草尚青知地暖。微吟倚壁不成句，略惜天涯少吟伴。參差雲樹滿城寒，那有幽人戶容款。商量還作少年計，祀月一壇香噴篆。堆盤瑣碎乞梨栗，祝向月明辭更婉。腰圍金帶足珠履，我輩中人定應罕。半生微尚祇漁樵，願得行踪免疲喘。團團兄弟各相守，炊罷雕胡烹野荈。五雲深處自樓臺，我縱欲歸知路遠。區區此意幸深許，識我粗疏非怯懦。樽前有酒爲兄酌，[20]話到無能同笑莞。片雲西上月將斜，嗚咽芒城奏羌管。

爲石三午橋題畫册四首　楊芳燦

和風吹綻千花色，暖氣融調百禽舌。花枝照眼明如纈，鳥語清圓勝箏笛。春花看紅兼看白，春鳥聽鶯莫聽鴂。幽人自蠟行春屐，脫帽科頭踞盤石。聊憑花鳥消岑寂，別有襟懷向誰說？鶺鴒原上棠棣花，知君久客還思家，鳥啼花落頻嗟呀。持尊酒，念兄弟，故園渺在天之涯。右題友于花鳥册。

江村地僻柴門回，竹閣三椽小於艇。瓊田一碧彌千頃，出水鞭蕖曉妝靚。明玕亭亭自修整，繞屋參差綠雲冷。閨中清課耽虛靜，偶畫棋圖消晝永。玉雪佳兒秀而穎，浦畔風吹釣絲影，九峰三泖倘小鄰。此圖此景見始真，雲波清遠離囂塵。烟蓑雨笠共來往，觸熱免嘲褦襶人。右長夏江村册。

碧雲破曉天新晴，露華落點圓珠明。幽蘭叢菊含秋英，蕭寥三徑無人行。呼童掃石鋪桃笙，手持巨盞當風傾。曠懷何似阮步兵，醉中萬事浮雲輕。達語却憶張季鷹，一杯莫問身後名。雙梧桐古當軒牖，百尺琴材世無偶。嘯傲烟霞呼作友，若將此樹比公榮，相對何妨不與酒。右勸酒酌梧桐册。

豐年樂事誰能數，壓畝登場好禾黍。先將租稅輸官府，打門不聞吏胥怒。雞犬閑閑守環堵，奪棗爭梨任兒女，曝背南榮日亭午。村釀初成甘勝乳，樵叟溪翁互賓主，但道歡樂無所苦。平生誤矣陳元龍，落落湖海將安容，生涯飄泊隨西東。求田問舍亦豪杰，何時長作多牛翁。右農家至樂册。

同作[21]　楊撰

春山雲宛宛，春樹花冥冥。一鳥啼一花，四山盡春聲。開軒坐文石，慮淡寡所營。過雨苔聚綠，回風柳搖青。良辰無與同，孤賞殊竛竮。撫此紫荆枝，感彼鶺鴒鳴。孔懷天一方，勖哉樹修名。右友于花鳥册。

長夏愛江村，吾廬繞修竹。清風颯然至，細響戛清玉。差喜塵事遠，襟抱脱拘束。臨水引輕紈，迎凉曳纖縠。閨中多好事，稚子亦離俗。本無羨魚情，何勞問鈎曲。本無不平心，何爲近棋局。惟聞露荷香，曉凉遍闌角。右長夏江村册。

枕簟入秋清，輕衫向風舉。桐陰垂四面，露氣凉如雨。興來酌叵羅，蕭散謝規矩。長年苦行役，踪迹半羈旅。五斛醉葡萄，一錢買粔籹。商量作歸計，須共索郎語。置身圖畫中，高風繼桑苧。右酌酒勸梧桐册。

我耕本無田，我居亦有廬。無田不得耕，有廬焉得居。羨君事三畝，豐歲盈篝車。桑麻韋杜曲，鷄犬淮南餘。閑來啓柴荆，結伴惟樵漁。薄靄散松頂，新霜濕林箊。何當從君游，去去同荷鋤。生計良自悮，空翻三篋書。右農家至樂册。

紅柳四首　楊芳燦

柳色偏嬌紫塞春，推烟唾月送行人。傷心定染壺中泪，拂面空隨陌上塵。冶葉恰宜縈茜袖，柔條可解綰班輪。小蠻巧按紅兒譜，併覺今晨舞態新。

惆悵江鄉别路遥，無緣移傍赤欄橋。春風百結垂珊網，暖日三眠擁絳綃。底事施朱工作態，却看成碧轉無憀。抵他南國相思樹，一種纏綿恨未銷。

纖纖小小愛穠華，掠削新妝欲妒花。漢殿漫懸連愛縷，楚宫曾繫定情紗。頰痕欲暈迎朝日，眉黛纔匀映晚霞。[22]腸斷紫騮空躑躅，朱樓十二是誰家？

落絮應同嗛雪飛，燕支山下見依稀。啼殘怨血巴鵑去，舞倦香襟越燕歸。艷影易迷三里霧，蒨絲不上九張機。謾誇汁染宫袍色，如此風姿合賜緋。

白桃花四首　楊揆

明妝一色艷疏枝，冷淡還當未嫁時。悟到才華俱命薄，願抛金粉

懺情痴。簾移斜日鶯初見,門鎖東風燕未知。寄語渡江雙姊妹,不須
重妒舊豐姿。

　　酒醒珊枕褪紅潮,人面分明隔綺寮。不爲冰霜香夢冷,偶懷風露
茜痕消。衣沾杏雨猶嫌浣,魂化梨雲未易招。昨夜杜鵑啼不住,似看
泪點搵輕綃。

　　淡掃蛾眉自出群,冰肌不用水沉薰。洗妝消瘦春人影,瘦玉凄凉
倩女墳。路近天臺三里霧,夢回巫峽一身雲。劉郎詩句重來好,合寫
羊欣白練裙。

　　綠葉成陰漫自憐,絡絲時節正韶年。早空色相應成佛,得謝繁華
便欲仙。雪貌尚含前度恨,素心定結再生緣。憶他天上春多少,暫墮
塵寰別樣妍。[23]

【校勘記】

[1]此詩題《桐華吟館詩稿》卷六作《將發大梁留別方五子雲兼寄洪大稚存孫大淵如》。
[2]雍容:《桐華吟館詩稿》卷六《將發大梁留別方五子雲兼寄洪大稚存孫大淵如》詩作
　　　"容雍"。
[3]此詩題《桐華吟館詩稿》卷五作《清明後一日王二秋塍偕方五子雲携酒過寓即席用昌
　　　黎寒食日出游原韵留別》。
[4]懶:《桐華吟館詩稿》卷五《清明後一日王二秋塍偕方五子雲携酒過寓即席用昌黎寒食
　　　日出游原韵留別》詩作"瀨"。
[5]此詩題《芙蓉山館詩鈔》卷四作《北邙山》。
[6]枝:《桐華吟館詩稿》卷六《北邙山歌》作"肢"。
[7]拆:《桐華吟館詩稿》卷六《熊耳山》詩作"折"。
[8]守:《桐華吟館詩稿》卷六《函谷關》詩作"天"。
[9]時:《晚晴簃詩匯》卷一〇二輯録楊揆《潼關門》詩無此字。
[10]動:《晚晴簃詩匯》卷一〇二輯録楊揆《潼關門》詩無此字。
[11]此詩題《芙蓉山館詩鈔》卷四作《華陰廟望嶽》。
[12]樞:《芙蓉山館詩鈔》卷四《華陰廟望嶽》詩作"漚"。
[13]五:《桐華吟館詩稿》卷六《華陰廟》詩作"八"。
[14]瞋:《桐華吟館詩稿》卷六《華陰廟》詩作"閃"。

［15］此詩題《桐華吟館詩稿》卷六作《爲莊大恂齋題元池訪古圖橫卷》。

［16］此詩題《桐華吟館詩稿》卷九作《三弟二十生朝伯兄作詩勉之并屬余同作》。

［17］區區：《桐華吟館詩稿》卷九《三弟二十生朝伯兄作詩勉之并屬余同作》詩作"盛年"。

［18］此詩題《桐華吟館詩稿》卷六作《伏羌官舍中秋同伯兄玩月同作長句》。

［19］涼：《桐華吟館詩稿》卷六《伏羌官舍中秋同伯兄玩月同作長句》詩作"秋"。

［20］樽：《桐華吟館詩稿》卷六《伏羌官舍中秋同伯兄玩月同作長句》詩作"尊"。

［21］此詩題《桐華吟館詩稿》卷六作《爲石三午橋題照四首》。

［22］晚：《芙蓉山館詩鈔》卷五《紅柳四首》詩作"曉"。

［23］塵寰：《桐華吟館詩稿》卷一《白桃花四首》詩作"紅塵"。

荆圃倡和集詩二

古槐　楊芳燦

古槐磅礴當庭户，長夏翛然静無暑。翠狨翳日相交格，錦傘臨風自掀舞。樛枝活欲化蛟螭，勁幹撐能戰雷雨。花開時見黃雪飛，月出疑從緑雲吐。肯容穴蟻幻靈怪，耻共群葩争媚嫵。未知移植是誰何，試問閲人今幾許。蕭森受氣獨也正，突兀賦形蒼且古。信天真已超塵劫，得地寧須避斤斧。謾云大廈儲棟宋，差免窮年翳榛莽。曉分清露潤百卉，夜布濃陰安萬羽。濡毫我欲贊怪魁，落筆君先出奇語。徑須繪入主客圖，日對孤根手摩撫。

同作　楊揆

數弓隙地三椽屋，棐几筠簾遠塵俗。森森墙角盤古槐，遍拂濃陰結幽緑。携床相對伴長日，得此居應可無竹。勿斤勿斧歲月深，乍菀乍枯霜露足。攫拿枝作瘦龍舞，蟠屈根疑老蛟伏。憶從何處舊曾識，仿佛吹香直廳宿。別來忽忽勞夢思，誰與摩挲問寒燠。空庭一日幾回到，搜剔寒苔去斑駁。不煩開花爲爾忙，尚期結實邀予服。況兼内熱宜冷淘，定勝蓴羹與茗粥。涼生窗下容晝眠，或有南柯夢堪續。

同作　楊夢

片雲有時化爲石，槁石亦能興緑雲。靈根疑死一千載，傍蘖怒生五百春。劫火燒殘雷斧劈，風師雨伯呵其身。枯僧出定香靄幻，南柯入夢繁華真。蠖蟄不知屈，蛟騰不知伸。寒冬佩冰静兀兀，炎夏翳日陰粼粼。塊然頑質任元會，昏默欲傲希夷陳。誰摘頷下珠，誰懷褐中珍？誰化圯橋叟，誰爲葛天民？皤腹弃甲科，頭漉巾五圍。之皮不裹廿，圍幹一綫直。裂却作三公，紋阿咸愛此。老移堂就之，堪避塵君房。不可一日無此君。謂侯春塘。徘徊顧影若弟昆。二子聯吟句滿紙，後來賦者慚積薪。古槐！古槐！呼爾亶不聞，我欲祀爾。黃粱之飯中山醇，薄觀駢脅毋我嗔。

同作　武威郭楷[①]雪莊

靈武有古槐，盤礴當軒闥。孤根吸河源，老幹撐天末。歲月迭推嬗，昏曉屢蕩割。神完辟兵燹，本固謝天閼。陶鑄陰陽交，吐納烟霞活。元化厚滋培，真宰潜回斡。合受秦皇封，疑經漢吏茇。出地疾雷奮，閱世驚電抹。獨秀聳喬柯，怒生挺旁枿。虛星散芒焰，蘭山對巉嶭。蜂旗十丈搴，鋧稍三尋拔。皤腹露囷蠹，禿鬌紛繆轕。長臂夜義擎，左耳乖龍剟。猛兒蹲不動，奔虬氣欲奪。防風骨節僵，負貳械杻脱。拘攣薑尾垂，臃腫狼胡跋。苔成斑駁篆，蘿被襤褯褐。一國螳族屯，千種鳥言眣。盛夏避炎歊，廣庭敞庌豁。繁陰互蔽虧，密葉森排捘。屹立黛作堆，瀾翻翠如潑。直袪女魃虐，不畏陽烏暍。清宜設筒簟，涼可屏荃葛。仙實細盈掬，冷淘嫩堪啜。漲雨波粼粼，漏月影矞矞。勁質敵松筠，大年壓杉梋。鬱葱望佳氣，瑰偉占晚達。將軍百戰健，寒士萬間闊。端門拱華橑，學市集緇撮。相與祝嘉徵，音聲聽清越。

---

① 郭楷(1760—1840)，字仲儀，號雪莊，甘肅涼州府武威縣（今武威）人。乾隆五十一年(1786)舉人，乾隆六十年(1795)進士及第，官至河南原武縣知縣，著有《夢雪草堂詩稿》八卷、《夢雪草堂續稿》三卷。嘉慶三年(1798)，郭楷與楊芳燦等纂修《靈州志迹》四卷。據《楊蓉裳先生年譜》載乾隆六十年(1795)，郭楷受楊芳燦之邀主講於靈州奎文書院。

同作　金匱侯士驤[①]春塘

古槐何代蟠靈根,歷劫磅礴超鴻鈞。黝皮斑蝕同枯鱗,皤腹谽裂成空囷。旁蘖怒作之而伸,拔地千尺千蒼旻。閱世不知經幾春,秦松漢柏皆兒孫。赫連遺臺久就湮,人民非舊城郭新。豈無野火共斧斤,就中呵護知有神。廣莫之樗太古椿,天完老物存其真。不作棟楹不作輪,虬枝欣舞凌霜筠。花蕊猶留金粟身,恥逐凡卉淪風塵。蟫誇大國傲比鄰,鳥欣廣厦争呼群。結椽其下相對親,左圖右史時紛陳。霞光瀲灔開朝暾,晴窗面面生綠雲。夕靄冥濛烟雨辰,翠葆浮動波粼粼。長夏恃爾驅炎曛,我放長歌酬爾勳。抽毫欲賦殊逡巡,慚無硬語敵衆賓。但祝使君德政醇,亦如濃陰被物均,甘棠與頌頌此君。

同作　浦江周爲漢[②]倬雲

靈武遺臺畔,高槐聳碧霄。濛濛孕元氣,兀兀峙孤標。種植從何代,興亡閱幾朝。荒唐存古貌,森秀茁新條。重霧晴還滯,濃烟晝不消。斑痕蒼蘚蝕,疏影翠葆搖。十畝常看蔭,千年未覺遥。靈光歸尚在,精魄鬱難銷。白日欃山鬼,黄昏幻木妖。低陰垂寒雨,老幹肅神飇。折骹蛟虬戰,枯驚霹靂燒。壓雲青結蓋,偃土白生硝。廨舍開書庫,官齋廠綺寮。房櫳清礙月,簾箔綠添潮。遠籟迎秋報,虛涼入夏招,空香凝靄靄,凄響助蕭蕭。接葉初窺兔,連巢乍毀梟。欄干回宛轉,庭户閟幽寥。我駐征驂日,方當霽雪朝。玲瓏瓊作珮,璀璨玉成翹。僵立當深院,横交倚短橑。霜皮皴縫濕,鋏骨溜瘢焦。草軋輪囷

---

① 侯士驤字春塘,江苏金匱(今無錫)人,諸生。《楊蓉裳先生年譜》載:"在靈州,時官閑無事,余偕雪莊及侯生士驤、周生爲漢、陸生芝田、兒子夑生,逢諸生課期,即至書院分題作詩,俱編入《倡和集》中。"

② 周爲漢(1774—1814),字蟠東,一字心渠,自號鈞雲,亦作倬雲,浦江(今浙江金華)縣人。性格耿直孤介,曾游學於京師,但無所遇。捐爲縣邑文書之官,非其志,後從京師返回甘肅,再無所遇,終生布衣。著有《枕善齋集》。生平參見《〔光緒〕浦江縣志》卷九《文苑》、《晚學齋文集》卷六《周倬雲家傳》。

腹,藤纏臃腫腰。頻哦楊子賦,暫挂許君瓢。静處行携筆,閑中對弄
簫。依稀逢老友,岑寂伴殘宵。身懶閑憑倚,扃嚴戒斧樵。軒楹遮窈
窕,几榻净塵囂。得爾非無用,相於訂久要。吟壇容掉鞅,奇句快
聯鑣。

同作　狄道陸芝田[①]秀三

靈州官署高槐樹,盤屈輪囷抱古廳。枯幹卅圍凝積鐵,樛柯百尺
裂奔霆。菶茸密蕊雲英緑,磊落孤根石骨青。日月宛從枝上下,雲雷
肅護氣精靈。蒼皮腹裂苔成宅,黝穴膚穿蟻作橰。鬥處怒濤驚虎嘯,
燒餘朽甲帶龍腥。枝間瑟瑟晴疑雨,葉幝離離晚露星。白鹿蒼松應
作伴,紅羊黑劫想頻經。赫連臺圮花飛蝶,元昊宫荒草化螢。雄伐虚
隨河水北,霸圖愁送夕陽暝。翠鈿幾載埋幽土,玉弩何年戰野坰。夢
入南柯憐世幻,閲殘老眼屬君醒。繄余訪舊尋遺迹,與爾爲鄰共小
庭。繞榻茶烟陪獨坐,當軒琴韵許同聽。春陰黯慘虚堂寂,濕霧冥濛
曲檻零。翠滴古簾疏擇響,黄霏幽砌碎華馨。焚香静對如佳友,倚柱
微吟漸忘去聲。形。他日夢中勞遠訪,徘徊應憶月亭亭。

同作　楊承憲[②]

古槐突兀當軒立,七尺風廊溜寒碧。長夏簾垂小院深,濛濛空翠
凉於滴。掀風作勢忽飛動,恍如萬怪搜虚壁。聳幹高擎鸛鶴巢,盤根
下透蛟龍窟。颾颾繞屋静無暑,瓦溝綉蝕苔花古。濃陰盤鬱聚暝烟,
勁骨崚嶒戰寒雨。試問孤根閲幾朝,是誰移植來空圃?緑雲布幔傍
檐亞,黄雪沾衣入窗罅。夜半虚堂夢乍醒,暗香飄渺從空下。我昔識

---

①　陸芝田字秀三,狄道(今甘肅臨洮)人,官山西蒲城教諭。《芙蓉山館文鈔》卷二存楊芳燦
撰《答陸秀三書》。

②　楊承憲即楊蘷生(1781—1841),楊芳燦子。初名承憲,字伯蘷,號浣芗,江蘇金匱縣(今
無錫)人,國子生,官薊州牧。著有《真松閣詞》《過雲精舍詞》《續詞品》等。乾隆六十年乙卯年
(1795),楊承憲十四歲,隨父楊芳燦至靈州(今屬寧夏)。生平參見《楊蓉裳先生年譜》《錫山歷朝
著述書目考》。

君贊奇偉，濡毫竟日倚枲几。詩就高吟似有神，更深月黑栖靈鬼。

荔裳二弟隨福嘉勇公前赴衛藏余亦于役西寧志別十律　楊芳燦

憶昔河蘭別，依依我共君。三年纔會面，幾日又離群。飄泊知關命，飛騰看策勛。男兒壯心起，拂劍睨長雲。

舍衛西方國，祆酋擁甲戈。天心將殄叛，佛力在降魔。積閩推橫海，奇兵出伏波。塔前齊放仗，小劫度修羅。

上相謀猷壯，元戎禮數寬。虛懷愛才士，長揖許儒官。盡道從軍樂，應忘行路難。皇威龍燭照，莫慮塞門寒。

話汝將于役，高堂夢最真。寒衣縫永夜，老淚墮蕭晨。瘴癘須防護，冰霜耐苦辛。兩行仁恕字，行矣慎書紳。

一身經朔漠，八口寄京師。學恐驕兒廢，家憐健婦持。時當通信使，不遣忍寒饑。萬里平安問，頻番慰爾思。

河湟連鄯善，去去赴戎機。歲暮邊風厲，天寒沙草稀。懸軍通玉壘，間道出金微。慚愧高書記，饑鷹側翅飛。

刁斗催更急，嚴裝逐大營。踟躕臨別意，惻愴在原情。萬帳侵星起，千軍鑿雪行。此間多健者，何事一書生。

飲馬黃河外，傳烽青海西。征程何日到，別夢徹宵迷。漫說上書檄，何曾習鼓鼙。愧余心膽怯，送爾萬行啼。

君語翻相慰，休嗟別可憐。百夫甘作長，一障且乘邊。愁思《蘆笳曲》，豪吟《寶劍篇》。天涯各努力，後會祇經年。

勁旅驚霆入，妖氛宿霧開。飛書磨盾手，健筆勒銘才。星宿探原上，風烟紀勝回。好聽笳鼓競，談笑洗樽罍。

同作[1]　楊揆

彈指三年別，相逢却黯然。煩君馳驛騎，慰我事戎旃。禁旅風行速，軍書火急傳。天寒聽隴水，出塞正濺濺。

迢遞金城路,漂零記舊游。繻應關吏識,榻尚使君留。謂勒制府。①
斜日明千嶂,寒烟暝一樓。重來更結束,腰下帶吳鈎。

聞道烏斯國,遙連舍衛城。談空惟選佛,縱敵竟銷兵。搜括徒輪
幣,跳梁敢悔盟。皇威震重譯,蕞爾漫縱橫。

上相承方略,專征大纛開。銀刀儼部伍,玉帳許趨陪。愧未工蠻
語,何能辦劫灰?梯山兼棧谷,前路劇崔嵬。

作客身原慣,茲行學荷戈。窮荒春不到,沙磧草無多。健翮摩蒼
鶻,明蹄騁紫駝。莫持青鏡照,雙鬢恐先皤。

問訊頻年事,官閑少是非。高堂能健飯,稚子漸勝衣。有祿喜堪
養,無田且漫歸。惟應嗟陟岵,目斷塞雲飛。

未見憐予季,將離思倍加。從兄長傍母,[2]得婦已成家。不習弓
刀隊,應登著作車。春明期北去,我室尚京華。

臨岐本倉猝,欲去強逡巡。制泪各無語,加餐惟此身。衣裘煩料
理,僮僕勉艱辛。縱作連床夢,雞窗又向晨。[3]

戍鼓連營動,嚴程犯雪霜。河冰朝慘白,山日暮荒黃。風櫛千絲
髮,輪摧九轉腸。書回須改歲,何況計歸裝。

此去崑崙外,猶應見賀蘭。征途苦憔悴,官閣自團欒。[4]共作刀
環望,頻將劍鋏彈。堂前憑慰藉,莫話我行難。

齋中即事分咏

試香_{得"薰"字十六韵。}　　楊芳燦

閑閣無塵事,名香試手焚。玉爐留宿火,石葉炷微薰。迷迷仙山
品,都梁海國芬。一痕銷篆印,幾縷蕩簾紋。過眼全成幻,書空忽有
文。晴江迷薄靄,曉峽散華雯。幽夢初離影,春魂欲化雲。暖迎花氣

---

① 　勒制府即勒保(1739—1819),清朝名將。姓費莫,字宜軒,滿洲鑲紅旗人,大學士温福之
子。歷官至武英殿大學士兼理兵部、領侍衛内大臣,軍機大臣兼管理藩院。先後出任陝甘、雲貴、
湖廣、四川、兩江等總督。乾隆末年,從征廓爾喀,後以功封壹等威勤伯,加太子太保,謚文襄。生
平參見《清史稿》卷三四四。

入，清共茗烟分。曲院風纏定，斜階日漸曛。翻經持净業，布策命靈氛。碧幌凝殘麝，牙籤摻古芸。驚精傳秘製，辟惡著奇勳。好作真人想，偏宜大雅群。和方須范史，范蔚宗，①有《和香方》。② 拂坐待荀君。默默心淵静，微微鼻觀聞。晚來還伴月，勝賞結遥欣。

試墨得"凝"字。　　郭楷

墨客名原重，隃糜世共稱。故人遥惠此，雅製最堪矜。發籠香生席，開緘玉作棱。豹囊聊暫脱，鳳味且先登。彩藉瓊林焕，光田竹露凝。松烟全借寵，蘭爐或分燈。濃翠微微吐，輕螺旋旋增。瓦池霏漠漠，石几映層層。守黑如難辨，噴花却可憑。研時初滴瀝，泫處漸重仍。毛穎欣成侣，楮生歡得朋。磨人真自惜，顧我實無能。鸜眼空驚眩，龍賓定見憎。筆韜湘浦竹，紙卷剡溪藤。作漆情何忍，揮毫力弗勝。會須傾篋出，持以贈陽冰。

試茶得"甘"字。　　侯士驤

高情誰見餉，佳茗客争耽。緩煮當長晝，清談共小龕。輕烟浮午榻，新水汲寒潭。欲試梅花挺，先開蒻葉函。雲腴恣采擷，雷荚費尋探。帶雨滋幽磵，和春老碧嵐。名因方土別，品或異同參。未辨柯殊産，難誇譜舊諳。氣蒸芽漸坼，湯沸碧全含。石鼎餘香聚，甆甌碎影涵。似連心愈苦，比蔗尾回甘。雅稱眠初醒，真宜酒半酣。庭前風剪剪，簾外柳毿毿。正抱文園渴，寧嫌甫里貪。人緣羈隴右，味轉重江南。泉脉吾鄉好，何時得解驂。

海棠二十韵。　　楊芳燦

百媚高城啓玉扃，雲舒霞卷見娉婷。夭斜窺影臨深沼，淺淡凝妝傍小亭。異種偶携來朔塞，[5]仙根移植自東溟。[6]茜紗繫臂承新寵，珠袚圍腰恰妙齡。已奪梨桃無冶色，判輸荃蕙擅幽馨。珊衾壓夢推紅浪，[7]瑶盞扶頭殢緑醽。薄暈臉潮醒未解，輕籠眼纈睡初醒。高燒

---

① 范蔚宗即范曄（398—445），字蔚宗，南朝宋史學家、文學家。

② 《和香方》：南朝宋范曄撰，原書已佚，嚴可均《全上古三代秦漢三國六朝文》存《和香方·自序》。

葉底千條燭，密綴花梢九子鈴。穠蕊開時含曉露，繁枝缺處逗春星。雅宜倩女簪雲髮，好伴文禽刷彩翎。多恐斷魂迷蛺蝶，偶來偷眼任蜻蜓。五家裝束誇秦虢，一種丰姿妒尹邢。不羨石家金作屋，底須蜀國錦爲屏。歌疑縫樹臨風囀，曲愛霓裳入月聽。乍睹曇華饒悵望，却憐艷雪易飄零。携將麗質藏芸閣，注得清泉漾玉瓶。愁淚一彈羅袖黦，名香千喚彩灰靈。潛英石遠珊珊現，縹粉壺空點點熒。殘月幽輝流枕簟，明燈橫影上窗櫺。遺忘爲補騷人過，綺語瀾翻筆不停。

同作[①]　侯士驤

　　穠蕊疏枝標格鮮，盈盈齊放小亭前。譜圖合費珊瑚筆，簪髻還勝翡翠鈿。艷到絕時爭解妒，香緣空處轉生憐。少陵未必無佳句，恐是當初偶失傳。

　　婷婷裊裊倩妝新，濃淡燕支點染勻。冶質易迷題柱客，春心偏逗捲簾人。闌珊縹粉凝紺袖，繚亂雲鬟壓錦茵。無奈韶華容易逝，臨風惱悵喚真真。

　　阿誰携種傍朱門，不厭風沙漫托根。紅淚一襟牽別緒，縫紗十幅鎖春魂。暮霞散綺籠嬌影，曉露凝波裹茜痕。繡被鄂君新睡穩，任他簾幕月黃昏。

　　更番芳訊易浮沉，多事東風著處尋。對爾定須人似玉，藏卿端合屋營金。酒潮暈透三春夢，燭淚飄殘五夜心。惟有惜花狂杜牧，闌干倚遍獨微吟。

初夏放舟青銅峽口因登百塔寺
用松陵集楞伽精舍倡和韵　楊芳燦

　　靈源出青銅，分流潤郊郭。疏爲龍骨渠，萬頃膏腴廓。夏始眾綠長，和氣銷疹瘼。雙峰青刺天，晝日光淡泊。拗怒喧波濤，呀開鬥崖

---

① 《同作》詩共四首。

崿。堅逾玉壁城,險過石匱閣。沿堤行水來,露冕褰車箔。不辭跋履勞,暫得登臨樂。嵐光破空碧,霞氣紛華茟。俯瞰九曲流,貫注長不涸。却登檽頭船,輕身冒險惡。掭柂捷有神,可喜亦可愕。龍門投箭筈,瞿塘斷竹筰。蛟虯怒欲立,夔兩驚可摸。潭渦翻雪車,石棱避霜鑩。轉丸下峻坂,駃馬脫羈絡。掠耳震砰訇,奪眸眩輝爚。亂流萬人呼,出險千丈落。迅若乘飈輪,翩如躡雲屬。吏道苦拘檢,塵機多礙著。偶然得一快,似亦天所酢。尋幽入梵宮,憑高望六幕。巑岏百浮圖,阿誰所鑴鑿。浮柱倚危岑,層構臨巨壑。疑是阿育王,來此剪叢薄。鬥鼠緣垂藤,怖鴿觸懸鐸。同游得辯才,譚空相應諾。雖逐野千行,已免睡蛇蠚。天香聞杳靄,貝典玩深博。徘徊日移晷,微吟招隱作。靜境足留連,非祇為禪縛。伊余耽白業,藜藿甘寂寞。試作物外觀,心口自營度。七寶座莊嚴,八關齋儼恪。平生默自懺,豈止一重錯。何時遂微尚,林泉好栖托。行隨拾橡猿,坐伴巢松鶴。

同作　侯士驤

雙峰束洪流,屹立儼銅郭。長河溢星宿,泛濫實曠廓。大哉神禹力,疏鑿袪民瘼。一方資灌溉,萬類得栖泊。懸崖捍駃湍,犇濤突巉崿。艱疑上瞿塘,險逾登棧閣。首夏事憑眺,巾車揭疏箔。偶於風沙窟,快覓山水樂。日輪沉碎光,瀲灩翻赭茟。劇愁地肺搖,恐致天池涸。探奇歷幽复,嗜僻窮怪惡。躐峻足屢躒,瞰虛心卒愕。乘興招野航,放溜解輕筰。雲嵐生倒影,黛色紛可摸。掭柂箭離弦,回撾鳥脫絡。風門沙喧雷,水嚙石淬鑩。入峽天忽低,有目頓成矔。平生負跳蕩,到此驚膽落。踏浪學飛鳧,破空下烟屬。徑渡千仞淵,始知身所著。奇險雖暫經,夙願得交酢。野回綠成海,林深雲聚幕。孤嶂孤寺蹲,百塔百靈鑿。紺殿枕層岡,丹甍架危壑。人稀市聲遠,境靜塵慮薄。雜花布妙香,清籟戛疏鐸。得道須慧業,茲言心已諾。倘使墮野狐,何以袪毒蠚。空空談辟支,瑣瑣務施博。直以貪生故,妄希釋梵作。佞佛竟無成,終身被禪縛。羌余蠟游屐,偶來証寂寞。霽景愜遐

慕,貝典窮隱度。選勝造幽微,齋心自清恪。始悔當濃春,縮屋真大
錯。嘯咏得微悟,烟霞有深托。赤壁逐坡仙,横江夢歸鶴。

同作　周爲漢

轗軻苦風塵,岔坲厭城郭。夏始溯長河,一葉泛寥廓。窮薄險能
輕,烟霞癖成癯。中流浪簸掀,勢放不容泊。迎面排亂山,吞帆闢雙
崿。窈窕隱堂隍,巀嶭峙樓閣。倒影疑堆烟,捲霧忽開箔。浩渺流浪
平,曠蕩客心樂。盤渦鬱洄漩,頹壁雜丹堊。槳急堤欲行,沙露川恐
涸。峽勢漸逼窄,波形陡深惡。魚沫腥或聞,怪氣黑可愕。怒發千鈞
弩,驟斷轆轤索。絕岸幸許登,裂石不敢摸。呀豁鏟雲根,嶄为磨蓮
鍔。群山亂奔突,一徑細連絡。蕩日波有光,奪睛目恐曜。俯白駭雲
生,捫碧愁天落。攀蘿捨瘦筇,印苔躡棕屬。路轉境乍開,地寂心無
着。山僧啓禪扃,揖客歡酬酢。登塔禮金仙,入龕揭珠幕。巖窾神丁
開,崖厂鬼斧鑿。向背拱千巒,晦明變衆壑。蛟囚樹屈盤,雷聚水噴
薄。濛濛散空香,泠泠聞清鐸。嗟余事遠游,山林負宿諾。道緣苦未
深,俗慮迫相薻。敗車驅薄笨,褐衣曳寬博。自憐世網羈,空吟招隱
作。邂逅愜林泉,倏忽擺纏縛。蕩胸吸流影,瞠目望大漠。長嘯何激
昂,奇句偶裁度。暫得住疏頑,誰能守清恪?吁嗟慕榮利,趨向良乖
錯。何當謝塵氛,幽栖遂遠托。駐景逐飛仙,雲中控孤鶴。

夏夜　楊芳燦

苦熱愛清夜,迎涼坐小軒。霞沉紅散影,星過白留痕。浪泊懷征
客,謂二弟。[①] 卑栖滯塞垣。嬌兒强解事,瓜果説家國。

同作　侯士驤

夜静明河淡,開軒坐小亭。風簾摇碎月,水檻貯疏星。佳果誇新

① 二弟即楊芳燦仲弟楊揆,生平詳見前。

藕，名花憶素馨。江鄉無限意，歸夢繞烟汀。

同作　楊承憲

把卷坐清夜，長吟静掩扉。庭空斜月淡，屋角遠星稀。傍砌蟲相語，開簾燕恰歸。江鄉當此際，菱芡實初肥。

即景　楊芳燦

苔階碧影明，孤月空中上。霜禽警微寒，栖枝夜深響。

同作　侯士驤

孤村流水碧，殘菊映籬開。涼月山風引，賓鴻雲外來。

同作　金匱秦承霈[①]蘭臺

閑步秋池側，芭蕉緑可憐。夜涼天似水，雲薄月生烟。

同作　楊承憲

村橋連淺水，籬菊引詩多。好待初生月，涼霞映碧波。

葡萄　楊芳燦

種自來戎落，根宜植近郊。預期秋得實，先數夏含苞。翳日疑張傘，迎涼代縛茆。翠甤森屋角，清影散堂坳。椓杙雙松立，編籬六枳交。庭虚憑引蔓，墻矮任抽梢。穴地蟠春蚓，拿雲起凍蛟。千絲珊網結，萬顆寶珠拋。的的繁星聚，熒熒碧眼皛。玉瑲穿雜佩，瓔珞綴華髾。佳夢捫青乳，奇徵驗紫胞。水精明奪月，瓊液冷凝泡。莫放飛鼯竊，須防啅雀捎。堆盤光剖蚌，裹帕泪藏鮫。摘去堪盈把，量來恰滿

① 秦承霈字蘭臺，江蘇金匱（今無錫）人，楊芳燦長婿，官至通州知州。《楊蓉裳先生年譜》載："乾隆五十四年(1789)己酉，在靈州，十月二弟回京，秦婿承霈來署就婚。"生平參見《楊蓉裳先生年譜》、丁紹儀《聽秋聲館詞話》卷一一。

笐。荔奴名可并,薗子狀難淆。何意三霄露,翻成一斛醪。涼州真累汝,百果合相嘲。

同作　侯士驤

西域分佳種,曾勞漢使鑱。移根隨苜蓿,引蔓藉松杉。入夏炎氛翳,迎涼枝葉芟。攫雲蛟起蟄,掠翠鳥尋岩。欲障青油幕,先支白木欃。綠珠珊網冒,紫貝黛奩嵌。瓔珞垂千結,琳琅貯萬函。膏同寒碧凝,丸似水精劖。冰繭纏綿裹,羅囊宛轉緘。雨餘蟲聚噆,人靜鼠偷銜。望處堪消渴,拈來已解饞。摘殘星顆顆,剥露玉摻摻。落唾猩唇膩,含漿犀齒儳。百縑酬節使,一斛饋宮監。鮮共霜橙擘,甘非崖蜜攙。助情酣凍釀,借色染春衫。因悵暌江隴,無由寄籍咸。他年歸計穩,載爾趁輕帆。

與侯大春塘夜話偶成　楊芳燦

亂抽書帙散繩床,聽徹秋宵故故長。撝雅竟忘塵吏俗,偷閑翻爲古人忙。邊城風勁林無葉,老屋燈寒瓦有霜。對爾高懷忽飛動,論詩不減少年狂。

同作　侯士驤

插架牙籤帙滿床,耽閑恰喜漏初長。人親大雅揮毫捷,節過重陽采菊忙。詩思淡爭秋塞月,鍾聲寒咽暮天霜。燈前鄉語纏綿處,不覺夷門故態狂。

雪蓮花歌以雪蓮花三字分韵。　楊芳燦

塞垣雪嶺高接天,中有異卉開如蓮。是何標格幽且潔,要與六出爭鮮妍。携來萬里貯囊篋,色香不似凡花蔫。今晨朔客持詫我,爲語物産多奇偏。窮冬草枯木僵立,九苞仙艷敷瓊田。我疑瑤光散精氣,素花搖曳玻璃烟。又疑玉苗發光怪,此物無乃來于闐。翻珠定滴凍

鮫泪，斷絲欲續冰蠶綿。衆香國裏應未識，藐姑綽約真神仙。曾聞太華玉井巓，巨藕十丈誇如船。嵯山冰荷出冰壑，覆燈八尺璠膏燃。此花珍異豈其種，托根本在蓬池邊。不爾何以耐寒沍，外似蓮脆中貞堅。龍鬚馬乳入中國，當時何不隨張騫。客言此最暖關鬲，入口能使沉疴痊。月支更取戎王子，禁方爲補桐君編。

同作　郭楷

君不見，曲江千頃紅雲纈，清霜一夜已萎折。又不見，太華千丈翠蓋擎，秋風欲到先凄咽。豈知異域産奇葩，開花直待嚴冬雪。彤雲密布銀海翻，靈根迸出石罅裂。朔風掣曳素綃衣，寒光凍凝真珠結。六郎佼骨鶴氅披，潘妃巧步履痕滅。佛指幻現兜羅綿，仙芽勁擢風歐鐵。結實從教太液多，撫肌只許姑射絶。吳國嬌娃未解識，烏孫公主定先擷。昔年有客頗耽奇，直向陰山尋窟穴。羸馬新從柳塞歸，輕裝遙自葱嶺挈。手拈枯臘還自胎，鼻齅生香爲余説。玉蕊曾經三尺埋，冰絲猶帶六花捩，過眼漫詫霜霰寒，入腹能令肺腸熱。或聞此語參信疑，偶檢方書半訛缺。濂溪夫子倘知名，嗟爾遠來猶可悦。

同作　侯士驤

天山十月冰成洼，枯榆秃柳枝槎枒。當春百卉冷如夢，雪中翻見生蓮花。我聞斯語竟未信，有客携示來瓜沙。天然皎潔謝泥滓，亭亭獨向風前誇。或疑太華峰頭藕，移去閬苑盤根芽。又疑崑崙阿母種黃竹，姑射仙子貽瓊葩。不然維摩説法向鷲嶺，頃刻開遍優曇華。瑶池雙頭窺玉女，嵯山千炳搖紅霞。日影低烘瓣或墜，霜痕高壓枝難斜。造物奇持無不有，始知蓮生火底言非奢。或云此花近初見，桐雷未必搜荒遐。葡萄苜蓿盡西域，何以不逐博望河源槎？我言蓮品本高潔，開逢寒雪尤足嘉。奇材脱達亦偶耳，底用得失爭紛拿。君子自有歲寒操，飄零豈逐風塵嗏？是耶非耶且姑置，拈花一笑學釋迦。

禹碑[8]　楊芳燦

祝融峰勢高崚嶒,九向九背長雲緷。碑書歷劫不磨滅,七十七字森鋒棱。隨刊大手古神禹,明德遠矣窮名稱。降神石紐幹父蠱,天剛手挈援黎蒸。參身洪流宿岳麓,鳥獸門户勞攀登。烈風霆雨代櫛沐,智營形折疲股肱。剗排湛滯徙鬱塞,[9]山川險阻四載乘。元夷蒼水授百寶,庚辰童律備五丞。夔魖罔象萬萬黨,殊形詭質吁可憎。驅令絶迹遠奔竄,百神受職江河澄。[10]從兹九牧衣食備,免營窟穴居巢橧。刮磨巨石紀平定,神工鑱鑿非人能!文懸日月自典重,功蓋寰海無誇矜。粵稽蒼牙逮軒頡,聖神接踵書契興。苞符橐鑰合宣泄,天誕文命爲欽承。鈎鈐玉斗表靈賜,赤珪緑字標奇徵。自然製作侔造化,卓立曠古無其朋。秦碑漢版周獵碣,俯首下視皆雲仍。火維地荒絶人迹,鸞飄鳳泊埋榛芳。賓崖或有鬼神護,仄徑未許猿猱升。[11]退之好古見未曾,咨嗟空有涕沾膺。由來至寶不終秘,前有宛委後羽陵。乾端坤倪忽呈露,萬本拓出岩千層。沈生妙悟契真宰,丹瓶夢授神所憑。豁如金篦刮眼膜,照耀暗室燃明燈。[12]乃知蟲書鳥篆體製别,破壞古法嗤斯冰。惜哉!雌雄鼎鬲淪泗水,龍齒嚙斷黄金繩。真靈元要亦未睹,石室永閟南和繒。安得龍威丈人盡搜取,坐使光價百倍增?虎頭南游得此本,不負梯山棧谷行擔簦。碑文係故友顧斐瞻所藏。① 蛟螭滿幅岌飛動,芒焰作作空中騰。祇愁轟雷掣電破齋壁,亟命什襲藏籯縢。

同作　侯士驤

岣嶁遺碑在,披圖得巨觀。曾聞藏岳麓,携贈到江干。幸索丹瓶解,非徒蒼篆看。釋文同水順,摹迹肖龍蟠。寰海方凋瘵,蒸黎解粒餐。夔魖嬌化日,蛟鰐舞狂湍。明發憂勞集,欽承智慮殫。五丞天授

① 《芙蓉山館詩鈔》卷五《禹碑追和顧斐瞻作》詩無此小注。顧斐瞻即顧敬恂(1759—1790),字裴瞻,號莨園,乾隆五十四年(1789)拔貢,朝考入都,未及與試而卒。著《筠溪詩草》二卷,前有楊揆撰《顧斐瞻詩集小傳》。生平參見《江蘇藝文志·無錫卷》《錫山書目考》。

佐，四載地隨刊。宛委金函啓，雲華玉牒刊。貢先登筶磬，銘可勒琅玕。紀述侔圭鼎，形模鬱鳳鸞。勛隆詞不伐，代謝碣仍完。至寶終宣泄，神工異刻剜。凌霞搜叠嶂，披翠出層巒。薙倒葳㹰綉，苔封蝌蚪瘢。摧殘陋周鼓，典重邁湯盤。綠字深埋久，銀鈎響拓難。會心偏付沈，好古未逢韓。片石追謨誥，千秋仰奠安。火維持作鎮，歷劫峙巑岏。

秋海棠四律和張雨岩　楊芳燦

宛轉腰支掌上身，水天別館証前因。開逢碎雨零烟侯，生是長門永巷人。粉界啼妝緣底恨，黛凝愁思爲誰顰？可知別有神仙侶，睡足華清占好春。

居然香色一身兼，無限秋情爲爾添。驚翠眉長窺粉鏡，塗黃額小映晶簾。人前相見羞題扇，山下重逢怨織縑。拚把相思換憔悴，爭禁玉骨瘦纖纖。

幾枝綽約背斜曛，艷到秋光已十分。紺袖唾華嬌合德，璚壺泪點泣靈芸。每愁弱質難勝露，多恐離魂欲花雲。信是幽姿愛高潔，綠茵一片護苔紋。

薄雲零亂月侵廊，寂寂墻陰抱暗香。未許蝶魂窺艷冶，儘留蛩語伴凄凉。喚醒石上三生夢，斷盡風前九轉腸。擬向冰綃標逸格，幾回惆悵檢青箱。

原作[①]　會稽張森[②]雨岩

露白葭蒼萬卉稀，靈根脉脉正芳菲。天教薄命偏紅粉，人爲憂心故綠衣。愁侶合邀蛩四壁，離魂應妒蝶雙飛。菊花倘倩卿爲婢，薦向東籬酒力微。

憑何躑忿更忘憂，貌自嬌痴性自幽。爲負光陰羞向日，曾嘗離別

---

① 《原作》詩共四首。
② 張森即張雨岩，名森，直隸大興人，時官蘭州知府。

慣經秋。輕盈蕊比黃花瘦，偏反枝餘赤葉愁。繞砌榜闌頻掩映，空閨思婦欲登樓。

娉娉裊裊立蒼苔，一任金颷浙瀝來。艷質三生嫌命薄，芳心八月挽春回。望夫未解櫻桃口，結子虛含豆蔻胎。遙想前身應絕世，零脂墜粉尚成堆。

滿腔飲恨最淒凉，不恨無香恨有香。擬返鵑魂逢怨耦，合招螢影照殘妝。詩尋好句猶揮泪，譜到佳名已斷腸。紅瘦綠肥同寂寞，底須重問碧雞坊。

同作①　侯士驤

誰解相思証夙因，但逢秋到倍傷神。即今欹旎階前種，猶是輕盈掌上身。憐爾有香能絕俗，識卿多恨不宜春。幽姿未許塵氛黷，苔蘚成斑護綠茵。

頹垣廢甃幾叢攢，珠露無聲滴玉盤。縱使色留千劫艷，可知心已十分酸。秋海棠味酸。縫綃有泪封離緒，翠袖無言倚暮寒。知否華清人羨汝，飄零猶得捲簾看。

常共黃花薦酒樽，滿襟幽思與誰論？猩唇香沁燕支汁，獺髓紅留琥珀痕。好景蹉跎應著夢，冶情孤負合銷魂。謾誇八月春還駐，碎雨零烟日易昏。

依然獨立比傾城，有限秋光儘屬卿。一院蛩聲風料峭，四檐蟾影夜淒情。閑愁牽惹腸應斷，瘦骨闌珊睡易驚。絕世豐姿最蕭瑟，前身無奈是多情。

同作②　楊承憲

華容婀娜倚闌干，淺淡胭脂露未乾。一院朝光搖影動，半簾秋色著衣寒。牽愁謾繫紅絲縷，寄遠應題碧玉盤。總爲多情易憔悴，憐渠

---

① 《同作》詩共四首。
② 《同作》詩共四首。

常是骨珊珊。

獨立階前八月春，爲誰含睇爲誰顰。勻圓碎滴壺中泪，宛轉輕回掌上身。玉鏡低窺霞淡淡，晶簾斜映月粼粼。秋光已到消魂處，一片凄清也動人。

絕世丰姿占晚香，腰肢瘦損翠眉長。寒生露井蛩聲咽，夢斷雲屏燭影凉。費我清吟今夕續，誤卿佳約幾時償。捲簾人去無消息，亞字闌邊九轉腸。

惆悵華清小劫空，墙根開遍淺深紅。莫嫌晼晚輪前度，試問飄零剩幾叢？逸格自標凡卉外，閑情多在暮秋中。瑤階風細人凝佇，翠袖銀箏怨不窮。

衙齋小集用玉溪生體作憶雪催雪詩各一百言① 　楊芳燦

不見龍山雪，邊城空暮寒。尋詩遲白戰，對酒鮮清歡。風緊聽多誤，雲低望轉寬。灞橋吟斷續，剡棹興闌珊。虛掩松關静，還愁麥隴乾。庭難邀鶴舞，澗且任虬蟠。俊侣思瓊樹，仙山認玉巒。輕疑歌裏散，艷想鏡中看。悵望開幽徑，沉吟凭曲欄。停琴徒脉脉，何以儷幽蘭？

斗覺寒威勁，彌空起凍雲。祇驚風獵獵，不見霰紛紛。極浦迷青靄，遥山斂翠氛。絮應千點墜，梅擬一枝分。擊鉢留餘響，當杯惜半醺。人真耽勝賞，天合助清文。素女休藏艷，瓊葩早吐芬。梨魂期入夢，玉戲待成群。妒影回羅袖，流輝映練裙。綠章如可達，先遣海神聞。

同作② 　狄道李華春③實之

曲院何閑静，高齋正寂寥。徒瞻雲漠漠，不見雪飄飄。擬咏詩中

---

①　《衙齋小集用玉溪生體作憶雪催雪詩各一百言》詩共二首。
②　《同作》詩共二首。
③　《同作》詩共二首。李華春字實之，號坦庵，甘肅狄道（今臨洮）人。乾隆四十年（1777）舉人，嘉慶元年（1796）任清澗縣訓導，著有《坦庵詩草》。生平參見《晚晴簃詩匯》卷一〇〇。

絮,須添畫裏蕉。尋袁門未掩,訪戴路非遙。待伴江頭釣,先催谷口樵。此時望岩岫,何處踏瓊瑤?竹欲僵苔徑,梅疑綻石橋。玉山思朗朗,昆圃阻迢迢。對酒情懷爽,拈毫興趣饒。幽蘭堪儷曲,素侶共相邀。

悵望蘭山下,同雲罨翠微。天猶慳雪意,人欲借風威。願兆雙岐瑞,先看六出飛。幾曾堆院宇,空想撲簾幃。柳絮疑沾屟,梅花待點衣。嚴飆仍獵獵,輕霰漸霏霏。粉署增清影,瑤階溢素輝。貂裘初擬着,鶴氅恰宜歸。呵凍方拈筆,凝寒待掩扉。郢中高唱在,和者自應稀。

同作[①]　侯士驥

何意黃榆塞,偏無霰雪侵。遂令高臥客,徒抱耐寒心。雲斂龍工懶,風回鶴影沉。絮憐空際咏,梅向夢邊尋。灞岸人初去,嶘山路轉深。輕疑融小圃,積想滿幽岑。乍喜澌生硯,難期月墮林。繞闌驚素彩,傾耳誤清音。舊侶思梁苑,新詞答楚吟。擁爐遲白戰,樽酒且同斟。

六出看何晚,裁詩問大羅。豈緣覊絶塞,聊以煦陽和。瓊樹思難見,紅花贈轉訛。閑情空約略,勝賞已蹉跎。馳檄勞青女,催花仗素娥。好栽千畝玉,留印一庭珂。欲舞疑隨袖,將飛或待歌。賦成應吐鳳,書就擬籠鵝。但得珠頻聚,寧愁筆屢呵。封條雖厭望,盈尺豈云多。

作二詩成喜得微雪同用禁體再賦一篇　楊芳燦

駊雪如期至,無多亦復佳。人情欣此夕,天意慰吾儕。傍舍孤烟曳,平林宿霧霾。寒輝流屋瓦,夜色净庭階。似淞封苕穎,如灰散豆稭。生姿餘老樹,借潤到枯荄。浥浥纔沾袖,盈盈未没鞋。冰紈裁蕙

---

①　《同作》詩共二首。

帶,寶粟綴松釵。薄落雲通夢,依稀月墮懷。朗吟清思回,佳客賞
心偕。

同作　李華春

微雪鋪紆徑,輕寒入小齋。難教奢望副,頗喜賞心諧。浩態纏盈
檻,清光正滿階。探深何用策,蹈淺不勝鞋。屋老仍飄瓦,門低半掩
柴。愁隨朝日散,欣與晚風偕。表瑞多爲貴,資幽少亦佳。灑林驚凍
雀,沾圃潤枯荄。籬畔烟初裛,庭前石未埋。勉旃酬麗句,韵事屬
吾儕。

同作　侯士驤

雪有催詩意,詩成雪映齋。縱云時偶值,恰與願無乖。歷亂期堆
瓦,霏微看點階。林空棉競裏,院隔粉同筵。照眼能生纈,沾衣不待
揩。積難封蕙帶,墜豈折松釵。團處非盈掬,飛來已愜懷。雲低天近
曙,峰朗霧仍霾。夜色憑人借,寒威倩酒排。今宵添逸興,吟伴好
相偕。

【校勘記】

[１]此詩題《桐華吟館詩稿》卷七作《辛亥冬予從嘉勇公相出師衛藏取道甘肅時伯兄官靈
　　州牧適以稽查臺站馳赴湟中取別同賦十章并□三弟》。
[２]長:《桐華吟館詩稿》卷七《辛亥冬予從嘉勇公相出師衛藏取道甘肅時伯兄官靈州牧適
　　以稽查臺站馳赴湟中取別同賦十章并□三弟》詩作"常"。
[３]鷄窗:《桐華吟館詩稿》卷七《辛亥冬予從嘉勇公相出師衛藏取道甘肅時伯兄官靈州牧
　　適以稽查臺站馳赴湟中取別同賦十章并□三弟》詩作"窗鷄"。
[４]自:《桐華吟館詩稿》卷七《辛亥冬予從嘉勇公相出師衛藏取道甘肅時伯兄官靈州牧適
　　以稽查臺站馳赴湟中取別同賦十章并□三弟》詩作"喜"。
[５]携:《芙蓉山館詩鈔》卷五《海棠二十韻》詩作"移"。
[６]移:《芙蓉山館詩鈔》卷五《海棠二十韻》詩作"應"。
[７]推:《芙蓉山館詩鈔》卷五《海棠二十韻》詩作"堆"。

［ 8 ］此詩題《芙蓉山館詩鈔》卷五作《禹碑追和顧斐瞻作》。

［ 9 ］剔：《芙蓉山館詩鈔》卷五《禹碑追和顧斐瞻作》詩作“疏”。

［10］神：《芙蓉山館詩鈔》卷五《禹碑追和顧斐瞻作》詩作“靈”。

［11］仄：原作“灰”，據《芙蓉山館詩鈔》卷五《禹碑追和顧斐瞻作》詩改。

［12］燃：原作“然”，據《芙蓉山館詩鈔》卷五《禹碑追和顧斐瞻作》詩改。

荊圃倡和集詩三

黄河冰橋　楊芳燦

神淵吐洪溜，連天駃奔騰。隆冬阻利涉，壯士不敢憑。陰拱待其定，寒威日以增。玄冥妙回斡，懸流下層凌。碎響寒伊伊，[1]猛勢高棱棱。排頭方競進，銜尾還相承。無煩夏后鐸，崇山徙侖崚。不待秦皇鞭，巨石驅砠磳。盲風倏怒號，雷轟雪翻崩。河身凍欲僵，澤腹堅如癥。一片玻璃魂，溟漾生鏡菱。遂使百丈橋，起自九曲冰。水程忽登陸，川谷翻成陵。虹腰蟠宛宛，雁齒排層層。擲杖陋方士，結筏嗤胡僧。絕壑好藏舟，通衢任擔簦。卓馬蹄篤速，服半牽輈輘。未妨壯於趾，竟可靡以肱。小港橫約渡，大浸飛梁升。應星照瑤光，通漢連銀繩。陽侯獻縞帶，鮫室曝繚綾。招鷺舞瑤鑒，呼龍耕玉塍。題柱字易滅，掀車力能勝。接岸瓊肪截，隔堰珠塵凝。潛虬目睒睒，凍蛟背凌兢。朅來理輕策，寧愁滑行縢。不信水可狎，翻訝雲堪乘。微霜印人迹，獨火明漁燈。[2]凭高望縈練，躋險恐裂繒。偉哉崑崙源，紫塞相環絙。瑞應表聖代，榮光叶休徵。津逮出天造，結構非人能。車書此輻輳，琛賮來頻仍。昂首戴靈鰲，偃翼蹋溟鵬。重險履如夷，坎德洵有恒。欲誇東海若，奇觀得未曾？

同作　周爲漢

飛濤怒挾奔雷鳴，天吳呼浪驅冰行。雪霜奮勢風助力，陰氣抱日寒陽精。黄河堤沙凍崢嶸，冰來路與舟航争。帝欲爲橋敕河伯，叱使作隊紛東傾。大冰轉側車相轟，衝波直下聲匃匃。小冰魚鱗亂雜遝，萬片倒側相搪撑。是時波勢飛難橫，吞吐寒空咽不平。回瀾迅澓忽鼓蕩，銀山倒走崑峰迎。雲旆素旃馳魚兵，掉頭高視黿鼉征。冷龍豎尾掀水窟，翻簸上擊天有聲。勢如鞭石石回趄，欲合不合搖光晶。直連橫斷密排比，水面一夕鱗甲生。其下深壓波底鯨，其上高逼寒天衡。混淪洰結合無縫，皎然千里玻璃明。嚴寒十日報橋成，圖寫人影萬象呈。雲母屏倒寒影徹，水心鏡現清光瑩。行人無異登玉京，旄牛驅向瓊田耕。叩之空空下天狀，明雲隨車鳴硜硜。我聞龍宮高閌閬，冰玉爲璧瑤爲甍。此橋毋乃同此類，應期構出爲祥正。大哉造物此經營，神怪巨偉覽九驚。憑觀我欲暫假道，珠宮貝闕登蓬瀛。

同作　狄道李華春實之

黯淡千山寂，蒼茫萬水凋。河濱蒙薄霧，野外起嚴飈。乍見同雲布，俄驚朔雪飄。澌流方擁岸，冰凍忽成橋。結構真奇幻，堅凝豈動搖。黿鼉非可駕，烏鵲未容招。坦道逢今日，神工訝昨宵。濟時忘去聲舟楫，踏處盡瓊瑤。擲杖仍嫌贅，乘槎轉恨遙。狐聽仍接踵，馬度快連鑣。海若何曾睹，陽侯自足驕。底須沿桂棹，奚用撥蘭橈。竹箭波難溯，桃花浪不漂。清虛邀月府，絡繹渡星軺。隱約晶官現，崢嶸貝闕昭。車聲鳴轆轆，人迹印寥寥。望去珠千頃，行來練一條。履霜恒謹凜，鞭石太紛囂。厚積崑峰玉，平鋪織室綃。有形排雁齒，無影挂虹腰。琳圃疑藍嶺，銀潢落縫霄。浮杯踪慮礙，題柱字愁銷。利涉多歡暢，康莊入咏謠。榮光呈聖代，寒燠四時調。

瓶中杏花　楊芳燦

疑看梅蕊橫斜影，似夢梨花薄落雲。伴我微吟度清夜，簾波剛上月三分。

同作　侯士驤

凝妝淺淡映簾紋，伴我清吟夜漏分。雙蝶花間應有夢，隔窗分去一枝雲。

同作　秦承霈

膽瓶香暖漾芳菲，蓓蕾勻圓紅漸肥。好是夜來銀燭底，一枝橫影上春衣。

同作　楊承憲

簾波低映見橫斜，不讓羅浮萼綠華。相對晴窗閑點筆，硯池依約起紅霞。

閏花朝同人小集城東書院即事四律　楊芳燦

淡沱和風拂面吹，閏餘春事故遲遲。小園烟冷花如夢，曲徑泥融燕未知。買醉徑須尋酒士，偷閑偏喜作經師。木蘭雙漿紅橋路，記否江鄉禊飲時？

兩度花朝引興長，眼前無事即歡場。游禽滿院林逾靜，新溜沿畦草亦香。堆案文書憐我懶，當筵觴咏愛卿狂。詞壇跌宕誇身手，差勝分堋入射堂。

拈來競病鬥心兵，每見新詩即眼明。束髮曾隨羌博士，下帷仍對魯諸生。敢云伯業惟耽學，却笑元長尚啖名。隨意談諧忘主客，茶烟繞榻午逾清。

平臺落日一登臨，根觸天涯去住心。最憶舊游荒白社，絕憐同調得青琴。閑情共譜邊頭曲，佳話應題漢上襟。樂事不妨兒輩覺，并無絲竹只高吟。

同作① 侯士驤

暇日招攜共看鞭，城東小築最幽偏。地鄰泮水多芹藻，室有文人

---

① 《同作》詩共四首。

勝管弦。花誕原難逢兩度,草元真喜授全編。清談不覺階移晷,隔幔茶香裊篆烟。

吹盡邊城廿四風,陌頭柳色祇濛濛。無心得句神偏王,有意尋春眼更空。狂客豈堪儕孝穆,諸生何幸遇文翁。即看簾外芊芊草,略受滋培綠滿叢。

鱣堂晝永漏厭厭,習靜相於韵共拈。二月寒猶花裏住,一年春向閨中添。每因愛士常忘倦,但到論詩竟不廉。愧我粗才陪講席,也裁小賦學風檐。

烟光淡宕足清幽,何事妖紅艷紫求。野浦凍消晴泛鷺,空庭人寂午聞鳩。琴臑清角難成調,博賽梟盧强布籌。如此天涯良不惡,怪他王粲感登樓。

分賦朔方古迹得元昊宫　楊芳燦

賀蘭山勢何巃嵸,白草颯颯吹邊風。居民尚記曩霄事,荒宫仿佛留遺踪。曩霄剽悍古無比,緋衣青蓋腰弓矢。合圍壯士慣擒生,[3]突陣僋奴偏敢死。英雄自許不受恩,區區錦綺安足珍?旋風礧石鐵鈎騎,萬里攻戰真如神。道旁錯置銀泥合,[4]放出摩空懸哨鴿。金鼓鏦錚漢將驚,伏兵四面如雲集。陣中忽卓鮑老旗,左盤右旋任指麾。蕃書百道收銳卒,英謀六出摧雄師。朔方形勝連河隴,二十二州南面擁。張吴狂士竟橫行,韓范孤軍但陰拱。頻年黷武國空虛,比户歌謠十不如。末路雄心猶倔强,未甘俯首草降書。土木當時誇壯麗,雲房霧殿森虧蔽。差勝夥頤陳涉王,居然尊大公孫帝。回首當年總劫灰,[5]蒼茫無復舊池臺。行人駐馬斜陽外,指點河山説霸才。

分賦朔方古迹得靈武臺　侯士驤

朔方形勝西陲雄,一隅再造誇唐宗。至德遺踪杳難問,荒臺淪没生蒿蓬。漁陽鼙鼓動群醜,函關失險無人守。阿瞞夜半出延秋,崎嶇蜀棧乘騾走。紫蓋黃旗指劍州,馬嵬父老苦遮留。至尊已徇權宜策,

殿下須從恢復謀。裴冕堪爲北道主，回風捲甲趨靈武。白衣宰相佐
風雲，黑矟將軍擁貔虎。玉璽西來士氣生，居然號令衆心傾，花門共
躍勤王騎，葉護長驅蕩寇兵。軍聲遠震連關隴，令公將將能持重。戈
鋋百道怒鯨奔，旋看駭鹿無遺種。虎帳龍韜據上游，奇功指顧兩京
收。捷書飛達峨眉嶺，仙仗重開華萼樓。掃除氛祲清宮闕，表迎避位
情非飾。黃袍手著似嬰兒，此日何曾虧子職。倉皇行在建旌旗，想見
神靈呵護時。誰信邊城三尺土，當年曾築太平基。

分賦朔方古迹得統萬城　周爲漢

古城頹壓雲沙黑，邊風號怒推城壁。後世猶傳統萬名，黑水南垂
朔方北。憶昔勃勃初奔秦，歸窮委命常依人。饑鷹側翅志雖屈，猛虎
在檻情難馴。出鎮巖疆驅雜虜，控弦帶甲臨邊土。微隙寧緣魏將生，
草竊雄心能跋扈。叱咤坐嘯排雷風，奪馬襲殺高平公。腰懸龍雀稱
大夏，意氣直欲吞群雄。姚興空嘆黃兒語，雲騎風馳莫能拒。禿髮萬
人骨成臺，鮮卑三部血漂杵。當時夷夏十萬夫，築城蒸土開幽都。錐
入一寸作者死，窺秦阻魏真良圖。舉樽更酹長安酒，歸來刻石傳不
朽。恃此堅城統萬邦，永享無疆子孫守。魏軍一旦橫空來，螯弧揮處
重關開。誰言漆城不可上，雉堞圮毀譙樓摧。嗟嗟雄略何能騁，嗜殺
背恩恣臆逞。不及其身及子孫，暫叨非據猶天幸。惟餘敗堵與頹垣，
高低斷續連雲屯。蕭蕭陰雨悲風夜，猶哭當年戍客魂。

遣春　楊芳燦

野曠愁空春，蒼岑四圍繞。薄靄凝華天，初陽矅紅照。高柳曳長
烟，朝光乳鴉噪。遠水蕩明流，浮媚鮮雲罩。時過一百五，春意來遲
僥。荒原草甲蘇，微綠入清眺。小桃坼新蕊，楚楚亦自好。嫣香墮遙
吹，露臉不成笑。蒲芽抽暗渚，嗌嗌啼蚣吊。苔錢青壓叠，幽叢鮮人
到。風花倏過眼，觸物增戀嫽。華容易衰歇，騷客減丰調。浩蕩望吳
雲，羈心劇懸纛。頗憐鷗情逸，自覺鵝性傲。幽襟拂繁事，安得適吟

嘯？願言乞綸竿，河壖且垂釣。

同作　侯士驤

迢迢千里心，東風滿溪谷。遙山斂濃黛，秀色看不足。昨夜微雨過，平疇潑新綠。羈客苦煩冗，出郭事遐矚。遠樹酣朝烟，孤村下初旭。蘆苗白依渚，杏花紅出屋。飛光纔一瞬，生意悅萬族。時鳥爭高枝，小大各有欲。擾擾塵壤間，俯仰愧局促。我本淡蕩人，夙好在水竹。自從別故園，五見山櫻熟。鄉愁黯邊柳，望眼羨歸鶩。懷彼枕流人，臨風企幽躅。

同作　周爲漢

迷離遠夢稀，泯蕩春愁膩。長歌氣激越，行吟色憔悴。東風吹雨來，濛濛洗山翠。輕烟懶不飛，一縷春魂滯。繞郭水涓涓，波蕩魚鱗細。堤草亦芊綿，夕陽山外寺。對此興悠然，愜我烟霞志。眼底流光馳，且覓樽前醉。一二同心人，蹀躞偶聯騎。花連土氣香，風裊游絲墜。雖無林壑奇，小住幽閒地。何必論榮辱，人生貴適意。詩成恨未工，茲事吾亦寄。

同作　楊承憲

侵曉出郭行，東風拂衫袖。羈人易驚春，望望增俛僂。初陽淡高林，濕翠斂遙岫。微雨昨夜過，平壤如錯繡。杏苞猶未坼，紅意已先逗。紫蒲交野塘，新水縠紋皺。仄徑尋縈紆，前峰愛森秀。亭午聞清鐘，禪關近可叩。病僧面目黔，古佛臂胛瘦。沙砰散銀礫，石磵噴玉溜。禿柳枝槎枒，游禽或驚鬥。凭高望野色，萬綠媚晴晝。流連惜佳景，去恐韶光驟。修名幾時樹，空腹見聞陋。相與賦新詩，操觚愧急就。

夜遇彈箏峽　楊芳燦

曾讀嘉州詩，秦箏聲最苦。銀甲十三行，琤瑽怨秋雨。今我來百泉，忽聞廣樂來空天。仿佛萬秦女，齊排雁柱調鵾弦。非弦非指非因想，天際流雲出山響。林木蕭騷群鳥號，成連去後無真賞。峨峨崆峒山，靈境不可攀，軒轅廣成時往還。疑是雲車羽衛夜過此，喚取修羅天女續續空中彈。回流戞觸秋潭石，萬古商聲自幽咽。數遍青峰不見人，腸斷天涯遠行客。彈箏峽裏寒水清，彈箏峽畔孤月明。莫言水樂無宮徵，此夜試聽弦外聲。

同作　侯士驤

秋風清，秋月明，百泉地僻聞瑶箏。瑶箏雁齒十三柱，斷續冰弦響何處？空山夜靜人語稀，流水無心合宮徵。低昂宛轉，清越悠揚。寒林蕭瑟，天宇蒼茫。懸崖突兀回湍澀，石潭忽躍狨賓鐵。壯士軍前鵰箭飛，美人帳裏銀箟急。琤琮幽咽續續彈，斯時秋籟聚一山。幾疑廣成子，空桐來往還。無端靈境忽身到，恍聞廣樂非人間。始知神工變幻不可測，不然何以商聲終古鳴？潺潺一曲臨風彈未歇，行客多情馬蹄疾。馬蹄漸遠聲漸稀，山色依依向人碧。峰青烟淡路沈沈，有客相思正獨吟。把詩朗向山靈誦，今夜秦箏遇賞音。

同作　周爲漢

空山無人馬蹄響，松露濕衣微月上。山中萬籟送秋聲，細風蕩秋秋亂鳴。云是石峽漱流水，琤琮馬首聞秦箏。朱弦銀甲彈清徵，飄然散入千岩裏。凄凄切切咽雲根，仿佛幽修哭纖指。碧天如水夜寒凝，記得高樓往日聽。十二欄干融冷月，一行沙雁嗷秋星。回湍下瀉忽凄咽，么弦亂迸驚濤裂。滿川碎石戞寒鏘，變羽移宮轉幽絕。年來幾度過山岑，幻眇聲中宛轉吟。山靈應識勞人苦，譜出關山腸斷音。搖鞭欲去泪相續，深樹陰森遮碉曲。餘韵依依似送人，峰色凝烟弄寒綠。

秋郊晚步各得斷句一首　楊芳燦

石梁秋水曲，返景晴霞晚。忽聞山鐘敲，平林鳥歸遠。

同作　郭楷

雨過訪名園，叢葉滿亭碧。垂釣傍湖漘，知君愛栖逸。

同作　侯士驤

日落群峰深，美陰在林竹。紛紛山鳥歸，和雲入茅屋。

同作　周爲漢

岩際閑雲飛，清眺展幽抱。石梁疏花明，返景破烟草。

同作　楊承憲

衡室鎖岩扉，往往幽禽入。更好眺孤臺，天際明蟾白。

咏玻璃鏡屏十二韵　楊芳燦

海國琢冰玉，高齋開鏡屏。巧匠執神矩，方輝異圓靈。非磨自皎潔，不煉仍晶熒。亭亭舞鸞影，了了摹人形。面壁集虛白，當户搖空青。雙烟裊檀几，亞枝映瑶瓶。小沼對澄澈，幽窗照瓏玲。忽驚銀汞瀉，復訝鉛波渟。一片接明水，數點涵疏星。護燈堪作障，蘸筆宜書銘。詩襟雪碗滌，客夢雲床醒。我心正如此，好誦光明經。

同作　郭楷

大秦搜異産，良匠製文屏。不事安奩具，偏宜榜客亭。澄明開寶地，豁達對紗櫺。雅稱檀爲架，驚看玉發硎。室空還對我，友到即忘形。映樹翻移幔，分花却帶瓶。圖書連四壁，齋閣啓重扃。質薄無容觸，塵輕莫暫停。此中原雪亮，何處着銅青？野鶴矜毛羽，山鷄刷翅翎。火齊同潔澈，雲母讓晶瑩。應共春宵月，流光可一亭。

同作　侯士驤

扶南琢水玉，晶瑩比秦鏡。一方珂雪鋪，四角盤龍正。珊珊仙骨輕,皎皎塵心净。置君几席間,助我清圓咏。與人殊有情,觸物亦無競。乍露半面窺,全收五色映。涵光遠愈明,繪影微能竟。杯滿痕共浮,燈孤花對迸。受質苦難堅,通靈得真性。照夢悟澄觀,着眼幻幽夐。若令西窗嵌,豈識東風橫。如魚在濠梁,空明自游泳。

花游曲　楊芳燦

啼鶯隔簾催夢醒,春空淡白花冥冥。騷人破曉踏春起,提壺却向花叢行。花叢一片苔茵妥,亞枝紅影杯中墮。着眼徒教香霧迷,滿身總被明霞裹。綠嬌紅稚正耐看,花風蕩漾吹微寒。金鯨瀉酒須盡醉,莫待春餘尋墜歡。

禁烟詞　楊芳燦

游絲吹斷春風顛,薄雲乍展兜羅綿。打窗一陣潑火雨,萬家寒食搖楊天。烟痕斂盡斜陽晚,滿院花光烘不暖。野曠惟看碧樹圓,樓高只覺青山遠。揮杯獨酌還獨謠,頗黎色凍松花醪。來朝試乞紅一賓,[6]分作蘭焰明春宵。

插柳謠　楊芳燦

綺陌春深寒尚峭,萬縷輕黃柳芽小。百五韶光取次催,春人纖手和愁拗。拗來猶帶烟霞痕,枝枝弄影搖橫門。同心百子誰縮結,欲鎖離恨留春魂。小家碧玉偏韶媚,風嫋長條拂羅袂。更着香桃一樹紅,左扉題遍相思字。

花游曲　侯士驤

花枝漸紅春漸濃,游心飄墮隨東風。鶯鶯燕燕隔花語,前春陌上曾相逢。晴霞烘就錦千頃,露眼盈盈曉妝靚。倚風綽約嬌欲言,似識春人舊時影。春人自老花自新,花好也知非昔春。試看瘦盡棠梨樹,一片春魂護緣茵。

禁烟詞　　侯士驤

錫簫吹老軟塵陌,苦道今朝作寒食。寒食春城盡禁烟,東風着處皆無色。一庭薄霧花冥冥,春寒如夢呼不醒。藥壚茶竈頓抛弃,遠山静對長眉青。鷓鴣紅瘦餘香苑,雲母屏風日烘紫。捲起簾衣望碧空,烟痕却挂垂楊裏。

插柳謡　　侯士驤

韶光百五崔何速,東風染得春愁緑。柳枝蕩漾摇晴烟,分到人家春一掬。柳枝難比花枝鮮,倚户看春嬌可憐。碧芽雖短春意滿,轉眼滿地吹香綿。但願柔條千百尺,儂家綰盡同心結。年年寒食插門前,不與行人贈離别。

花游曲　　楊承憲

昨宵寒雨銀塘暮,冥冥緑霧迷花路。花路深深花氣寒,游人盡向烟中度。濃淡開成錦千頃,啼鶯唤得春魂醒。檻外枝枝帶雨摇,晚來滿地紅香冷。

禁烟詞　　楊承憲

韶光百五蹉跎過,宵來雨滴烟痕破。今朝寒食天更寒,客子思家正無那。見説家家盡禁烟,烟痕一抹媚晴天。春山蒼翠出樓角,眉影向人嬌可憐。

插柳謡　　楊承憲

東風吹緑楊柳枝,長堤曲岸垂千絲。千絲摇曳春人折,折得桑條插門額。門額依依柳色青,似帶穠春無限情。兒家夫婿無情甚,爲覓封侯事遠行。

寒食郊行率爾成咏① 楊芳燦

天涯冷節最無憀,信馬垂鞭過野橋。前度園林花事減,舊時衫袖
酒痕銷。滿陂新水跳魚子,一徑晴烟長藥苗。指點遥村雲樹裏,青旗
風影若相招。

嵐光淡淡水潾潾,春到邊城不似春。雙鷺蕭閑如傲客,孤花憔悴
欲依人。久抛謝客尋山屐,空戴陶家漉酒巾。儂是江南游冶子,爲君
怊悵話前塵。

同作② 侯士驤

晴郊游伴偶經過,人影參差踏碧莎。酒幔隔橋花路曲,漁莊遮屋
水雲多。衣生只覺寒還勁,詩熟無嫌律稍苛。待到番番風信徹,二分
春已悔蹉跎。

禁烟天氣畫冥冥,臨水柴扉静不扃。蘆渚凍消新笋白,韭畦雨潤
舊苗青。農因犢健犁呼早,客似鷗閑屐久停。無限鄉心根觸處,且沽
村醸醉旗亭。

同作③ 楊承憲

綠陰繞屋帶晴烟,窗外晴嵐媚遠天。一抹斜陽依樹淡,半灣新水
到池圓。人當佳節常生感,春到邊城亦可憐。正是粥香餳白後,好招
游伴理吟鞭。

曲折坡陀指路遥,兩三茅屋枕溪橋。樹痕隔崖青疑合,山影臨波
綠自摇。社燕雨餘成壘易,紙鳶晴後挾風驕。可堪盡日書帷坐,百五
韶光轉眼消。

---

① 《寒食郊行率爾成咏》詩共二首。
② 《同作》詩共二首。
③ 《同作》詩共二首。

春陰遣興　楊芳燦

連日春陰未放晴，重簾不捲峭寒生。偶徵舊事憑書籙，欲敵閑愁仗酒槍。微雨乍收千嶂暝，薄雲初破一星明。無聊坐到西窗晚，贏得新詩取次成。

同作　侯士驤

春陰漠漠最難晴，挂起簾波眼界明。雲約好山成小隱，烟依老樹忽多情。不知夙酒向晨解，只覺嫩寒當晝生。静掩書關攤卷坐，檐牙時有一鳩鳴。

同作　楊承憲

雲去雲來陰復晴，曉窗雙掩鳥初鳴。出墻樹色烟痕重，傍檻花枝露氣明。且瀹清泉消午倦，漫拈斑管賦春情。愔愔長晝塵喧寂，一桁簾波山影橫。

三月七日偕侯大春塘過劉氏園晚至太平寺偶成四律　楊芳燦

三月行將半，邊城始見春。雲慵惟傍嶺，風軟不驚塵。垂柳遠逾媚，疏花瘦有神。勝游招俊侶，聯袂出城闉。

間園臨水曲，幽徑繞岩隈。石榻春雲護，山窗霽日開。滌甌嘗綠荈，拂席坐蒼苔。惆悵思陳事，游踪幾度來。

花外間仙梵，僧盧此地偏。偶聽雙樹法，來坐四禪天。草色碧無際，禽聲清可憐。繩床揮塵語，相對意翛然。

野趣殊堪戀，登臨未擬還。霞光沉遠水，暝色淡春山。彈指三生悟，齋心半日閑。難除文字障，題句滿禪關。

同作①　侯士驤

共道名園勝，相將踏軟塵。樹痕晴漲野，花氣暖撩人。暫覓間中

---

① 《同作》詩共四首。

趣，渾忘客裏身。枝頭繁杏滿，已作十分春。

　　一徑隨村轉，雙扉對水開。林間幽鳥喚，似識客曾來。廢甃蘇紅藥，間階掩碧苔。憑闌遥指點，野寺傍山隈。

　　帶得烟霞意，來尋清净緣。經聲過午寂，幡影受風偏。佛古容全淡，庭幽草更鮮。陶然相對坐，得句儷真詮。

　　斗覺塵襟滌，爭隨飛鳥還。燈光低近市，野色遠沉山。孤墅隔雲暝，清鐘出塢閑。照人歸路好，新月似弓彎。

春懷八首[7]　　楊芳燦

　　纔見繁紅吹滿林，繞檐新綠已森森。銅鋪雙掩間門静，珠箔低垂曲院陰。泫露蘭空攪泪眼，受風蕉末殿愁心。流黄自向機中織，不爲飄零怨藥砧。

　　照影臨流綉領斜，低回絮語惜年華。便思閬苑尋仙侶，不信明河返客槎。寄恨蘇娘題錦字，傷離蔡女拍金笳。誰知滿地紅心草，原是天邊玉蕊花。

　　朝烟滿户日輝輝，[8]一桁遥山逗翠微。偶爇名香翻貝葉，愛抽秘笈讀《靈飛》。雲波隔夢鄉心遠，金粉成塵春事違。百五韶光彈指過，壓枝梅豆綠全肥。

　　明燈照局只空棋，子夜歌殘輾轉悲。一院薄寒花謝後，半衾微暖酒醒時。難憑紅鯉傳書去，願借元駒入夢馳。何日蕭郎歸計準，櫻桃樹底証相思。

　　指點屏風六曲山，巫雲悵望有無間。玉貀烟冷香臺徙，鉛水光收鏡檻關。每坐深宵談往事，總緣慧業誤韶顏。燃脂弄墨知何用，空説才情似謝斑。

　　曾記歌筵唤部頭，天涯淪落杜家秋。縷衣浥透連珠泪，黛筆描成滿鏡愁。瘦骨已看輕似燕，香盟安得信如鷗？春宵寂寞抛弦索，怕聽鄰家按石州。

　　拈來雙繭是同功，絲在春蠶宛轉中。垂柳有情縈斷夢，落花無力舞回風。燒殘銀葉檀心熱，滴損冰荷蠟淚紅。不分雙飛誇綺翼，鴛鴦竟作白頭翁。

方池一水碧逶迤，浴鳥雙雙滿錦陂。細草自留含恨色，衰桃不長合歡枝。坐來新月和烟墜，臥看春星帶影移。何事關卿易惆悵，背人玉箸又偷垂。

同作① 侯士驤

誰傳芳信到園林，粉簜香蕉碧影森。雙袖峭寒憐薄暮，一春小極愛輕陰。總輸覆雨翻雲手，常抱悲黃懼綠心。寂寂間庭行迹少，蘚痕長過搗衣砧。

掠削新鬟縮髻斜，臨池宛轉惜韶華。也圖作佛持清梵，漫想求仙有去槎。對客未甘揮錦瑟，空房徒自泣蘆笳。樓頭燕子無消息，腸斷東風豆蔻花。

玲瓏珠箔墜斜輝，北斗欄干映檻微。燈蕊易開荷并蒂，釵蟬不逐蝶雙飛。早逢蕭史盟虛托，晚嫁王昌願已違。儂爲年來消瘦甚，繡成花鳥亦難肥。

怊悵前緣似覆棋，孤鸞有劫不勝悲。烟凝蛤帳寒生處，霜壓犀鈎月墮時。任是忘情終淚眦，即教無夢亦神馳。若耶溪上萍逢迹，何日相逢証所思？

湘波一桁映遥山，十二巫峰縹緲間。衣惜啼痕晴未浣，窗留芸篆晝長關。書成靈笈惟驚俗，煉盡丹砂豈駐顔。知否瑶華宮禁裏，有人憐我隔仙班。

盡日凝妝望陌頭，穠春憔悴搊如秋。欲尋香掾難窺影，誰説羅敷未解愁。芳意闌珊聞怨鳩，冶情繚亂遜閑鷗。雲漿露瀣無徒乞，瀛海茫茫隔九州。

破盡愁城酒有功，回文四角讀盤中。難期西北回流水，何處東南

---

① 《同作》詩共八首。

遇好風。禽豈消魂常髩白，草因含恨早心紅。蛾眉謠諑從來慣，療妒
無方問藥翁。

野塘新漲自逶迤，點點蒲芽出翠陂。風信飄殘前度絮，黛痕染到
舊時枝。休誇纖手留餘巧，已覺丰容漸暗移。轉眼春入成老大，同心
結子帶空垂。

同作[①]　陸芝田

輕霞如綉護芳林，綠竹穿階紫笋森。一院鳥聲春寂寂，半窗花霧
晝陰陰。盒藏豆蔻三生泪，囊繫丁香百結心。織盡纏綿機上字，爲誰
寒杵怨孤砧。

風裊緗桃點鬢斜，閑調錦瑟憶年華。人間世小空留袂，天上情多
悮認槎。莫信金颿辭舊扇，應憐玉蕊落悲笳。分明記得前春事，腸斷
枝頭幷蒂花。

綉簾高卷映朝輝，花外輕寒翠袖微。擬傍蓮臺參佛偈，偶思瑤館
學《靈飛》。隔江魂夢芙蓉遠，別浦心期芍藥違。昨夜欄邊春雨過，嬌
紅柔綠又全肥。

冷暖情懷似玉棋，低徊往事不勝悲。冰荷燈炧魂消處，銀蒜簾垂
月上時。落蕊無心飄座寂，斷雲逐夢過江馳。刀鐶喜卜頻窺鏡，消瘦
何堪慰遠思。

眉峰隱約畫春山，一段慵愁悵望間。綠竹叢烟雕檻曲，碧桃花雨
綉幃關。徒勞慧業裁文錦，未覓靈丹駐玉顏。柳絮才清紈扇麗，更誰
相羨謝同班。

華年記賜錦纏頭，暖帳春宵艶似秋。玉樹歌殘金篆冷，霓裳影亂
彩雲愁。往來有約慚梁燕，終始相親遜海鷗。夜静孤眠羅幌怯，香魂
隨月到揚州。

擬尋文石補天功，葉葉花花鑄意中。桂殿常圓瑤島月，蘅臯不妒

---

① 《同作》詩共八首。

石尤風。唾痕羅衷凝殘碧，泪點瓊壺隱碎紅。未信五湖歌管歇，神仙
人嫁白頭翁。

　　木蘭雙槳浪逶迤，點點荷錢漾滿限。衣麝香遥聞玉珮，鬢蟬影彈
亞花枝。病容照水翻增麗，好夢因風却更移。唱罷陽春無限恨，刺桐
花外月將垂。

【校勘記】

［1］伊伊：《芙蓉山館詩鈔》卷五《黃河冰橋》詩作“咿咿”。
［2］獨：《芙蓉山館詩鈔》卷五《黃河冰橋》詩作“燭”。
［3］擒：《芙蓉山館詩鈔》卷五《分賦朔方古迹得元昊宮》詩作“禽”。
［4］旁：《芙蓉山館詩鈔》卷五《分賦朔方古迹得元昊宮》詩作“傍”。
［5］當年：《芙蓉山館詩鈔》卷五《分賦朔方古迹得元昊宮》詩作“繁華”。
［6］賓：《芙蓉山館詩鈔》卷六《花游曲》詩作“朵”。
［7］此詩題《芙蓉山館詩鈔》卷六作《春懷》。
［8］滿：《芙蓉山館詩鈔》卷六《春懷》詩作“罨”。

荆圃倡和集詩四

息園晚集戲拈詩牌成咏　楊芳燦

過午差得閑,小圃尋春到。溪遙白日曛,林回鮮雲照。槐庭足舒簟,柳檻好垂釣。薄晚思更留,野色宜清眺。

同作　郭楷

旅夢鄉路阻,暖風過簾陰。對山飛瑶卮,開軒調寶琴。寥杳發空嘆,淡適遲嘉音。揚衡送長嘯,烟中答幽禽。

同作　侯士驤

披覽行南廬,古懷遣鬱鬱。花氣戀夕靄,竹翠冷殘滴。淺萍引淡香,薄絮染蒼雪。別恨今幾多,無言傍溪立。

同作　楊承憲

晚景山鳥鳴,亭前映明月。良夜踏歌聲,餘醪醉歸客。霞影流苔階,嵐光帶桑陌。撫弦和宮徵,揮愁何脉脉。

春蔬八咏　楊芳燦

薺花
一抹墙陰綠,先知歲欲甘。白花明似雪,碧葉淺於藍。近水掇盈掬,和烟挑滿籃。作虀傳食譜,令節記重三。

菜薹

菜把秀堪擷，青黃堆滿盤。頻煩園吏送，恰稱腐儒餐。果腹得真味，同心索古歡。散鑫兼總翠，好句憶張翰。

韭苗

一束金無價，翻嫌入市遲。且從膏壤剪，亟趁宿舂炊。良友適相過，深杯許共持。春前好風味，獨有彥倫知。

蒲笋

拔蒲燒稚笋，净饌却膻葷。潔比瑶簪列，清從玉版分。懸鞭徵舊事，編牒寫高文。誰信菇蘆裏，風流有此君。

榆莢

説餅誇榆莢，當筵見未曾。閑園和露摘，小甌帶雲蒸。乍訝青精熟，旋看玉屑凝。萬錢供一飽，吾欲傲何曾。

芹芽

新水滿烟溪，芹芽綠漸齊。弱纔交荇帶，秀欲近蘭荑。摇影傍魚蔰，分香入燕泥。蒓絲須汝替，夢繞五湖西。

菌耳

離離黃耳菌，采采付山厨。石鏏聞雷迸，樞根得雨腴。繞畦尋曲蓋，入饌愛連珠。一種燕支色，吾還憶竹菇。吾鄉產小菌，名竹菇，色如胭脂，味極鮮美。

蕨拳

好入先生饌，初舒稚子拳。破烟青甲嫩，出土紫茸鮮。野飯松棚下，清齋竹閣邊。歸耕吾有願，携汝餉春田。

同作　郭楷

薺花

一歲春蔬好，端宜薺最先。輕花猶帶雪，細葉欲分烟。翠擷墻陰嫩，甘生舌底鮮。茹荼因底事，念爾却垂涎。

菜薹

擢秀滿芳町，筥籃菜把青。惠頻叨地主，摘敢問園丁。齒嚼冰霜脆，氣含風露馨。個中滋味別，不許雜膻腥。

韭苗

早韭生膏壤，新苗一寸舒。剪宜乘雨後，薦得及春初。水餅還堪置，蘭肴恐不如。應憐金作束，先入庾郎菹。

蒲笋

莫剗淇園竹，來搜董澤蒲。瑤篸齊插岸，玉指細抽蘆。鼠壤嘲餘嚙，鷄腔混野鳧。靈根倘可餌，便擬住蓬壺。

榆莢

榆社初生葉，村童欲作猱。攀枝分鳥粒，摘翠繫藤綯。屑玉資乾糒，蒸雲傲冷淘。阿誰風味似，只合漱松膠。

芹芽

半畝南塘外，清香動水湄。泥融春燕掠，味美野人知。碧㵎羹初熟，青精飯早炊。鱸魚生作膾，即此當蒓絲。

菌耳

二月春雷動，杉根菌子生。銅釘苔縫坼，芝蓋雨中擎。滑自分香縷，腴能佐大烹。凌虛開宴日，雅得侑飛觥。

蕨拳

紫蕨逢妍暖，拳舒曉露溥。挑時來曠野，饋處薦春盤。醉捲鸊鷉杓，愁開苜蓿欄。南山吟望罷，嘆息不能餐。

同作　侯士驤

花齏

歲甘先出土，墻畔色初勻。根淺易滋雨，花微亦競春。每招挑笋伴，時遇踏青人。旅食分山俸，清齋況味新。

菜薹

蓬門殊可適，小圃傍林隈。雪後開紅甲，春深摘翠臺。盤飧饒野趣,樽酒發新醅。日暮荒畦立,欣看抱甕來。

　　韭苗

　　聞有故人至,晨炊辦宿舂。分來金一束,剪破綠千重。得與素心共,愈憐真味濃。春盤生菜美,來往莫教慵。

　　蒲笋

　　滿地柳綿飛,蒲芽迸釣磯。刺沙圍荇帶,出水護萍衣。凍解萌齊坼,雷驚碧漸肥。恰當燒笋候,對業鎮依依。

　　榆莢

　　分火帶新烟,田家午餉便。烹鮮齊仰樹,作食不論錢。蒸處星堪摘,餐餘客慣眠。《養生論》:"榆,令人瞑。"紛紛飛莢滿,吹近賣餳天。

　　芹芽

　　野浦淡初陽,芹芽漾翠長。行行呼鴨舫,采采過魚梁。下豉羹頻點,加餐飯亦香。始知清絶品,都在水雲鄉。

　　菌耳

　　白菌茁枯楂,深籬苔蘚遮。采芝寧大隱,供客盡天花。玉可盈筐贈,珠應入饌誇。渾疑鄉味在,忘却滯風沙。

　　蕨拳

　　嫩蕨肥堪煮,成拳開紫苞。欣逢山衲餉,來佐野人庖。凝露滋叢薄,和雲擷石坳。瀹泉烹蟹眼,茹苦莫相嘲。

春晚偶作斷句用山谷集中韵① 楊芳燦

　　鵲爐烟裊夢初回,小句微吟續玉臺。日暮憑欄風正急,落花隨燕入簾來。

　　藥苞經雨紅初綻,草甲舍烟綠漸匀。好是邊城花事晚,十分婪尾醉餘春。

---

① 《春晚偶作斷句用山谷集中韵》詩共二首。

同作用遺山集中韵^①　侯士驤

幾日繁紅貼地輕，壓枝杏子漸青青。東風欲去偏留戀，花氣隨人入小亭。

簾波弄影正離離，爐篆無風綠自齊。我擬將身化蝴蝶，子規休到夢邊啼。

望雨分韵得"汄"字。　楊芳燦

三春鮮膏雨，荸甲甫抽軋。土長不冒橛，陳根未可拔。飲澗椵虹驕，卧壑潛虬黠。縱有重雲屯，旋被盲飇刮。生機尚拘攣，野色似禿髫。瓜畏梁亭搔，苗擬宋人揠。我心苦悁勞，虔禱望靈察。未解驗風角，又不習符札。叩額自省愆，齋心且戒殺。陽門鍵常閉，陰石鞭相戛。董生繁露篇，十可信七八。安得快雨來，猛潦卷澎汄。天漿忽翻瓢，雷車急回轄。高原蘇麥苗，下潠滋稻秸。甘澤流滂沱，沴氣盡洗刷。試聽竹岡禽，已呼泥滑滑。

同作得"淰"字。　郭楷

夕霧濃於瘴，朝霞赭如錦。春雨久愆期，盲風使人凛。縛屐過東園，蒿目覽群品。游絲冒菜甲，浮埃困桑葚。抱甕園丁勞，閉吻林鷗噤。可憐尋丈間，焦渴亦已甚。而況百里内，萋萋禾與荏。兹鄉仰洪河，灌溉資屢稔。陽侯縮其波，渠口淺似吟。潛蛟蟠窟宅，白日耽酣寢。我擬呼豐隆，立往碎其枕。不然鞭陰石，汗出如流瀋。蒸作漫天雲，散爲連波淰。東井刺已下，南箕命可稟。行看愷澤敷，坐待農官諗。蕉窗清興增，相與鬥茗飲。

同作得"滭"字。　侯士驤

農事夏始急，望雨如沆滭。播種已及時，甘澤遠弗届。泥乾燕啄

---

① 《同作用遺山集中韵》詩共二首。

疲,垤垺蟻封懈。翠瘦苔欲縮,紅老花愁曬。閑庭苦歊渴,況彼硝鹹界。灌溉既難遍,銚鎒力易憊。童叟事禱祈,奔走紛墊隘。設壇閉陽門,布策驗陰卦。垂龍臥正酣,雌霓倦徒挂。雷硠卷飛砂,獰風吼難殺。亭皋望雲霾,曠朗發深喟。安得雨急飛,群彙蘇凋瘵。連畦長穜稑,小圃潤葵薤。我無三畝計,飲水期一快。濃陰睹泱潒,急溜聽砯湃。催詩仗阿香,嘉貺亦可拜。

首夏信筆柬同學諸子索和[1]　　楊芳燦

綠陰如山覆庭户,最愛盤根老槐樹。朝來豁達敞八窗,碎影粼粼日光吐。文書堆案暫擺撥,驅染丹黃游藝圃。客來往往罷迎送,自笑清狂疏世故。江翁不解談狗曲,王子那能知馬數。盈甌茗汁翻綠雪,縈幌爐薰消碧霧。凝塵懶拂常滿席,細草爭長任侵路。風蟲日鳥自喧聒,隱几嗒然耽静趣。興酣伸紙墨淋漓,持向羊何索新句。精思直與風雲通,奇語還愁鬼神妒。賓朋文史有至樂,塵土腐餘何足慕?他年期作林澤游,把釣持鋤共朝暮。[2]

和韵　　郭楷

南風欲作還復休,暫滌塵襟對花樹。花紅濯雨千片飛,葉碧和烟幾層吐。乳燕分泥入小巢,戲蝶尋香過別圃。可憐把酒餞春輝,乍似含凄別親故。亦知韶景去難留,却悵名園來有數。羈心誰倩亂如雲,倦眼吾甘昏比霧。起行香雪任沾衣,歸步芳塵空滿路。忽值名流坐嘯餘,詩來備述蕭閑趣。撿取穠華奪化工,自寫高懷成秀句。我欲同開櫻笋厨,疇敢復作椒蘭妒。學畫蛾眉諒不能,座接仙姿寧弗慕。手把瓊華擬報章,空館吟哦自朝暮。

和韵　　侯士驤

打頭日月驚跳丸,貧賤修名苦難樹。腰間傲骨消未盡,百丈長虹氣剛吐。自知涉世乏長策,擬屏文章習農圃。人生所貴快胸臆,得失

鶏蟲皆細故。眼中不識程與李,餘子卑卑安足數。前身疑是餐霞客,
偶逐風輪墮雲霧。滿襟塵土難濯浣,目斷瑶京失歸路。窮愁花柳減
妍媚,過盡穠春鮮歡趣。夫子耽詩愛狂簡,慰我飄零出奇句。天葩飛
現心早降,絕艷當前敢猜妒。未甘懶惰坐自畫,縱絕躋攀起遐慕。廣
桑山上有夙緣,得証歸依豈朝暮。

和韵　松江俞訥[①]鈍夫

朝來細雨灑輕塵,冉冉濕雲凝遠樹。雲捲須臾霽色開,晴霞潋灔
當空吐。流光輝映動樓臺,嫩綠妖紅媚園圃。花事邊城春較遲,夏淺
如春景猶故。一樹棠梨猶未殘,階前芍藥開無數。小渠新漲淡於烟,
遠岫綠陰濃似霧。鳩婦呼晴占樹頭,燕雛飛倦眠沙路。蕭閑何事遣
長晝,茶臼棋枰有深趣。主人懷袖出新詩,授簡賓僚索奇句。座中佳
客盡鄒枚,更有童烏才可妒。愧我吟壇學步趨,清詞麗藻心追慕。即
事多欣紀勝游,狂歌長嘯青山暮。

和韵　秦承霈

日長睡思來無據,新芽摘自清人樹。且尋活火試山泉,石鼎松風
韵徐吐。偶招吟伴出郊郭,仄徑紆回到幽圃。碧筠解籜影亭亭,紅藥
綻苞香故故。笋奴菌妾暖爭苗,繞砌沿畦不知數。半規曲沼漾奇雲,
一桁疏簾縈薄霧。閑鷗傲客臥沙渚,戲蝶迎人出花路。邊撩晚景亦
復佳,莫悵春歸減歡趣。且放神仙藥玉舟,更敲銅鉢爭搜句。幽情好
結魚鳥緣,佳會不愁風雨妒。踏歌歸去酒半醒,回首依依有餘慕。指
點遙空月一鉤,遠山如畫烟光暮。

和韵　楊承憲

番番風信春歸去,濃陰繞屋千章樹。愔愔槐夏日初長,滿欄芍藥

---

①　俞訥字木庵,江蘇金匱縣(今無錫)人。

花齊吐。已看萋綠遍平皋，尚有繁紅媚幽圃。雙燕銜泥壘乍新，一鶯坐樹啼如故。含情獨凭闌干立，柳梢香絮飛無數。更上平臺豁遠眸，野色迷離隔烟霧。花徑深深蛺蝶家，莎汀隱隱鳧鷗路。歸來岑寂掩書幌，綠陰小院饒閑趣。一縷爐薰碧欲銷，片雲飛到催詩句。夏初韶景轉如春，只恐春工見應妒。憐予少小弄鉛槧，暈碧裁紅心所慕。吟到將成日影斜，半簾烟冷銀塘暮。

題天瓢行雨圖時方久旱　楊芳燦

衛公慷慨真人豪，軼事已足驚吾曹。客途托宿眠團焦，赤章雲篆來中宵。結束徑代龍工勞，行空天馬上沈寥。風鬃霧鬣寒蕭騷，蹴踏不覺青冥高。天公符節手所操，百靈奔走鞭螭蛟。列缺辟歷行相遭，雨師風伯抗手招。旌幢幡蓋旗旌旐，障空翳日紛飄颻。雲垂海立木石號，雌雄呿吟六節搖。霏珠溅玉萬滴拋，翻江倒瀆揚波濤。灌注畎澮浮堂坳，肥蟥匿影女魃逃。蕩滌六合妖氛銷，少年磊落風骨超。意氣早已干星杓，勛業那不凌夔皋。誰驅烟墨圖生綃，筆勢怒挾滄溟潮。神妙直欲窮秋毫，虛堂落落生風飈。窺牖防有乖龍捎，今年西睡困炎歊。田疇龜坼枯禾苗，火輪翕赩恒晹驕。野夫傴僂抱瓮澆，仰天叩額空哀嗷。捲圖而作心欝陶，安得攬身入層霄？暫借龍母天漿瓢，坐使甘澤遍四郊。淋漓元氣回崇朝，商羊鼓舞一足跳，狂歌且和兒童謠。

題水官朝天圖　郭楷

水官之圖誰所爲？明窗披卷收炎曦。陽鳥回曜粟生肌，辰星晉闕羅靈祇。海水壁立層雲垂，驚濤怒捲乘雷輜。矯首奮臂馭者誰？揮手辟歷神光馳。騰駕龍子鞭蒼螭，彩旄高揭搴元旗。珠幡掣曳捎翠蕤。河伯前導驅馮夷。天吳奔命陽侯隨，江妃夾御肩參差。回眸隱盼揚修眉，衝波直上黿鼉蠵。屻從欲向天關窺，良工潑墨何淋漓。真精踴現窮毫厘，瞻拜使我凜其儀。焚香祈禱涕漣洏，不能自默聊喟嘻。即今甘霝方愆期，禾苗千里生瘝痍。農夫閔望聲嘤咿，明神俯鑒應先知。

我欲叩額通明墀，身無羽翼形孤危。抱此區區將安施，岳祇瀆鬼嚴分司。牲牢珪璧虔祝尸，以此論列寧云私。陳謨入奏帝曰咨，山海之管爾實持。出雲降雨從便宜，豐隆列缺疇娛嬉。有不用命當箠笞，仰視畢躔見月離。旁敷大澤蘇枯萎，神之降兮肅壇壝，再拜洗爵羞江蘺。

題龍女牧羊圖　侯士驤

丹青貌出神仙苦，目斷涇陽小龍女。九嶷山色夢中青，脉脉含愁向誰語？紅顏中道遭弃捐，珮環零落天風寒。珠宮貝闕不容住，側身曠野心凄酸。絲鞭垂手明於玉，一群殺瘞驅何速。啼痕滿袖不成妝，烟鬟霧髩修眉綠。畫工妙技能窮形，尺幅黯淡雲冥冥。群羊矯首作怒步，毫端怳惚驅雷霆。我疑龍女非神靈，秦川南望即洞庭。烟波咫尺歸不得，空說變化凌滄溟。拔身火宅苦無術，龍亦如羊被呵叱。羚羢似包氾人憂，憔悴應同湘女泣。忽然流電抛長繩，素綃風掣疑飛騰。却愁貴主還宮去，浩渺雲濤不知處。

題玉女投壺圖　秦承霈

宮殿參差壓虛碧，十二嶢闕萬靈直。紫皇暇日試投壺，兩行玉女娉婷立。金翹峨髻何雄妍，長籌橫抱當胸前。玎琤壺口戛哀玉，百枝脫手輕於烟。一枝初入醫噓起，突兀奇雲半空紫。人間寂静不聞聲，但訝奔星搖枉矢。再投粲然玉齒開，馮夷波底鞭雄雷。群飛海水入空去，天關隱隱蛟龍回。百驍賽罷軒渠縱，卷地風濤連澒洞。千尺光中猛雨飛，補天石裂玻璃縫。偉哉畫史通神靈，意匠慘淡森杳冥。紅輪焰鳥騰光耀，安得驍壺博天笑。

題天女絡絲圖　楊承憲

沈郎郊居帶減腰，咏罷杜若彈甘蕉。東園水木極明瑟，打窗微雨聲瀟瀟。蝦鬚簾捲虬檐静，飛仙環珮搖花影。矯若游龍下碧霄，修蛾淡掃雲鬟整。鳴瑶動翠飄長裾，怳如泫露紅芙蕖。散絲無數正抛灑，

玲瓏玉腕盤空虛。繅車輕逐颭輪轉,悠揚無力吹還斷。寶唾融香續
淺痕,盈筐終不愁零亂。冰繭疑從園客分,泪綃好與鮫人換。纖手盈
盈絡幾絇,倚欄綽約嬌成倦。怪我披圖忽悵然,仿佛靚影回嬋娟。冰
紈一幅是誰贈,料應不減東陽緣。畫叉撐起當晴午,冥濛似欲生烟
雨。好待雲輧駕阿香,襪羅且緩凌波去。

喜雨仍且望兩原韵　楊芳燦

亭午生重陰,雷車轉軯軋。荒垤聞鸛鳴,靈湫見龍拔。雨師信有
神,旱魃敢誇黠。炎蒸盡銷洗,埃壒倐清刮。嘉生荷噓荼,庶彙免髡
髶。赤地漸可耕,白渠未須捰。^{時以河流減落,議重浚秦、漢二渠口。}誰言天
道遠,神聽最聰察。蒼黎咸在宥,忍使苦瘥札。濘雲屯黯默,獰颷息
騷殺。浮漚珠隱現,環流玉交夏。元氣淋漓中,生意回七八。樹色静
愔愔,池光明汎汎。狂喜呼勝侶,門外車脱轄。酌醴燔枯魚,雜坐薦
蒲秸。陡覺詩思清,几研净如刷。微吟繞階行,不避苔蘚滑。

同作　郭楷

稻秧抽碧毯,菜花纐碎錦。幾日困炎歊,一雨變凄憬。滲漉連千
畦,含滋遍庶品。漁叟飽黄鱣,林鳩醉紫葚。我咏賀雨詩,狂喜忘寒
噤。夙昔慣酣嘲,兹晨毋乃甚。浮白鬥老拳,連傾敢内荏。甘澤正及
時,嘉禾定當稔。老農炊香粳,入口那能吟?南畝捫腹游,北窗企脚
寢。乍可沾衣履,寧論濕衾枕。昨夜夢中歸,馬鬣帶餘潘。朝來望遠
山,寒雲尚淰淰。天意曠昭蘇,此命神所禀。不爽十日期,焉用符札
諗。爲語清澗虹,慎勿垂頭飲。

同作　侯士驤

一雨群心定,蘇渴甚清瀟。但慰三農情,詎必十日屆。魃女勿妄
驕,龍工匪終懈。久旱潦不停,入土乾如曬。聞雷愜我懷,望雲妒鄰
界。敢云恃豐稔,冀可息疲憊。驚看麻麥長,翻覺隴畝隘。待此膚寸

膏，畫遍巽兌卦。野色變鬱葱，人聲減噍殺。層陰窗外結，殘滴樹梢挂。靈澤豈有私，貪夫且毋喝。雖未稱沾濡，亦足蠲痾瘵。爭喧引池蛤，餘潤及山薤。滓穢盡滌除，心目得曠快。願復傾天瓢，四壁響澎湃。西疇慶有秋，此賜敢不拜。

銷夏六咏　楊芳燦

松棚

斲杙架松棚，北窗堪企脚。涼疑翠雨飛，暑訝蒼雲薄。勁氣不栖蟬，清陰好招鶴。謖謖長風生，幽懷緬林壑。

竹簾

晝静簾自垂，一桁湘波綠。花影過庭陰，香烟轉欄曲。新月挂珊鈎，繁星綴金粟。向晚試追凉，移床近棋局。

蒲席

拔蒲向湖千，長簟方花織。水紋滑欲流，雲光净如拭。纖塵未許侵，炎氛莫相逼。從教午睡餘，夢到烟波國。

舊扇

和露剪叢蕉，規月裁圓箑。披襟煩慮遣，入手凉吟愜。花徑惹流螢，風廊逐飛蝶。中夏日方長，無爲嘆捐篋。

藤枕

誰將藤作枕，尚帶烟痕濕？涼輝宛轉通，幻夢玲瓏入。無煩寒玉鏤，何必名香裛。此中貯秘書，差堪當靈笈。

棕拂

枯椶代麈尾，非王謝家物。未須嗤薄陋，亦足散炎欝。樹義接名流，談空參古佛。胸中三斗塵，仗爾好披拂。

同作　侯士驤

松棚

編松代張幕，蒼翠壓高架。雜坐話桑麻，如在茅檐下。清陰護曲闌，月影漏深夜。好風泠然生，香氣入簾幬。

　　竹簾

　　疏簾當畫垂，湘竹饒幽態。虛堂窣地深，人影了然在。留篆勢紆回，受月光瑣碎。長夏藉逃暑，可與清簟配。

　　蒲席

　　誰織九子蒲，渾疑鄭群贈。舒同荃葛輕，滑比琉璃瑩。一幅雲水姿，半床寒色凝。涼飀塘上來，企脚佇幽興。

　　蕉扇

　　采蕉作便面，綠陰惜零亂。涼意誰可招，雨聲已減半。昨夜撲流螢，蜘蟵望河漢。以彼輾轉心，常恐節物換。

　　藤枕

　　北窗傲羲皇，藤枕稱幽具。疏目殊玲瓏，密理紛盤互。平生懷烟蘿，一夕遽相付。剡溪獨往心，好夢憬然悟。

　　椶拂

　　取椶規作塵，雅製非撲陋。雲屋人語深，石床禪影瘦。顧我非譚士，出入亦懷袖。捉此代松枝，披拂快清晝。

同作　楊承憲

　　松棚

　　編松覆高架，葱翠濃陰展。疏疏漏日痕，倒影如苔篆。只覺晚涼生，不知清露泫。披襟坐當庭，移鐺瀹茗荈。

　　竹簾

　　堂虛簾不捲，低垂畫欄曲。人影見依稀，幾尺湘烟綠。雲靜欲留香，風微不妨燭。爲盼燕歸來，時倩犀鈎束。

　　蒲席

　　誰拔湖干蒲，織得水紋影。一幅涵雲烟，人睡虛堂靜。即此管簟間，如得清涼境。門巷乳鳩啼，覺來忘晝永。

蕉扇

一葉作一扇，不須剪紈素。昨夜故人來，題遍相思句。質滑墨易乾，色净塵難污。動摇懷袖間，衣香隔簾度。

藤枕

紫玉未易求，青磁亦難借。誰采幽磵藤，北窗供枕藉。幽香引清夢，凉意入深夜。倘更製雲床，兀坐可消夏。

椶拂

野人剥青棕，持之作談柄。長短稱自然，烟霞得真性。痴蠅及浮塵，拂披一時净。几席無炎氛，翛然發清咏。

夏夜東園寓興① 用五平五仄體，以"茅亭宿花影，藥院滋苔紋"爲韵。　　楊芳燦

逭暑入静徑，名園初誅茅。厭浥草露滑，冥濛林陰交。徙倚日已暝，微聞山鐘敲。

雅士喜客至，招凉開軒亭。曲澗漱古月，方池涵空星。雜坐拂茹席，談諧俱忘形。

溪喧群蛙鳴，樹静衆鳥宿。山容開層青，野色送遠緑。呼童燃松明，勸客啜茗粥。

月户墮桂蕊，星田吹榆花。碧漢幾萬里，乘風無靈槎。坐惜歲月晚，良辰常咨嗟。

蟃蚿知憐風，罔兩欲問景。多君能清言，引我着勝境。翛然煩襟清，妙義默已領。

吾家龍山陲，陟嶺可采藥。樵風吹衣凉，陡覺暑氣薄。塵中愁炎氛，最憶水石樂。

紅霞明蓮塘，翠雨滿竹院。茶香浮磁甌，墨瀋泛石硯。江鄉歸何時，昨夜忽夢見。

積想變素鬢，難求金膏滋。静夜接軟語，幽懷惟君知。短燭屢見

----

① 《夏夜東園寓興》詩共十首。

跂,深杯猶能持。

半醉起視夜,循階行莓苔。蝠影拂屋角,蟾光沉林隈。歊咏震四壁,鄰家休相猜。

寶瑟戛楚調,桃笙回湘紋。落紙潑醉墨,揮豪飛凉雲。抵掌竟達旦,東方生朝曛。

同作①以"荷風送香氣,竹露滴清響"爲韵。**郭楷**

夕景斂遠嶠,東園炎氛過。小榻熨竹簟,明燈燃冰荷。握手并素侶,清詩聊成哦。

老樹見突兀,孤高撐青空。暝色亂衆葉,疏枝生微風。對此一寂坐,何如揮絲桐。

梯山龍城南,六月雪作洞。心清資神游,意往倩孰送。山靈如相憐,畀我以好夢。

攝展步曲隩,支筇臨方塘。不辨水石影,如聞蘅蘭香。逸興欲有寄,長歌懷滄浪。

層雲鋪方濃,片月吐尚未。孤螢流微光,曲徑聚夜氣。纖絺雖云輕,此際定爾貴。

銀蟾初東升,萬象已似沐。澄波涵蒼苔,瘦影偃翠竹。翛然休塵勞,底事走鹿鹿。

風爐烹新茶,活火爇幾度。銅瓶傾流泉,雪碗滌瑞露。何當呼盧同,一啜領此趣。

聯吟歡名流,鬥捷鉢可擊。豪飛枯藤纏,石裂翠蘚滴。狂歌余何人,竟爾不避敵。

衆籟寂不作,宵分微凉生。晤語意始暢,形神知雙清。仰首瞰碧落,明河將西傾。

知音逢良希,竟夜恣咏賞。檐端疏星明,檻外宿鳥響。披懷濠濮

---

① 《同作》詩共十首。

間，勝集庶不枉。

同作①以"月銜樓間峰，泉漱階下石"爲韵。　侯士驤

林深無塵氛，斗室静兀兀。莎鷄飛初輕，麥蚻響乍歇。明波浮殘霞，樹頂挂片月。

一徑壓暝翠，層陰歸空杉。暑氣斂夕靄，凉飇生輕衫。杖策縱遠目，斜光猶西銜。

小步散結轍，閑園殊深幽。宿鳥得静意，羈人生清愁。衆籟聞已寂，疏鐘來僧樓。

夜色淡碧漢，空烟沉青山。踏影入竹院，流螢隨人還。拂席暫跂脚，燈花開屏間。

客久别緒减，空憐多塵客。入夢覓故舊，遥遥希相逢。所願振羽翼，飄然歸雲峰。

不寐望斗柄，明河斜高天。鬥鼠觸壁缿，飛蟲投簾前。活火試石鼎，殘宵烹新泉。

怡情忘長吟，攬景苦短漏。三更疏燈凉，一榻隻影瘦。窺潭星疑摇，掬水月可漱。

夜静百感動，相思方盈懷。露鐸散古刹，風鈴飄虚齋。佇立默自喟，徘徊行苔階。

天風吹鷄聲，曉柝到水榭。平疇酣朝光，衆緑逼草舍。開軒延清氛，濕翠滴竹下。

吾家芙蓉湖，四面涌净碧。炎氛驅庭除，水色蕩几席。何當乘歸帆，把釣坐磧石。

同作②以"樹密月先夜，竹深夏已秋"爲韵。　俞訥

追凉臨同臺，鬱鬱見遠樹。峰多生奇雲，到處輒小住。微風吹荷

---

①　《同作》詩共十首。
②　《同作》詩共十首。

衣,兀坐待静趣。

清光揚窗紗,照眼碧蘚密。飛螢明虛庭,樹上鳥唧唧。怡情聊長吟,不寐且庋帙。

疏桐垂清陰,淡淡月似畫。娛情傾蕉筒,爽氣襲兩袖。窗延花香濃,砌墮竹影瘦。

夜色上樹杪,蛩聲鳴秋光。夢醒欲啜茗,燃松烹新泉。積水斂薄靄,方塘搖漪漣。

披襟迎涼飆,雜坐達永夜。移樽招朋儔,挈榼過水榭。狂來傾千觴,且莫問米價。時久旱。

娟娟池中花,裊裊澗上竹。清涼開塵襟,蒨鬱豁遠目。高樓誰吹簫,愧我未識曲。

跣足坐樹底,濛濛繁陰深。暝色漸黯黮,波光侵遙岑。倚檻忽悵快,臨風生鄉心。

蓮塘生紅霞,對此遣酷夏。茅亭雲栖檐,紙閣月射罅。三更羅衣涼,滅燭坐牖下。

中宵愁侵人,繚繞不得已。鵾鵬能高騫,一舉幾萬里。何爲甘飄篷,忽忽若夢寐。

夜回斗柄直,風來如涼秋。薄露濕小徑,殘燈低空樓。鬭韵志今夕,聯吟聊優游。

同作①以"松月生夜涼,風泉滿清聽"爲韵。　　楊承憲

暝色蕩野水,涼雲依高松。遠岫翠欲滴,閑庭烟光濃。暑氣去過半,殘霞飛溶溶。

青蘋生涼飆,樹杪已吐月。回欄垂簾波,講室敞十笏。藤床聊歌眠,笛簟夢忽忽。

檻外散露脚,羅衣微涼生。小院薄靄斂,虛窗花枝橫。列坐俯碧

---

① 《同作》詩共十首。

沼,波摇星痕明。

聯吟招朋儕,笑語達永夜。蟲絲垂檐端,蝠影出竹下。清歡雖難期,一夕料許借。

曲徑繞碧水,方塘宜追涼。攬景易動感,羈人懷江鄉。打槳采菡萏,沾衣生空香。

簌簌衆地響,林梢吹微風。掩卷起視夜,天河斜高空。萬籟各自動,螻蛄吟莎叢。

挈榼酌旨酒,移鐺烹新泉。結襪步砌畔,披襟當窗前。別緒忽滿眼,遥山浮雲連。

槐堂濃陰遮,瑣碎碧葉滿。相思盈幽懷,獨客宿旅館。驚看明星移,夢醒覺漏短。

夜氣警瘦骨,泠然心神清。葦露戛碎響,先秋成凄聲。抱膝屬有念,長歌怡吾情。

嵐光澄閑眸,鳥語悦遠聽。飛螢歸烟蘿,墜果滿石磴。誰能當深宵,結侶適静興。

【校勘記】

［1］此詩題《芙蓉山館詩鈔》卷六作《首夏信筆柬春塘索和》。

［2］朝:《芙蓉山館詩鈔》卷六《首夏信筆柬春塘索和》詩作"晨"。

荆圃倡和集詩五

夏日偶過適園見庭前葡萄一架美蔭四布可數間屋漫成
長句柬陸雨莊刺史　楊芳燦

祝融司方火爲紀，金鴉飛騰旱雲紫。毒暑鑠肌汗流趾，簿書堆案
不能理。君家相距僅尺咫，褐來造訪整巾履。凉光潑眼心先喜，蒼雲
垂天欲壓己。巡檐仰首驚諦視，葡萄百丈拔地起。孤根盤礴當階甒，
蹲若玄熊立青兒。蛟虯蜿蜒露脊尾，草龍珠帳差可擬。翠蕤雲旆紛
旖旎，風聲騷騷露泥泥。清宵漏月光瀰瀰，君言手植十年矣。抽藤引
蔓勢未已，最宜長夏安硯几。牙籤緗帙此間庋，高吟白雪雜流徵。恍
踏層冰泛清泚，何用靈符佩壬癸。濃陰撑空孰與比，千本甘蕉萬株
柿。問君胡不兼植此，況君工書窮八體。揮灑可代琅玕紙，笑談不覺
日移晷。隔斷炎歊遠塵滓，未信名園在城市。觸熱免嘲褌襪子，高秋
佳實何纍纍。錯落珠璣貫瑤珥，掩露而食甘且美。咀嚼元霜咽丹髓，
絶勝浮瓜與沉李。莫教醖釀作浮蟻，凉州一斛良可鄙。咄哉伯郎詎
足齒，直須作圖煩畫史。妙墨淋漓狀奇詭，携歸張向北窗底，坐使炎
氛凈如洗。

同作　郭楷

葡萄種稱西域殊，插枝引葉盈郊郛。名園一架勢不孤，幾時分自
火宛都。緣階植木周庭隅，長條掣曳如棚幠。橫空結陣紛盤紆，撑拄
直與檐牙俱。窗軒洞敞搴簾幮，文席映徹編青蒲。坐客仰首回清矑，

碧天無縫雲翠鋪。佳實磊落垂仙栂，明星布列光糢糊。紫垣玉繩繫斗樞，耿耿璣貝羅白榆。我擬指名標躔區，周髀未讀敢自誣。飛龍銜銜張髯鬚，以爪承露抛元珠。攫拿奮躍聊嬉娛，炎官火傘當空趨。融冶大地成洪爐，塵中熱客將焉逋。急向此地解履絇，凉風微動清肌膚。抵掌縱談忘日晡，主人欲語先長吁。初經手植纔弱荂，十年官迹淪江湖。歸來依舊嗟守株，此物蔓延誰所扶？繁枝蔭翳形非臞，馬乳高挂味頗腴。巧偷豪奪防鶹鸒，藏之十載味不渝。炎暑時來醉一壺，升沉消息安足圖。

同作　侯士驤

酷暑炙人衣愁厖，名園咫尺足屢躞。朅來打門驚吠厖，空谷忽聽音跫跫。坐我一室同吳艭，葡萄壓屋張烟籠。高檐修架橫雲杠，拔地布蔭周軒窗。今年旱魃虐此邦，火雲突兀燒山谾。稻田龜坼無流淙，榆柳拳縮成枯椿。惟餘狂蛟怒不降，盤空拿攫揮矛鏦。如㡠如纛如翻幢，滿庭森列纓絡幢。撑霆裂月爭春摐，天風摩蕩聲瑽瑽。怳見戈甲鬥羿逢，柯葉蔽虧陰黝𪑛。炎氛凈掃心無憽，主人語我殊信悾。遠宦昔涉牂牁江，牽舟作屋上急瀧。灘石嚙浪雷碎㙅，榕烟挪雨翳目矃。憶此不啻苙與茳，歸來高卧安耕稯。椓杙引蔓覆石矼，只今子纍如舡艭。秋來萬乳垂驪驦，收之十斛釀百缸。茅亭凉夜開瘦䍙，酡顏紅暈明金釭。轟醉寧識村鐘撞，忘形不覺言之哤。快比德摻過老龐，嗟我落拓愚且戇。槐蘿跼蹐同螳蜋，作客塵土憐滿腔。乞君藤株健可扛，截以爲杖相扶幫，放脚五岳凌崆峣。

七夕得“河”字。　楊芳燦

霞暗沉紅綺，雲纖揚碧羅。不知秋意早，只覺晚凉多。銀浦纔填鵲，金閨正掃蛾。花廊簾盡卷，苔徑屐初過。掩扇回星影，拈針映月波。彩絲雙孔繫，縫縷一痕拖。弱腕擡還怯，明眸認未訛。人間空約夢，天上易斜河。麝重休頻爇，犀寒却待磨。篝絞凝寶粟，燈焰淡冰荷。隱約催宵漏，依稀散曉珂。佳辰勞悵望，良會易蹉跎。謝女拋斑管，蘇娘擲錦梭。慧心憐薄命，得巧竟如何。

同作得“針”字。　郭楷

淡月瑣窗度，明河綺户臨。鏡臺低映玉，香盒膩塗金。宛轉盤擎果，透迤珮綴琳。靚妝移檻外，徐步到花陰。悄掩合歡扇，輕拈雙孔針。占星愁霧隱，整縷怯風侵。盼昞慵舒腕，依稀欲墮簪。歸遲情脉脉，立久夕沉沉。乍覺寒生襪，翻憐露濕襟。幾回勞遠望，是處響疏砧。曲艷韜齊瑟，雲痴戀楚岑。夫君能不顧，得巧若爲心。

同作得“星”字。　侯士驤

翠箔湘紋篆，珧窗梵字橢。樓空秋更淡，天回晚逾青。欲認雕陵鵲，爭開金縷屏。別多雙淚豌，望久一梭停。犀盒蛛初網，花盤水正渟。玉笙殊縹緲，珠珮宛瓏玲。巧思知難得，離愁却慣經。亂螢烟滿徑，碎杵月當庭。夜静人偏倦，燈凉夢易醒。凝情徒脉脉，私語記惺惺。榆影看仍皎，雲波惜漸暝。風疏低暗葉，露重濕飛螢。幾處針先度，誰家漏獨聽？止憐河漢隔，猶盼女牛星。

同作得“樓”字。　楊承憲

悵望迦陵烏，蘭期託騫修。桐陰深院静，花氣夜窗收。錦瑟頻移柱，珠簾盡上鈎。歡聲驚倦鵲，密意懺牽牛。天上看橫渡，人間正倚樓。空將經歲約，添得此宵愁。設果殘更回，穿針曲檻幽。縷長時繞指，月暗漫凝眸。河影斜初轉，星痕淡欲流。瑣香金屈戌，玉溪生句。① 偎玉鈿篋篌。惜别雲波闊，停梭淚雨稠。燈凉千里夢，蟲語一庭秋。欲訪支機石，難尋聚窟洲。聰明多自誤，巧思爲誰留。

---

① 瑣香金屈戌：出唐代李商隱《驕兒詩》“凝走弄香奩，拔脱金屈戌”句。

同作得"橋"字。　俞訥

薄靄迷空院，明霞麗碧霄。一年争此夕，容易得良宵。共悵蘭期速，寧知舊路遥。鸞軿迷往返，羽蓋任飄颻。螢火粘珠幌，蟾光浸綺寮。穿針呼女伴，乞巧待星輺。粉盎珠縈網，銀河鵲駕橋。影回蟬雀扇，韵轉鳳凰簫。露重凉如水，雲輕薄似綃。酒醒風淡淡，人静漏迢迢。秋意催偏早，離愁望總饒。雨絲沾灑處，别泪盡來朝。

過僕固懷恩墓　楊芳燦

唐代當中葉，漁陽起叛藩。驍雄出褊將，義憤救中原。酣戰摧强敵，孤軍領外援。假威添虎翼，協力剪鯨吞。左僕班資貴，真王爵秩尊。氣驕非易制，寵極轉成怨。反側由群口，寬仁負主恩。養癰分節鎮，召亂誘羌渾。自詫功無并，寧知禍有源？飛章争告變，謾語尚陳冤。蘇峻懷非望，麗萌肆妄言。士擐三載甲，苑率六軍屯。涇水全師覆，鳴沙數騎奔。餘生逃斧鑕，殘骨載轒輼。壞道沉碑失，陰崖破冢存。悲風作嗚咽，疑是健兒魂。

同作　郭楷

連岡鬱黄雲，四塞慘白日。陰風沙石號，短草冷蕭瑟。遥遥見孤邱，蓬蒿荒不銍。云是懷恩冢，年多阡碣失。有唐昔中葉，安史亂侵軼。所賴朔方軍，僇力奮群帥。如何冢中人，功名乃不卒。釁因雲京構，情緣奉先窒。四鎮徒陰謀，六罪漫口實。焚如良自取，猶幸逋斧鑕。封黍異姓王，名污史臣筆。阿母揮白刃，逐賊蒙優恤。愛女系天潢，遠嫁崇禮秩。忠孝爾竟虧，魂魄應慚慄。千秋遺壙在，已作狐兔室。月夜牧馬歸，何處鬼雄叱？

同作　侯士驤

軋犖山前走劇賊，千里連營甲光黑。兩京已潰哥舒降，健將從戎

起鐵勒。將軍許國初靡他，陣前斫子揮霜戈。營門角響宵傳箭，馬鬣
冰寒曉渡河。河陽一鼓摧堅壁，叱咤英風萬人敵。功成自懼置閑散，
請爲降奴建旄節。養癰河北從兹始，論古純臣詎如是。縱無讒口伺
含沙，未必功名竟堪恃。六罪陳辭隙已成，構之況有辛雲京。當時悔
過八待罪，主恩猶可全其生。計不出此乃再誤，弄兵召寇當遲暮。鳴
沙歸骨遁天刑，强固性成終不悟。闔門死事四十人，不幸馬革留殘
身。可憐百戰中興將，末路披猖作叛臣。我來憑吊經荒瓏，陰風匝地
驚沙擁。咫尺難尋靈武臺，夕陽衰草寒雲重。

秋雨初霽郊園遣興四律[1]　　楊芳燦

　　雨過微凉白袷輕，林陰繞屋有餘清。偷閑且庋書千帙，破悶宜賒
酒一程。[2]帖水晚霞紅綺散，侵階秋草碧茸生。[3]眼前風景佳如許，合
着樊川賦《晚晴》。

　　附郭名園路不紆，兩三素侶共相於。雨微已覺蒼苔滑，寒早先愁
碧樹疏。偶撥枯叢看蠹化，戲拈脱葉認蟲書。瓜畦棗圃明如綉，好是
平臺縱目初。

　　策策芒鞋踏淺沙，柴門地僻静無嘩。隔溪漁子炊菰米，傍舍園丁
剪韭花。選勝故應歸我輩，尋幽更欲到誰家？夕霏暝色盈襟袖，笑指
林梢接翅鴉。[4]

　　一抹遥山淡欲無，半灣緑水浸葭蘆。[5]東陽好續《郊居賦》，北苑
難摹《秋興圖》。江國書沉驚塞雁，天涯歲晚感塘蒲。[6]李昌谷詩："身與塘
蒲晚。"①金薤玉膾空相憶，昨夜西風夢五湖。

同作②　　侯士驥

　　一雨園林重晚晴，水紋似縠漾空明。歸禽影小衝烟回，墜果聲低
到地輕。負郭歲荒農語儉，異鄉寒早客懷驚。清游最愛幽栖勝，山瘦

---

　　①　身與塘蒲晚：出唐代詩人李賀《還自會稽歌》詩。
　　②　《同作》詩共四首。

天高倍有情。

空村門巷静愔愔，潤透苔衣綠暗侵。滿徑烟痕迷野色，一庭蟲語亂秋心。久游人漸諳殊俗，小雨天還斂夕陰。正是新凉吟興健，茶香棗熟快披襟。

碧花紅穗媚深幽，風景清澄豁遠眸。荒圃未霜瓜早墮，平田通水秫先收。濕雲上樹晴猶暗，疏翠沾衣淡欲浮。悄掩簾波塵不到，止憐倦客抱閑愁。

小閣窗開擁翠微，半棱紅蓼帶烟肥。晴如有約鳩先覺，秋到無痕葉自稀。詩思每驚寒易淡，鄉心常共雁争飛。坐來頓識生衣薄，遠寺疏鍾出竹扉。

同作①　秦承霈

桐陰初洗碧痕明，一抹空烟揚晚晴。雨後菇蒲連渚净，汀前鷗鷺泛波輕。蕭閑儘有溪山樂，曠達初無羈旅情。俊侣相携開小飲，試將秋色共題評。

蔚藍天色映晴霞，雨後園林絶可誇。平遠山如人意淡，空明水似客心遐。當階時墮青藤子，壓架齊垂紫豆花。行坐最憐風景爽，秋光記取過田家。

閑雲作意媚凉秋，況復新晴物態幽。竹徑斜穿苔滿屐，茅亭高唱鶴爲儔。誰知朔塞聯吟杜，絶似南皮選勝游。行近白蘋人影杳，夕陽紅到蓼花洲。

草堂深處翠陰垂，滿座清芬拂面吹。水氣侵人沾薄袖，秋聲在樹和新詩。墙根壘石支茶竈，澗曲分流滌酒巵。何事季鷹歸思切，可知美繪恰相宜。

---

① 《同作》詩共四首。

同作[①]　楊承憲

偶尋幽徑覓秋行，雨過園林媚晚晴。滿野烟痕依水盡，一天霽景接樓生。侵階細草經秋碧，壓架疏藤漏日明。最是小村風物好，身閑不覺往來輕。

一塢閑雲擁夕霏，四圍秋色欲沾衣。蟲經驟雨寒爭咽，葉戀疏林濕不飛。才少轉令詩格淡，鄉遥翻覺旅愁稀。園丁莫訝頻相過，暫却塵囂特款扉。

層臺縱目俯平皋，閣勢崚嶒擁翠濤。葦岸寒生沙燕倦，秧田農惰稗花高。相看儘有耽閑癖，小住常增覓句勞。他日定知傳勝事，題襟佳話説吾曹。

閑吟徙倚晚風前，越布單衣稱體便。新雁已看來塞下，舊愁容易到秋邊。金虀玉膾空千里，紅穗青菘又一年。無數啼鴉烟樹外，夕陽人影亂歸鞭。

受降城　楊芳燦

萬里榆關道，韓公有舊城。草埋危堞墮，風挾怒沙鳴。戍士囊弓臥，邊氓負耒耕。無勞甕門設，蕃部久輸誠。

邊　墙

野日荒荒外，邊墙入望遥。風高原散馬，雲回塞盤雕。蒸土頹垣在，沉沙折戟銷。登臨無限感，戰壘認前朝。

賀蘭山

拔地鬱崔巍，茲山亦壯哉！脊分河岍圻，勢劃塞雲開。設險悲陳事，爭雄失霸才。曩霄遺迹盡，莫問赫連臺。

---

① 《同作》詩共四首。

受降城　郭楷

韓公受降處,遺堞至今存。獨展臨邊策,寧誇列騎屯。山形猛虎踞,地勢鬥龍蹲。健筆鑱碑碣,千秋說呂温。

邊　墻

一帶繚垣峙,雄邊制四鄰。黃沙今夜月,白骨古時人。飲馬窟猶在,鳴刁迹已陳。時清烽戍減,耕牧樂斯民。

賀蘭山

崇山臨大夏,聳秀障邊陲。石古雲生窟,天低雪壓眉。空同聊倚劍,敕勒漫歌詩。試上危峰望,蒼茫有所思。

受降城　侯士驤

欲訪韓公迹,蒼茫大夏西。城分三足峙,天入四荒低。原古栖禾黍,時清息鼓鼙。憑高無限意,吊古且留題。

邊　墻

古堞儼周遭,黃雲補斷壕。客心沉戍角,邊日淡征袍。野闊牛羊小,天空鷹隼高。康時本無外,設險笑徒勞。

賀蘭山

巨鎮雄西夏,茲山扼控弦。沙痕迷遠磧,風勢劃高天。白涌長河水,青圍大漠烟。他年話登眺,磴道記揮鞭。

受降城　俞訥

故壘餘荒草,韓公舊列營。秋風吹古道,落日照邊城。百雉寒苔碧,重關暮角鳴。自誇身手健,常傍塞垣行。

邊　墻

斥堠烽烟静，沿壕長緑莎。高臺蹲健鶻，荒磧卧明駝。地利宜耕牧，邊氓息鎧戈。驅車經廢堞，懷古漫悲歌。

賀蘭山

一望蒼茫外，經年雪未消。雲奇形硨兀，石古勢岩嶤。斷碣看斑剥，遺宮嘆寂寥。登臨增感慨，把酒話前朝。

受降城　秦嵩源[①]

突兀三城舊，周防萬里遐。弓刀嚴列堠，旌斾擁平沙。地險爭魚齒，天驕制犬牙。只今蕃落静，長策未須誇。

邊　墻

野霧冷冥冥，斜陽下古亭。客愁侵夜柝，戍火亂秋星。土銼眠難穩，村醪醉易醒。他年談舊事，曾向塞垣經。

賀蘭山

極目眺嶔崟，蕭辰感客心。時平邊騎静，山古塞雲深。遠戍笳聲急，高空雁影沉。語來林壑暝，秀色落衣襟。

受降城　楊承憲

朔塞巖城古，蒼茫認廢垣。雄邊千騎静，危堞萬人屯。已足厄驕虜，何勞置甕門。拂雲祠畔望，蘆管起遥原。

邊　墻

縱目長城外，黃雲幾萬層。霜高秋試馬，風勁客呼鷹。自有四夷

---

① 秦嵩源即楊芳燦長婿秦承霈。《江蘇藝文志·無錫卷》引《錫山歷代書目考》中所記，稱秦承霈原名爲秦嵩源，生於乾隆三十九年(1774)，卒年五十八歲。歷任直隸正統府經歷、承德府經歷、密雲縣知縣、涿州知州、景州知州、天津知府等。

守，休誇一障乘。數聲邊角動，平楚暮烟凝。

賀蘭山

一碧橫空闊，千峰擁戍樓。寒光屯朔雪，秀色削邊秋。近接祈連勢，遥分太華旒。何當登絶巘，長嘯散鄉愁。

瓶菊十韵　楊芳燦

爲愛東籬菊，呼童巧折枝。烏皮安棐几，紅玉選花瓷。側正因心得，高低用意爲。三英同勝境，七净自華池。人淡秋無色，天寒水有知。壺中容小隱，研北着幽姿。曲院霜飛後，空簾月到時。餘芬歸茗碗，橫影上書帷。香近聞思入，《楞嚴經》："觀世音菩薩由聞思修，如三摩地。"神清坐對宜。無勞問甘谷，雲液滿軍持。

同作　侯士驤

采采過鄰圃，分秋入小瓶。一枝供逸事，九日伴閑庭。隱簟常窺蝶，添泉或帶萍。沁香流石硯，蓦影襯紗屏。絶少霜堪傲，翻憐雨未經。無言惟守口，耐久欲忘形。漱液知寒早，粲英令酒醒。燈殘人共淡，月落夢同暝。高格吾能賞，清談爾慣聆。悠然北窗底，相對眼逾青。

醉歌八首[7]　楊芳燦

今夕何夕秋澄鮮，明雲萬頃鋪霜天。細菊離離正堪把，小松楚楚亦可憐。河魚味美好斫膾，折簡招客開長筵。眼前百事休挂口，謝瀹此中只宜酒。

秋風槭槭吹庭槐，月光如水流平階。開軒促坐縱清賞，蕭散聊復抒幽懷。解事須同索郎語，論交願與歡伯偕。人生難得杯在手，天上有星還主酒。

城頭叠鼓欲二更，筵前紅燭參差明。主人起舞客稱壽，百分散打魷船行。長吟短咏亦可樂，何用聒耳琵琶箏。座中總勝公榮偶，相對那能不與酒？

卷波滿酌紅玫瑰，傀俄玉山猶未頹。重門上關井投轄，勿用此時持事來。半酣離坐拓金戟，更出諧語相嘲詼。君看糟淹更耐久，願君舉醽休辭酒。

倒冠落珮君勿嗔，謬誤須當恕醉人。我生戶小不自量，愧此十斛玻璃春。虛堂説劍出奇語，自覺肝膽猶輪囷。笑謂諸公且屯守，今夜伯仁真被酒。

凉蟾欲墮夜未終，一繩寒雁排高風。官街閣閣響秋柝，僧寺隱隱鳴霜鐘。醉墨淋漓污衫袖，腕底硬語猶盤空。聞道解酲須五斗，明日閉關應頌酒。

平生有癖好著書，丹黄仇校千箱餘。茫茫文字上下古，欲持寸管窮其初。空齋蹋壁徒自苦，窮年仰屋計已疏。身後虛名亦何有？且盡生前一杯酒。

少年落拓不解愁，持螯爛醉黄花秋。幻興自許邱壑置，司州時作林澤游。同時酒徒半零落，今我不樂將何求？只憐鄉味別來久，安得快斟京口酒。

同作[1]　　侯士驤

明蟾一夕如霜虬，紅香嚙斷芙蓉秋。繁弦促柱亂人意，惟有轟飲消清愁。主人綠醅貯百瓮，倒瀉金鯨呼我共。有酒不樂當奈何？爲卿置酒鄉當歌。

我效犀首日飲醇，我歌變徵非陽春。公看古來作達者，大半姓氏稱酒人。況我胸懷最蕭瑟，叔夜自知不堪七。當杯且復作拍張，芒角隱隱森枯觸。

酒酣起舞看純鐵，寒光上燭秋河裂。大梁公子久蓬蒿，更向何人

---

[1]　《同作》詩共八首。

灑熱血。飢鷹鎩羽殊可憐，有翮不復搏高天。天涯莽莽吾安適，低首塵埃少顏色。

人生不得行胸臆，雖壽百年亦可益。誓將作計疊糟邱，應勝侯門事干謁。晶輝萬丈搖晴空，負此不醉非英雄。城樓疊鼓勿摧曉，擬向樽前盡懷抱。

疏狂如此真堪鄙，感公酌我爲公起。男兒三十不成名，只合置身邱壑裏。黃花滿徑霜初高，左手可惜空無螯。酸風颯沓動戶下，高空一碧雲湍瀉。

明河斜影侵虯檐，大星作作搖空簾。霜華印階濕行屨，薄醉不覺寒威嚴。起踏落葉下庭宇，翛然風袂向空舉。醍醐入口煩憂痊，此身得飲骨已仙。

酒船已盡千斛波，酒徒猶呼金叵羅。次公狂態醒益甚，禮法之士如吾何。醉鄉竟得息疲喘，腸中差免車輪轉。打窗木葉聲刁騷，號雲征雁求其曹。

玉山頹然肱可藉，心事波濤夢猶怕。鸞飄鳳泊愁幾多，斫地高歌地成罅。何當一笑凌滄洲，擺脫塵務同浮漚。玉舟滿貯琳腴碧，醉中冷嚼嵹山雪。

晚秋游太平寺　楊芳燦

衆情共奔悅，言訪祇樹林。烟霜翳曉色，秋郊千里陰。細路入平楚，崇臺俯長潯。華妙瞻寶相，蕭蕭堂宇深。暫離城市喧，喜聞鐘梵音。機事倏已忘，悠然太平心。

同作　郭楷

相約訪蘭若，朝來果幽尋。出郭四三里，了了聞鐘音。野色浩無際，初陽淡清潯。入門禮金仙，紺宇何雄深。談玄共孫許，惜無支道林。何必領真悟，即景堪娛心

同作　侯士驤

秋陰積林薄,野色寒逾深。出郭造梵宇,霜氣沾衣襟。僧雛三四輩,寥落如閑禽。掃葉下蘿徑,汲水依烟潯。虛堂衆籟寂,風鐸多碎音。翔步看古佛,悠然生妙心。

同作　楊承憲

出郭尋勝境,初日淡高林。野寺人語静,惟聞鐘磬音。衆客集禪室,衣袂香烟侵。停雲低梵宇,寒色生秋陰。老僧掩經坐,窗外鳴幽禽。游心水精宇,即事聊長吟。

消寒小集時雪莊先生將還武威　　楊芳燦

雪滿千重岫,冰凝九曲灣。歲華驚宛晚,人意樂蕭閑。爲約良朋過,先教俗慮删。題襟須假日,拄笏好看山。簿領人嫌懶,風塵自笑頑。虛名三寸管,薄宦半通緄。太史嗟留滯,安仁賦拙艱。竹鮎嘲未解,書蠹語非訕。俊賞聯嵇阮,神交慕尹班。古歡聊慰藉,結習任牽扳。有托林霞外,相于翰墨間。摧琴洗箏笛,擺桂出榛菅。共鬥詞鋒捷,誰甘筆力孱。心兵塵攝槊,法界現華鬘。卜夜明然燭,留賓静掩關。記歌珠錯落,行酒盞循環。且喜羹材足,休辭飲量慳。深談重促膝,小別莫摧顏。滿酌樽前渌,遲聽馬首鐶。晼蘭香可贈,堤柳凍難攀。瓷碗茶心苦,銅盤臘泪殷。瓦寒霜片片,窗冏月彎彎。倚醉渾忘倦,耽吟未擬還。重逢期定準,春到盼回轅。

同作　郭楷

短晷殷星昴,翔陽走急瀧。爐深新撥火,屋小舊如艎。名彦簪初盍,吟朋壁有雙。時周倬雲初至,①兼謂春塘。② 膩箋朝啓篋,佳醞暮開缸。

---

① 周倬雲即周爲漢,生平詳見前。
② 春塘即侯士驤,生平詳見前。

淺酌神先生，去聲。清吟語未嗹。詞鋒淬劍戟，雅幟樹旌旃。小鉢驚頻響，寸莛時一撞。霜威指顧折，風力笑談降。暖閣何須閉，閑階偶欲躞。烟輕垂羃屢，樹老作株椿。勝賞堪留目，羈愁忽滿腔。歲華催暮節，踪迹尚他邦。歸夢誰能作，去聲。征途屢自慷。層冰橫磵壑，積雪竦崆峨。石路畏驅馬，山村聞伏厖。諸君情繾綣，地主惠敦厖。異味兼呼炙，高花屢結釭。解囊分鶴料，虛座待鷄窗。此夕邀歡宴，嚴城急夜梆。瓶罍那便罄，還復吸西江。

同作　侯士驥

丈室圍爐坐，風高回不寒。故人方小別，對酒覓清歡。促膝時交舄，忘形或倒冠。煮茶移石鼎，具饌出銅盤。薄醉吟懷爽，開軒望眼寬。疏烟溶廢圃，餘雪媚晴巒。櫓隙饑禽窺，林稍凍葉攢。談深嫌景短，去驟悵沙摶。後晤期先定，茲辰意少安。計當南至候，恰渡北河干。積霧澄幽谷，層冰壓急湍。斜陽驢影瘦，荒驛雁聲酸。逆想還家樂，應加旅客餐。鄉園堪日涉，世事暫川觀。炯炯燈將炧，丁丁漏向闌。半棱池月淡，幾點牗星殘。香爐紅消劫，霜凝白作團。留君歸緩緩，憐我路漫漫。遠夢常潦草，離思集無端。

同作　周爲漢

殘雪照巖阿，堅冰沍濁河。征夫千里至，勝侶一時過。竹碎聲摧葉，槐疏影轉柯。窗融晴日暖，簾逼午風和。小鼎香溫獸，尖毫墨蘸螺。開樽嚴酒律，分韻鬥詩魔。洮硯微烘火，蠻箋膩擘羅。搜奇肩乍聳，作字手頻呵。詞陣衝堅壘，文瀾捲怒波。驚筵談灑落，出座舞婆娑。道合懷能暢，情真禮不苛。吟成寒月上，坐久暝烟拖。叢木低歸鳥，遙山淡斂蛾。影看人散亂，醉笑玉傀俄。客裏朋儕少，歡餘感慨多。萍蓬憐遠迹，更漏靜微哦。暫別心猶怯，明宵夢恐訛。霜華凝石砌，星點縮銅荷。離緒憑長話，深情寄短歌。相携渾不寐，試問夜如何？

同作　俞訥

颯颯霜初墜，霏霏霰漸繁。文場樹新幟，勝侶集名園。千里神交共，連宵夙誼敦。時周倬雲初至。丰姿欽叔度，骨相嘆虞翻。促坐談何密，圍爐氣自温。開筵列杯斝，鬥酒倒瓶盆。角韵箋頻擘，抒懷筆復援。底須絲竹盛，遂聞笑言喧。歡暫天應假，情真禮不煩。塵囂隔深院，晴靄斂遥村。短晷催清晝，翔陽下遠墩。半林殘葉響，一抹淡烟昏。散帙然官燭，烹泉洗古甌。窗虛雲聚影，庭回月添痕。有客懷征路，歌驪脂去轅。長途還抗手，小别莫銷魂。問渡冰堆磧，揮鞭雪滿原。候門欣稚子，健飯慰庭萱。預訂相逢約，須空此夕樽。不嫌長夜飲，投轄喜留髡。

賀蘭山積雪歌　楊芳燦

君不見，賀蘭山色青嵯峨，倚天疊嶂開烟螺，長風蕩雲生翠波。照眼寒光忽相逼，[8]千峰一白排空出，飇車夜碾陰崖裂。陰崖太古雪未銷，新雪又復埋崖腰，茫茫旱海堆銀濤。銀濤百丈拔地起，玉龍蜿蜒露脊尾，歊霧拿雲狀譎詭。夕陽倒影瓊瑶臺，憑虛仿佛群仙來，素鸞白鳳紛毸毰。決眦狂呼訝奇絶，肝膽槎枒冷如鐵，不識人間有炎熱。受降城畔寒沙平，回樂峰頭孤月明，高低激射摇光晶。安得手携九節杖？直上層顛披鶴氅，一曲高歌衆山響。

同作　侯士驤

賀蘭山勢何雄哉！插天萬仞青崔嵬，長風捲雪奪穹翠。排空忽現金銀臺，層巒列岫杳難辨，元氣浮白成胚胎。山靈昨夜玄圃回，霓裳羽衣新剪裁。雲濤霧陣出没，變幻不及睍恍惚，駿鷖跨鶴從空來。手持白蓮花，散作峰千堆，遂使凹者凸者橫者側者一一如瓊瑰。炎風不可掃，酷日不可開。窈厓凍塞老蛟窟，終古絶巘長皚皚。我來作客山之限，冷光照眼紛疑猜。奇觀有此未身歷，徒構形似難兼該。安得衝寒著屐向絕頂？坐看天公玉戲傾千杯。

同作　周爲漢

驚沙漠漠天漫漫，酸風激射雙眸寒。鴻濛元氣凍不死，空中突兀千峰巒。賀蘭山勢森如削，蒼茫雪掩芙蓉崿。寒威千里圍邊城，冷光一片團林壑。高低汹涌奔驚濤，頑雲戀岫飛難高。排空迸裂瘦石骨，搶地屈折孤松腰。深崖萬古不知日，吼風雪窟濛濛黑。冰絲脆斷冷蠶僵，霜甲幽埋凍蛟蟄。其陽近日曦光烘，露青拖白紛龍嵸。緣坡忽陷小凹凸，倚天欲倒高玲瓏。我來憑眺亦快意，胸中明徹眼無礙。此景平生見亦稀，不負十年走邊塞。

同作　楊承憲

朔方十月愁陰濃，盲颷捲雪騰寒空。飛樓百尺縱遠目，賀蘭山勢何龍嵸。攢天嵬嵬露絕頂，蒼茫上有風雲通。緣崖老樹凍欲折，冰柱硨兀凌高峰。茲山自昔稱巨鎮，弟畜太華兄崆峒。玄冥司方氣凝沍，鐵骨僵立無春容。鳥飛不到人迹絕，四序凛凛皆隆冬。層巔長留太古雪，日輪照爍難銷熔。今年山靈復作劇，敢以玉戲煩龍工。指揮巽二走滕六，憑虛構出瓊瑶宮。鶴書招客作高會，群真來往空明中。塵寰杳渺望不到，但見一白浮洪濛。寒光照眼太相逼，狐裘況復愁蒙戎。急呼貰酒促行炙，對此奇境傾千鍾。

回中西王母祠用唐鄭畋謁升仙太子廟韵　楊芳燦

漢代留仙迹，琳宮敞沉寥。回中欣乍到，海外怳相招。蓬島樓臺古，樊桐歲月遙。叢祠自榛莽，芭舞尚蘭椒。似有祥霞護，[9] 誰言佳氣銷。奇葩鮮擢穎，古栝秀凌喬。憶昔瓊軿駐，曾看絳節朝。密書三鳥遞，法樂八風調。雅奏傳湘瑟，清音叶洞簫。袿裳爭窈窕，冠帔鬥妖嬈。月滿疑回扇，虹垂欲化橋。洛妃貽翠羽，漢女采芝苗。六甲緗圖秘，千言綠字饒。毿毿花鳳尾，宛宛玉龍腰。懷夢香銷麝，潛英帳捲綃。室餘丹竈冷，陵已寶衣燒。靈藥顏難煉，蟠桃實早凋。無緣攀少廣，空擬築昆昭。別殿纔長樂，離宮又遠條。塵寰經浩劫，仙駕渺層霄。秦嶺高低樹，神山上下潮。何當參侍從，執蓋入雲飄。

同作　　侯士驤

策馬回中度，幽宮閟沇寥。紅塵隨野合，青鳥溯風招。一塢荒烟淡，千峰暝色遙。解裝趨殿陛，瞻拜薦蘭椒。璇室靈圖繪，瓊籤寶籙銷。庭閑苔作篆，松老翠成喬。古壁虬冬蟄，虛檐鶴夜朝。林霞九光艷，石溜八琅調。恍鼓凌華瑟，疑聞弄玉簫。定香浮泡泡，清響奏嬈嬈。瀑捲珠飛珮，虹垂彩駕橋。金田蒔桃核，瑤圃茁芝苗。得觀真儀肅，方知仙骨饒。從官掀虎齒，列仗鞚龍腰。六甲隨靈笈，三元擁絳綃。符經玄女奉，丹就阿環燒。共說顏堪駐，何因髮漸凋。暫能臨漢武，曾未詣燕昭。營氣頒真誥，精心律戒條。問誰登紫府，徒自望丹霄。磧回沙如雪，山空月似潮。巖扉當暮闔，惟見白雲飄。

同作　　周爲漢

虛殿栖靈怪，重巖閟聞寥。斑龍隨駕杳，青鳥向空招。勝地傳神降，遺踪溯漢遙。嵐陰寒野市，廟貌蕭山椒。雪散瑤花落，燈搖綠桂銷。蟠桃思竊朔，游鳧乍飛喬。修岥瓊仙侍，輕車玉女朝。浮烟連幔捲，激水代簧調。蘚上垂衣珮，塵封挂壁簫。珠冠瞻淑穆，彩仗引妖嬈。圓日高生棟，長虹曲作橋。池心泉吐液，磚縫藥抽苗。翠積松毛厚，黃攢竹箭饒。紙鳴窗破眼，路礙樹彎腰。蕊笈尋珊軸，珠幃啓絳綃。五靈留磬響，百和斷香燒。屋暗人愁入，廊空畫半雕。妄談寧足辯，奇迹此常昭。懷古歌苔石，臨風撫柳條。有峰遮遠望，無鶴下層霄。纖月將移影，濃雲忽涌潮。鸞輿在何處，客興正飄飄。

寒夜同春塘倬雲小飲① 楊芳燦

暮節感鄉心，聊爲越客吟。濁醪還解事，滿酌對知音。密坐琴樽互，虛堂燈燭深。巡檐看夜色，淡月上寒林。

雪意銷殘臘，烟華逗遠春。流連無事飲，儻莽不羈人。古硯凝冰薄，明釭結蕊新。相於遣冬緒，酒坐莫嫌頻。

同作② 侯士驤

對酒動成醉，浩然即朗吟。歲闌添別緒，客久失鄉音。疏柝霜街靜，寒燈雪屋深。三更天影淡，斗柄插空林。

客心如野草，得酒欲生春。任著窮愁賦，仍爲湖海人。月憐邊地冷，梅憶故園新。磈礧澆難盡，杯行莫厭頻。

同作③ 周爲漢

把酒話鄉心，圍爐更短吟。寒燈搖冷焰，遠笛曳清音。湖海胸襟闊，文章契合深。天涯冬又暮，風雪在疏林。

年光驚冉冉，屈指又將春。開戶延孤月，披書見古人。壯懷逢醉熱，詩境到窮新。遮莫荒鷄唱，杯行不厭頻。

小除夕漫興十韵 楊芳燦

邊城殘臘行看盡，尚覺寒威特地嚴。枯柳繞墻烟羃羃，亂峰窺牖雪巉巉。彩囊漫結迎年佩，錦帶還修饋歲函。炷鼎廉香和濕燥，堆盤生菜雜辛鹹。繁肴儘付厨娘典，佳釀先教麯部監。莫問浮踪嗟漫浪，且搜奇句試雕劖。日車易逐飛光去，風剪難將離恨芟。遠道良書遲雁字，故園香信破梅緘。散摶蕭鼓狂猶劇，快撫桓箏興不凡。最憶兒

---

① 《寒夜同春塘倬雲小飲》詩共二首。
② 《同作》詩共二首。
③ 《同作》詩共二首。

時行樂處,早裁越布製春衫。

同作　侯士驤

滿城腰鼓接比閭,回首天涯覺久淹。啼鳥似欣春漸到,勞人暗怯歲頻添。雪消圃盡開紅甲,雲净山争逬翠尖。笑我浪游驚晼晚,羨君新句得清恬。迎年樽設柑輕擘,餞臘詩成韵賭拈。深院更闌聞壓笛,小窗酒暖欲鈎簾。彩分金剪花千片,酥點銀匙玉一奩。烟篆裊屏香浥浥,星丸垂樹影纖纖。談深爐燼寒猶峭,夢淺燈孤醉不嫌。凝想吾家書屋畔,疏梅如雪覆層檐。

同作　周爲漢

疏燈此夜話江南,嶺上緗梅已半含。碌碗凍醅浮緑蟻,金盤佳果饋黄柑。新符填彩争懸户,方勝裁綃漫冒簪。促坐語長嫌漏急,隔窗風定覺雲憨。暖生枯柳微抽緑,烟染遥山淺畫藍。花歷開縅憐甲子,茶經搜蠹課丁男。頻呼如願歡相逐,試貼宜春俗共諳。古硯墨融詩思健,團瓢香重睡情酣。圖留寒意花銷九,曲换新聲笛弄三。異國年年輕作客,滿簾星影對書龕。

【校勘記】

[1] 此詩題《芙蓉山館詩補鈔》作《秋雨初霽郊園遣興》。
[2] 賒:《芙蓉山館詩補鈔·秋雨初霽郊園遣興四律》詩作“貰”。
[3] 階:《芙蓉山館詩補鈔·秋雨初霽郊園遣興四律》詩作“偕”。
[4] 鴉:《芙蓉山館詩補鈔·秋雨初霽郊園遣興四律》詩作“雅”。
[5] 緑:《芙蓉山館詩補鈔·秋雨初霽郊園遣興四律》詩作“渌”。
[6] 歲晚:《芙蓉山館詩補鈔·秋雨初霽郊園遣興四律》詩作“晚歲”。
[7] 此詩題《芙蓉山館詩鈔》卷六作《醉歌》。
[8] 寒光:《芙蓉山館詩鈔》卷六《賀蘭山積雪歌》詩作“光寒”。
[9] 霞:《芙蓉山館詩鈔》卷六《回中西王母祠用唐鄭畋謁升仙太子廟韻》詩作“雲”。

荆圃倡和集詩六

冰燈十二韵　楊芳燦

水骨誰鐫琢，銀荷製最工。燈王呈皎潔，冰子幻靈通。素影明欺月，圓輝巧護風。九枝原燦爛，八面總玲瓏。雲母圍丹魄，雯華漾彩虹。燭龍銜雪窖，蠟鳳綴珠宮。甲煎休頻沃，頗黎不耐烘。麝烟搖處暈，蘭爐墜時融。夜色宜虛白，冬心畏熱中。冷侵金穗淡，朗徹玉壺空。光欲驚寒鵲，清難語夏蟲。書帷留照讀，伯翳興還同。孫康，字伯翳，事見《談藪》。

同作　侯士驤

堅冰誰縷琢，雅製叶花罌。一片恒輝净，三更冷艷明。犀光沉凍壑，虹影卧沙城。妙合天人巧，能令水火并。瑶池燃鳳腦，雪窖點龍晴。待泮金蓮撤，凌寒玉手擎。膏燔終皎潔，荷覆愈晶瑩。侵曉心先淡，傷春體暗輕。傾壺紅泪滿，窺鏡紫烟生。不諱中腸熱，無慚徹骨清。魂消空色現，劫燼幻泡盈。悟得風燈理，推移任物情。

子夜冬歌　楊芳燦

露井落繁霜，夜深人語悄。獨坐抱離愁，寒逼釭花小。

同作　侯士驤

燈殘凝寒光，夜静悵遠別。天涯衣到無，簾前已飛雪。

同作　周爲漢

風侵孤枕寒，漏咽空閨静。夢醒燈欲殘，霜月摇窗影。

同作　楊承憲

空閨寒寂寞，斜月蕩簾影。霜氣入重幃，夢斷漏耿耿。

元旦即事　楊芳燦

夜雪淡鋪砌，晨霞明照窗。微烟縈篆鼎，細焰斂星釭。春信雖遲到，寒威已早降。元冰漸銷沼，緑酒欲浮缸。舒卷鮮雲叠，飛鳴麗烏雙。風光拂珠箔，日景上花幢。比閭簫鼓鬧，雜坐笑言哤。豐稔占今歲，升平樂此邦。閑情頌椒柏，遠意托蘭茳。拈豪聯二妙，真有藻如江。

同作　侯士驤

碧靄斂遥岫，頹霞結曙空。映簾明麗日，拂牖動和風。寒送歡聲裏，春生吉語中。辛盤迓賓侣，腰鼓競兒童。雁書看向北，斗柄漸回東。火催檀燧變，雪傍蘚痕融。莩甲遲膏澤，肖翹待化工。晴烟凝柳陌，淑氣轉蘭叢。調音諧律管，占歲重農功。謾酌醁酥酒，還憐土俗同。

同作　周爲漢

陽烏耀和彩，淑氣接殘冬。烟霽見邊樹，雪消明遠峰。黄淺寒抽柳，青深暖長松。好烏啼猶澀，芳醪味信濃。坐宵聽蓮漏，促曉聞鳬鐘。春來人未覺，歲去惜無踪。迎年思履吉，占候想良農。香氣雜蘭菠，盤肴紛錯重。風遠茶烟直，屋深爐火熔。相於抒麗藻，謳咏樂時雍。

人日立春得"發"字。　楊芳燦

登高望遠春,春光滿城闕。韶景與人宜,逸思先花發。泉脉潤冰苔,雲容媚烟樾。沿堤柳意回,繞屋禽聲滑。蘭樽看入手,彩勝且簪髮。預期素心侶,選勝陶嘉月。

同作得"彩"字。　侯士驤

尋春向柳陌,寒色未堪采。歸來坐虛室,春意紛然在。春盤送新蔬,春勝剪輕彩。東風一披拂,雲容已先改。薄靄結飛埃,微暖入纖蓓。寄語隴頭人,江梅久相待。

同作得"寶"字。　周爲漢

麗日照青幡,條風拂翠葆。撿歷重靈辰,望晴占野老。凌曉指農祥,登高寫懷抱。白消碙底冰,青入天涯草。泛酒會嘉賓,題詩思遠道。聯吟句未工,握筆愧懷寶。

同作得"勝"字。　俞訥

勝節屆靈辰,登高發佳興。霞明媚洲渚,雪霽净岩蹬。花事遲閑園,莎痕回野徑。不覺春風來,猶嫌寒意剩。玉釵揚彩燕,銀幡貼花勝。比户簫鼓喧,春聲已堪聽。

同作得"燕"字。　楊承憲

占歲重靈辰,邊城春已見。餘寒猶壓簾,和風先拂面。門額綴華勝,釵頭分彩燕。不覺柳意滋,潛催鳥聲變。新蔬擷菜甲,説餅共清宴。遙憶草堂前,疏梅已開遍。

立春後言懷同用昌黎韵　楊芳燦

羈人惜景光,百端集深念。凭案鳥粘黐,嚙筆魚喁喁。圖史供葅枕,丹黃任驅染。平生性儒緩,結習苦難砭。作計每不諧,自觀良可厭。空餘壯心在,燒燭看孤劍。楚氛猶未靖,戈戟光磨閃。秀才多入軍,慷慨拯民墊。謂徐朗齋、①周鑒湖諸君俱以書生投效。② 悔不讀陰符,飛箝詎無驗。徒然困風塵,單車歷村店。時以讞獄赴紅寺堡。無策撫披岷,捫心但多欠。流離悲雁户,遮道訴荒歉。願得歲回甘,朽壤發春艷。雪深炊餅大,飢人舌先醮。勾萌坼高隴,泉溜疏深塹。陋邦少竿牘,漫士安鉛槧。更望捷書傳,天南烽息焰。甲卒盡歸休,丁徭絕影占。家山笋蕨肥,江湖鰕菜贍。拂衣賦《遂初》,吾其謝冗僭。

同作　侯士驤

少小弄柔翰,所好與時左。論文薄帖括,搖筆便嘔唾。鄉塾竊非笑,親串相規佐。譬彼善鬻人,居物匪奇貨。子今事迂遠,流景懼易過。口諾心未然,辭折意不挫。嗜痂少同癖,倡古惜寡和。醉拊梅一株,哦對竹千个。但知供嘯傲,寧復計困坷。烟波足生涯,雲壑容高卧。荼部署新銜,术序續清課。窮達皆素定,智力俱無奈。擾擾風塵間,奔走疲庸懦。片言偶入俗,聲名藉傳播。著書雖盈尺,豈能敵寒餓。詞人例數奇,不獨郊與賀。百年如寄耳,拙勤補巧惰。他時文苑中,冀可參末座。歲序暗相催,又見春痕破。爲詩自策勵,煩襟滌塵涴。

同作　周爲漢

夙昔氣自雄,豪語破鬼膽。論事無易難,縱橫誇勇敢。日月雙跳丸,流光不可攬。齷齪困風塵,沉滯占坎窞。言痴笑虎頭,覓功愧燕頷。南北任饑驅,甘苦嗟飽啖。邊春來依依,塞雪猶黤黮。薄日凝寒輝,重雲弄陰慘。沙昏天影低,烟冷山容淡。茗碗罷槍旗,爐香斂菡

---

①　徐朗齋:原名徐嵩,改名徐鑠慶,舉於鄉。生平參見《楊蓉裳先生年譜》。
②　周鑒湖:周爲漢伯兄,字心如。據方履籛《萬善花室文稿·周韵雲墓表》載:"哲兄鑒湖刺史,亦以環瑋。博達早勝今譽,分鑣藝林,炫彩錦。"

莒。夢境阻關河,愁叢亂葭菼。宛轉動閑情,蒼茫集百感。惟餘耽詩癖,猶如嗜昌歜。墨光異采舒,筆蕊輕紅糝。艱深抉突窔,怪險闢幽坎。忘寢兼廢食,懷鉛復提槧。撫序行且吟,得句喜或頷。夜永漏迢遙,衣薄風刻憯。小窗霜氣侵,老樹邊聲撼。渾忘春已回,詩成還獨覽。

明日　楊芳燦

爲憐明日意,惆悵坐深宵。風外疏鐘斷,星前短燭銷。補歡愁月破,留約待春嬌。猶共餘香語,微吟背綺寮。

同作　侯士驤

憑欄念明日,便覺夜蕭蕭。月影逾清炯,詩情足沈寥。樓空箏語定,燈淡夢痕遙。不待聞雞唱,餘歡逐酒消。

同作　周爲漢

風聲寒火市,霜影淡星橋。弦管隨人散,繁華向燭銷。一分憐月減,五夜怨更遙。轉瞬將明日,還應惜此宵。

同作　秦承霈

明日非無月,團圞是此宵。漏憐催箭急,風畏落燈驕。火暗星留樹,人稀霜滿橋。阿誰猶未寐,吹徹一枝簫。

同作　楊承憲

明日定無憀,繁華戀此宵。薄寒春意淡,清夢客心遙。月影過瑤井,燈光轉綺寮。憑欄數更漏,得句付詩瓢。

擬蕭貫曉寒歌　楊芳燦

露井宮鴉啼落月,宮漏無聲玉虬咽。[1]瑤瓶水凍斜紋裂,碎紅不墮釭花結。呵光盒上銅照昏，簾絲串斷餘霜痕。[2]麝熏空炷九微火，象口細香吹不温。彎環六曲屏山繞，[3]雲母空明催白曉。鸚鵡驚寒語悄悄，一點紅萍隔烟小。

同作　侯士驤

晶蟾倒影簾堆粉，雲母屏風峭寒近。葳蕤枕上紅泪冰，昨夜濃歡夢無準。丁丁虬箭聲玲瓏，銅荷膏膩低玉蟲。老烏啞啞作鬼語，喚醒春人復飛去。麝熏已斷衾生棱，霜氣撲衣冷如雨。高空一抹鋪紅綿，火輪飛破蒼蒼烟。

同作　周爲漢

曉風颾颾吹星滅，朝露洗天天影碧。圓鏡融光替殘月，銅荷焰小釭花裂。金蟾口澀未啓扃，花露如雨花冥冥。錦衾委墜睡未醒，烏龍撼户搖金鈴。丁東虬漏銅壺動，一縷濃香出窗縫。窗外朦朧鳥已啼，玉釵墮枕冰殘夢。

同作　楊承憲

料峭新寒壓衾重，金井鴉啼碎殘夢。霜虹彩躍雲波凝，晶蟾光死玻璃凍。十二屏山隔曙烟，殘星猶動高高天。鷓鴣已爇餘香薄，罽帳春人愁獨眠。文窗一縷頳霞印，花霧漸消鈴索潤。試卷簾衣望碧空，溶溶飛影紅萍近。

王春浦齋頭水仙一叢春深始花姿致娟静爲賦長句[4]　楊芳燦

東風吹出瑶花賓，藕覆凌波嬌貼妥。照眼驚看艷雪明，侵衣怕有凉雲墮。棐几湘簾位置宜，一拳翠石簇花瓷。[5]憐他故國移根遠，憑仗騷人好護持。冰魂欲化通春暖，漸見靈芽抽短短。招得飛仙海上來，誰道國香天不管？水沉依約度微薰，[6]彈指春光過二分。花若有情應悵望，腰圍瘦掩䩞羅裙。月痕滿地霜華結，對舞亭亭玉烟節。幻影玲瓏看欲無，么弦宛轉彈初歇。清心玉映淡丰容，散朗兼饒林下風。合伴玄談破岑寂，[7]難尋好句鬥清工。[8]邊城二月春寒重，草甲苔衣青未動。縱道開遲却占先，群花尚作江山夢。空香鼻觀靜中參，欲話幽情半吐含。水碧沙明曾見汝，舊游爭不憶江南。

同作　侯士驤

幽花愛寂寞，本是瑤京仙。抱性大孤潔，謫墮色盼天。穠春吐冰萼，稚綠殊娟娟。置彼衆香國，紅紫皆無妍。藉之以文石，沃之以清泉。疏香蕩几席，秀色何瀲鮮。雖多遲暮感，反得東風憐。只恐撇波去，窗暝生空烟。

同作　周爲漢

水仙本寒花，却有畏寒意。移根來絕邊，生理鬱難遂。冰連根際鬠，黃蝕葉邊翠。日薄疏影搖，風脆孤花墜。陽春來氤氳，華滋及百卉。嗟此冰雪姿，催折翻遭弃。王君信可人，數苞千里致。石浸碧水深，盆拭花磁膩。窗掩霜氣微，簾捲曦光熾。暖室不知冬，弱質遂能植。融和九午銷，尖纖綠猶稚。花也似感恩，蓄力報君賜。猗猗碧葉繁，盈盈素苞綴。怒迸白沙寒，净浴清波媚。一叢八九莖，一莖花三四。次第破幽芳，峭蒨聚清氣。凭几夜無人，月明冷香至。芬馥竟如斯，塞上得豈易。因知雖美材，亦貴生得地。不幸失其所，猶藉栽培逮。茲花半就枯，得君勤灌溉。雖復開較遲，香色依然在。嗟哉泥塗中，貧士抱才智。流離迫飢寒，寧與此花異。安得值王君，殷勤極護愛。我來把尊酒，永日與花對。却似在江南，小閣醒殘醉。感嘆遂成詩，試問花知未。

同作　俞訥

塞寒留孤花，春半香始迸。夫豈甘後時，風塵奪真性。兼旬曝頹陽，幽夢憬然醒。稚葉漾澄漪，一碧淡相映。清芬襲夜窗，坐對殘月暝。如有撇波人，盈盈踏明鏡。愛兹娟秀質，持句未敢贈。

同作　秦承霈

水仙破疏花，一縷春魂冷。悄風入素紗，似喚玉人醒。珊珊來何
遲，踏波晚妝靚。寒香漾紙窗，白沙蕩青影。主人開小閣，邀我瀹清
茗。對景憶江南，月上簾櫳靜。

同作　楊承憲

邊塞春已半，孤花破寒色。寒色滿空齋，花磁傍几側。疏影水痕
交，香氣虛窗得。辛苦歷嚴寒，娟秀憐微質。點點綴疏花，亦到陽和
日。與子結同心，端居坐一室。小院夜無人，月明聞嘆息。

閑游四律用昌黎獨釣韵　楊芳燦

清晨訪蘭若，日影上幡竿。松鬣陰蕭瑟，藤根老屈盤。乘閑游目
好，得句稱心難。又別禪關去，山前小據鞍。

新水宵來長，沿提泛浪花。[9]波心飄荇葉，沙觜努芹芽。有意携
書籠，無心問麵車。韶光彈指過，行樂未宜賒。

風景清如許，勞人倦眼醒。高情依水竹，浪迹托雲萍。山鳥有閑
意，磵花多遠馨。呼童試雷莢，笙響出銅瓶。

我自尋春至，人言行水來。晚霞明柳眼，宿雨綻梨腮。幽事殊堪
戀，煩襟暫得開。西峰銜落日，歸騎尚遲回。

同作①　侯士驤

小住招提境，僧窗日半竿。寺荒禽聚族，岩回翠成盤。莫憚幽頻
探，須知閑更難。相於得佳侶，沙路跨吟鞍。

地僻寒猶勁，春深始見花。澄潭散魚影，古岸茁蘆芽。偶得蠟游

---

① 《同作》詩共四首。

屐，還思問釣車。烟波有真意，取景不嫌賒。

滿園紅意足，繁杏夢初醒。孤趣耽盟竹，浮踪類駐萍。衣生添薄潤，茶苦得餘馨。好折疏枝去，留香入小瓶。

村醪欣可覓，調馬入林來。野色蕩春眼，山風醒醉腮。蘇子美詩"爽籟颯颯吹醉腮"。① 煩襟因水滌，幽抱向花開。啼鳥休催客，遲留未擬回。

同作② 周爲漢

偶尋原上寺，隱隱見烟竿。硤口孤雲出，山腰細路盤。偷閑成懶易，取境入詩難。隨處幽情愜，無妨屢駐鞍。

塞上春來晚，無心更問花。細流鳴石齒，暖日迸蒲芽。爭樹墮沙鳥，掣風翻水車。清談有真趣，村酒不須賒。

長嘯思孤往，行吟類獨醒。烟霞知媚客，身世忘飄萍。露壓危花落，風薰細草馨。就泉烹苦茗，修綆下銅瓶。

到此流連久，行踪豈再來。踏花留馬足，拆柳貫魚腮。歸路蒼烟合，前山石壁開。浮屠三宿戀，落日首重回。

同作③ 楊承憲

吹火修行屐，臨流把釣竿。此間堪嘯傲，假日暫游盤。選勝寧嫌僻，捫危未覺難。奚囊新句少，空復駐吟鞍。

渠分雙派水，樹雜兩般花。燕子啄芹葉，鳧雛眠蔣芽。卷書同梵夾，屬思引繅車。是處春光好，誰憐逸興賒。

山椒閑散步，清夢午餘醒。紅出頹垣杏，青粘廢沼萍。地高來遠色，風靜得幽馨。擬向沙頭醉，好携雙玉瓶。

晴雲烘日影，微暖撲人來。柳作阮生眼，花呈越女腮。更尋山寺去，試款竹扉開。坐待高峰月，清光送客回。

---

① 　出宋代蘇舜欽《依韵和伯鎮中秋見月九日遇雨之作》。
② 　《同作》詩共四首。
③ 　《同作》詩共四首。

題離騷九歌圖得“歌”字。[10]　　楊芳燦

　　昔年痛飲讀《九歌》，逸興邈欲凌雲波。眼明今忽見此本，百靈秘怪皆駢羅。精心布置刮造化，歷歷指掌看旋螺。太乙神君倏來下，霓旌翠蓋交相摩。齊驅兩龍作驂服，頭角突兀形委蛇。誰斟椒漿醉司命，瓊駬斜倚顏微酡。天門蕩蕩羽衛肅，少君冠劍同崔峨。湘君夫人兩窈窕，頳顏玉色揚修蛾。手持縫節導輿從，指撝河伯鬒九河。鱗堂貝闕炭飛動，駛水迸集爭漩渦。雲將泱鬱遍六幕，排風馭氣乘高駝。日君焕赫噓紫焰，九光照燭榑桑柯。幽篁山鬼亦媚嫵，解采三秀尋烟蘿。《國殤》猛志固常在，帶弓擐甲摻吳戈。其餘幽詭難悉數，刻畫細碎窮么麼。我聞三楚尚巫覡，神叢森列淫祠多。雅娘仰面呻復噦，靈談鬼笑紛婆娑。騷人竟逐鶃鳥放，面目慘悴行江沱。淋漓大筆正謬俗，如掃氛霧瞻羲娥。蛙咬屏絕雅聲暢，傳芭代舞賡陽阿。[11]畫史亦復可人意，巧構形似無差訛。湘纍奇迹落吾手，卷圖南望長吟哦。吟聲出吻苦佶屈，我歌與古原殊科。方今群神各受範，震風凌雨回甘和。青曾黃頒變元化，污邪蟹堁皆宜禾。夔魖殲除罔兩伏，比户康樂無札瘥。歌成或可迓田祖，前村社鼓如鳴鼉。是日春社。

同作得“九”字。　　郭楷

　　楚江古俗傳來久，鬼冢神林遍巖藪。靈風飄紗指翠旗，姣服偃蹇妥丹牗。孤臣放逐游澤畔，披髮行吟顏貌醜。蛾眉謠諑衆固然，姱節好修余非偶。作歌降神共神語，激楚之音常在口。我每開編輒生愁，怨思抑揚獨搔首。擬往江潭問遺迹，陽侯鼓浪蛟鯨吼。山長水遠悵無窮，眼明忽遇丹青手。丹青點染侔真色，幽篁葱蒨雜紅藕。神官儷列爛朝霞，女子妖韶比春柳。澧陽極浦渺潺湲，蒼梧山高辨岡阜。飛龍聯翩或隱見，文狸赤豹紛左右。精靈紙上并軒昂，疑飫椒醑酣桂酒。明窗指顧生駭怪，慌惚似向湘南走。胸中芥蒂苦未除，試把雲夢吞八九。雷聲填填雨冥冥，側聽清猿引臂肘。陽阿晞髮將安儔，珮遺

下女時恐後。澧蘭沅芷任駢羅，誰向芳州爲摘取？楚纍當年空憔悴，狂吠猖猖困瘦狗。歌詞凄咽神不聞，人間禱祝亦何有。畫工下筆太儇儇，使我披圖滌氛垢。爲想吮丹潑墨時，滿酌醲醪傾幾斗。

同作得“離”字。　侯士驤

昔讀《離騷》常喟嘻，欲涉三湘探九嶷。江山盤盤欝烟霧，目所未睹神先疲。誰歟圖作《九歌》本，金碧滉瀁浮晴曦。虛堂白晝偶展玩，仿佛颯爽趨靈祇。東君太乙雲中司，霓裳璆珮驂龍轙。奔霆掣電倏閃灼，空中欲下翻雲旗。河伯司命爭相隨，蛟螭夾轂形髮髶。鯨呿鼇擲迭掀簸，波濤蹙縮紛躑躃。二妃窈窕揚修眉，含睇宜笑山鬼嬉。芙蓉薜荔翳溪渚，予愁渺渺空猶夷。陰飆激蕩忽幽慘，鬼雄躍出何跂跂。秦弓犀甲冠駿螘，左摻玉鋏右金鈹。畫工摹寫出絕技，一一畢肖窮豪釐。我悲左徒負才智，《懷沙》竄逐搴茳蘺。行吟澤畔色憔悴，紛紛巫覡謳其辭。當年得志任揮筆，可續清廟生民詩。美人要眇隔天末，區區抱此安所施。叢祠傳芭舞容與，椒漿桂酒羅牲犧。蛇蛇蜿蜿衆靈降，誠悃上格神馨之。丹青點染儼森列，澧蘭沅芷多離披。獟狺叫嘯山竹裂，洞庭千里愁雲滋。烟水滿幅爰飛動，恍見萬怪騰陸離。披圖南望心抑欝，高歌楚些聲嘤咿。

同作得“騷”字。　周爲漢

雲雷屯晝風騷騷，砲天萬丈吹洪濤。神光離合不可近，百怪出没紛喧嘈。《九歌》之圖誰所作，奇氣鬱勃隨飛毫。犀軸鵝絹展未半，虛堂慘淡寒生毛。天地冥晦衆靈集，飄如鸞鶴空中翶。駢肩接趾狀非一，烟霞疑隱千旄旌。旌旄隱見勢欲盡，白光一片搖江臯。彼何人斯艷若此？風鬟霧鬢凌波遨。平流滉蕩不可極，勢若直瀉崑崙尻。回瀾曲折四三轉，忽掀怒浪如山高。有神似向天關入，足底迅渡來滔滔。山河陰翳足妖魅，飄蕭風雨哀猿號。墨光黯淡都異色，文狸赤豹時相遭。殊形異狀萬萬黨，令我惶惑神爲勞。忽憶深宵小窗坐，一編披讀曾焚膏。龍眠有圖惜未見，九疑凝望心忉忉。今得此本頗快意，筆力矯健如生猱。想其運腕具造化，一一神肖形難逃。光怪森然出紙外，氣勢直欲吞吾曹。瀟湘雲夢怳在眼，何當吊古乘飛舠。塵轙局束願未遂，掩圖而起情鬱陶。

同作　楊承憲

東風裊裊吹蘅蕪，江波一緑如醍醐。雜花離披滿汀渚，修篁夾岸啼鷓鴣。沅湘舊俗尚機鬼，叢祠奔走覡與巫。蕙肴蘭藉薦豐潔，傳芭擊鼓吹笙竽。壇壝嚴肅神并降，更有好事傳其圖。畫工寫此亦神妙，繪意直與騷爲徒。《九歌》譜成煥金碧，紛紛秘怪供描摹。晴霞蒸鬱半空紫，法駕冉冉夾天衢。峨冠長劍時隱見，翠旂絳節爭前驅。森嚴雄詭狀非一，亦有綽約神仙姝。白雲瀜然間虛碧，忽開疊嶂連澄湖。山光水色兩激蕩，群真出没疑有無。哀狖連臂挂絕壁，白黿踏浪如飛鳧。坡回峰轉見平楚，驚沙漠漠天模糊。幽陰黯黮衆靈集，披圖凜凜寒生膚。經營下筆極慘淡，烟雲變滅隨須臾。想當盤礴恣揮灑，倏忽萬象羅座隅。九嶷三湘落眼底，如驂赤豹凌蒼梧。虛堂展卷心目眩，怳見神物來于于。擬羞荓蘿進桂胥，共招楚客相歌呼。靈均去我幾千載，側身南望空嗟吁。幸得此本日披玩，讀騷讀畫增清娛。

沙鷗　楊芳燦

沙鷗來往羽毛輕，物外相看倍有情。遠渚夢回春水闊，平蕪飛近夕陽明。五湖得爾真佳伴，萬里憐余負舊盟。爲問釣車無恙否？臨流便擬濯塵纓。

同作　侯士驤

沙鷗蕭散傍河干，客子關心倚棹看。春緑一陂新夢闊，間愁千里舊盟寒。烟波招我非無意，身世如君亦自寬。他日魚舠可相狎，芙蓉湖上伴垂竿。

同作　周爲漢

依依相愛復相憐，只在新蒲短葦邊。兩岸愁紅花似雨，一溪寒綠水生烟。江千舊侶情猶戀，海上前盟愧未堅。尚有機心難爾狎，孤舟歸去是何年？

同作　楊承憲

野鷗泛泛浴盤渦，沙岸微茫漾白波。幽草長時春渚静，落霞明處夕陽多。機心易盡盟難忘，舊侶相尋夢未訛。三十六陂烟水澗，他年招爾伴漁簔。

河干夜月偶成長句　楊承憲

落日餘霞沉翠巇，長河出峽春波滿。須臾圓月涌中流，倒影空明見崖窾。晶輝上下相激射，此夕塵襟全濯浣。參差烟柳繞沙渚，故傍清陰行緩緩。村荒地僻人迹稀，惜少閑園門可款。却歸旅舍剪孤燭，差喜相携有吟伴。彦倫屬思頗經奇，叔迟談詩更清遠。夜闌坐對不成眠，花乳泠泠浮碧碗。

同作　侯士驤

長河日落烟無際，月上中峰忽澄霽。月光蕩水水接空，水月交明失山翠。今春小住月正佳，天使吾儕得幽憩。沿堤散步不知遠，清景相遭愜人意。惜無足力造峰嶺，放眼空明絕氛翳。村深夜静悄無人，僧舍一燈門未閉。歸來相對話長宵，得此清歡亦非易。明朝蠟屐更尋春，爲問山花已開未。

同作　周爲漢

山中竟夜門不扃，門外峰高月剛吐。河聲澎湃殷若雷，山氣撲衣冷如雨。撥雲尋路過溪橋，聽水循流立沙浦。清輝激射浪打堤，平瀾混蕩光搖渚。原邊樹黑老鸛鳴，波面沙喧大魚舞。地僻無村絕人迹，谷雲聚響答幽語。恍覺城市遠不嫌，頗憐夜色清如許。却歸欹枕眠未能，不惜挑燈吟太苦。

同作　楊承憲

河干月出穿岩空，岩下河流碎光動。一泓澄碧開瑤鏡，九曲晶明瀉銀汞。繁空烟靄淡欲銷，墮水雲英冷疑凍。遥村樹色入望迷，野寺鐘聲帶風送。登山臨水偶閑寫，煮茗焚香足清供。佳游喜從長者後，勝賞適與良朋共。高花頻卸見獨跋，圓景初斜透窗縫。塵襟滌盡神骨清，欹枕微吟不成夢。

村行見杏花始開　楊芳燦

野店山橋見幾枝，綠嬌紅小怨春遲。連宵雨潤酥融頰，破曉霞明暈上眉。晚嫁故教留薄媚，高情應解賞新詩。髩絲禪榻年來事，又爲風懷惱牧之。

同作　侯士驤

沙路紆回策馬頻，莎痕柳色綠纏勻。忽看繁杏有紅意，始覺荒村多好春。敢倚才華怨遲暮，如渠標格尚風塵。停鞭幾度微吟處，我自相憐絕世人。

同作　周爲漢

山窗昨夜雨濛濛，曉起尋春試玉驄。石路細盤三里曲，破籬低亞一枝紅。濃脂有暈初含露，薄粉生寒欲避風。可有村醪能醉客，明霞斷處夕陽烘。

同作　楊承憲

偶尋幽事來平野，繁杏初開雨後天。幾樹香生春磵畔，一村紅近

夕陽前。亭亭倩影空相顧，寂寂疏籬衹自憐。莫遽搖鞭背花去，爲渠
悁悵立寒烟。

分賦秦州鏡　楊芳燦

秦州古鏡形模好，異色寒芒入手兼。塵土劫餘圓相現，光音天上
梵輪瞻。屑來珠粉剛盈掬，磨出鉛波可一盦。煉處曾然燒汞火，鑄成
應費洗金鹽。當心陡覺雲衣斂，透背還驚日影暹。缺齾半經銅銹蝕，
斑斕仍帶蘚花粘。冷凝寶液浮瓊片，密胸菱絲露翠尖。惜少銘詞工
刻畫，更無歲月好尋覘。玲瓏巧樣蟠金獸，演漾明姿映彩蟾。九乳銀
華同鄭重，八銖彩縷太輕纖。懸當虛室蛟螭動，佩入深山鬼魅潛。琢
架定須寒水玉，流輝堪抵夜明簾。頻看勛業知無分，暗數年華感易
添。神物且教依硯几，奇珍未合付閨襜。愁多早換秋眉綠，老去難留
客鬢黔。待與容成作佳傳，便尋負局到窮閻。

分賦洮州硯　郭楷

隃糜自昔徵秦産，佳硯仍從洮水聞。共道寶光須刻琢，直臨珠窟
辨泓沄。天然密理藏金綫，一帶清流漾碧文。色映朝霞浮近沚，輝流
夜月燭幽濆。良工拾得方呈質，妙手拈來好運斤。古字銘鑴偏錯落，
聯坳聚墨復氤氳。凝精透映琉璃匣，發瑩平鋪翡翠紋。管握綠沉形
恰稱，案橫青玉影難分。剛堅漫說珍蒼璧，濕潤驚看起鬱雲。隴上騷
壇憑作鎮，青州鐵面定愁焚。名標鳳咮知誰敵，寵藉龍賓許樂群。穎
禿詎宜還拂拭，田枯且合力耕耘。端溪價重寧歸我，離石封高却待
君。求用有時逢草聖，虛懷猶冀助書裙。如渦雅愛揮毫便，無璺尤宜
滌水勤。多謝高人還什襲，空齋喜見傍皇墳。

分賦渥洼馬　侯士驤

天馬歌傳渥洼水，房星墮彩産騧驪。憶從異域歸琛賮，屢致名駒
邁駃騠。的顙丹髦輝廚幕，珊鞭珠勒控髇奚。窮廬草滿驅飛駮，畫角

秋高奔怒猊。猛氣定誇群可逸，雄姿堪信險能躋。遥疑匹練隨烟鬣，静識鳴鐶夾月題。絶漠驚飈回赤電，巉崖奔影曳青霓。平原莽莽龍堆暗，落日蕭蕭雁磧低。蒲類海深侵曉渡，祁連山回入雲嘶。噴流倒激沙瀾雨，翹陸晴翻雪窖泥。獨表權奇軒虎脊，直凌空闊豁坤倪。呈材穀自黄池受，歸德途寧紫塞迷。萬里幸投仙厩下，九花争舞玉階西。得陪文駟游閶闔，勝聚精金鑄裹蹄。春絢錦毛霞一簇，風生峻耳竹雙批。年年考牧收神駿，五色天閑列仗儕。

分賦哈密瓜　　周爲漢

絶域窮邊道路賒，戎王百卉鬥繁華。謾言海上千年棗，獨愛夷中五色瓜。鋤破輕霜芟白草，犁殘積雪碎黄沙。日融元圃瓊添葉，烟暖藍田玉吐芽。連畛修莖牽子母，傍畦曲蔓抱龍蛇。綿綿乍見輝佳實，灼灼先傳幻異葩。碧筒春濃含墜露，銀刀光冷削流霞。綠凝石密寒侵肺，紅凍壺冰脆濺牙。一自天威宣朔漠，頻隨方物貢荒遐。梯山路險遲邊馬，夾道風香駐使車。共解愛君呈鳳闕，無勞移種問星槎。當筵乍剖浮雲液，落蒂如新帶土花。纖筐遠供知帝力，雕盤遥賜重天家。荔枝應笑明駝取，橘柚空憐越客誇。大幕山河歸版籍，殊方琛賮静筯筇。升平共得知奇味，競會嘉賓不厭奢。

分賦于闐玉　　陸芝田

聖朝重譯盡來賓，川貢榮光耀九垠。地暨要荒歸帝闕，天教蕩瑃産河津。嬰垣本爲康時出，延喜全憑靈覜甄。疊彩映空虹氣現，夜光流影寶苗匀。采從德水儕浮磬，涌出祥輝比爁銀。圓景共占明月滿，《唐書·西域傳》:"于闐國有玉河，夜視月光盛處，必得美玉。"方流好測小波淪。職方遍列歸琛國，王會争趨慕德人。負以明駝行絡繹，載將暢轂走輪囷。應同虞帝吹華琯，不數農皇得石璘。品壓虎精光燦爛，名高龍輔色嶙斌。琤瑽試叩清聲遠，砥礪頻加粹質淳。温潤從知恩澤溥，柔和可識土風馴。黄琮白琥盈東序，紫苫元蹄總外臣。壤奠自應來遠物，羈縻原不貴奇珍。九華宜付良工琢,六罍還教典瑞陳。薦向齋壇藉蘭茝,爲祈嘉穀庇生民。

分賦小池鹽　楊承憲

飴鹽誰種出雲塍,回樂池頭用不勝。豈藉牢盆人代鬻,但携筐筥野堪承。沙瀾晝涌明於雪,鹹氣春團净似冰。經宿乍看絲雨散,滿川已見玉華凝。非同安邑因風熟,應比昆吾逐月增。暖漲土花青結銹,晴涵水暈白生棱。飛霜詎爲凌秋勁,積素還宜待日蒸。薄靄漸銷痕皎皎,浮漚微浣影層層。鑿厓應笑勞無益,引瀑何須巧自矜。莎磧玄精搜突窔,荒畦銀汞掃重仍。物類相感,志鹽根一,名太陽玄精,明净者如汞。堆盤表潔形堪肖,入鼎和羹味可憑。寧俟沃波朝聚彙,不勞沸火夜簹燈。産連溪谷收難竭,成藉陰陽價豈騰? 千里負糧皆擴載,萬夫侵曉共擔簦。利輕一孔民爭藉,醝惜窮邊賦有恒。果是盛朝寬大處,天藏無盡愜休徵。《魏書》元雍奏云:“鹽者,天藏也。”

五日戲作讀曲歌五首[1]

怯暑換單羅,又取方空著。郎情如生衣,日日就疏薄。
墙角海榴樹,千苞坼縫雲。瑣香金篋在,持比舊時裙。
百福奩初啓,釵符巧綴金。通靈丹篆好,可解禁郎心。
續命青紅縷,拈來約臂宜。纏綿終不斷,纔信是真絲。
蒲葉空如劍,離離繞指柔。縱教經百煉,難割寸心愁。

同作[2]　侯士驤

榴花照眼新,節物催何早。笑指艾人看,汝是粗疏好。
儂采菖蒲花,貽歡作香佩。未得見蓮時,辛苦還自耐。
覓取好丹砂,拈入銀壺酒。染就赤心腸,所惜非甘口。

---

① 此詩原未標作者,疑爲楊芳燦所作。
② 《同作》詩共五首。

陌上桑葉稀，紅蠶已成繭。貌取小於菟，絲多不堪剪。
打槳芙蓉浦，邀歡奪錦標。歡心似風纛，搖蕩逐來潮。

同作[①]　楊承憲

夏始覺晝長，初試生衣薄。墻畔海榴花，亭亭發紅萼。
守宮紅一點，怕見舊痕深。朱絲空約腕，曾不繫郎心。
幽蘭在空谷，顏色難常好。儂爲苦相思，新種合歡草。
蕩舟向青溪，菇茭塞溪口。歡自不栽蓮，他時那得藕。
百末蘭生醞，當筵索與郎。莫教過北里，又只戀蒲香。

【校勘記】

［1］宫漏：《芙蓉山館詩鈔》卷六《擬蕭貫曉寒歌》詩作“漏箭”。

［2］餘：《芙蓉山館詩鈔》卷六《擬蕭貫曉寒歌》詩作“留”。

［3］山：《芙蓉山館詩鈔》卷六《擬蕭貫曉寒歌》詩作“風”。

［4］此詩題《芙蓉山館詩鈔》卷六作《王春浦齋頭水仙一叢春深始花愛其姿致娟靜漫賦長句》。

［5］一：《芙蓉山館詩鈔》卷六《王春浦齋頭水仙一叢春深始花愛其姿致娟靜漫賦長句》詩作“數”；瓷：《芙蓉山館詩鈔》卷六《王春浦齋頭水仙一叢春深始花愛其姿致娟靜漫賦長句》詩作“磁”。

［6］沉：原作“沈”，據《芙蓉山館詩鈔》卷六《王春浦齋頭水仙一叢春深始花愛其姿致娟靜漫賦長句》詩改。

［7］合：《芙蓉山館詩鈔》卷六《王春浦齋頭水仙一叢春深始花愛其姿致娟靜漫賦長句》詩作“留”；玄：《芙蓉山館詩鈔》卷六《王春浦齋頭水仙一叢春深始花愛其姿致娟靜漫賦長句》詩作“清”。

［8］難尋：《芙蓉山館詩鈔》卷六《王春浦齋頭水仙一叢春深始花愛其姿致娟靜漫賦長句》詩作“漫拈”。

［9］提：疑當作“堤”。

［10］此詩題《芙蓉山館詩鈔》卷六作《題離騷九歌圖》，詩題中無小字“得歌字”。

［11］蛙咬屏絕雅聲暢，傳芭代舞廣陽阿：此十四字原脱，據《芙蓉山館詩鈔》卷六《題離騷九歌圖》詩補。

---

① 《同作》詩共五首。

荆圃倡和集詩七

雨窗四律　楊芳燦

亭午涔雲起，蕭然千里陰。兼旬望甘澤，一雨慰貧心。天末失遙岫，烟中歸暝禽。高齋人不到，槐影碧愔愔。

眾綠聚涼意，林園五月秋。關心聽溜滴，失喜見浮漚。吠蛤蟈深沼，潛蛟拔老湫。山農相告語，負耒向西疇。

雨脚隨風下，簷端續續吹。輕陰罨簾額，餘潤逼琴絲。珠點亂跳瓦，環流細入池。今年欣紀閏，秋種未云遲。

繁聲入夜急，燈火一窗涼。泉瀹皋蘆茗，爐薰篤耨香。平階看泛濫，繞屋聽淋浪。仿佛烏蓬臥，江干清夢長。

同作[①]　侯士驤

閑齋苦寥寂，一雨得幽情。飛瀑當簷捲，奇雲對榻生。炎歊蘇積勢，風葉助餘聲。好試蒙山茗，天泉手自烹。

小屋如漁艇，疑歸雲水鄉。沿流思鬥鴨，積潦想分秧。竟洗塵埃净，微增枕簟涼。幽人掩關坐，逸興在滄浪。

暝烟依密樹，樹密覺烟深。恰悟閑中味，能生物外心。浮漚傍階集，碎響入空沉。小徑尋幽迹，苔痕綠漸侵。

黃昏簷溜寂，殘夜轉蕭蕭。密點乘風急，餘花逐水漂。篝燈愁有約，推枕夢無憀。羈客輸田父，扶犁雨後驕。

---

① 《同作》詩共四首。

同作① 楊承憲

朝來多雨意，已覺樹聲繁。天近烏雲重，窗虛白晝昏。水紋依岼盡，香篆撲簾溫。小步閑階滑，苔花布綠痕。

高槐搖碧影，疏雨濕空烟。衆葉鳴檐際，孤花落檻前。停杯歌水調，吹篴夢江船。脉脉情何限，吟成且擘箋。

薄暮無來客，惟聞兩部蛙。亂流歸曲沼，碎響滴空階。澤已遍南畝，凉初到小齋。山農傳好語，秋種亦云佳。

入夜蕭蕭急，山窗燈影微。墨痕濃潑硯，石氣冷侵衣。興極吟懷淡，鄉遥旅夢稀。支頤聽清溜，岑寂坐書幃。

寄懷周二倬雲 楊芳燦

密林聚暝色，月華流夜雲。羈人掩關坐，岑寂悲離群。憶昨初識君，共君事于役。單車宿行店，曉望空同雪。相携到靈武，歲晚天寒時。明燈照竹屋，高咏迎年詩。聚首不成歡，送君何草草。屈指數交游，清才似君少。別來未三月，相思如百秋。孤吟無與和，落筆意先愁。但望烟塵清，巴西傳吉語。闌暑定相逢，對話蘭山雨。

同作 侯士驤

溽雲斂穹翠，薄靄凝晴川。伊人渺天末，日暮空悵然。憶昔君乍來，文酒樂相樂。方期共晨夕，詎料即分索。燈火暗虛室，孤坐時沾衣。月痕透疏箔，殘夢隨風飛。天涯罕同調，惟子托心素。清咏迭賡酬，幽懷共傾吐。一從君背面，岑寂莫與儔。遥夜露氣深，瘦骨先驚秋。丈夫重意氣，刺促非所屑。努力崇令圖，無爲憾離別。

---

① 《同作》詩共四首。

東坡先生破硯歌爲張堯山作用
東坡集中龍尾硯韵[1]　楊芳燦

張君破硯極寶惜，什襲弆藏抵蒼璧。摩挲手澤重坡公，萬古文章一方石。森寒風雨落筆時，光芒礫索鑴銘辭。何年雲礨忽迸裂，星精墮地無人知。疾惡如風掃氛垢，高節嶢嶢世希有。寧甘玉碎耻瓦全，殘缺非關劫灰後。華嚴法界觀浮雲，六十小劫吹微塵。得窺公家秘密藏，猶有我輩嶔崎人。羨君好古精决擇，邀我題詩勞刻劃。仇池九華倘兼致，到眼尚能相識别。

同作　侯士驤

香姜銅雀世珍惜，片瓦流傳抵圭璧。張君嗜古異俗情，獨重坡公一方石。我思鳳咮當公時，作詩鄭重公不辭。仇池九華品題遍，何獨此硯無人知？當年寂莫隨塵垢，此日摩挲嘆希有。乃知片石亦如公，争奉高名千載後。開函墨瀋生層雲，古香鬱鬱無點塵。書公海外和陶句，令我天際思真人。從來奇物苦難擇，細認銘詞推點畫。願君寶貴什襲藏，莫因完缺生分别。

同作　周爲漢

玉瑕珠纇人猶惜，一角誰碎山玄璧。坡翁銘識尚依然，硬筆挺鋒鑱鐵石。先生偃蹇不稱時，濤瀾壯闊驅文辭。半生瘴雨蠻烟外，踪迹惟應一硯知。推求詩病同刮垢，區區文字知何有。投老南荒不自謀，况保此硯千年後。墨花淋漓蒸古雲，漆函拂拭無纖塵。伯英好古忽購得，却似重逢舊主人。我生手拙筆空擇，龍蛇徒看坡仙畫。古物凋零知幾何，硯兮何幸逢鑒别。

同作　陸芝田

坡公破硯人争惜，重抵黄琮與蒼璧。開函古色生黝光，直是星精化爲石。摩挲爲想公當時，奇才坐謫緣直辭。讀史早憐范滂似，和詩恨少淵明知。絶憐此硯埋塵垢，鋒棱缺齾銘僅有。鬼神呵護敕風雷，片石流傳兵燹後。松烟初試生鬱雲，書床净掃無纖塵。撫公遺硯誦公句，仿佛眼見飛仙人。張侯嗜古精選擇，小字重鐫工點畫。堯山先生作記刻硯匣，字畫極工。笑我傖儜不解書，空捧瑶函學鑒別。

秋夜曲　楊芳燦

銀河耿耿涵星影，凉露團光明綠井。美人獨坐怨更長，泪滴秋衾錦花冷。中庭誰種青桐樹，夜夜烏啼達天曙。六曲屏山鎖夢雲，天涯何處尋郎去？紫蘭紅蕊不禁秋，樹影蛩聲滿鏡愁。水晶簾幕寒生處，[2]夜静無人月自流。

同作　侯士驤

桐井新凉逗疏雨，無數流螢落空廡。離人遥夜抱閑愁，獨與吟蛩作私語。紗屏曲曲涵烟青，滿欄風竹聲泠泠。回燈入竹照凄影，露梢驚起紅蜻蜓。高空斗轉秋河直，厤厤曉星寒欲滴。鴛鴦底事不成眠，飛破方塘一棱碧。

同作　周爲漢

細風顫葉驚秋凉，哀蛩切切鳴壞墻。幽叢綠桂濕寒露，一點流螢背花去。孤燈焰直光透簾，蝙蝠掠烟出古檐。羅衣慵解丁香結，玉臂紅凝守宫血。珊枕晶屏夢不成，綠紗窗外朦朧月。

同作　陸芝田

冰蟾帖空瑶殿明，銀潢軋軋如波聲。濕螢亂星點幽竹，六曲屏山寫蛾綠。金虬冷咽銅鴨寒，錦衾香滅風幄單。驚鴻叫水楚天遠，二十五弦纖指彈。珠喉宛轉清商急，晶霄不動凝雲碧。欄干月落花冥冥，夜長蟲語蘭缸青。

同作　楊承憲

寒星作作搖光晶，秋宵入耳皆商聲。蟋蛄徹夜學人語，幽修似恨秋無情。麝薰已燼新寒重，霜氣如烟入簾縫。蓮漏初殘夢乍醒，玉釵墮枕雙蜻蜓。釭花欲炮蘭膏冷，獨對銀屏愁耿耿。忽聞金井曉鴉啼，半規殘月梧桐影。

寒夜曲　楊芳燦

明星曬曬光侵檐，霜華如烟吹古簾。殘釭背壁碎紅墮，愁人不眠擁衾坐。誰家翠袖彈箜篌，觥船行酒酣高樓。豪犀壓帷寒不入，猶剪豐貂護嬌額。

同作　侯士驤

晶蟾匿彩頑雲生，稷雪打窗碎玉鳴。豐貂圍坐芙蓉屏，羅敷嬌小彈銀箏。觥船瀉酒飛金鯨，翠袖宛轉凄餘馨。紅綃百束醉中擲，貧女機頭未成匹。

同作　周爲漢

峭風吹滅遙山綠，暝色如烟壓高竹。十二晶屏抱冷光，吹徹寒簧不成曲。鴨心微火紅星星，銀燭一條孤焰青。殘更數盡眠未得，半天曉月霜華白。

同作　陸芝田

高風吹空凝雲寒，疏竹凍折青琅玕。銅壺點滴洹欲咽，篆香灰死金猊蟠。冰荷焰小湘簾下，相思寫盡盈羅帕。碧空霜落曉鴉啼，星影離離入窗罅。

同作　楊承憲

滿天風色星斗稀，虛堂凜凜寒生衣。頑雲如霧壓高竹，蘭釭背壁青蛾啼。簾額微黄逗新月，捲地寒聲怒騷屑。窗間石硯凍生棱，欲寫回文墨花結。

夜坐　楊芳燦

堆床散帙却慵看，坐到銅荷短燭殘。霜氣似潮浮瓦白，星光如月照窗寒。頻年作客愁難遣，遠道懷人歲欲闌。賴有吟朋伴岑寂，且拈韵字索清歡。

同作　侯天驤

古硯冰凝欲二更，殘燈低傍小窗明。高空月斂寒無色，老樹風生夜有聲。詩境每從閑處悟，客愁偏向静中生。今宵觸撥饒離思，歸夢何因到石城。

同作　周爲漢

鑪面灰深火似紅，一林霜氣接遥空。高樓遠笛寒吹月，小閣疏燈冷背風。語覺會心偏易忘，詩求佳句轉難工。不眠猶喜偕吟伴，茶熟香温此夜同。

同作　陸芝田

鑪心香燼夜寒凝，坐久渾忘刻漏增。隔院琴聲清小閣，侵檐星影亂疏燈。苦茶試煮濤生鼎，凍筆頻呵硯有冰。吟到深宵眠未得，半規殘月上窗棱。

夜坐　楊承憲

古樹風生敗葉鳴，天寒人定夜凄清。燈昏小閣回孤夢，月暗荒城欲二更。客爲鄉遥愁獨遣，詩因友别句難成。滿庭霜片凝殘白，錯認堆檐積雪明。

漢裴岑碑用山谷集中磨崖碑韵碑文云："惟漢永和二年八月，燉煌太守雲中裴岑將郡兵三千人，誅呼衍王等，斬馘部衆，克敵全師，除西域之灾，蠲四郡之害，邊竟艾安，振威到此，立海祠以表萬世。"　楊芳燦

永和二年破呼衍，燉煌太守留殘碑。斬馘部衆艾邊竟，如以利刃決亂絲。郡兵三千勇且銳，蒼頭奮擊從廬兒。蕭條萬里大漠西，龍祠罽幕無安栖。文詞壯偉篆渾古，心知其是非贋爲。當年東觀缺紀載，但傳班勇殱車師。延光以後武備弛，屬國驕蹇戈矛揮。裴公此舉功不細，河西四郡關安危。燕然厓石勒威德，唐蒩槃木歌聲詩。漢家好大重邊績，胡乃舊史無褒詞。騊駼疏脫謝承誤，范曄附和聲相隨。[3]奇功湮没知幾許，摩挲遺迹令人悲。

同作用廬陵集中石篆詩韵　侯士驤

燉煌古碑腹生苔，六十大篆何雄哉！搜奇不到古絶域，石碣完好留山隈。阿誰嗜古出繭紙，千本摹拓燃松煤。漢人篆籒世希有，寶此不異瓊與瑰。裴岑姓氏史不録，欲憑傳記知何爲？此碑無乃有神護，天使歷劫完崔嵬。當年馬上破敵手，濡染大筆磨蒼厓。功成不欲自誇衒，遂使奇績長湮埋。我得拓本日披玩，紙上颯爽英風來。文詞奇石字健勁，眼明不厭闔且開。摩挲古物三太息，愧無豪語追蘇梅。

同作用東坡集中墨妙亭韵　周爲漢

漢季西域多侵陵，呼衍逼塞尤驍騰。燉煌太守率郡兵，奮力一擊如秋鷹。紀功刻石閲千載，字畫勁巧生鋒棱。傳是屯兵握土得，海内瑶惜侔斯冰。范史缺略竟未載，區區典籍真難憑。我思孫程封爵後，當時賞罰由愛憎。裴岑戰績不上達，姓字故未書縑繒。有功如此猶不録，戎行驅賊誰先登？燕然之銘今莫睹，此碑獨出無其朋。惜哉奇功不傳後，乃藉生紙敲枯藤。古人湮没知幾許，公名不滅如星燈。撫摩墨本更三嘆，令我涕泗還沾膺。

同作用臨川集中顏公壞碑韻　陸芝田

燉煌太守裴岑碑，近時傳者尤奇珍。載岑永和二年秋，破呼衍王清塞塵。屯兵掘土得片石，麻沙拓本完如新。李斯程邈去已遠，恍疑梁鵠下筆親。如岑此勳漢僅有，范史何乃遺其真。撫碑徒令嘆奇古，腕底盤屈蛟龍筋。漢家防秋戍西域，窮兵黷始騫英倫。平城輪臺後俱悔，邊功不賞期安民。史承舊録乃缺略，此碑呵護寧非神。艾安四郡功不伐，岑也要是英奇人。色絲題殘意慷慨，古來杰士多沉埋。

宿廣武旅舍月色如晝通夕不寐分賦各體長律
三十韵以寄倬雲[4]　楊芳燦

曰歸別儔侶，言邁逾郊坰。飛梁澤腹度，危轍山腰經。枚數雙隻堠，籤記長短亭。紅隱孤景入，翠合群壑暝。徑投野店宿，稍喜征驂停。夜氣頑鳳員，大風颭清泠。素彩懸皓魄，明波涌圓靈。蕭蕭立疏木，離離斂繁星。急響邏街柝，淒音戛車鈴。村釀不成醉，勞歌詎堪聽。嗟余行未已，念子心無寧。憶昨歡聚首，相對俱忘形。清言絕槃遴，健筆嗤眠娗。方駕攀屈宋，高步追溫邢。潛心襲元窅，奮身鬥驚霆。凌虛佩六甲，鑿險驅五丁。照乘珠出握，刜鐘劍磨硎。異錦炫斑駁，哀玉鏘瓏玲。耽奇摘新艷，嗜古搜遺馨。駃耳騁逸足，長麗刷修翎。諧聲叶宮羽，送抱除畦町。炙硯共雪屋，聯床集寒廳。談深官鼓歇，坐久窗燈熒。如何搏沙散，忽若墜雨零。密契托蚩駈，浪迹慚蓬萍。空齋爾索寞，岐途我伶俜。覓句燭見跋，懷人月移櫺。駑馬饑齕荳，羸童僵觸屏。霜華浮淡白，海色澄空青。未識夢中路，僕夫催展軨。

同作　侯士驤

客子長途倦，栖遲雲水坳。對茲清曠景，憶我素心交。話別當殘臘，遄征度遠郊。凌競涉河渚，砷兀越山巢。野回天垂幕，風鳴石激骹。宥厓僵伏獸，幽窟蟄饑蛟。岸圻波穿罅，嵁深雪聚顤。衝寒逐鈴馻，薄晚急鞭鞘。人語聞岩竇，炊烟出樹梢。沙瀾鋪似縠，星點迸同泡。荒驛駗堪駐，荆扉客自敲。解裝聊憩息，念遠轉紛恔。冷月當櫼冏，頑飈入户颵。燈昏看比粟，屋淺僅量弰。村釀酤行店，畦蔬供野庖。壞墻堆薜荔，破牖絡蟏蛸。戍近頻傳柝，鄰稀早掩茅。離心空自警，舊事未能抛。昨共爐圍日，欣占簪盍爻。名篇誇藻綺，俊語雜詼啁。驥尾真容附，鯨牙竟敢捎。君方堅壁壘，余亦樹旌旓。霧彩韜文豹，冰絲織淚鮫。辭工爭擊節，詩就遍傳鈔。重敏寧忘辦，錙銖詎肯淆。前盟記車笠，古調叶笙匏。貧賤常輕別，疏狂合受嘲。飄萍憐易散，墜雨惜難抒。疲馬嘶邊堠，驚禽繞曙巢。永懷愁不寐，鷄唱已膠膠。

同作　陸芝田

別君悵路修，詰旦愁嚴駕。天白曙分輝，雲明星漏罅。周遭遠樹遮，硉兀層厓迓。打頭急霰飛，眴目驚霞射。虬蟠水腹堅，虹直冰梁架。河洴岸盤紆，沙鳴風叱吒。裂璺波洄漩，驅濤石凌跨。躎屬趾益高，出險心猶怕。林昏鳥雀歸，日落牛羊下。暝色薄川原，炊烟帶榆柘。仄徑繞石坡，輕裝卸茅舍。水囓岸微坳，城頹雉低亞。連雲故壘荒，踞地孤峰霸。霄晴翳盡銷，月淡烟欲化。玉魄皓虛明，冰輪寒碾砑。澄澄練影橫，穆穆金波瀉。追隨友共師，即次清逾暇。地僻户早扃，年豐酒堪借。剪燭競高吟，聯襟美良夜。聚談愜歡娛，離索觸悲詫。憶昨我交君，時逢秋代夏。調弦静據梧，説劍狂揮蔗。張燈爭送鈎，列座頻呼炙。漏盡妻孥嗔，談深僮僕罵。握手聚難常，擔簦離復乍。子送庚桑游，我學列子嫁。懷人對冷蟾，望遠思塵樹。歡遥記依稀，夢醒剩嗟訝。向曉車鐸鳴，更闌街鼓罷。明春定重逢，對飲醇醪貰。

歲暮寒甚緑雲吟舫擁爐有作　楊芳燦

數日官閑恰似僧，喜無堆案坐向仍。蕭蓼共度將殘歲，冷淡原宜耐久朋。墻角日斜明聚雪，檐牙風過落懸冰。爐中商陸銷應盡，剩有清吟興倍增。

同作　侯士驤

落然寒事客栖遲，且約圍爐把一厄。雪後園亭清入畫，春初風物淡宜詩。時已立春。共看塞柳愁先覺，但夢江梅醉不辭。凍省窗前爭噪處，疏林斜日到高枝。

同作　陸芝田

窗外遙峰壓翠微，早春天氣靄霏霏。薄烟繞樹晴烘日，殘雪穿簾冷逼衣。寒意暗愁梅未拆，鄉心况送臘先歸。高堂白髮應思我，寂寞圍爐晝掩扉。

同作　楊承憲

幾日春回歲已闌，尖風料峭怯衣單。最欣聯榻逢今雨，共喜翻書索古歡。時陸秀三初至。不掃庭憐殘雪在，久開窗覺老槐寒。却嫌天氣新晴後，猶剩頑雲壓翠巒。

齋居十首　楊芳燦

官齋十年住，不異子雲居。當户有奇樹，堆床多異數。尋春分社酒，侵曉摘園蔬。薄宦安吾拙，浮沉愧寧蘧。

晝永荊扉掩，庭虛枳徑通。坐來移葯銚，興到理詩筒。舊侶長相憶，新吟苦未工。風光過百五，花事惜匆匆。

高談誇絕倒，對客斥烏巾。自覺風塵倦，偏於卷帙親。玄文真尚白，彩筆不能神。竟負平生志，終爲率爾人。

繞榻茶烟細，于于午夢醒。時臨《乞米帖》，別著《養魚經》。祈穀農謠喜，占書鵲語靈。自來疏惰慣，不是慕沈冥。

林影疏疏直，烟光淡淡陰。看山添遠色，聽鳥換新音。索解談雙樹，偷閑戲五禽。莫因塵事擾，惆悵損春心。

　　魚子浮新水，鳧雛浴淺沙。綠痕歸岸柳，紅意到溪花。懶覺詩情減，愁憐春望賒。催耕向郊墅，便擬命巾車。

　　南樓堪縱目，落日一鈎簾。野水淡搖影，遠峰微露尖。翻經開白氎，服散合青粘。許領閑中趣，從誇吏隱兼。

　　庭階少靜辭，竿牘詎云疲。有托耽幽賞，無惊改舊詩。閑雲依樹靜，斜日過窗遲。獨酌懷歡友，蘭時久別離。陸士衡詩："歡友蘭時往。"①

　　晚衙人吏散，襟抱有餘清。向梜閑吹笛，桓伊快撫箏。星窺虛牖入，月傍小檐明。坐到殘缸炧，風傳叠鼓聲。

　　攬鏡看容髮，栖遲黯自憐。鄉心隨夢遠，詩語似春顛。擊鉢還矜捷，拈毫漫鬥妍。[5]怕人嘲慢戲，如意帖吟箋。

同作②　侯士驤

　　身世憐浮梗，鷦鷯寄一枝。琴書從汗漫，几榻任參差。喜靜坐忘倦，貪眠出每遲。不因看藥甲，無事下階墀。

　　扃戶無來客，新詩次苐哦。句強難作對，書拙易成訛。自顧乏長技，何須嘆逝波。一閑天許借，隨分守樊阿。

　　睡起渾無賴，空齋晝漸長。灌花衣逼潤，漉酒手生香。雲影白穿牖，藤陰綠過墻。爾來諳懶趣，文筆亦都忘。

　　窗前佳樹列，好鳥自關關。幽意無人識，頑雲盡日閑。庭虛應補竹，閣小恰當山。偶展憑闌目，峰霞滿席間。

　　心淡俗情薄，身閑幽事饒。趁晴梳鶴翮，待雨種魚苗。且泛兵厨酒，還携野客簫。平蕪迷望眼，一綠任迢迢。

　　微雨夜來足，閉門春草深。雲蘿晞積靄，烟篠媚輕陰。散帙静中趣，澄觀物外心。未妨嘲漫士，詩就自披吟。

---

① 出西晋陸機《擬〈庭中有奇樹〉》詩。
② 《同作》詩共十首。

守拙違時好，妨閑取景幽。苔痕延石榻，花氣上晴樓。棋譜忙争錄，茶經静自修。非關愛岑寂，吾意本無求。

分菊過村塢，垂綸向水潯。柳橋人影散，松嶠夕陽深。野色淡娛意，詩情清滿襟。此身無骨俗，只合住烟岑。

巢冷乳鴉啼，斜光過水西。晚烟歸柳重，春月出花低。説劍邀狂客，烹泉付小奚。旅居成習慣，鄉路夢中迷。

亦知傳舍地，客久即吾廬。好護新栽果，時徵昔記書。五年廡下客，半畝瀼西居。他日空桑戀，前因倍悵如。

同作[①]　周爲漢

求道苦無得，高齋一味閑。開窗迎暖日，毀壁出遥山。有酒時斟酌，何人共往還。門前成太古，寂寞掩雙關。

小窗糊白紙，曲几斸紅樫。榻暖眠常穩，心閑興易清。書慵新句失，讀懶舊經生。惟愛階前月，時時喜獨行。

豈是高人宅，真成野客廬。淺盆栽瘦竹，深碗養寒魚。婢竊磨松墨，童偷做草書。有時誇美饌，煠菊煮園蔬。

空齋無一事，負日向檐前。石鼎烹粗茗，銅爐炷細烟。閑求醫樹藥，貧欠買書錢。亦有嬉游興，隨人到市廛。

無能聊自放，守拙每懷慚。嗜茗因成病，求書却似貪。製衫裁白越，供案覓黃柑。干謁非關懶，人情恐未諳。

頗耽養生術，雅欲駐修齡。盥水丸良藥，焚香讀道經。帷深宜導引，篋密足參苓。總與神仙遠，應能保性靈。

時時行郭外，散步不知慵。枯坐陪高石，清吟答古松。孤村黃葉路，遠寺白雲鐘。只有歸樵客，山間往往逢。

同吟曾有伴，今日各殊方。對客頻增感，逢人易減狂。興孤成咏少，道遠寄書長。猶有殘時草，殷勤貯錦囊。

---

①　《同作》詩共十首。

不是甘疏懶，寧耽日守株。殘編堆汗漫，古劍銹糢糊。論治窮儒術，談兵列陣圖。未能真有用，空説戀江湖。

使我常如此，應甘在草萊。傾資還酒債，選景備詩材。已悟升沉定，空驚歲月催。優游聊自慰，吾道亦悠哉。

同作[①]　陸芝田

寂寂蕭齋掩，愔愔晝漸長。竹烟媚幽砌，花影倒危墻。客至談位史，歌酣叩角商。新箋聯咏久，重叠漸盈囊。

金井噪晴鴉，襦文上日華。鑒明峰影寫，檐直樹陰斜。紫蕨蟠春蚓，青藤翳古蛇。畫梁晴晝暖，静看燕移家。

牙籤簇架麗，珊網冒簾紅。鏡照山精怯，圖懸畏獸雄。篋翻良友帙，田鳳臺、吴小松諸友。花憶故園叢。叠叠南雲遠，封書悵雁鴻。

淡月春霄回，斜光冷似秋。墨花清夜馥，笛韵遠林幽。怪石爭人立，頑雲學水流。襦移蟾景上，把卷擬登樓。

曙色微分徑，明星冷射窗。繞檐噪鳥鵲，背壁淡青釭。夢醒詩難憶，愁深酒未降。夜吟晨起懶，倚枕遠鐘撞。

藩混題成墨，圖書亂似巢。魚經因雨種，术序近窗鈔。覓句餐俱忘，逢人應或謷。憐才蕭穎僕，亦解賦詩嘲。維政有《僕解詩》。

徑黑烟痕濕，林昏雨氣涵。檻花香浥浥，山磬韵謵謵。爇麝臨窗側，吹鐙坐石南。掩書閑亦好，清課學瞿曇。

雨意寒侵榻，苔文綠上垣。茶烟低竹屋，琴響静松軒。披葉摹蟲篆，占晴課鳥言。故山春草碧，歸去滯王孫。

斜廊閑信步，曲几静橫肱。砌翠荇抽甲，山青石露棱。奇篇搜蠹錦，古帖拓溪藤。好約名山業，他年共舊朋。謂維政。

蘋暗香浮沼，雲寒水冱瓶。竹根梳冷露，檐角點春星。虬劍移鐙拔，鵾弦卧石聽。行藏吾自主，安用揲蓍莛。

---

① 《同作》詩共十首。

同作[①]　楊承憲

閑居耽静癖，卜築愜幽便。書永無來客，庭虛得熟眠。林花如解語，堤柳欲生烟。詩愛良朋誦，清吟共擘箋。

春色來邊塞，開軒極望遥。雲移山露頂，樹偃石支腰。荒館耽蕭散，書齋坐悶寥。新晴天氣好，風挾紙鳶驕。

小雨苔衣潤，微風蕥葉翻。推窗延日影，倚枕辨禽言。銷晝憑黃妳，憐花護翠幡。天涯游子意，春好憶鄉園。

點綴林亭好，回流引井華。池深魚避釣，花暖蝶成家。稚子挑菇米，園丁剷蕨芽。邊城春婉娩，風軟不驚沙。

晝長時閉戶，一榻晚晴餘。興極宜沽酒，身閑想著書。繁紅鋪地冷，嫩綠窨窗虛。卜得幽栖好，三椽處士廬。

信步回廊曲，微吟日又曛。冰融萍聚影，樹密鳥呼群。草細綠痕剪，烟沉山影分。愔愔扉静掩，促膝快論文。

屋角聽鳴鳩，平畦綠漸稠。傍林邀晚籟，移榻近明流。故燕歸今社，清歡憶舊游。坐來忘晝永，斜日到簾鈎。

蘿月微微上，元關静不扃。鳴銚山茗熟，背壁古鐙青。掩卷吟懷淡，抬毫倦眼醒。相於得佳侶，真率漸忘形。_{謂秀三。}

夜半峭寒生，銅壺漏滴清。爇香温卧鴨，默坐對孤檠。雲過山疑動，星移天有聲。長宵思往事，欹枕夢頻驚。

話及江南樂，無端觸遠思。鄉愁隨雁到，清夢隔雲遲。歲月逡巡過，歸程轉輾期。故園春信早，花發舊時枝。

雨窗對菊　楊芳燦

積雨經兩旬，霧雲晦林麓。奔潦溢坳堂，頑颷鳴窾木。羈客苦無悰，惟對數叢菊。清芬微逆鼻，秀色静娱目。寒氣浸虛窗，檐聲聽相

---

① 《同作》詩共十首。

續。盡日烟水中,蕭齋似魚屋。秋英信堪賞,朝暮看不足。傲骨耐傫
僽,高情愜幽獨。恍接素心人,論交不敢瀆。蠹簡索古歡,疢琴調逸
曲。金錘香尚温,石鼎莯初熟。孤坐憺忘言,苔光一簾綠。

同作　侯士驤

積陰苦連辰,雨勢猶未已。秋色入亭皋,濛濛化雲水。老屋儔侶
稀,微吟傍階阰。瘦菊三數叢,離披雜黃紫。枝稠寒易催,葉重扶難
起。慨彼傲霜姿,亦隨衰草靡。急呼具盆盎,移置幽窗裏。清影上書
幃,冷香浮硯几。延客展古懷,相對饒名理。因思敝廬側,塞徑餘荒
杞。不知秋霖中,疏花復何似。悵望隔烟岑,離愁渺江沚。

同作　陸芝田

微雲慘暮陰,高齋耿岑寂。寒雨林表來,颯颯遠檐濕。薄烟冒樹
杪,遙岫瞰垣隙。苔衣延幽綠,簾影蕩虛白。罷吟時卷書,無坐方厈
幘。繞砌菊數叢,秋色高一尺。葉疏凄露零,風急冷香逆。垂陽歛輕
黃,插籬裹殘碧。寒花依舊枝,瘦影媚幽石。客居易惆悵,感物思凄
惻。佳人睽隴坻,孤樽閟瑤席。遙天軫離情,旅雁一行直。時懷楊大
維政。

梅溪任丈以榅桲見貽向所未見古詩人亦無咏之者
漫賦十韵志謝并約春塘秀三同作　楊芳燦

偶徵沙苑果,佳種異根科。夏始花纔綻,秋來實最多。上林疑答
還,西域效庵羅。裹帕休拋擲,登盤待刮磨。《本草》云:"食之須净去浮毛,不
爾損人肺。"案頭幽韵足,枕角暖熏和。比柿方言誤,呼柤客語訛。清能
消薄醉,潤解滌煩疴。酢味沾牙怯,甜香入手搓。藏宜漬厓蜜,遞合
付明駝。《菽園雜記》云:"以蜜制之,歲爲進貢。"百顆勞相贈,瓊瑤報則那。

同作　侯士驤

榅桲推秦産,桐編費撿尋。佳名徵自昔,高格認於今。重碧垂千

樹，輕黃摘半林。搓香宜雪屋，梯緑想烟岑。舊雨盈筐贈，新詩握管吟。回甘侔諫果，解渴并來禽。殘夜空簾静，初寒小閣深。當風先逆鼻，對案鎮清心。是物饒佳趣，相貽識素忱。筆床茶竈畔，賴爾伴幽襟。

同作　陸芝田

沙苑徵仙品，嗟邱産獨奇。逆風香裹裹，浴雨實離離。碧奈寒同色，冰桃瘦比肌。谷深猨慣拾，林静鳥偷窺。緹錦周遮裹，金刀宛轉劗。幽馨涵露氣，凄碧冒烟絲。冷逼酸微澀，甘回淡可思。乍疑萍實得，好并蔗漿貽。客枕真消渴，經生漫解頤。來禽才寫倦，入夢恐涎垂。

青嵐山阻雨　楊芳燦

滃雲潝然起，忽失前峰青。山風迎面來，沾衣雨冥冥。細路苦逼仄，羸馬愁伶俜。盤回上峻坂，側足防潯汀。巖腰得茅店，且作半日停。人稀土銼冷，地僻荆扉扃。破竈然濕薪，微烟出疏櫺。充虚覓庚癸，乞晴書丙丁。陟險程屢淹，念遠心無寧。倚壁題短章，可當勞歌聽。

同作　周爲漢

山深自生雲，雲深欲吞山。朝霧復晻曖，凉雨成潺湲。修徑盤縞帶，叠嶂圍瑤環。濛濛幾點緑，遥認空中鬟。山靈應我留，清書停車轘。店荒人不來，村僻門早關。荒園二三畝，古屋一兩間。濕紅野花片，明翠新苔斑。小句偶然得，舊詩時復删。蕭疏愜真趣，誰云行旅艱。

同作　楊承憲

泄雲汨崖谷，朝烟莽相涵。散作飛雨來，颯颯鳴松楠。修阪苔紆折,積潦凝如泔。短轅側踦跼,瘦馬行趑趄。客心自多警,况復路未譜。倉皇覓村荒,茅舍聊停驂。征衣燎竈北,吟鞭挂窗南。誰言土室窄,始覺藿食甘。相携得良友,謂倬雲。促坐縱劇談。疏鐘忽催暮,返照開晴嵐。

【校勘記】

［1］此詩題《芙蓉山館詩鈔》卷六作《東坡先生破硯歌爲張堯山作用集中龍尾硯韵》。

［2］幕:《芙蓉山館詩鈔》卷六《秋夜曲》詩作"箔"。

［3］塼:《芙蓉山館詩鈔》卷六《漢裴岑碑用山谷集中磨崖碑韵》詩作"傳"。

［4］此詩題《芙蓉山館詩鈔》卷六作《宿廣武旅舍月色如畫通夕不寐因成拗體排律三十韵以寄鈞雲》。

［5］拈:《芙蓉山館詩鈔》卷七《齋居十首》詩作"揮"。

荆圃倡和集詩八

己未五月二弟由蜀管奉命來甘藩任官齋話舊
成五言五十韵兼寄三弟　楊芳燦

作吏我廿年，從戎君十霜。艱虞各飽經，關山夐相望。憶君衞藏歸，謁帝朝明光。命察益部吏，腰艾懸銀章。重有滇池行，使相趨急裝。歸來未旬日，犬封忽披猖。檄君入幕府，兩載隨顏行。諮謀仗荀或，職志歸周昌。滔滔武溪深，毒厲不可當。連隕兩大星，投營赤而芒。謂嘉勇公、①和制府。② 三軍盡㦸面，士氣慘不揚。豺牙思咀吞，虎落難遮防。恐負知己恩，苦心爲紀綱。從容持大計，鎮靜備非常。果生致渠魁，畫策綏蠻荒。微勞邀主知，天語何琅琅。畀之旬宣任，持節來甘涼。我時聞捷書，失喜不暇詳。旦夕盼君至，風雨歡聯床。寧知事多阻，羽檄日日忙。楚氛未銷滅，蜀孽旋陸梁。仍著短後衣，往來百戰場。憶弟我看雲，望兄君陟岡。獻歲駝邊警，紛馳赤白囊。么麽起鈔盜，蔓延及秦疆。今皇眷西顧，重地須屏障。奉詔君西行，相見蘭山傍。握手話苦辛，喜極翻沾裳。爲言北堂上，眠食欣康強。長途暑方熾，板輿不遑將。更有甥與侄，同在天一方。聚首期九秋，歡樂知未央。呼僮掃庭除，爲我開東廂。嘉樹覆重欄，雜花繞修廊。涼陰拂枕簟，落翠浮縑緗。朱墨稍休暇，園池足徜徉。夜談或達曙，官鼓

---

① 嘉勇公即富察·福康安。乾隆五十三年(1788)封嘉勇公，五十八年(1793)加號嘉勇忠銳公，六十年(1795)晋封貝子，後贈郡王。生平參見《清史稿》卷三三○。

② 和制府：和珅之弟和琳。生平參見《清史稿》卷三一九。

聲雷硠。兒時事如昨，回首心徬徨。嗟余墮風塵，意氣殊頹唐。牙齒半脫落，鬢鬚俱蒼浪。如何卅寒暑，秋霜爲檻羊。逡巡戀升斗，雀鼠偷太倉。冥行不知返，醉墜幸未傷。揣分自宜休，投綬還耕桑。先壟護松楸，寫經開禮堂。門戶當寄君，如室有棟宋。季弟亦才秀，仕路行騰驤。所願烽燧息，驊騮步康莊。最君宣令猷，努力酬明良。纏綿骨月情，此語期無忘。

同作[1]　楊揆

　　一歲常行幾千里，西望蘭山良尺咫。如何展轉十年強，歷遍塵勞空陟屺。可知宦迹不自由，天涯到處增離憂。長宵看月總同影，平地瀉水還分流。憶昔河湟與君別，辛亥冬，①余從嘉勇公赴衛藏，取道青海，兄送余至西寧而別。[2]峩峩萬丈崑崙雪。草檄濡毫盾鼻書，傳餐裹甲矛頭淅。君憐辛苦數致辭，最我遠道無恙悲。生還絕塞幸無恙，足有重繭頤添髭。歸來召對明光殿，鄭重君恩還賜絹。[3]旋分簜節過劍門，帶水嘉陵净於練。余自藏歸，即蒙恩，擢川北道。[4]與君隴蜀遥相望，時平道路皆康莊。涼秋喜迓版輿到，俸入差足供衣糧。無端蠻觸沸南楚，又治戎裝參幕府。烏草河深水毒滛，黃瓜山回雲吞吐。烏草河、黃瓜山俱楚南苗地。師行冞入河闌闠，十萬健兒爭控弦。翻身正怯試生馬，[5]仰首何暇愁飛鳶。寧知匝地蠻氛惡，兩見中權大星落。乙卯春，②余從嘉勇公出師苗疆。次年五月，嘉勇公薨於軍。八月，和制府亦相繼逝。書生隻手亦何能，摩挲銅柱嗟才薄。陰風慘淡山巉巖，戰場剪紙招巫咸。徒推年命傷來歙，終讓功名出渾瑊。謂額威勇侯。③奔魖走魅事窮討，露版甘泉捷書告。微生邀倖再拜官，好語煩君更相勞。是時蜀棧多烽烟，我行復止不敢前。舊曾驄馬班

①　辛亥：乾隆五十六年(1791)。
②　乙卯：乾隆六十年(1795)。
③　額威勇侯即額勒登保，字珠軒，瓜爾佳氏，滿洲正黃旗人。乾隆六十年(1795)十二月，斬石柳鄧，苗縛吳八月子廷義以獻。軍事告竣，詔嘉其功最，錫封威勇侯，賜雙眼花翎。生平參見《清史稿》卷三四四。

春路，今見人家幾瓦全。佩刀鳴嘯寒芒射，搔首狂吟獨悲詫。消息頻傳風鶴驚，瘡痍半逐沙虫化。苗疆事竣，余由川臬擢任甘藩。[6]以蜀中教匪滋事，請留辦軍務。[7]詔書昨下簡重臣，腰懸金印光鮮新。三軍戎服拜且舞，誓整壁壘清囂塵。時勒威勤公以經略督諸路軍。① 我生龎疏本無補，空傍軍門聽桴鼓。未成縛賊負長纓，却愧之官曳華組。脱身戎馬來隴頭，皋蘭山色青迎眸。窺邊寇去雖未遠，盈野麥熟欣將收。思君朝夕我心痗，見君喜極還悲涕。相看俱已過中年，我髮漸衰君齒墜。衙齋剪燭忘宵分，有官但喜同一貧。高堂强飯子能讀，莫更軍旅馳勞薪。君言宦海久憔悴，頹尾宜從急流退。縱如汲黯卧淮陽，寧作郎官近廉陛。時兄遵例欲改官内任。我思作計良復佳，六曹翔步殊清華。況今聖世誕文教，定有蜚譽軒朱霞。君不見，十年前事皆陳迹，此地關河我曾歷。無復賓僚似舊時，但看東下河流急。余於丁未年隨兄來蘭州，②時福静坪方伯招假寓藩署。③今來此任，屈指星紀一周矣。[8]蓬飄萍聚總前緣，且掃閑愁索古。[9]回首全家錦城住，願聞烽火報平安。[10]時北棧有警，太夫人及眷口尚僑寓成都。④

讀二弟德陽道中留別三弟詩愛其情詞婉篤有觸
余懷漫賦長句　楊芳燦

三載戎行盼君至，此日官齋欣把臂。回首全家住錦城，一官觳觫憐余季。示我郵亭五字詩，蠶眠細字寫烏絲。君緣抗手悲今别，我怡關心念昔時。弱齡爾我傷偏露，季弟扶床纔學步。聰明已解識之無，

---

① 勒威勤公即勒保，字宜軒，費莫氏，滿洲鑲紅旗人，大學士温福子。乾隆六十年（1795）六月，錫封勒保壹等侯爵，號曰威勤。生平參見《清史稿》卷三四四。

② 丁未：乾隆五十二年（1787）。

③ 福公即福寧（？—1814），伊爾根覺羅氏，滿洲鑲藍旗人，清朝大臣。乾隆三十三年（1768）出爲甘肅平慶道，累遷陝西布政使。五十五年（1790），擢湖北巡撫，擡入鑲藍旗滿洲。調山東，治衛河運務，稱旨。乾隆六十年（1795），擢兩江總督。嘉慶五年（1800），予三等侍衛，赴西藏辦事。九年（1804），召還，授正白旗蒙古都統。十一年（1806），以三品銜休致。十九（1814）年，下獄，尋卒。《楊蓉裳先生年譜》載："乾隆五十二年（1787）丁未，二弟赴方伯福公寧之招，同詣省垣。"生平參見《清史稿》卷三四五。

④ 太夫人即楊芳燦母顧太夫人。

少小相從受章句。貧賤生涯百不聊，籬燈如豆坐深宵。家風共耐虀鹽淡，舊業還欣卷帙饒。一官捧檄過關隴，遠道逶迤版輿奉。頭角嶢嶢漸長成，七年子舍晨昏共。經史紛綸恣意探，傳家文筆已能譜。我知載協應慚尢，人道機雲尚有耽。君時奏賦直雲閣，北望長安感離索。形影相隨衹阿奴，推梨讓棗華年樂。最憶當陽烽火驚，弟兄倉卒捍孤城。烟塵慘淡愁三月，骨肉團圝慶再生。一年奉母之京國，一年迎婦還鄉邑。西去君投介子觚，北行季射蘭成策。幾度分携只偶然，者番契闊竟頻年。超遥蜀道青天上，悵望秦雲落日邊。千盤棧閣愁烟鎖，此度別君如別我。已分魂因送遠銷，不堪泪向臨岐墮。漫道同根荆樹枝，如何花葉易參差？崔松廨舍哦詩懶，謝草池塘選夢遲。君詩真摯無雕繢，白璧明珠堪作佩。果然好語動人心，我亦最奴須自愛。願得承歡共北堂，堂前雁雁喜成行。岷江水接巴江水，兩地離心爾許長。

原作[11]　楊揆

與子爲兄弟，會少別苦多。荏苒廿年來，流光劇蹉跎。我今趨官程，駕言涉隴阪。相送即路衢，躑躅不辭遠。不能共君去，復難同我歸。惻愴臨岐心，銜涕不敢揮。晨興各東西，惜此中宵景。熒熒明燭光，對照一雙影。欲行抑何速，[12] 欲言抑何長。牽袂步庭際，零露沾衣裳。憶昔草角年，兩小處鄉里。嬉戲傍親慈，提携少顛趾。家貧無所慕，蠹簡惟傳經。夜窗風舒舒，與子同一燈。二十我得官，校書臥雲閣。相招入春明，連床慰離索。長安珠桂地，索米每苦飢。掩關雪霏霏，與子同一衣。栖遲閱歲年，戚戚日憔悴。盈門逋券多，入室妻拏懟。[13] 翻然向西笑，作計寧徘徊。言從長兄去，憂端暫時開。歷碌雙車輪，當陽復靈武。莽莽路邊沙，重重度關樹。山城大如斗，小住亦復佳。綠槐茂成蔭，紫荆繁作花。閑題九日糕，共賞中秋月。短榻傍疏櫺，長衾鎮同設。我似孤飛翼，終懷上苑枝。君行隨早雁，南向又差池。差池昒南雲，別恨滿胸臆。改歲發君書，知余到燕北。燕北居難定，江南草漸長。秋心吟蟋蟀，春夢戀池塘。君言離思深，我值

軍符急。萬里涉烏斯，嵯峨足冰雪。絕塞人行少，窮荒雁到難。嚴霜
黯旗畫，邊月冷刀環。生還亦偶然，與子復携手。歸騎渡蘆溝，青青
兩行柳。乍拂征塵見，相將話苦辛。喜心同到極，有淚各沾巾。勞薪
不暫停，長路復乘傳。左轄拜主恩，來過劍門扇。劍門天設險，官舍
傍嘉陵。君隨板輿到，快意息行縢。暇泛浣溪舟，醉貰郫筒酒。得遂
將母心，此樂信希有。云胡疏懶性，偏居擾攘中。一官迹如寄，隨處
仍飄蓬。浩渺昆明波，盤鬱點蒼嶠。得得馬蹄遥，送余赴六詔。橫腰
挾弓矢，入耳驚鼓鼙。蕭蕭旌斾懸，送余過五溪。武溪自云深，蜀道
亦非易。亭堠起宵烽，川原遍車騎。感君頻念我，來從遠征人。凉秋
促君歸，爲有堂上親。枕戈不得眠，炊矛豈能飽。常奉菽水歡，寧如何
奴好。今兹我又去，秦棧還烽烟。不能將母行，藉子慰膝前。子當入官
初，有禄勿云薄。騁步勿霅馳，懷噐宜斂鍔。[14]我言未能罄，所恐傷子
懷。荒雞鳴膠膠，晨光漸盈階。隴上君舊游，長兄尚留滯。欲致宛轉
思，但望平安字。分明徹宵語，身邇心已遥。巴山相憶處，獨聽雨瀟瀟。

示夔侄① 楊揆

　　吾家有阿咸，韶齓頗聰慧。每寄五字詩，殊得作者意。今來蘭山
傍，相見執衣袂。不知別離久，翻覺長成易。[15]汝生在西陲，來往關隴
地。隨父官閣中，詩禮能誦記。喜有儒素風，而無貴介氣。我亦有三
男，非愚亦非智。長者爲汝兄，兩小皆汝弟。汝兄學已遲，所望或其
次。今春我西行，家口苦留滯。得汝來因依，良慰心所繫。挑燈陳詩
篇，下筆劇清麗。琅函自珍重，小集手親製。爲言耽苦吟，往往夜無
寐。是或關凤根，性近非强制。因思少年學，岐路易茫昧。泛噬驢券
博，僻墮狐穴僞。生吞與活剥，乍得乃旋弃。吾言汝慎聽，躐等非所
冀。良金不躍冶，美玉須就礪。毋或恃聰明，立言要根柢。毋或薄功
名，讀書要經濟。遠大相與期，努力勿泄泄。惟汝體羸弱，精神亦宜

---

① 夔侄即楊芳燦長子楊承憲，又名楊夔生。

衛。養氣拓心胸,所戒在拘泥。秋空正高潔,軒窗敞明霽。菊蕊盈墙
根,榆陰覆檐際。荒園不十笏,小亭足幽憩。暇時從我游,朗朗祛障
蔽。得此物外觀,應悟個中諦。三復城南篇,何庸發深唕。

呈二叔父① 楊承憲

京國依臣叔,垂髫甫七齡。但知爭棗栗,未解識風丁。佩觿旋趨
塾,勝衣始執經。殊方驚久別,清誨喜重聆。見説從戎幕,頻番度絶
陘。思歸難縮地,閱歲竟周星。燹道祅氛惡,壺頭毒霧腥。繩行逾法
界,筏渡達窮溟。廓爾喀界已近西海。[16]制勝軍籌速,宣威檄草靈。如塵
銷汜彗,似水建高瓴。虎賬看傳箭,狼居早勒銘。六奇馳急電,[17]九
穴駭奔霆。耀首彰華羽,圍腰綴寶釘。苦心邀睿鑒,俊譽動明廷。玉
壘彤襜發,金城縫節停。嘉師勞撫字,聖代重藩屏。[18]判事工朱墨,留
賓醉醰醽。雅懷仍翰藻,勝賞有林亭。孫綽松當户,羅含菊滿町。胸
中具邱壑,物外擬郊坰。曲院秋河淡,明窗夜燭熒。清譚陪細席,元
測啓重扃。提耳欣相詔,捫心愧不寧。千言情宛轉,五字韵流鈴。莫
慰循循誘,誰云藐藐聽。羅囊休睹紫,蠹簡待傳青。誤恐成颺段,粗
能別渭涇。鵷池期搶鸒,龍笋許撞楟。愛我忘佁儗,逢人説寧馨。凡
才誠自幸,餘慶在家庭。

喜錢三獻之過平凉阻雨小住次日
游柳湖書院即事賦贈② 楊芳燦

故人不相見,彈指星紀周。吏道坐自拘,非關路阻修。豈無空中

---

①　二叔父指楊揆。

②　錢三獻之即錢坫(1744—1806),乾嘉時期著名學者,字獻之,號十蘭、篆秋、月光居士等,
嘉定(今屬上海市)人。乾隆甲午科(1774)順天府鄉試副榜生,乾隆四十一年(1776)客陝西巡撫
畢沅幕,四十八年(1783)後宦游陝西各地,歷任陝西乾州、直隸州州判,攝興平、韓城、大荔、武功
知縣,華州知州,嘉慶五年(1800)後往來於揚州、蘇州間。嘉慶十一年(1806)十一月卒於蘇州,年
六十三。錢坫學識淵博,在輿地、訓詁、經學,金石方面著述頗豐。著有《詩音表》《爾雅古意》《論
語後録》等。生平參見《清史稿》卷四八一、《清史列傳》卷六八,另有今人陳鴻森編《錢坫年譜》。

書，往返勞星郵。不如一摻袪，中懷罄綢繆。聞君奉官符，轉餉天西頭。我時寓朝那，孔道識所由。今晨當關報，果見一刺投。倒屣出迎君，喜極涕轉流。無從訴離緒，欲語舌在喉。勸君且安坐，約君三日留。是時天久雨，塗潦妨行軺。積陰晦原野，五月披重裘。官行雖有程，遇雨可小休。爲君敞虛堂，山翠當檐浮。斷酒啜茗瀋，加餐薦芹羞。君才最雄獨，說經世無儔。辦《三倉》《五雅》，証《八索》《九邱》。高文儷崔蔡，杰句凌曹劉。尤工篆籀文，腕底騰蛟虬。《凡將》《急就》篇，上下窮研搜。坐客乞君書，落筆神明遒。斯冰去未遠，隻字如琳璆。布策妙管郭，說劍追風歐。龜枚與鳥卜，絕詣靡不收。高談析群疑，四座無喧啾。次日稍開霽，雲駁風颼颼。城西有講院，柳湖佳可游。方池一碧净，雜樹萬緑稠。冥冥野竹交，獵獵塘蒲抽。地偏人迹絕，室静禽言幽。小憩偶藉卉，高尋或搴樛。灑灰禁吠蛤，持竿釣沉鰍。風光信可戀，欲去還夷猶。君懷疏且曠，我癖堅難瘳。共是湖海人，狎鷺盟閑鷗。歌呼拍銅斗，長年不知愁。如何隋塵障，觸處生瘢疣？我齒齰然脱，玄花翳君眸。誰憐汗血駒，竟作蘭單牛！有書身無事，此外寧多求？願言就魚麥，與君執手謀。江干買薄田，相對操鋤耰。

錢三獻之以公事來蘭州招集衙齋話舊因作長句以贈[19]　楊揆

千回寄我别後書，不若道左逢君車。百回識君夢中面，不若停車一相見。朅來三度過青門，下車一度一見君。萍蓬踪迹苦無定，雲龍上下徒心殷。今年四月乾州道，風鶴傳聞足憂抱。失喜逢君又一時，共驚面目增枯槁。邀余入室勉一餐，温問無暇追前歡。衙齋閑寂少人到，是中誰識真鴛鸞。入門出門復何有，浩浩風沙更西走。萬水千山不暫停，閑官却羨城如斗。皋蘭山勢高崔嵬，我行纔止君復來。句稽朱墨悉抛弃，[20]官舍十日同徘徊。檐風屋漏燈花妣，手擘蠻箋乞君寫。[21]鑪錘筆力邁斯冰，根據淵源辨倉雅。君言著述高等身，研經注史劇苦辛。名山自詡千秋在，宦海徒嗟廿載淪。人生知己原難數，却憶關中舊開府。謂畢弇山中丞。① 吐握猶留説士風，吹噓能廣搜才路。一從大雅歸荆榛，中原提唱虛無人。即今風雨蘭山下，寥落晨星幾感恩。此地關河最蒼莽，長烟落日心胸蕩。且携蠟屐五泉游，净掃塵氛看朝爽。相偕有我兄與師，時葯林先生暨伯兄俱在署中。與君疇昔皆相知。他年倘作殊方會，莫忘蘭山剪燭時。

五泉即事　楊芳燦

逭暑憩瓢堂，境静人意古。銅瓶汲寒泉，石鼎響春雨。疏籬護菊畦，曲徑繞花塢。暝色起前峰，歸樵隔烟語。

同作　楊揆

春山色宜今，秋山色宜古。佳日足春秋，何須問晴雨。風吹山中泉，泠泠過深塢。有客對泉吟，恍聽水能語。

同作　興化黃騂②葯領

有泉山自清，有佛樓自古。暑退一林風，凉生昨宵雨。客來恣嘯傲，長日照深塢。仰瞰青芙蓉，蕭然聞梵語。

同作　周爲漢

山深晝無人，樹木自太古。空翠撲衣凉，亂泉灑飛雨。雲意占石樓，經聲出花塢。暝色淡歸心，松徑聞鶴語。

同作　陸芝田

日欹松蓋陰，苔上佛衣古。石泉鳴似秋，山氣冷於雨。僧閑補遺

---

① 畢弇山即畢沅。參見詩卷一楊揆撰《將發大梁留別方五子雲》一詩。

② 黃騂字岳領，《荆圃倡和集》中又作藥林、藥領，興化人，貢生，著有《雙江倡和集》。據《楊蓉裳先生年譜》載楊芳燦與黃騂於乾隆四十二年(1777)定交，時楊芳燦二十五歲，《年譜》："秋試被落，謁文勤公於杭州。時公以主試，旋奉視學之命，遂留余在蜀閱試文，因得與黃藥林騂定交。"生平參見王昶《湖海詩傳》卷三五。

經,鶴静眠深塢。向晚憺忘歸,塔鈴風自語。

同作　楊承憲

出郭果幽尋,雲藏厓寺古。碧蘿一徑深,巖泉飛密雨。幽禽出松關,野鶴下竹塢。暝色石樓空,山風度僧語。

新秋水木清華園即事以東坡秋早川原净麗雨餘風日清酣分韵得二首　楊芳燦

雲影薄吹綸,風意凉侵紵。閑淡竹間花,疏明松上雨。清韵裊琴絲,碧痕泛茶乳。緩步繞空階,晚晴聞鵲語,

小圃對秋容,照眼愛明瑟。山翠隱長烟,池光漾斜日。叢編笠澤書,静掩維摩室。坐久落瓶花,幽香隔簾出。

同作[①]　楊揆

虚亭饒暇日,風物足清幽。選地安茶竈,邀人製酒籌。繚垣思借樹,築屋抵牽舟。向晚同移榻,蕭蕭枕簟秋。

倦游無馬券,寄遠有魚書。窗響鬥禽墮,花深懶蝶居。累山誰買石,灌菜自修渠。最愛園丁健,荷鋤來雨餘。

同作[②]　黄驊

舊屋從新葺,清華映碧桐。五泉通細脉,雙塔倚高風。中酒狂偏醒,聯吟淡亦工。稻梁秋正好,天際有征鴻。

在官如在野,爲圃亦爲園。淡蕩鷗依艇,徘徊月到門。鄉心千里夢,往事十年論。便欲登高嶺,臨風俯隰原。

---

① 《同作》詩共二首。
② 《同作》詩共二首。

同作①　周爲漠

秋風雁欲來,細雨凉生早。曲檻落疏花,空階淡幽草。山霽遠青低,池明衆綠倒。微吟倚隱囊,翛然事幽討。

籬破綠蘿補,花稀黃蝶争。凉蟬吟樹久,新月傍林生。試茗聽泉坐,携琴繞竹行。夜深頻剪燭,懷抱有餘清。

同作②　陸芝田

宿雨漲曲池,水竹湛明麗。斜陰壓林梢,寒翠淡衣袂。鶴影疏簾垂,書聲小門閉。沉吟意忘歸,片月墮檐際。

凉風下微葉,秀木搖澄潭。客燕辭巢寂,鳴蟬飲露酣。花飛紅冐竹,苔暈綠侵龕。相對渾無語,詩禪漸欲參。

同作③　楊承憲

小園新雨過,門掩已凉天。簾密留香久,庭虛得月先。清歡羅酒盞,小暇擘吟箋。仿佛疏林外,秋聲落遠川。

薄晚敞幽軒,一葉墮烟影。暝翠入虛檐,斜陽戀高嶺,開襟凉意來,拂几塵氛净。覓句久徘徊,片月上林頂。

秋夜吟十首　楊芳燦

小園風物有餘清,一院桐陰碧影明。好是晚來移榻坐,簟波浮動嫩凉生。

露脚吹烟濕欲流,瘦花纖穗媚凉秋。風罏試鬥釵頭茗,滿注清泉白定甌。

瓶花橫影上簾衣,蕩漾冰荷燭焰微,七夕蘭期彈指過,冶情猶賦

---

① 《同作》詩共二首。

② 《同作》詩共二首。

③ 《同作》詩共二首。

《九張機》。

紅蕉傍檻幾叢分，小雨疏疏葉上聞。洗出一天秋意思，夜風吹皺妒羅雲。

竹閣玲瓏留宿燕，萍池清淺漾文魚。心情近日蕭閑甚，待補秦餘種樹書。

小炷衙香裊篆烟，夜闌山字聳吟肩。憑將歡意償離緒，一樣秋心勝昔年。

無憀巡遍小回廊，選夢先安曲录床。一事尋思却惆悵，昨宵得句覺來忘。

街鼓鼕鼕漏箭遲，虛亭露白鶴先知。滿襟凉思清無睡，坐到明河射角時。

偶拈酒盞金蕉葉，添注花名玉篆牌。笑我清狂渾未減，微吟偏愛左風懷。

當亭曾記話團欒，十載明瞻兩地看。此度中秋同説餅，下階先拜水晶盤。

同作[1]　楊揆

枝頭綠意已匆匆，消得朝來幾度風。惟有月華看漸好，照人如水夜簾空。

小坐筠廊鬟懶梳，熟羅衫子薄凉初。尋常儘有銷魂景，慚愧人生領略疏。

花竹玲瓏瘦影交，輕紈漸覚與人抛。愛聽墙角秋聲度，籠得鳴虫挂樹梢。

曲曲闌干焰焰缸，細垂紅穗映雕窗。不知何事關鄉思，長向雲波夢畫艭。

點綴蔬畦略有情，豆花粉白菊苗青。鷄冠傍檻高于帚，鶯粟垂闌

---

[1]　《同作》詩共十首。

小似瓶。

　　碧空如洗淡長烟，塞上新秋別有天。重七乍過重九未，生衣早晚要添綿。

　　香温茶熟夜迢迢，偶撥冰弦澀未調。如此樓臺風露外，閑情只合付吹簫。

　　淺渠流水恰平階，倒影松枝小似釵。一片舊愁無處著，更研螺墨鬥詩牌。

　　短垣一帶小橋西，籠燭行來路欲迷。却怪南枝雙睡鵲，無端驚起傍檐啼。

　　爲歡作計勝童年，瓜果先期盼月圓。別有寄懷人未識，睡時禪定醉時仙。

同作[①]　黄驊

　　一庭水木净娟娟，風格清華絶可憐。新雨才過新月上，薄寒重著故衣便。

　　裁却方塘成半璧，疏將活水浴雙鳧。幾時種得如船藕，倩寫清凉避暑圖。

　　瞥眼飛花又轉蓬，家風清白在關中。讀書不忘兒時味，日課園丁種晚菘。

　　日斜雙塔影低回，一徑寒烟自剪萊。吟到故國雲水外，鯉魚風起雁聲來。

　　落落只宜招素鶴，匆匆何計買青山。短垣不爲遮塵設，要看疏花遠近間。

　　我來閑咏慣分題，疏樹凉風颯已凄。兩地牽情連夜夢，妻孥江北弟江西。

　　局促轅駒暫脱鞍，西風回首望長安。誰知隴坂停驂久，猶似金門

---

　　① 《同作》詩共十首。

索米難。

　　黄河一帶繞城隅，秋到蘭山落木初。有客要尋天上水，逢人却問隴頭渠。

　　夜光清澈劍縱橫，自笑吟髭白數莖。培塿却饒高遠意，出山還聽五泉聲。

　　養生至樂推蒙叟，種樹天然記橐駝。正好西來又東去，宦游無那此關河。

藝香圃菊花盛開適逢九日秋雨新霽小坐花下有作　楊芳燦

　　雁風吹裂雲波明，天意滿放重陽晴。窺窗山色碧如許，樹杪猶飛昨宵雨。參差墙外菊一畦，疏綠長與衰黄齊。中庭更放千百朵，秀影壓疊回闌低。招携何必登高去，且對名花作佳語。爐烟出户淡微微，茗碗留人華舉舉。此中静趣無人知，花却凝情如有思。凉飈蕩漾摇亞枝，得意似賞吾曹詩。把杯還向花前爵，一院秋光人薄醉。冷香叢裏立多時，黄蝶飛來上衣袂。楓林高下斜陽紅，邊撩點綴景亦工。閑吟東皋薄暮句，恍到北苑新圖中。君不見，百年幾度逢佳節，流景抛人最堪惜。問花花亦憺無言，坐到紛紛凉月白。

同作[22]　楊揆

　　短墙一桁環虚室，得地無多延綠闊。宵來風雨朝復晴，墙角山勢浮層青。[23]人言今歲秋陰少，九日離離菊枝好。傍墙栽菊勢參差，高處如閑疏處傲。花開高枝復亞枝，凉露葉葉風絲絲。當關暫戒勿持事，塵意不敢令花知。長年還道今官閣，花意亦知人淡泊。移根猶肯赴心招，未及歸時花亦諾。[24]庭深幾尺花幾層，坐久似覺秋寒增。籬根月影照不到，爲花寫照還呼鐙。此時對酒足留戀，不用薰爐燒甲煎。祇憐鄉思浩無倪，嘹唳霜空一繩雁。

即席復以秋菊有佳色爲韵得詩五首　楊芳燦

夙愛重九名，素襟披朗秋。況復天氣佳，曠望宿雨收。朝光噪乾鵲，明波躍纖絛。峨峨千髻鬟，青山滿墻頭。

蕭辰何所愛，愛此數叢菊。卓哉霜下杰，秀色奪人目。詩吟彭澤陶，賦擬臨頓陸。坐臥寒香中，朝暮看不足。

大化浩茫茫，此日爲我有。古來良會多，佳話傳亦偶。選勝貴及時，作歡莫相負。照影花滿頭，起舞杯在手。

阿連句奇秀，文强語清佳。寧知廿年別，兹夕相與偕。回思關路隔，悵望天一涯。當花對樽酒，曷不攄幽懷。

涼烟淡秋容，碧雲流暮色。千花環一座，人在衆香國。適興和清吟，寫照煩妙墨。_{葯林工畫。}扶醉繞階行，霜月半輪直。

同作[25]　楊揆

夙性寡所好，況復當倦游。凌晨説重九，蠟屐殊未修。朝光上林杪，寒緑還盈眸。長烟涵高空，一淡不可收。何以乞閑暇，賞此歲有秋。

秋氣本不悲，秋懷各有屬。登臨感客心，蕭散遂余欲。胡爲百年内，擾擾自拘束。得月人可雙，無酒夜苦獨。失喜及兹晨，千枝綻籬菊。

菊蕊何離離，論交淡彌久。亦如出世人，一塵不肯受。微霜下庭際，[26]采擷正盈手。地閑花自宜，寧愧柴桑叟。短榻臥清宵，夢落無何有。[27]

有酒且斟酌，寄傲舒素懷。況愜對床歡，三五吟伴偕。榆柳葉未脱，清陰滿空階。治圃熟芋豆，吾事誠已諧。何須問松石，此中亦復佳。

佳會今夕同，如坐衆香國。相對各忘言，幽意花自識。種柏幾時成，望梅幾時得。惟有此花開，骨瘦神與逸。繞籬萬金鈴，千古同一色。

同作[1]　黃驛

隴上忽重九，凉意驚殘秋。故人共心迹，淡然寡所求。疏花倚窗外，一笑風雨收。

見山未登山，古歡結林屋。藝香亭畔坐，秋氣寸心蓄。園丁喻真意，送菜復送菊。

妙緒領群言，高情涵衆有。以我百年心，酌此一杯酒。非云耽隱逸，所樂無官守。

在官亦不俗，爲圃興尤佳。謂荔裳。車馬近塵市，風霜多遠懷。田家老瓦盆，隨意爲安排。

冷泉石上流，閑雲天際立。本無傲岸心，別有風流格。君子爲文章，絢爛亦本色。

同作[2]　陸芝田

良辰懶登陟，小園足清幽。凉意在林杪，蕭蕭滿庭秋。促坐延俊侶，清辯如泉流。擘箋鬥新句，枯腸費冥搜。

短籬影疏疏，繞徑勢回曲。盆盎各參差，隨意位叢菊。千枝鬥秋清，照眼明燭燭。斜日淡無言，橫影上闌曲。

纖葩明於春，忘却秋已九。静對思一中，佳釀乞君有。微風兩黃蝶，徘徊繞枝久。似識秋漸闌，別意良亦厚。

細水注深砌，華雲被蒼厓。瘦葉自欹側，風亭景尤佳。本無俗塵到，適與幽人偕。掩關静兀兀，良愜平生懷。

霜月才半鈎，漸照籬影直。紙窗霏冷烟，疏樹攢夜色。寒蕊圓於鈴，欲餐應可摘。酒深宵易寒，清露聞殘滴。

---

① 《同作》詩共五首。
② 《同作》詩共五首。

同作①　楊承憲

凉月出蒼莽，寒光空際流。疏林葉微脱，碎響風飀飀。小院夜無人，何以慰好秋。微吟覓新句，幽賞招朋儔。

名園秋意深，景物净如沐。流連極文宴，盈杯泛醹醁。相對淡無言，愛此數叢菊。坐久月漸高，清輝滿籬角。

汲水注軍持，繁英折盈手。四壁影離披，寒香生户牖。把酒索清歡，此會亦稀有。誰意塞上秋，持螯過重九。

檐梧翻露葉，泾翠流平階。幽人期不來，秋思盈離懷。雲開夜澄霽，小坐亦復佳。瘦影看未足，更拓半畝齋。

空簾靄微青，澄潭漾深碧。夾衣禁薄寒，星影逗窗隙。舒卷起長烟，古樾聚暝色。翹首望高旻，西風雁聲急。

九月十六夜對月用杜集江樓夜宴韵三首　楊芳燦

塞月初更上，依然一鏡明。虚庭流夜色，羈客感秋情。衰響樹當户，寒聲杵滿城。繞籬憐細菊，瘦影漸欹傾。

銜山輪乍仄，過竹影微遮。驚鵲翻烟翠，陰蟲泣露華。烹泉移石鼎，鬥酒試銀槎。堅坐消殘夜，明波漾碧紗。

清輝千里共，歸夢落楓江。疏磬出蕭寺，凉燈明小窗。離心隨雁去，遠信盼魚雙。相對敲枯硯，吟懷未肯降。

同作②　楊揆

遠山銜不住，木末蕩空明。回識三秋意，寒知獨夜情。霜華零古道，河響入層城。相對同消黯，冰荷燭泪傾。

薄靄微茫墮，平林遠近遮。俊游思北渚，清夢續南華。愧負小山

桂,空乘巨海槎。祇餘吟興在,題句自籠紗。

一雁何迢遞,南飛早渡江。鄉心正孤回,遙夜坐寒窗。圓影過三五,漏聲時叠雙。當杯頻貰酒,秋感暫心降。

同作① 黄驛

圓輝仍昨夕,疏樹更分明。不盡孤高意,相看淡蕩情。夜談凝玉露,秋氣老金城。又展重陽會,携尊且自傾。

最憐千里共,其奈遠山遮。耿耿人無寐,徐徐菊有華。聽泉才過雨,望斗欲浮槎。逸興憑虛樹,涼蟾印碧紗。

昨歲警刁斗,從軍渡漠江。至今勞悵望,見月拓疏窗。時有朋三五,空餘劍一雙。耽吟原癖性,再鼓氣難降。

十月十六夜雪後對月[28] 楊芳燦

雪積層峰巔,月出遠林頂。凍雲搖曳吹作絲,浩浩明波瀉千頃。當庭老槐無葉飄,空枝尚戛風蕭騷。窺簾星影小於粟,匝地霜氣流如潮。眾籟無聲月亭午,寒光照人毛髮古。相看兀兀兩書生,對擁殘編聽官鼓。小童琢雪巧作燈,蠟烟數點參差明。墙根掕葵玳瑁色,履底窣窣玻璃聲。冰花滿硯尖毫重,綠乳半甌茶欲凍。興來伸紙續清吟,各抱冬心不成夢。

同作[29] 楊揆

鄰鄰萬瓦寒光起,凍月如丸蕩雲水。漏長夢短鎮無聊,窗燭搖烟墮殘紫。盈階積雪消未盡,交映空明境清美。栖烏磔磔驚高枝,去雁寥寥落疏葦。捲簾坐久萬籟息,不覺斜檐月移晷。此中岑寂少人知,幸得連床同擁被。年來我本倦行役,擾擾長途厭塵軌。衝風弱羽上水鱗,到此方如舟暫艤。休教良夜忽忽過,茶熟香温且歡喜。荷戈尚

---

① 《同作》詩共三首。

有遠征人，飛雪連山臥軍壘。

同作　黃騂

朔風捲葉聲乾枯，中庭夜景如銀鋪。呼僮掃雪雪尚餘，起視寒月明階除。天公作意留瓊琚，更御纖阿駸望舒。以雪待月月不孤，雙清心迹無糢糊。是時小春氣未蘇，醞釀萬物儲華腴。江上梅花音信疏，竹葉舉手相傳呼。謝家詞賦聯瑾瑜，光彩照耀心神俱。官齋淡泊情歡娛，料理竿牘芟園蕪。桐華吟館東西隅，冬心一樣澄冰壺。我今欲問隴頭渠，隴坂盤折渠縈紆。江革老作章句儒，割氈贈以元輝襦。況復客游歲已徂，一官落落懷前途。槎枒畫樹作枯株，榾柮煨芋圍紅爐。夜深客散疇爲徒，對影惟見月與吾。

初冬述懷[①]　楊芳燦

自笑心如木石頑，落然寒事一身閑。由來作達非無意，何處逢歡不解顏。去雁似塵迷極浦，凍雲如絮裹遥山。三椽分占西頭屋，滿榻叢書静掩關。

朝寒更覓敝裘添，起看初陽下短檐。但喜負暄酣白醉，未須行散服青粘。游心六鑿空無礙，信手三乘妙共拈。不是清狂誇慧業，禪宗文字本來兼。

藜床棐几小團瓢，位置居然七客寮。歲晚閑情在林壑，天涯歸夢到漁樵。茶牙嫩瀹荷心苦，香瓣微熏石葉焦。短晷莫愁容易過，正欣官閣坐深宵。

星闌坐久峭寒增，倦僕僵屏喚不膺。半鏡冷光冰井月，一檠清影雪窗燈。惜無飲興傾蘭瀋，差有吟情付繭藤。難得題襟聯舊侶，謂菊林。好編佳句續松陵。

---

① 《初冬述懷》詩共四首。

同作[30]　楊揆

閣鈴聲静閉閑門，夙尚惟欣卷帙存。向暖庭槐餘露葉，凌寒畦菜
老霜根。談宜深屋忘宵永，夢裏重衾戀曉温。最是三冬消受好，薰籠
香篆爇靈麝。

飛雪頭番作意寒，瑤花吹滿曲闌干。星争雲縫微於粟，[31]月轉林
梢小似丸。結習消磨隨筆硯，閑情商略到盤餐。官齋乍脱征衫住，[32]
儘許圍爐補墜歡。

青青鬚影鏡中凋，似水年華恐暗銷。豈有人思因釜熱，莫教心爲
抱薰焦。舊游每憶東西屋，歸思難憑上下潮。誰向家山先問訊，黄精
曾否長新苗。

銀漢分明未可攀，孤雲飛去幾時還。但云作佛何須慧，若許成仙
也要頑。買酒好謀千日醉，著書須借十年閑。勞勞莫逐塵緣恔，未必
金丹果駐顏。

和作①　黄騂

此心匪石亦堅頑，渺渺前途祇賦閑。凍井無波開冷眼，霜林如醉
帶酡顏。暗疏泉脉堪爲圃，同抱蘭心却稱山。記取憶鷗書小艇，廿年
盟約最相關。

流光一擲鬢絲添，可愛黄綿挂短檐。屐過那嫌階雪滑，詩成肯付
壁泥粘。久孤竹屋三秋别，好憶梅花一笑拈。畢竟出山行有日，古來
吏隱本難兼。

哃然瓠落老僧瓢，飯罷慵栖古木寮。問渡幾時呼野艇，入林何計
伴山樵。鳥催春信頭先白，桐撫商音尾半焦。難得機雲同筆硯，一爐
活火話深宵。

漏箭遲遲百感增，相依老僕唤頻譍。多情葉落從鋪徑，隨意花開

---

① 《和作》詩共四首。

漫剪燈。隴畔渠流接清渭，石邊月上隱枯藤。西都自昔多豪杰，不爲輕肥羡五陵。

贈周生倬雲陸生秀三兼示夔侄　楊揆

西陲詩格稱洮陽，陸生秀出能詞章。同時周生越中彦，東箭南金世希見。薄游隴上年復年，健步欲度驊騮前。延津劍合光彩別，却被吾家使君識。共喜褰衣郭瑀門，爭誇執卷崔儦室。郵籤向我數致辭，爲道二子才能奇。今來載酒快見面，[33]照座朗朗瓊瑶姿。千言下筆氣豪縱，屹立長城撼難動。懷墮隋珠月有波，手裁天錦雲無縫。仲容弱冠把臂游，清詞麗句爭雕鏤。扃扉吟嘯意自得，[34]丹黄緗帙珍琳球。人生學力須年少，入手應知寸陰好。八九胸看雲夢吞，三千水想蓬萊到。我昔吟場薄擅名，出山小草負平生。讀書終竟慚袁豹，作計徒然羡季鷹。即今盈尺階前地，激昂正吐青雲氣。僕也原憐傳世才，君乎勿薄登科記。[35]燈火西窗夜漏遲，談經更喜得真師。翩翩毛色三青鳥，盼爾爭栖琪樹枝。

奉酬荔裳先生見贈之作　周爲漢

我昔誦公詩，便思識公面。十年結想魂夢勞，顔色疑從夢中見。幸陪大謝東山游，屏除絲竹耽吟謳。詩成恨不侍公側，側身東望增離憂。冥冥氛祲未清廓，湘漠烽烟連井絡。惟公玉帳握韜鈐，指嗾熊羆相鬥角。我時射策長安城，潛身制泪名未成。蜀江迢遞隴阪隔，無分仗劍從公行。竭來負笈蘭山下，奉命值公回紫馬。乍看投刺拜前楹，便許歡顔陪廣廈。幾度名園共玳筵，深宵裙展足流連。萬花罨徑鋪明月，千竹臨池蕩綠烟。玲瓏窗牖西軒敞，燈火闌珊照書幌。見客先誇王粲奇，援豪愧被荀君賞。謾道儒冠久誤身，吟詩乍覺氣如雲。激昂盈尺階前地，不覺雄眸灑泪頻。貧賤生涯長刺促，辛苦著書空仰屋。琴尾愁焦爨下桐，笛材怕老柯亭竹。荏苒年華去可驚，故園無地學躬耕。未甘投筆同班椽，誰解修箋薦禰生？丈夫貴得一知己，不必聲名喧俗耳。感公剪拂使長鳴,慷慨悲歌爲公起。

同作　陸芝田

我昔讀書靈武臺,元亭問字欣追陪。見公詩卷百回誦,南雲延望心徘徊。是時蛾賊方猖獗,公佐元戎事征伐。玉壘巉岩劍閣高,夢中踏遍峨眉雪。春風柳碧秋花妍,思公屈指經三年。讀殘楚蜀從軍句,和遍池塘憶弟篇。岷峨萬仞連秦嶂,公來蜀道青天上。私喜爲公作部民,相隨父老迎旌仗。感公謂我媚學勤,期我著書高等身。五泉山深泉水淥,後乘許托班班輪。自此從游鈴閣下,同時二子俱嫻雅。德祖清狂公瑾奇,丹黃萬卷恣吟寫。曉窗圍綠紗爲櫺,夜燈飄紅光淺清。殘編細字各分校,咿唔似和秋蟲聲。九秋叢菊千枝放,月波如水凉雲蕩。倜儻頻驚北海融,婆娑況侍南樓亮。我生落托百不奇,雕蟲篆刻徒爾爲。瓊瑰贈我識公意,著鞭勖我毋淹遲。黃河蜿蜒東流駛,直下崑崙八千里。行看高館待翹材,銜恩不獨邊荒士。

【校勘記】

[1] 此詩題《桐華吟館詩稿》卷九作《己未五月余從達州軍營奉命來甘藩之任與伯兄相見於蘭山官舍感舊書懷成轉韵八十八句》。

[2] 兄:《桐華吟館詩稿》卷九《己未五月余從達州軍營奉命來甘藩之任與伯兄相見於蘭山官舍感舊書懷成轉韵八十八句》詩作"伯兄"。

[3] 君:《桐華吟館詩稿》卷九《己未五月余從達州軍營奉命來甘藩之任與伯兄相見於蘭山官舍感舊書懷成轉韵八十八句》詩作"聖"。

[4]《桐華吟館詩稿》卷九《己未五月余從達州軍營奉命來甘藩之任與伯兄相見於蘭山官舍感舊書懷成轉韵八十八句》詩無此小注。

[5] 怯:《桐華吟館詩稿》卷九《己未五月余從達州軍營奉命來甘藩之任與伯兄相見於蘭山官舍感舊書懷成轉韵八十八句》詩作"快"。

[6] 擢升:《桐華吟館詩稿》卷九《己未五月余從達州軍營奉命來甘藩之任與伯兄相見於蘭山官舍感舊書懷成轉韵八十八句》詩作"任"。

[7] 請:《桐華吟館詩稿》卷九《己未五月余從達州軍營奉命來甘藩之任與伯兄相見於蘭山官舍感舊書懷成轉韵八十八句》詩無此字。

［8］星紀一周：《桐華吟館詩稿》卷九《己未五月余從達州軍營奉命來甘藩之任與伯兄相見於蘭山官舍感舊書懷成轉韵八十八句》詩作“恰逾十年”。

［9］愁：《桐華吟館詩稿》卷九《己未五月余從達州軍營奉命來甘藩之任與伯兄相見於蘭山官舍感舊書懷成轉韵八十八句》詩作“情”。

［10］報：《桐華吟館詩稿》卷九《己未五月余從達州軍營奉命來甘藩之任與伯兄相見於蘭山官舍感舊書懷成轉韵八十八句》詩作“早”。

［11］此詩題《桐華吟館詩稿》卷十作《德陽道中留別三弟成五言轉韵一百四十句》。

［12］速：《桐華吟館詩稿》卷十《德陽道中留別三弟成五言轉韵一百四十句》詩作“遠”。

［13］拿：《桐華吟館詩稿》卷十《德陽道中留別三弟成五言轉韵一百四十句》詩作“奴”。

［14］劍：《桐華吟館詩稿》卷十《德陽道中留別三弟成五言轉韵一百四十句》詩作“劍”。

［15］翻：《桐華吟館詩稿》卷九《示夔侄》詩作“反”。

［16］西海：《桐華吟館詩稿》卷九收楊承憲《呈二叔父》詩作“西洋”。

［17］馳：《桐華吟館詩稿》卷九收楊承憲《呈二叔父》詩作“驅”。

［18］聖代：《桐華吟館詩稿》卷九收楊承憲《呈二叔父》詩作“邊僥”。

［19］《桐華吟館詩稿》卷九詩題下有“以下己未蘭州作”七字。己未：嘉慶四年（1799）。

［20］悉：《桐華吟館詩稿》卷九《錢三獻之以公事來蘭州招集衙齋話舊因作長句以贈》詩作“暫”。

［21］番：《桐華吟館詩稿》卷九《錢三獻之以公事來蘭州招集衙齋話舊因作長句以贈》詩作“蠻”。

［22］此詩題《桐華吟館詩稿》卷十作《藝香圃菊花盛開九日秋雨新霽小坐花下伯兄作長句見示同作一首》。

［23］勢：《桐華吟館詩稿》卷十《藝香圃菊花盛開九日秋雨新霽小坐花下伯兄作長句見示同作一首》詩作“影”。

［24］亦：《桐華吟館詩稿》卷十《藝香圃菊花盛開九日秋雨新霽小坐花下伯兄作長句見示同作一首》詩作“已”。

［25］此詩題《桐華吟館詩稿》卷十作《即席看菊偕伯兄以秋菊有佳色爲韵復成五首》。

［26］嚓：《桐華吟館詩稿》卷十《即席看菊偕伯兄以秋菊有佳色爲韵復成五首》詩作“際”。

［27］落：《桐華吟館詩稿》卷十《即席看菊偕伯兄以秋菊有佳色爲韵復成五首》詩作“到”。

［28］此詩題《芙蓉山館詩鈔》卷七作《十二月十六日雪後對月同二弟作》。

［29］此詩題《桐華吟館詩稿》卷十作《十月十六日雪後對月同伯兄作》。

［30］此詩題《桐華吟館詩稿》卷十作《初冬述懷四首》。

［31］粟：《桐華吟館詩稿》卷十《初冬述懷四首》詩作“豆”。

［32］乍：《桐華吟館詩稿》卷十《初冬述懷四首》詩作“喜”；衫：《桐華吟館詩稿》卷十《初冬述懷四首》詩作“衣”。

［33］見：《桐華吟館詩稿》卷十《贈周生倬雲陸生秀三兼示夔侄》詩作“覿”。

［34］吟：原作“砕”，據《桐華吟館詩稿》卷十《贈周生倬雲陸生秀三兼示夔侄》詩改。

［35］勿：《桐華吟館詩稿》卷十《贈周生倬雲陸生秀三兼示夔侄》詩作“漫”。

荆圃倡和集聯一

崆峒聯句一百韻

崆峒鎮西陲，芳燦。① 五岳推爲伯。古帝所登臨，揆。仙真此窟宅。山經縱荒詭，楷。《爾雅》最詳核。漆園志軼事，土驤。龍門証群籍。剛武著人風，爲漢。博厚辨土脈。傳疑名偶同，芝田。考信記徵昔。惟兹孕靈奇，承憲。孰能并雄特。神功謝雕鏤，芳燦。天骨立癯瘠。萬景開麗畸，揆。一元悶寥闃。際野褰鵬噣，楷。排空露鯨額。三宵爛金光，土驤。百里純黛色。望望神爲馳，爲漢。卒卒身未歷。非無邱壑志，芝田。苦爲風塵迫。今來值休暇，承憲。小住息勞役。霽景湛清澄，芳燦。春容靄明嬁。挈伴果幽尋，揆。逃俗得良覿。超遥出重闉，楷。逶遲越廣陌。腰下懸火鈴，土驤。足底躡雲屐。真訣呼林央，爲漢。靈符辟魑魅。意行無滯礙，芝田。鋭進忘驚惕。水曲淺可亂，承憲。山椒勇爭陟。石墮星淪精，芳燦。厓空月留羈。巍宮煥丹艧，揆。杰構倚巖壁。軒皇傳秘典，楷。廣成留化迹。岐途七聖迷，土驤。嶤關萬靈直。膝行下風進，爲漢。口授至道極。守一契窈冥，芝田。處和尚昏默。大駓害馬去，承憲。罔象遺珠得。幻夢游華胥，芳燦。神漢飲終北。由來真人踪，揆。非可常理測。中臺聳處尊，楷。衆皺鬱如積。攢峰小曰巋，土驤。列嶂屬者嶧。梵宇敞十楹，爲漢。貝典藏萬册。文從身毒求，芝田。字記鳩摩譯。前朝誇創造，承憲。帝子慕禪寂。空香繞棻橑，芳燦。天花散衣裓。白業彼所耽，揆。黑學我未識。明藩藏經樓尚存。徑紆修蛇蟠，楷。臺

---

① 爲突出作者本人的詩歌聯句，依作者所吟之詩句排版，每人一行，末附作者姓名。下同。

壓伏龜息靈龜臺。群峭紛上干，土驤。重隒忽南闢。異境屢回換，爲漢。舊迹窮搜剔。仰瞻浮圖高，芝田。稍喜僧院僻。風鐸鳴清鏘，承憲。石泉疏滴瀝。東崗削高青，芳燦。古穴洞深黑。上真駐法從，揆。玄鶴騰健翮。回翔影或覯，楷。杳渺迹難覓。北嶺最崛奇，土驤。中斷君崩圻。移非誇娥負，爲漢。豁豈巨靈擘。蚴蟉架雄蝀，芝田。連蜷截雌蜺。石磴五百盤，承憲。鐵鎖八千尺。呀喘口忽呿，芳燦。重腿足疑蹙。首俯尻益高，揆。脰愊目先逆。高登靈鼇背，楷。危立老蛟脊。林莽如積蘇，土驤。城郭同摘填。齊州九點青，爲漢。長河一絲白。危峰名礦磚，雷聲峰，芝田。長松蔭交格。掀騰軋波濤，承憲。拗怒摧霹靂。乖龍奮鬣，芳燦。猛兕抵角骼。窘束貳負尸，揆。耆乾女丑臘。常含烟露滋，楷。不受斤斧厄。樛枝絡兔絲，土驤。盤根孕虎魄。齊年多梗楠，爲漢。後輩列栝柏。帝臺尚置棋，芝田。仙人亦耽奕。巨碣誰磨治，承憲。方罫自刻畫。石腴髓流丹，芳燦。草勁髮擢鐵。華池冷宜漱，揆。上藥佳可擇。山叟試赭鞭，楷。羽士斟元液。瑤渦蕩虛明，土驤。翠岊混空碧。繁花態嬋娟，爲漢。幽鳥聲格磔。西臺瞰幽翳，芝田。中夏失隆赫。窅崖層冰凝，承憲。哀壑迅湍激。岩巒皆軒昂，芳燦。氣勢互凌轢。或如威鳳翔，揆。或如怒猊擲。森森擁旄仗，楷。霍霍交矛戟。跬步錯陰陽，土驤。彈指變朝夕。神光倏合離，爲漢。怪氣或紫赤。昌黎句。① 回頭詫險惡，芝田。却坐轉惶惑。冥濛夕霏斂，承憲。晻曖斜景昃。偶投招提境，芳燦。快得清曠域。雲臥愛高寒，揆。塵襟盡蕩滌。象緯儼在傍，楷。精靈恍疑逼。梵放静鐘魚，土驤。廣樂聞笙笛。小憩凭藤輪，爲漢。欹眠拂苴席。藿食分鉢盂，芝田。茗飲對鼎鑼。我本山水人，承憲。夙負林霞癖。冲情佇飚駕，芳燦。清慮馳烟驛。曾覽九仙方，揆。疑自三清謫。誰令嗜臭腐，楷。遂致困羈靮。墨會久乖離，土驤。丹經浪綢繆。難求邯鄲枕，爲漢。空慕阜鄉舄。塵根未祛六，芝田。人壽希滿百。安能超世綱，承憲。長此依山客。幽懷得忻暢，芳燦。弱植免淪溺。兹

---

① 出唐代韓愈《送惠師》詩。

游冠平生，揆。觸境皆創獲。尋思去來因，楷。頓恐仙凡隔。良期難再遇，士驤。往事勞追憶。發唱聯吟朋，爲漢。紀勝命子墨。絶叫互擊壺，芝田。高談同岸幘。健筆扛龍文，承憲。餘力洞犀革。奇觀搖心魂，芳燦。狂吟豁胸臆。思將一長劍，揆。耿耿倚穹石。芳燦。

寒月聯句

翔陽入崦嵫，芳燦。晧魄上瀇沕。高旻淡無際，楷。夜景清欲絶。衆靄澄遠岫，士驤。萬籟閟諸穴。離離星曆沉，芳燦。翳翳雲蕤滅。霜氣浸庭甃，楷。風威戛檐鐵。未感楚纊挾，士驤。頓恐吳綿折。常儀浴甘淵，芳燦。纖阿駕飛轍。橚眉垂曲瓊，楷。簾額懸古玦。半破露銀丸，士驤。一方印珂雪。珠幌光搖溶，芳燦。珧窗影瑩澈。照瓦魚鱗閃，楷。委砌蟾肪截。噤瘁膚起粟，士驤。眩蕩眼生纈。荒迹砂倍明，芳燦。長河凘漸結。驚烏起屋角，楷。凍鵲蹲林缺。瘦菊華已披，士驤。老槐葉全撤。街柝韵清凄，芳燦。城笳響幽咽。倦書卷暫庋，楷。斷酒樽徒設。鬥茗瀹皋盧，士驤。試香炷迷迭。蘭膏任暗消，芳燦。松脂罷重爇。索莫抱冬心，楷。羈栖慨暮節。幾載邊關滯，士驤。千里故人別。離思苦惆勞，芳燦。吟懷但騷屑。寄愁玉樓遠，楷。濯魄冰壺潔。想作曼都游，士驤。共譜婆羅闋。慧業記難真，芳燦。韶年去如瞥。琳華未許佩，楷。靈藥無緣竊。謝賦巧莫階，士驤。鮑詩秀堪擷。推敲假巨手，芳燦。瑟縮愧訥舌。竄數類鼠銜，楷。禿筆肖魚嚙。不如坐虛白，士驤。相對忘言説。芳燦。

校射聯句

東郊有射堂，芳燦。庤豁對平陸。艾蘭修防開，楷。設蓺廣場築。將軍愛摻刺，士驤。部卒耻蓄踖。邊郭武備嚴，爲漢。營陳軍容肅。煥號先庚傳，芳燦。剛日惟戊卜。聽鼓敢不蕶，楷。枕鈴起孔夙。千金募健兒，士驤。六郡選豪族。躁野虹霓翻，爲漢。映原荼火簇。揚旌赤羽飛，芳燦。展幕青油覆。高前聳危冠，楷。短後曳袀服。弰矢鏃矢分，士驤。唐弓楚弓獨。蛇跗纏畫弰，爲漢。魚鱗隱雕箙。勁弦續麟洲，芳燦。精鐵煉梟谷。雄棱淬石砮，楷。銳亡厲金僕。亭公爭負侯，士驤。軍正早設楅。騎士行逡巡，爲漢。旗門開忽儵。分曹兩甄齊，芳燦。比耦群力戮。執臂附橛枝，楷。凝神植枯木。繹繹奔星流，士驤。閃閃狂電煜。彎弧引猿泣，爲漢。中的洞熊腹。初如鵑怒飛，芳燦。未若鶻俯啄。或作饑鷗鳴，楷。或類夐兔逐。牝懸蝨貫心，士驤。齗集雀曨目。絕力説熊渠，爲漢。神技推養叔。石飲一羽强，芳燦。甲徹七重複。角勝八算奇，楷。釋護十純縮。中權先解綱，士驤。北面請擂扑。合樂已歌狸，爲漢。積籌尚執鹿。宜僚罷弄丸，芳燦。票姚愧踏踘。賈勇或盜驂，楷。張弮起逐肉。驚禽匿遙叢，士驤。駃獸竄深麓。絕脰雕落雙，爲漢。數肋麋麗六。舞劍詫裴旻，芳燦。扛鼎驚夏育。墙排千肩駢，楷。塵漲萬趾蹴。術傳沓君神，士驤。手讓陳公熟。着眼賞驍奇，爲漢。捫心奈慚恧。少不習蹶張，芳燦。長惟抱觚牘。聊從壁上觀，楷。僅免床下伏。狂發乞子鵝，士驤。伎癢愛野鶩。結束願從君，爲漢。吾將帶鞭韣。芳燦。

觀明肅藩重摹淳化閣帖石刻聯句

鳥迹珍書聖，芳燦。龍賓護墨精。珠璣排錯落，楷。奎壁炭光晶。昔購前賢迹，士驤。時標秘閣名。寶函初集腋，爲漢。樂石舊雕瓊。自爾稱奇觀，承憲。當年賜列卿。雙鈎藏內府，芳燦。隻字抵連城。火忽昆岡爇，楷。雷疑薦福轟。金繩空外掣，士驤。烏璞殿前傾。人豈緘縢密，爲漢。神應胠篋爭。鋌殘銀宛轉，承憲。碣碎玉琮琤。尤物存難久，芳燦。遺形仿易成。黎邱紛變幻，楷。贋鼎亂縱橫。局促看新縫，士驤。肥痴説太清。蚓蛇非一狀，爲漢。朱碧眩雙睛。善本嗟無幾，承憲。陳編代屢更。舟車隨轉徙，芳燦。簡牘費經營。匱紙塵侵厚，楷。溪藤蠹蝕輕。魚珠收萬斛，士驤。燕石裹千籯。朽骨寧來駿，爲漢。虛聲或聚虹。傳訛心易厭，承憲。撫古眼頻瞠。元季當侈縱，芳燦。真人舊義征。神符開帝籙，楷。威略震天聲。金鉞安諸夏，士驤。朱旗偃五兵。星雲占景慶，爲漢。海岳啓休明。乃以籌謀暇，承憲。嘗怡翰墨情。匣收牙軸見，芳燦。籤動瑞圖呈。古色松烟黯，楷。濃香麝氣縈。鋒棱森勁健，士驤。神采逼崢嶸。得類尼山璧，爲漢。藏如晏子楹。鸞章輝袞繡，承憲。虹彩燭璇衡。國倚屏藩固，芳燦。封頒典命榮。建侯恩鄭重，楷。胙土量恢宏。遂共桓圭錫，士驤。還同寶訓擎。邊防推國幹，爲漢。戎索仗邦楨。白馬山河誓，承憲。丹書帶礪盟。銀臺辭帝出，芳燦。華轂載書行。携此來西邸，楷。分兹自上京。崎嶇逾隴坂，士驤。醃罨襲秦蘅。支葉傳逾茂，爲漢。文章道益亨。論賢皆北海，承憲。好善邁東平。綈帙包三體，芳燦。珠囊琐七瑛。肯教垂法則，楷。祇恐委榛荆。梧几詳仇校，士驤。犾豪細品評。公車徵博士，爲漢。高閣引經生。響拓因形勢，承憲。重摹備準程。曳碑循碉道，芳燦。采石鑿溪坑。刻鏤昆刀利，楷。磨礱越砥瑩。璧完仍返趙，士驤。鑒好詎遺盲。筆陣蛟虬起，爲漢。文壇棟栒撐。離披垂薜葉，承憲。聳秀擢芝莖。渴驥奔泉怒，芳燦。翔鴻戲沼鶯。人間重展玩，楷。宇内互褒旌。兜物靈相守，士驤。兵戈害不攖。乘時能遇合，爲漢。歷劫免控振。聖世崇儒教，承憲。官司置大甞。禮堂圍曲檻，芳燦。學舍覆連甍。斑駁儕周鼓，楷。嘩囂薄楚珩。古今勞俯仰，士驤。顯晦悟虛盈。幸得尋常見，爲漢。因之欣喜并。拓歸臨萬本，承憲。拙手愧蚩停。芳燦。

野行聯句

春膏發原隰，芳燦。農事古所敦。社公報賽虔，士驤。田祖盼鬷尊。裔土闢阡陌，芳燦。邊氓長子孫。黃綺結耕侶，士驤。朱陳傳世婚。甘澤布溥遍，芳燦。協氣噓茶温。屢逢年穀豐，士驤。益見風俗惇。陽和令節屆，芳燦。皋壤生意蕃。荸甲迸芒茢，士驤。蠕動蘇陳蟫。長官雖云懶，芳燦。野行敢辭煩。凤駕侵晨星，士驤。蓐食遲朝暾。柴車非縵篆，芳燦。羸驂異駬騵。白沙頻跐足，士驤。青泥行没輻。盤旋度重岡，芳燦。曠朗登遥原。澂池蕩綠波，士驤。燒畲回碧痕。華薄帶逶迤，芳燦。林芳散鮮繁。棘枝薑尾垂，士驤。槐葉兔目暖。茅檐翔燕雀，芳燦。

莎柵圍鷄豚。遙汀揚白鳥，_{土驥}。廣場臥烏犍。農歌聚臺笠，_{芳燦}。田餉擎篲筓。小憩入野廬，_{土驥}。信步尋荒園。細草軟鋪徑，_{芳燦}。纖蘿低絡垣。山骨聳蒼秀，_{土驥}。花態呈嬋媛。蒲心擢洲渚，_{芳燦}。杏靨窺籬藩。風條自颭纚，_{土驥}。日蓴何翻反。苔衣滑似刷，_{芳燦}。柳髮疏如髡。傍舍藝韭薤，_{土驥}。沿畦蒔葵萱。行行逢野祭，_{芳燦}。纍纍知誰墦。村叟共携榼，_{土驥}。里儒亦致膰。冷雨飄棠梨，_{芳燦}。愁烟羃松櫏。睍土築高堰，_{土驥}。循堤出前村。古渠兩盤互，_{芳燦}。交流會潺湲。興作官程殷，_{土驥}。疏鑿民力存。畚鍤萬指摻，_{芳燦}。薪楗千夫攓。柴石競賈勇，_{土驥}。負沙群追奔。履險狃習坎，_{芳燦}。屯膏滋厚坤。舭舿古竇窾，_{土驥}。傴僂潯淖掀。脂田脯田易，_{芳燦}。輕土弱土翻。荏菽鬱苯蓴，_{土驥}。禾黍青芬葐。預期飫口腹，_{芳燦}。遑恤疲肩跟。拊循憫爾勞，_{土驥}。跋涉窮其原。拔地起雙峽，_{芳燦}。刺天呀一門。黄流所沃蕩，_{土驥}。洪濤相吐吞。峭削叠嶂辣，_{芳燦}。兀律駢崖蹲。絶險障沙漠，_{土驥}。遠勢連崑崙。林回飛走萃，_{芳燦}。谷宕雲霾屯。頑峰露棧靿，_{土驥}。怪石紛盤蜿。或突若覆釜，_{芳燦}。或洼如缺甌。或僵如蟄熊，_{土驥}。或仆如伏猨。獰飈扇曀曀，_{芳燦}。駛浪流渾渾。輷輘雷車掉，_{土驥}。滴瀑雪練噴。凴湍宅靈幻，_{芳燦}。蠆蜃蛟鼉黿。吹澇弄翅翮，_{土驥}。鶒鷖鳬鷗鵷。馮夷蹴漩渦，_{芳燦}。巨靈擘厓垠。龍宫俯可窺，_{土驥}。牛斗仰欲捫。山椒舍輕策，_{芳燦}。河壖呼小舠。一徑指梵宇，_{土驥}。百塔森祇洹。丹青繪飛閣，_{芳燦}。金碧輝重閽。寶像現舍利，_{土驥}。空香藹温麈。鰲負石樓柱，_{芳燦}。虹掣瑶壇幡。幽境愜懷抱，_{土驥}。奇觀揺心魂。地偏鐘磬静，_{芳燦}。日晚林巒昏。飛霞帖波面，_{土驥}。瞑翠沉山根。露坐薦蒲茋，_{芳燦}。泥飲羅瓶盆。半榻拂莏席，_{土驥}。八窗敞茅軒。移銚瀹茗舛，_{芳燦}。滌碗鋪糜餛。談位毂皮岸，_{土驥}。散帙松明燔。偕行得儔侣，_{芳燦}。同調若弟昆。夜堂對寥闃，_{土驥}。詩思俱騰騫。千色鬬錦綺，_{芳燦}。五音諧篪壎。君方堅壁壘，_{土驥}。吾其屬橐鞬。測交詎讓抗，_{芳燦}。傾襟早事爰。一自越鄉國，_{土驥}。數見更寒暄。紆回蟻旋磨，_{芳燦}。局促蝱處褌。舊業廢耕稼，_{土驥}。浪走謀饔飧。負乘驚載輠，_{芳燦}。素食慚

懸狙。何時解束縛，士驤。相與離塵喧。閑騎款段馬，芳燦。偶駕下澤
轅。兩脚插風塵，士驤。寸心戀邱樊。學道苦不早，芳燦。勞生難俱論。
區區抱微尚，士驤。可與知者言。芳燦。

棗花聯句

棗花開滿院，芳燦。標格最矜嚴。自信芳菲晚，楷。寧論節物淹。
疏枝高蔭戶，士驤。濃翠暗侵檐。隱葉净無色，芳燦。生姿淡不嫌。遠
聞香冉冉，楷。近認態纖纖。含蕊桂同密，士驤。飄英絮共粘。受風輕
麝散，芳燦。伴月水沉添。華實知雙得，楷。清腴讓獨兼。分甘歸綠
茗，士驤。依漾織文簾。秀影當窗静，芳燦。微熏入夢甜。仙踪難邃覓，
楷。禪偈好偕拈。對樹爭搜句，士驤。吟成意未恢。芳燦。

五日過候春塘齋頭指瓶中芍藥聯句得十二韵

令節已逢重五日，芳燦。膽瓶紅芍尚呈姿。楷。花如稱意休嫌少，
士驤。開到將離轉愛遲。芳燦。藥圃待招銷夏客，楷。蒲觴翻作殿春卮。
士驤。隔窗烟冷窺橫影，芳燦。對鏡霞明見亞枝。楷。蟾雀扇搖香淡宕，
士驤。蘅蕪珮解態斜欹。芳燦。羅裙舊曳留仙縐，楷。彩縷新添續命絲。
士驤。麗質似含傾國恨，芳燦。韶顏未到退房時。楷。怕消艷色頻量水，
士驤。爲駐嬌雲懶捲帷。芳燦。錦帶一緘封別淚，楷。蠻箋十樣譜相思。
士驤。避塵不耐風人謔，芳燦。寫怨應題騷客辭。楷。高格詎宜葵艾侶，
士驤。幽情那許蝶蜂知。芳燦。相看清簟疏簾畔，楷。可是伊家要賞詩。
士驤。

苦熱聯句

炎官火傘當空遮，芳燦。東方萬頃鋪頳霞。士驤。扶桑騰矞三足
鴉，芳燦。融風當晝吹颺颺。士驤。早雲出岫空紛拿，芳燦。今年亢陽生
厲瘥。士驤。肥遺女魃相凌誇，芳燦。蛟螭穴窟雷蟄注。士驤。輆軩不
復回狂車，芳燦。喝人仰天號且呀。士驤。赤土坼裂焦萌芽，芳燦。羲和

煉石爭媌媧。_{士驤}。六合逼仄爲籠筬，_{芳燦}。拗堂無水着蚓蛙。_{士驤}。安得鼃鳴如打衙，_{芳燦}。高榆古柳陰交加。_{士驤}。槁葉卷縮枝槎枒，_{芳燦}。何況菽麥禾與麻。_{士驤}。惟餘蕭艾蕤蓬芭，_{芳燦}。蔓延高隴連污窊。_{士驤}。山農村覡群啾嘩，_{芳燦}。枉向潭洞投豚豭。_{士驤}。我心悁勞頻咄嗟，_{芳燦}。噀酒無術慚欒巴。_{士驤}。端居局促如臝蝸，_{芳燦}。白汗濕透方空紗。_{士驤}。却思江南雲水遐，_{芳燦}。芙蓉湖波似若耶。_{士驤}。清湍瀺灂搖兼葭，_{芳燦}。菇茭夾港擊釣艖。_{士驤}。烟蓑雨笠看撈蝦，_{芳燦}。吳船三版兩槳划。_{士驤}。棹歌唱入紅藕花，_{芳燦}。天隨宅畔魚鳥家。_{士驤}。杞菊寒徑青毸毶，_{芳燦}。篋笒編扉枳護笆。_{士驤}。曷來相訪幽興賖，_{芳燦}。狂吟不覺西日斜。_{士驤}。問君何事游天涯？_{芳燦}。觸熱那免人揄揶。_{士驤}。蚊虻嘬膚作痏痂，_{芳燦}。芒刺在背難搔爬。_{士驤}。且呼奚童汲井華，_{芳燦}。石鼎自淪蒙山茶。_{士驤}。胡床滑簟無纖瑕，_{芳燦}。閉戶兀坐祛塵沙。_{士驤}。猶勝遠道駸驪騧，_{芳燦}。吟朋相對手屢叉。_{士驤}。險韵拈出驚聱牙，_{芳燦}。漸覺凉意來些些。_{士驤}。屋角已擲金蝦蟆。_{芳燦}。

季秋過文氏園亭用松陵集中臨頓里十首原韵聯句

秋郊愛明曠，閑訪卜田居。作屋思因樹，看山想著書。_{芳燦}。花幽藏懶蝶，蘋老覆寒魚。_楷。蕭散偕詩侶，行行緩當車。_{士驤}。

主人聞剝啄，爲客啓衡茅。砌冷蟲扶户，林疏鵲露巢。_楷。翻畦收紫蔘，_{芳燦}。除架落青匏。_{士驤}。鬥茗饒清致，_{承需}。披襟對素交。_{承憲}。

偶捉張譏麈，閑登向栩床。奇書開眼界，静境養心王。_{士驤}。漁子收罾早，_{芳燦}。園丁抱甕忙。_楷。興來同覓句，_{承需}。選韵喜能强。_{承憲}。

野性諳農圃，升沉兩不知。撫琴耽静理，種秫足幽資。_{承需}。岩回猿呼侶，_{芳燦}。波凉鳧引兒。_楷。相於得與可，_{士驤}。讀畫更論詩。_{承憲}。

樹老橫垂杓，藤疏青絡扉。飯香浮午甑，苔潤逼秋衣。_{承憲}。饞隼衡烟出，芳燦。閑雲伴鶴歸。楷。塵囂全不到，士驥。人語隔林微。承霈。

　　林雨頹茶竈，芳燦。溪風響釣車。楷。小松移瘦影，士驥。細菊綴圓花。承霈。幾緉吟明屐，三椽處士家。登臨心有憶，惆悵折疏麻。承憲。有懷狄道吳三、檜亭陸大秀三。①

　　野景堪成賞，芳燦。秋光未覺殘。楷。蘆碕鳴敗葉，士驥。竹塢偃修竿。承憲。采菊香生袂，穿林露濕冠。高懷携二仲，來此樹騷壇。承霈。

　　日晚空烟淡，芳燦。晴嵐媚遠天。楷。風高能送雁，承霈。樹静不栖蟬。承憲。古帖摹飛白，高文預草元。故山歸夢裏，別有好林泉。士驥。

　　地僻翻留轍，芳燦。村深不掩門。士驥。白雲低碉曲，承霈。紅葉滿籬根。承憲。題句劖苔壁，移花帶石盆。黃昏人客散，劚土護鷄孫。楷。

　　畫圖看北苑，禪語愛南能。士驥。潦倒塵緣重，疏狂俗眼憎。楷。何時鶴料足，更得橘租徵。邱壑從吾好，眠雲任曲肱。芳燦。

九日南城登高歸集綠雲吟舫即席聯句三十韵

　　畦菊初開秋欲盡，芳燦。少昊西行令逾肅。楷。偶因時物感蕭晨，喜得吟朋騁遠目。荒榛一徑林下出，士驥。危樓百尺城隅矗。祇宜嘯咏豁心胸，芳燦。不許歡呶奏絲竹。澄鮮霽色明千里，楷。杳靄遥村低萬木。高瞻林岫相隱映，士驥。下瞰川原莽回複。河干波冷偃魚龍，芳燦。沙際雲垂號雁鶩。露凝溪渚蒹葭老，楷。水涸陂田粳稻熟。橫斜秉穗挂溝塍，士驥。絡繹篝車繞場屋。田家風味自依依，芳燦。羈客心情轉碌碌。傷離惜別空悵惘，楷。對酒題詩且徵逐。觴政斜紛擺蝟毛，士驥。句律森嚴排鹿角。精心鳴鏑輒破的，芳燦。適口佳釀頻傾斛。萍蓬浩蕩任飄轉，楷。今古俯仰同閃倏。龍山勝迹已成陳，士驥。彭城高宴知誰續？賞會終應我輩在，芳燦。風流肯讓前賢獨。題糕筆健自誇詡，楷。浮白杯深寧退縮。倚醉狂歌欲碎壺，士驥。卜夜佳游還秉

　　①　吳三即吳承禧。生平詳見本書《聯句》二《喜陸大秀三吳小松至仍用前韵聯句》詩"吳小松"條。

燭。隔牖霜華淡似烟，芳燦。浸階月色寒如玉。城頭叠鼓鳴統統，楷。樹杪疏星搖煜煜。依劉愧説作賦工，土驤。留髡未放行觴速。相於接膝形已忘，芳燦。請各放懷言所欲。平生襟抱最蕭散，楷。巨耐風塵長刺促。未甘苦思祇覆瓿，土驤。詎屑傾身還障簏。但求名署五湖長，芳燦。不望頭銜八州督。聽歌興肯換中書，楷。飲酒樂原勝令僕。分曹喝雉擲明瓊，土驤。騎聯射雕馳駿駮。時邀風月供勝賞，芳燦。更向溪山窮麗矚。難期他日奢望副，楷。却喜此夕清歡足。百年好景幾重陽，土驤。且勿孤負看花福。芳燦。

河橋聯句

崑崙初發脉，芳燦。雲漢昔探源。楷。未試龍門險，土驤。先瞻碣石尊。爲漢。萬山皆却立，芳燦。一派欲平吞。楷。雷轉巖空吼，土驤。崖傾滲亂噴。爲漢。是誰束箭激，芳燦。此地截鯨奔？楷。椓木圍欹岸，土驤。劃厓削厚坤。爲漢。橋開見直渡，芳燦。戍古列高墩。楷。夾道長絙引，土驤。橫波巨艦屯。爲漢。凌虛形夭橋，芳燦。蕩水勢騰騫。楷。彩鷁雲間落，土驤。烟虹浪裏翻。爲漢。蛟宮俯寥闃，芳燦。黿背踏蜷蜿。楷。對指朱樓敞，土驤。回看白塔蹲。爲漢。詎鞭東海石，芳燦。疑壓北溟鯤。楷。鐵柱銘鐫在，土驤。金城鎖紐存。爲漢。人來矜掉臂，芳燦。車過且攀轅。楷。竟忘馮河懼，土驤。欣聞近市喧。爲漢。安瀾原帝力，芳燦。利濟亦神恩。楷。震叠威靈遠，土驤。懷柔德意敦。爲漢。名王通月竁，芳燦。驛使乘星軒。楷。共説聯鑣去，土驤。焉知鼓楫煩。爲漢。朝宗循禹迹，芳燦。會極仰天閶。楷。擬獻澄清頌，土驤。榮光爛九垠。爲漢。

混泉客舍聯句

兼句事千役，芳燦。荒塗塞榛梗。坲土涸寒流，爲漢。淺甌分苦井。可憎濁如泔，芳燦。兼恐滯生癭。斧冰煮淖糜，爲漢。鑿雪淪柯名。兹辰忽清快，芳燦。有泉出深靚。溢爲流雲活，爲漢。噴作跳珠猛。瀾回

沆瀣甘，芳燦。紋碎玻璃冷。沉沉映天光，爲漢。了了寫人影。涵星散
明輝，芳燦。蕩月弄圓景。石瀾轉鹿盧，芳燦。銅瓶下纖綆。滌濯塵容
黔，爲漢。浚發詩思警。呼童斛一瓢，芳燦。敲火試八餅。薑鹽雜煎點，
爲漢。槍槧鬥新穎。腋風生翕習，爲漢。心淵湛虚静。語長嫌燭短，芳
燦。吟苦貪夜永。相對畫爐灰，爲漢。奇句愧石鼎。芳燦。

寒夜喜倬雲初至用韓孟會合聯句韵

心知久睽隔，良會頗欣重。入夜詩壇開，揮筆豪情勇。芳燦。軋
軋幽思抽，棱棱瘦肩聳。散空雲翳净，瀉地月波涌。籬頭敗葉乾，墙
脚殘雪壅。土驤。檐鐵戛清響，階苔絶塵踵。鬥鼠竄空壁，饑烏聚枯
壠。舞劍奔星寒，説鬼虚堂恐。茶槍驅睡魔，辭鋒割愁種。樽開酒海
寬，語慰鄉思冗。芳燦。談元略易林，數典陋汲冢。爻占盍簪慶。卦筮
同人寵。余質愧砥礛，君材備榱栱。爲漢。禮法疏不嫌，言語縱何恟。
覿面得休暇，傾襟快推奉。土驤。彭亨鼎腹突，斑駁叠頸腫。匣硯凍
纈生，椽燭高花擁。氍寒膝猶促，漏逼匜將捧。啾耳號荒鷄，噤吻閟
吟蠢。爲漢。雲波間夙昔，關山阻跛尵。臨流憶謝淪，望岫念王鞏。遂
使鬱煩紆，無由導懣疄。天回雁羽稀，夢冷蝶魂悚。離心滿柴棘，幽
徑塞菶茸。今來把兩袖，欣若持雙珙。芳燦。新篇似易城，快晤如得
隴。跫距走相負，水乳入交溶。土驤。凝神洞窅窅，袪積失捧捧。翻舌
蕩文瀾，柱腹堆策冢。爲漢。琢篆驗蝌迹，掀甌射蠶蛹。鱗瓦印霜封，
虬墙突烟踊。窗罅漏虚白，林缺下飛飛。炷燈銷膏油，僵屏觸臧甬。
兀坐耿不寐，促曉街鼓洶。芳燦。

荆圃倡和集聯二

畫卦臺

首纂三微統，芳燦。蒼精出震雷。法天通窈奧，楷。審帝得根荄。星紀初回次，士驤。虹光久繞胎。方牙傳讖緯，爲漢。大迹表奇侅。御世歸先覺，芝田。生民尚未孩。精思陳六峜，承憲。神化奠三才。卦起苞符泄，芳燦。圖張橐鑰開。畫爻先篆掣，楷。積數兆京垓。亭育乾坤緼，士驤。雕鏤混沌胚。炎黃心授受，爲漢。姬孔道兼該。自是元功大，芝田。寧論智綱恢。陰陽探始素，承憲。文字紀初哉。制作移時定，芳燦。經綸一理推。朱弦彈駕辯，楷。廣樂奏扶來。萬彙憑陶鑄，士驤。群靈入化栽。如泉疏泛濫，爲漢。似斗執杓魁。樸略難徵事，芝田。洪荒豈有臺。後人增棟宇，承憲。此地辟蒿萊。繪畫黿龍馬，芳燦。周環枯柏槐。重欄峙雲際，楷。浮柱倚巖隈。渭水波翻雪，士驤。秦山翠作堆。靈旗瞻舄奕，爲漢。神物降毰毸。邃古仍元象，芝田。塵寰幾劫灰。仇夷山四面，承憲。相對鬱崔嵬。芳燦。

鏡魚聯句用歐陽文忠公集中劍鶴聯句韵從《七修類稿》本。

鏡

祝融驅火車，焰起菫山厄。芳燦。龍上忽逞奇，冶人乃效績。士驤。炭熾陰陽磨，輪轉鴻濛闢。爲漢。拭面洗金鹽，透背瀉銀液。芝田。石墮星精淪，珠露蚌胎孹。承憲。凌室鑿水骨，冰壺抱玉魄。芳燦。吳菱琢三角，淞江剪一尺。士驤。大秦空頗黎，西蜀徒靈石。爲漢。瓊臺體製工，珊架光芒射。芝田。珠匣閟圓靈，錦囊納虛寂。承憲。翳淨雲滅踪，輝冷月留迹。芳燦。鬖眉寫若生，形影逃安適。士驤。皎皎孤輪圓，盈盈一水隔。爲漢。磚寧磨可瑩，刀定引能直。芝田。背平苔蝕棱，鼻谽帶穿隙。承憲。銅腥雨斑緑，篆朽土花碧。芳燦。奪彼蟾兔光，鑄此蛟龍宅。士驤。鬼神陰呵護，雷電恐轟擊。爲漢。團欒鑒新輝，黯黮餘古色。芝田。瘦虯脹鱗甲，小鳳刻癯瘠。承憲。摩挲驗款識，拂拭發瑩澤。芳燦。漢殿辨妍娸，秦宫照肝膈。士驤。荒遠事難知，宛轉想空逆。爲漢。徒看斑斕痕，尚似燕支赤。芝田。古壁耿凝寒，虛室凛生白。承憲。老魅競潛藏，山精自辟易。芳燦。終古湛虛明，萬象供刻畫。士驤。乍覺毛髮寒，如對神靈赫。爲漢。寶匣應難遺，深山定無惑。芝田。八珠名虛傳，九子價寧敵。承憲。好教什襲收，莫遺漫藏戚。祛篋有物争，白日飛霹靂。芳燦。

　　魚

　　緊余愛間適，性偶魚與禽。芳燦。縱觀游泳樂，尤遂濠梁心。士驤。庋瓮肖圓池，注水鳴清音。爲漢。園亭深窈窕，賓朋稀佩衿。芝田。净緑蕩漣漪，空碧涵清深。承憲。荇藻紛亂横，潛踪渺難尋。芳燦。忽破軟玻璃，乍見浮瑶琳。士驤。微風起羊角，細浪翻牛涔。爲漢。暫聚或什伍，驟散還商參。芝田。夭桃出仙溪，丹葉飄楓林。承憲。小尾銀撥刺，巨口朱呿吟。芳燦。白吹亂沫腥，黄吐饞涎淫。士驤。鱗張紺碧裂，鬣竪戈矛森。爲漢。撇波欲騎李，連釣寧勞任。芝田。永日俗慮静，盛夏虛凉侵。承憲。禁仿周官法，觀無僖伯箴。芳燦。溜作琉璃滑，倒或珊瑚沉。士驤。有時歌滄浪，瀟灑滌塵襟。爲漢。有時思溟渤，嘯傲輕華簪。芝田。憑欄興遄飛，鑒水情難禁。承憲。悦目何發發，臨淵頻欽欽。芳燦。追思海天闊，相忘江湖陰。士驤。鮫室深莫測，龍宫俯誰臨？爲漢。波濤恣放肆，罟綱絶縱擒。芝田。誰令困勺水，乃致離江潯？承憲。置身祇尺波，論價空兼金。芳燦。盎淺縮幼海，苔古映高岑。士驤。碧蒲抽似劍，錦石平如砧。爲漢。放浪亦足樂，何須論昔今。芝田。夜深新月上，更鼓匊巴琴。承憲。

青嵐山旅舍三十韻

行子長途倦，高空峻嶺參。崎嶇緣白道，却曲上青嵐。芳燦。荒岫頑雲塞，陰巖積雪函。捫危憑絕磴，俯窅瞰深岩。士驤。不憚險頻陟，還欣幽可探。春聲當暮急，烟態倚晴憨。野果垂駢紫，山禽炫竊藍。芳燦。馱鈴喧隔塢，僧磬出前龕。經雨苔衣滑，凌霜槲葉酣。鷹風號磧北，雁路指天南。士驤。田叟能留客，茅檐且駐驂。芳燦。軍書馳丙夜，戍柝警丁男。士驤。旅飱炊車軸，勞歌撫劍鐔。芳燦。風塵方浩蕩，寇盜未平戡。士驤。踪迹淹西塞，音書滯左擔。驚離魂黯黯，望遠思潭潭。芳燦。嗜古希袁豹，論兵愧謝魁。壯心空激越，愁髻易鬖鬖。士驤。遠道聯佳伴，清宵縱劇譚。詩囊綴蕃錦，茶具挈都籃。芳燦。秋駕終須學，元文近稍諳。高詞追屈宋，名理析莊聃。士驤。鹿本無心覆，魚非有意泔。漫郎容嘯傲，迂士耐嘲啗。芳燦。結習何由砭，陳編夙所妉。士驤。宦游旋磨蟻，生計穴書蟫。芳燦。隴月寒窺牖，村醪酒滿甔。燈昏吟更苦，衾泠夢難甘。士驤。屋破星光漏，庭虛夜氣涵。僕夫催早發，不待曉雞三。芳燦。

驟雨聯句

旱天頻有欲雨形，芳燦。雨勢欲合星熒熒。楷。育颸挈曳雲難停，士驤。坐侍赤日開東溟。承憲。野夫稚子趨神庭，芳燦。籲聲哀禱涕泗零。楷。乃降尺一呼元冥，士驤。速駕爾駕揚旗斿。承憲。水伯受命心無寧，芳燦。堅明約束聚萬靈。楷。老蟆吸霧爬汀淡，士驤。怪雲焱起疑生翎。承憲。長空一抹迷遙青，芳燦。金蛇激躍騰晦暝。楷。一聲破壁聞驚霆，士驤。黃河之水傾盆瓶。承憲。檐溜澎湃飛軒檽，芳燦。荒園灌注盈畦町。楷。點滴俱帶魚龍鯉，士驤。斡回元氣風泠泠。承憲。使我神清如醉醒，芳燦。不辭兩耳徹夜聽。楷。倘能三日濡效坰，士驤。神功滂沛宜名亭。承憲。淋漓蘸筆看書銘。芳燦。

蘭山夜集聯句

昔年在靈武，芳燦。游宴頗款洽。桂椒氣乍連，士驤。鷗鷺盟初歃。廣除百弓閑，爲漢。官舍三椽狹。老樹撑支離，芳燦。怪石坐岌嶪。院静閉關多，士驤。屋小聯床恰。雲笈探七英，爲漢。靈飛證六甲。筆陣健摩空，芳燦。辭瀾怒歕峽。醉把呵陵罇，士驤。舞拔轆轤匣。疏頑縱我情，爲漢。放曠用卿灋。豈知有乖離，芳燦。但解逐歡狎。花信殿酴醿，士驤。禽聲變鴨鵊。題襟興正豪，爲漢。話别心忽怯。野闊天四垂，芳燦。河窄山對夾。一繩細路懸，士驤。萬笏尖峰插。孱童苦攀躋，爲漢。疲馬愁躓跲。抗手鳥分翼，芳燦。拭泪魚翻眨。無分逐雲龍，士驤。相望更裘箑。秋清雁去急，爲漢。夜黑夢來霎。遠道魂易迷，芳燦。荒驛書常乏。牽懷紛亂絲，士驤。鋤恨無利鍤。今晨駐車馬，爲漢。忽得把背胛。感别心怦怦，芳燦。懷舊語喋喋。如猿猱脱樊，士驤。比虎兕出柙。煮茶鼎趾顛，爲漢。掃席箕膺擖。星光動書帷，芳燦。燈影轉簾押。高梧風騷騷，士驤。瘦竹聲劫劫。爲詩聊志喜，爲漢。選韵敢相壓。人生不常聚，芳燦。造物若相憎。非經昔日愁，士驤。寧知此時怗。飄泊羈人踪，爲漢。辛苦志士業。後會難預筮，芳燦。有酒莫辭呷。深夜共歌呼，士驤。誰能睡齁鮯？爲漢。

喜陸大秀三吴小松至仍用前韵聯句①

幾年各西東，芳燦。神交徒浹洽。良辰感易生，士驤。騷壇盟未歃。雲低雁影遥，爲漢。路折羊腸狹。照睡月朦朧，狄道吴承禧小松。阻望峰巀嶪。常恐夢到遲，芝田。空喜書來恰。園禽啼綿蠻，芳燦。庭草坼芽甲。隴樹鬱参差，士驤。洮水吼岩峽。峥嶸歲屢周，爲漢。贈答詩盈匣。

---

① 吴小松即吴承禧，字太鴻，號小松，狄道（今甘肅臨洮）人，廩生，以歲貢補莊浪縣學訓導。吴承禧是乾嘉西北著名文士吴鎮（吴松厓）第三子。李華春《吴松厓先生傳略》："子三人：長承祖，太學生，已卒；次承福，太學生；次承禧，州廩生，二君積學敦行，皆以能詩世其家。"吴承禧著有《見山樓詩草》《小松詩草》《秦隴詩草》等，楊芳燦爲其詩集寫序，《芙蓉山館文鈔》卷三存《吴小松詩集序》。

折麻空咏騷，承禧。縮地苦無法。方悵緣多慳，芝田。豈意歡竟狎。投味雜椒蘭，芳燦。鳴心和鶗鴂。駃談或不辭，士驤。豪飲君寧怯。不律選青鏤，承禧。貝多抽白夾。新螯兩手持，芝田。殘菊滿頭插。馳辨洪河懸，芳燦。扶醉玉山跲。相逐雁行聯，士驤。不瘝魚目眨。神王霞建標，爲漢。興逸風生篋。鐙炧冰荷纈，承禧。漏盡銅壺霎。但解競追隨，芝田。詎肯告疲乏。兩地昔商參，芳燦。鏟山無鍫錯。渴思生馬角，士驤。短晷熟羊胛。飛虞音驤絆羈紲，爲漢。雕虎困籠柙。背非鳥爪爬，承禧。目豈金篦揋。今夕忽會合，芝田。竟得忘撿柙。鑿心劇鬼工，芳燦。洗髓歷仙劫。車輪玉馱馳，士驤。馬勒金環壓。轉恐聚無多，爲漢。遠別迫將憎。依依語不休，承禧。耿耿情難怦。四方男子志，芝田。千載名山業。謾學鳳長離，芳燦。且作鳧相呷。窗外曙光催，士驤。吟詩忘駒齡。爲漢。

冬夜張大堯山招飲出示寶刀聯句

張侯襟抱何豪雄，芳燦。圍爐置酒當儆冬。士驤。論兵慷慨氣吐虹，爲漢。寶刀誇客抽鈷鋒。芝田。若耶之錫赤菫銅，芳燦。梟谷精鐵同銷鎔。士驤。爐韛扇焰天爲紅，爲漢。百煉躍出青芙蓉。芝田。赫連龍雀製未工，芳燦。昆吾大食皆凡庸。士驤。鸊鷉膏拭加磨礱，爲漢。金精耿耿橫霜空。芝田。天欃芒角相交衝，芳燦。鬼物辟易潛其踪。士驤。四座起立森動容，爲漢。虛堂凜冽生寒風。芝田。燭光炫晃遙雙瞳，芳燦。觸屏狂走驚奴僮。士驤。昔人佩此登三公，爲漢。蕩滌邪慝摧奸凶。芝田。方今楚蜀埒群醜，芳燦。王師十萬共屯守。士驤。餘孽披猖竄林藪，爲漢。破獍磨牙獥猺走。芝田。蒼黎蓄憤亦已久，芳燦。此刀應付壯士手。士驤。出匣蛟龍怒哮吼，爲漢。百戰無前拉枯朽。芝田。渠魁震讋齊授首，芳燦。徑取黃金歸繫肘。士驤。側聞虎帳募勇赳，爲漢。定有奇材供指嗾。芝田。儒生慚愧壯心負，芳燦。屈蟠兵策空騁口。士驤。拂拭鋘鍔動星斗，爲漢。會見軍威廓氛垢。芝田。大澤涵濡被九有，芳燦。升平偃伯靈臺後。士驤。利噐韜藏同敝帚，爲漢。相將釀飲召賓友。

芝田。快洗尊罍更行酒。芳燦。

白塔山聯句

金城峙西方，芳燦。長河環郛郭。隔岸矗靈山，土驪。架空起佛閣。九級攢浮圖，爲漢。萬仞俯林壑。向切瞻仰心，芝田。未踐登臨約。阿㜏眼不開，芳燦。畢凌坐空縛。仲冬携竹笭，土驪。信步躡棕屩。刳木膠舟航，爲漢。朽鐵斷橋索。河聲失呼洶，芝田。冰勢橫嶄岈。洞爲龕竆深，芳燦。透或玲瓏斲。罅迮波鳴咽，土驪。縫裂水吞嚼。岸訝瓊瑤甃，爲漢。地駭玻璃琢。浮光洰洪濛，芝田。遠白迷垠堮。犯險心頻慄，芳燦。履薄足屢躩。行盡巨鰲背，土驪。乃到雕鷲脚。由衍攀細徑，爲漢。猨獟緣峭崿。金鋪上界高，芝田。鐵圍兩山惡。巖深老猿眩，芳燦。洞黑仙蝠愕。山都幽易逢，土驪。土伯怒恐攫。華足得安行，爲漢。幽意忽磅礴。化城廠琳宮，芝田。禪扃啓秘鑰。連雲施楣橝，芳燦。截霓橫棟桷。長廊石柱扶，土驪。交道金繩絡。菩提有蜜蔭，爲漢。娑羅無隟擇。怪藤乾蛟纏，芝田。古柏靈夔踔。虯枝蚿其肆，芳燦。勁幹瘦而削。散空妙香聞，土驪。覆地寶花落。頭面禮瞿曇，爲漢。莊嚴冒纓絡。獅座一由旬，芝田。蓮臺千跗萼。眉映毫光圓，芳燦。手現兜羅弱。金杌玉盫陳，土驪。白拂瑤柄握。嗚嗚大法螺，爲漢。泠泠一清鐸。阿閦國歡喜，芝田。波離律清恪。靜覺毒龍降，芳燦。怖無野干躍。巡檐步易乖，土驪。面壁目疑暘。徑折九關開，爲漢。竇闢五丁鑿。十絕轉華光，芝田。七寶現藍莫。眈眈穿枝撐，芳燦。窅冥攀櫨栱。援高學升狨，土驪。行窄法屈蠖。蕭爽登上頭，爲漢。軒豁如刮膜。俯視何蒼茫，芝田。通望極周博。巖疆制犬牙，芳燦。高城危獸角。閭閻鋪萬家，土驪。崗阜連大幕。干糒委黃沙，爲漢。臺顴亂丹堊。鳴聞迦陵喧，芝田。守恐開明撲。撫檻行喘息，芳燦。下地坐驚矍。嗟余嗜白業，土驪。凤望契圓覺。明星空有悟，爲漢。長夜未受學。火宅戀三界，芝田。塵境迷五濁。乘非超聲聞，芳燦。身豈免毒蠚。今來勝地游，土驪。頓覺凡慮廓。先心還自鄙，爲漢。舊事都成錯。欲辨已忘言，芝田。微生若有托。

行當祛六人，芳爛。即以離諸著。徘徊暝翠沈，士驤。曠望晚霞駁。銜尾送歸雅，爲漢。接翅飛倦鵲。垂蘿影冥冥，芝田。蜜笙烟漠漠。却思返城市，芳爛。遙路憚犖确。平生山水興，士驤。未惜探寂寞。茲游境清曠，爲漢。對景心開拓。何年來結茅，芝田。永遂還山諾？芳爛。

苦雨用昌黎集中秋雨聯句韵

愁霖兩旬浹，陰霾四山會。芳爛。蜜雲鬱叢薄，微陽失明藹。士驤。障空屏翳驕，鼓浪陽侯泰。芝田。檐溜同懸瀑，階泉抵湍瀨。芳爛。犟墙水衣滿，積潦浮漚大。士驤。接榻滋蘚苔，塞徑盛榛艾。芝田。頑莎濕爭長，瘦菊寒不奈。芳爛。常儀久離畢，少女猶吹兌。士驤。蔀屋斷晨炊，坳堂涌晚汰。芝田。陷淖慨車前，習流念江外。芳爛。智井恣蛙矜，高枝插蜩噦。士驤。壓屋烟冥濛，侵簾霧醃餲。芝田。峒山失巑岏，涇水漲溯沛。芳爛。街泥絕跫音，窵木夏清籟。士驤。日車側踤跰，海藏傾豪忕。芝田。坤軸窒蟻封，蒼雯匿虹帶。芳爛。惟茲群陰凝，恐作三農害。士驤。瞻途聚簦笠，謀野浚畎澮。芝田。塞井詎無徵，修防先有賴。芳爛。禁水制乖龍，占晴灼靈蔡。士驤。禱社七日齋，禜星一杯酹。芝田。西陸宵暫澄，南山朝已薈。芳爛。宋櫨愁傾欹，瓿盎厭旬礚。士驤。囊空典衾裯，米貴敵珠貝。芝田。未得事鎌鍛，安望充廩廥。芳爛。萬室空籲呼，一晴竟難丐。士驤。願回羲和輪，速返黔羸軑。芝田。雲波鳥尾訛，霞彩鷟羽翽。芳爛。休配稚川符，免假子夏蓋。士驤。大造惜蒼黎，陋邦憫曹鄶。芝田。阡陌轉平燥，禾麻收穟斾。芳爛。高旻麗澄漢，曉岫飛初靄。士驤。遠眸豁芬霧，清襟滌埃壒。芝田。尋山思采芝，當風休憶膾。芳爛。斯願諒克副，此樂應稱最。士驤時約爲空同之游。文陣鬥整嚴，詞源吐滂沛。芝田。擊鼓能助陽，吹笛足止霈。芳爛。高吟激迅商，詎難感辰太。士驤。

藝香圃小集聯句

涼雲流遠空，芳爛。宿雨霽清曉。炎光謝南訛，揆。素節嬗西顥。

蕭森滌煩襟，承憲。爽朗展遐眺。官齋直休暇，芳燦。吏牒屏紛擾。閑園堪招携，揆。曲徑預灑掃。百弓隙地闢，承憲。一帶短垣繚。隨意植籬楦，芳燦。礙足刈蓬葆。軒楹不價背，揆。戶牖極深窈。稚杉低偃蓋，承憲。古柏高建纛。盈塍離離瓜，芳燦。壓檻纍纍棗。紫薇萬點斑，揆。鈿菊數叢小。蜜葉翳青蘿，承憲。疏花曳紅蓼。風物足清娛，芳燦。晨夕供幽討。拂席坐虛堂，揆。持竿俯澄沼。清言移暑景，承憲。小飲豁懷抱。何必較經程，芳燦。無須犯申卯。净饌薦嘉疏，揆。晚食熟香稻。瀹茗雜蘭芽，承憲。說餅屑松麨。回思會面難，芳燦。總覺稱心好。長年憶林壑，揆。假日狎魚鳥。游陪阮家竹，承憲。吟賡謝池草。夷猶耽静趣，芳燦。牽率綴新藻。苦思拈短髭，揆。疾書逞長爪。據險鬥心兵，承憲。矜奇秘腹稿。敢誇五色豪，芳燦。如集百家裘。塔影入亭心，揆。疏鐘度林杪。烟岑骨棱棱，承憲。風篁韵裊裊。晚色漸微茫，芳燦。餘興尚騰掉。儘博當筵歡，揆。休貽後時惱。題襟擬襄陽，承憲。鈔謄遍袍襖。芳燦。

馴鴿聯句五十韵

　　官廨堂廡深，畜鴿數百輩。芳燦。靈真具佛性，馴最得人愛。揆。翩翩隨晨風，栖宿向夕晦。芳燦。放可張五軍，集自成一隊。揆。子母繁孕孳，雌雄無詬誶。芳燦。守藏儕官奴，邏更助衙倅。揆。營巢製方櫺，築室肖列闓。芳燦。駢聯簇蜂房，錯落旋蠓磑。揆。呼群衡望宇，抱卵日當晬。芳燦。倦時息以踵，止或咸其脢。揆。雙雙儼招携，一一若勞倈。芳燦。勃拿健兒舞，綽約佳人態。揆。銀合休緘封，雕籠孰拘礙。芳燦。高檽敞庤豁，嘉樹森蔓蔚。揆。歲月誰能稽？寒暑爾偏耐。芳燦。我聞附翼族，常有凌雲概。揆。青骹出東溟，白翎來朔塞。芳燦。擇肉鳥鳶嚇，栖巖鸛鶴咳。揆。爾質雖區區，爾智非昧昧。芳燦。何不學翔鵷？高枝足沆瀣。揆。何不學賀燕？大厦紛藻繢。芳燦。鳩化鈞爲祥，鵲作印堪佩。揆。鸂鶒狎烟波，鶄鸚耀光彩。鶯鳴舌調簧，鷄鬥身被鎧。揆。巢宜太乙向，室知戊已背。芳燦。或擇茂梧蔭，或托列柏栽。

譔。各詡毛羽豐，群謀户牖在。芳燦。惟汝久因依，云誰加盼睞？譔。徒然傍門户，寧不羞丐貸。芳燦。試呼鴿來前，環集庭以内。譔。口雖不能言，臆尚可申對。芳燦。我生既苦微，我形亦慚穢。譔。不羨樹琅玕，寧戀梁玳瑁。芳燦。原甘鷃雀群，詎合鸞鷟配。譔。雁愁弋者慕，雉恐羅氏逮。芳燦。孤鷗蹲烟飢，六鷁遇風退。譔。惡溝墮泥濘，野田啄荒薉。芳燦。柘彈修翎摧，艾張錦臆碎。譔。何如安覆育，可以違吝悔。芳燦。弱肉勞護持，仁粟費頒賚。譔。口食給官廩，糧粒倒傖佾。芳燦。天全謝殰殈，神王忘殕殠。譔。時遣空鐘馱，不驚銜鼓攠。芳燦。抱此一寸心，敢恃三尺喙。譔。始悟勤撫循，罔不知荷戴。芳燦。常爲驅狸狌，忍説充鼎鼐。譔。安居毋恐怖，聚處勿散潰。芳燦。集膝悟崔元，投懷敢陳誨。譔。積年數應萬，閱日飼還再。芳燦。錫名波羅越，梵典徵記載。譔。

徐二西園謁選入都葯林先生寫贈墨梅小幅因用《香山集》中興化池亭韵聯句一章題於左方

匝月纔相聚，匆匆告別來。流連親串語，惆悵祖行杯。芳燦。山勢千里曉，河流九曲回。遠游心未定，攬勝眼應開。譔。柑熟黄初擘，槐疏翠尚堆。劇談聯舊雨，促坐試新醅。芳燦。有客抽霜管，爲君寫墨梅。乍看春仿佛，如共月徘徊。譔。傲骨凌寒雪，幽香坼凍雷。盤根宜免達，芳信已潛催。芳燦。住少沙鷗識，歸煩野鶴猜。長亭愁折柳，虛館恐生苔。譔。灞水清吟獨，梁園勝集陪。高才殊磊砢，俊氣漫摧頹。芳燦。對此添鄉思，相期騁逸才。五陵知不遠，葱鬱氣佳哉。譔。

小春喜雪聯句用五平五仄體

同雲彌長空，芳燦。蜜雪散土壟。凌冬寒威嚴，譔。際曉冷色溶。山孤峰爭巉，驛。水落浪息汹。繽紛飄重欄，爲漢。勃窣上叠栱。三英誇瑰恣，芝田。六出鬥異種。初凝緣蹄泙，承憲。倏化滴乳湩。縈簾瓊爲鈎，芳燦。覆井璧合珙。筋孿藤盤蜿，譔。骨立竹削竦。疑培枯荄蘇，_驊。欲壓竅木聳。馨餘花殘英，_{爲漢}。碎補鳥脱毰。回旋飛難停，_{芝田}。颯沓勢益謅。遥看連陂陀，_{承憲}。詎可計斗甬。林梢飢鳶蹲，_{芳燦}。瓦縫凍雀恐。於時官齋清，_揆。盡却俗慮冗。陽輝方潛滋，_驊。地脉未上涌。祥霙頭番催，_{爲漢}。宿麥萬頃壅。賓呼金罍傾，_{芝田}。僕掃玉屑捧。披裘巡庭除，_{承憲}。掩户屏軸軘。慵如沙眠鷗，_{芳燦}。倦比繭縛蛹。高鷙檜牙堆，_揆。積怕屐齒擁。雄談能催鋒，_驊。白戰競賈勇。窮閻人栖茅，_{爲漢}。遠道客度隴。貧憐牛衣單，_{芝田}。險怯馬背腫。僵眠衾蒙頭，_{承憲}。窘步履決踵。吾曹耽蕭閑，_{芳燦}。下質愧闒醷。懷居心無寧，_揆。偃息意尚悚。惟欣詩襟開，_驊。不慮穀價踊。拈毫同搜奇，_{爲漢}。得句等荷寵。毋令分陰馳，_{芝田}。豈借寸鐵重。狂辭紛天葩，_{承憲}。角勝袖肯拱。_{芳燦}。

齋中即物聯句

竹根硯

墨灑瀟湘雨，_{芳燦}。琅玕巧琢成。難磨原勁節，_揆。得友不孤生。鄉已辭離石，_{承憲}。封應近管城。此君堪靜對，_{芳燦}。何必問陶泓。_揆。

藏經紙

不染雲藍色，_揆。言從梵策分。爲供詞客賞，_{承憲}。時費佛香薰。淺映華嚴字，_{芳燦}。深留側理紋。十翻誰所贈？_揆。好寫貝多文。_{承憲}。

龍九子墨_{方于魯製。}

元璧庚庚理，_{承憲}。方家品最珍。一丸藏豹橐，_{芳燦}。九子集龍賓。紫石研香膩，_揆。金壺點漆新。名山千載事，_{承憲}。磨爾亦磨人。_{芳燦}。

荆圃倡和集詞一

金縷曲 丁未新正四日,①欒城途次值二弟生朝,填此爲壽。　　楊芳燦

舉盞爲君酌。記生初,斗杓箕舌,星辰碧落。自是命宮磨蝎在,百事總多盤錯。作計悮,輕抛雲壑。入手年華難把玩,問人生,那得長飄泊。商去住,話今昨。　　風塵笑我功名薄。更憐君,一囊索米,枕書芸閣。同作天涯憔悴客,漫説腰纏騎鶴。但願得,歸耕如約。下渜百弓牛十具,想山靈,許我心先諾。鄉夢斷,醉懷愕。

前調 丁未自壽。　　楊揆

把酒行春酌。渺天涯,登樓遥憶,星辰如昨。墮地金鈴成底用,一念從頭應錯。算著我,除非邱壑。如此丁年行負了,論功名,別有麒麟閣。眉綠減,鬢青薄。　　萍踪何事長飄泊。最無端,摩燕身倦,翻思游洛。烟月蓉湖無恙在,何不竟尋歸約? 省多少,驚猿怨鶴。屋住東西山大小,此時心,曾向當初諾。憑醉語,慰寥落。

前調 同作。　　楊之灝②箕山

促坐行杯酌。祝華年,小蘇初度,略分今昨。蓉裳以十二月十八日生前坡公一日,荔裳以正月四日生後子由一日。計就游梁辭秘省,只算暫時休沐。漫惆悵,鸞飄鳳泊。似我浪游三十載,笑儒冠,難悔從前錯。蠶絲吐,

---

① 丁未:乾隆五十二年(1787)。
② 楊之灝字箕山,婁縣人,諸生。生平參見王昶撰《湖海詩傳》卷四五。

苦纏縛。　　茲行況復偕康樂。羨同車，兄吟春草，弟吟紅藥。眺聽河聲兼岳色，好辦酒瓢詩橐。橫短笛，爲吹飛鶴。儂自天涯泥絮滯，盼吾宗，故事留臺閣。名山在，緩前約。

錦堂春　楊芳燦

樓角初融晴雪，簾旌低襯明霞。佳游仿佛章臺路，細馬玉鞭斜。　　小艷疏香時候，嬌歌脆管人家。東風從此須珍惜，二十四番花。

前調[1]同作。　楊揆

剪彩玲瓏春帖，簪幡婀娜年華。東風悄遞閑消息，隔院自箏琶。　　香篆青索細細，燭花紅颭斜斜。定知後夜如眉月，先照玉人家。

定風波旅舍見新月。　楊芳燦

側側輕寒夜漏分，纖纖月影碧籠雲。逗出春光剛一綫，初見，如塵似夢最銷魂。　　看到團圞知有待，無奈，清輝偏照別離人。纔把閑愁拋撇去，凝佇，鏡中眉樣又逢君。

前調同作。　楊揆

悄悄疏櫳不隔寒，是誰眉樣試臨鸞？一片清輝初著地，須記，便從夜夜盼團圞。　　何事纖痕如乍識，相憶，清輝還自去年看。記得去年人影瘦，攜手，爇香同拜小闌干。

齊天樂鈴聲。　楊芳燦

耳鳴不是聞鞭鐸，鈴聲晚來淒警。古堠烟寒，空槽月落，一片宮商相應。清圓入聽。更似怨如愁，助人銷凝。夜雨唐宮，千年恨事劫灰冷。　　花叢舊游堪憶，縐風絨索動，香夢初醒。鸚母簾前，猧兒

帳底，不是者般情景。千回記省。問飄蕩行踪，甚時方定。伴我心
旌，共搖春夜永。

前調柝聲。

是誰散打蝦蟇鼓，聲聲恰環鄰屋？逗破黃昏，敲殘白曉，不管離
人睡熟。[2]跳珠撒菽。似玉虎牽絲，銅魚呼粥。記否當場，箏琶衮偏
六州曲。　　嚴城曾伴刁斗，正邊烽夜警，急響相續。舊事心驚，長
途耳倦，孤枕那禁根觸。更闌轉促。又攪入寒鷄，數聲咿喔。催墮燈
花，背人紅簌簌。

前調[3]鈴聲。　　楊揆

丁東虬箭聲初咽，凄凉更聞鈴語。替月星寒，護霜雲重，愁夢不
離烟樹。雙輪暫駐。似爲我匆匆，商量去住。縱剗閑情，也應流泪滿
衫苧。　　春江曾艤蘭棹，記相風竿上，徹夜疏雨。一種郎當，千回
替戾，零落唐宮遺譜。曉鴉啼處。總不是當年，護花庭宇。獨自銷
魂，倚鞭吟斷句。

前調柝聲。

酒醒茅店人初定，更更響殘宵柝。深巷傳來，重門掩後，一部官
蛙閣閣。檐牙忽啄。又驚起南飛，樹頭烏鵲。況是山城，曉寒嗚咽正
哀角。　　非關鄉夢易斷，爲吟魂憔悴，到枕先覺。畫省濃香，天街
小雨，問夜舊曾聽著。者番偏惡。只和入烟鍾，攪來風鐸。試卷疏
簾，滿庭霜片落。

臨江仙人日道中[4]。　　楊芳燦

屈指春來才七日，行人去去何之？別離不慣苦相思。倩誰簪彩
勝，爲我把金巵。　　雁後歸期全未穩，吟情也比花遲。江南消息早
梅知。疏香官閣夢，冷蕊草堂詩。

蝶戀花同作。   楊揆

卯酒三蕉人薄醉。料峭春寒，還傍征衫起。回首舊游渾夢裏，草堂天遠書難寄。　　今歲濃行須萬里，雁後花前，底用商歸計。雙燕不來風滿地，江南謝了梅花未。

摸魚子過邯鄲偶成。[5]

兩茫茫，神仙富貴，邯鄲古道行客。酒邊却話才人恨，零落好春堪惜。薄命妾，休悵望，鈿車夢斷瓊樓月。苕華一闋。記當日簸臺，妖哥嫚舞，轉眼也消歇。　　人何處？謾道上清淪謫，蕊珠依舊宮闕。年華最怕經風雨，多少粉魔香劫。尋解脱，除非問，青蒻枕裏丹砂訣。情腸倘熱。便金屋藏卿，雲臺着我，還是夢中説。

前調同作[6]。   楊揆

倦長途，憑誰借枕，匆匆薄笨雙碾。相逢休説才人嫁，多少粉愁脂怨。嗟命賤，只孤負，楊蛾丹闕平生願。雙行小纏。惜珮蕊風輕，襪羅塵細，巧步有誰見？　　還相慰，春草長門雕輦，秋風長信紈扇。簸臺炫服多消歇，埋恨幾堆蒼蘚。休更羨，總不過，繁華夢裏曇華現。明妝去遠。[7]料歸向珠宮，[8]仙凡劫盡，鑄錯恨應免。

祝英臺近渡漳水。   楊芳燦

蕩晴雲，流曉月，綠影渺無際。橋斷虹腰，匆匆阻征騎。舉鞭指點斜陽，英雄何處，怎烟景，蒼涼如此！黯凝睇。惆悵銅雀高飛，無人識遺址。鴛死零星，也沒魏宮字。只餘一掬春波，盈盈東注，是多少，望陵人泪。

南樓令[9]同作。　　楊揆

遠水蕩空青，回流擁斷冰。瀉春波，猶帶寒聲。十里長橋虹影折，[10]驅瘦馬，淺深行。客路最凄清，閑情劃更生。悵銅臺，廢瓦飄零。多少分香當日淚，爭流得，到西陵。

漢宮春旅舍見迎春一樹花甚爛熳，因成此闋。　　楊芳燦

除却江梅，算春風消息，伊最先知。蕭疏籬根石角，見兩三枝。宮羅幾叠，怯朝寒，纖瘦難支。依稀似，玉人梔貌，懨懨小病闌時。　　香國何人試巧，怪輕勻蜂額，細剪鶯衣。風流未輸弱柳，金縷低垂。初三淡月，逗微光，偷照幽姿。憑寄語，東君着意，莫教擔悮花期。

探春[11]同作。　　楊揆

香卸梅梢，艷遲桃萼，蓉城催下飛檄。淡白宵勻，嫩黃朝點，夢醒宮羅試揭。耐得餘寒峭，性不共，唐花爭熱。是誰暗數春期，小窗纖指偷捻？　　爲怯新妝曉薄，還剪就金縷，新衣重叠。挑菜人來，踏莎期近，管領東風消息。可奈香鬏裏，飛不到，尋芳蝴蝶。掩映幽姿，疏簾剛逗微月。

采桑子試燈夜旅次延津雜憶。　　楊芳燦

新正未破匆匆去，遠夢迷離。舊事依稀，傷別傷春一種痴。　　無情却怨天邊月，才見如眉。又早如規，只照行人向路岐。

前　調

風光最憶家山好，簾卷璇題。麝散羅衣，五夜蘭燈艷九微。　　踏歌歸去三更後，燭影星稀。月影雲迷，猶有香塵逐馬飛。

前　調

當年漫賦銀花合，雅謔微詞。心迹相知，只有風流顧愷之。　　春明無分重携手，燕雁差池。去早來遲，迢遞雲波隔夢思。懷顧立方。①

前　調

少年曾住長干曲，愛客袁絲。東閣開時，擊賞吳儂五字詩。　　隨園燈火明如晝，滿樹參差。葉葉枝枝，千點繁星照曲池。懷簡齋師。②

前　調

佳游曾踏蘇臺月，南院吹箎。北里彈絲，香炧燈昏醉不辭。　　狂朋俊侶皆零落，花底紅兒。曲裏楊枝，留得芳情更泥誰。

前　調

兩回官閣傳柑夜，催譜香詞。教和新詩，記共泉明把酒卮。　　關雲櫳樹遥相望，良會何時？別緒如絲，腸斷清宵笛一枝。懷陶午莊。③

前　調

鳳城人盼團圞月，漫卷羅幃。香霧清輝，坐轉冰輪夜漏遲。　　別

---

① 顧立方即顧敏恒(1748—1792)，楊芳燦外兄。字立方，號笠舫，蘇常州金匱縣(今無錫)人，乾隆五十二年(1787)進士，蘇州府學教授。善讀書，好詩咏，詞筆婉麗，駢體文尤古艷。長楊芳燦五歲，時人將其二人并稱"顏謝"，從學者甚衆。代人撰《昭明太子廟碑》，袁枚嘆其爲"六朝高手"。著有《笠舫詩稿》《古文辨體》《緑蔭軒稿》等，楊芳燦及弟楊揆合刻顧敏恒、顧敦愉、顧敬恂及顧揚憲兄弟四人詩爲《辟疆園遺集》，包括顧敏恒《笠舫詩稿》六卷附《笠舫文稿》一卷、顧敦愉《霭雲草》一卷、顧敬恂《筠溪詩草》兩卷及顧揚憲《幽蘭草》一卷。生平參見《〔光緒〕無錫金匱縣志》卷二二《文苑》。
② 簡齋師即袁枚(1716—1797)，字子才，號簡齋，晚年自號倉山居士、隨園老人，浙江錢塘(今杭州)人，"乾嘉三大家"之一。袁枚乃楊芳燦恩師，早期楊氏文學創作深受袁枚"性靈説"影響。二人交往見於《楊蓉裳先生年譜》《隨園詩話》等。
③ 陶午莊即陶庭珍，字效川，號午莊，浙江會稽(今紹興)人，乾隆辛卯(1771)舉人，陶元藻長子。博學工詩文，以大梁來甘，借補甘肅肅州(今酒泉)州同，卒於任。著有《午莊賦草》《天目》《遠游》等集。陶午莊與楊芳燦相識於乾隆四十七年(1782)，時楊芳燦三十歲。生平參見《楊蓉裳先生年譜》《兩浙輶軒録》卷三一。

來又是逢佳節,消黯誰知? 兒女嬌痴,無奈荀娘與袞師。

前　調

今宵人向延津住,月影來窺。皎潔如斯,我欲停杯一問之。珠
光寶氣寒相射,鬼魄圓虧。龍劍雄雌,玉宇澄澄別樣姿。

前　調

夢華記讀東京録,樓上花枝。道上蛾兒,樂事教人展轉思。今
年定許儂親見,簫鼓康時。鶯燕良期,杜牧尋春到未遲。

前　調

賓朋況是梁園盛,宮體徐摛。小賦邱遲,風雅於今有主持。相
如末至逢高會,授簡休辭。脆竹嬌絲,佳話流傳又一時。

前調[12]同作。　楊搛

匆匆節近燒燈夜,春逗花梢。月麗烟霄,圓滿天憐地一宵。新
愁舊恨來何許,瘦減圍腰。夢破團蕉,誰向東風尉寂寥?

前　調

天街曾記泥初滑,絳爉齊燒。火樹爭搖,撲面輕塵酒未消。闒
蛾飛遍坊南市,緩步星橋。不夜城高,聽徹瓊壺漏水遙。

前　調

誰家摑響花奴鼓,弦管嘈嘈。八面雲璈,十棒三班袞六么。氍
毹淺立歌喉脆,賞殺櫻桃。淥酒雙澆,消得銀荷燭幾條。

前　調

雕鞍寶轂爭流水,袞裹連鑣。輕揭紗寮,馬惜障泥分外驕。頻
番燈下朦朧見,帕擁華綃。袖襯豐貂,明日應尋墮翠翹。

前　調

梨園子弟嬌裝束,銀鹿風標。幡綽詠調,宮樣裁衣舞楚腰。籠燈不怕歸來晚,歇了笙簫。門巷條條,綉被香濃到處邀。

前　調

紅樓月夜堪惆悵,誰倚瓊簫? 彩絡珠翹,香夢分明到謝橋。相逢燈火闌珊處,丁字簾挑。亞字闌雕,庭院深深翠袖招。

前　調

魚龍曼衍尋常見,烟影青霄。花影紅潮,千點珠球彩索高。沿街猜遍春燈謎,狎客爭邀。百子山樵,韵事重拈入彩毫。

前　調

五辛共設良宵會,桂粟花糕。柏子香醪,春餅堆盤卷綠蕉。[13]倒冠落珮休相笑,肴滿郇庖。詩滿唐飄,醉裏翻教憶冷淘。

前　調

狂朋作意商消遣,五木呼么。六博成梟,炫轉骰盆燭影搖。儂家自問無長伎,葉格親描。花樣休拋,看取當場奪錦標。

前　調

今宵人向延津住,歸夢迢遥。坐爇蘭膏,那得痴魂不黯銷。閑將樂事吟邊數,紅豆頻拋。紫板輕敲,自譜尊前獨酌謡。

蝶戀花鐵門阻雨。　楊芳燦

滑滑春泥朝雨罷。小卓雙輪,人住旗亭下。一抹淡烟青欲化,乳鳩還把輕陰罵。　韶景拋人彈指乍。柳惜殘春,槐自迎初夏。爲問晴光如可借,丙丁帖子催教畫。

臨江仙[14]同作。　楊揆

小雨故留行客住，濃陰四面低垂。瀟瀟入夜攪離思。殘燈人定後，孤枕夢闌時。　　曾記玉娘湖畔路，畫船雙槳行遲。晚烟夾岸綠楊枝。鴨邊疏幾點，鳩外濕千絲。

風流子過溫泉貴妃池，見壁間有元人詞，因借二弟倚聲和之。　楊芳燦

華清湯十八。傾城客，游幸奉君歡。正豆蔻香濃，平池水暖，海棠夢醒，小苑春寒。誰曾見，攏鬟雲委墜，解佩玉闌珊。翠澱輕搖，才融艷雪，珠鱗微動，恰映明玕。　　恩波容易冷。靈源在，不與恨海同乾。可有唾華留碧，脂暈凝斑。悵人去人來，空尋繡嶺，花開花落，何處蓬山？多少古今情淚，添作愁瀾。

前調[15]同作。　楊揆

香渠驪岫下。文瑤甃，如鏡漾回瀾。看天上銀潢，空明倒瀉，岩前石液，淺碧輕翻。仙妃下，迎風攘皓腕，出水擁垂鬟。瀲灩曾隨，三生情熱，瀠洄肯共，七夕盟寒。　　玉容今安在？東西嶺，可是縹緲仙山？一樣蓬萊小小，清淺更番。悵無復凌波，漫傳錦襪，有誰憑檻，更整花冠？唯有棠梨開處，着雨初乾。

金縷曲咸陽留別家簀山。　楊芳燦

惜別情無那。聽郵亭，荒雞唱醒，月沉星大。一道渭流明木末，四面秦山烟鎖。且立馬，咸陽原左。露腳絲絲吹客泪，伴銅仙鉛水隨風墮。征衫上，萬行涴。　　關心往事匆匆過。最難忘，危城夜警，共看烽火。此度別君非得已，我亦風塵摧挫。悵越鳥，南枝難妥。行矣天涯淪落慣，問名山有約何時果？吟苦調，待君和。

前調[16]同作。　楊揆

烟外疏星小。漸平林，濛濛淡白，低懸栖鳥。殘夢如雲留不住，

咿喔荒鷄唱早。離心共，鞭絲縈繞。惜別須臾君莫忘，立一雙瘦影凉天曉。殘角斷，戍樓悄。　　青門柳色曾同到。問如何，我行更向，金城沙草？絮滯萍飄無限恨，各有中年懷抱。況知己，天涯又少。欲借銅仙鉛泪灑，正銷魂人在咸陽道。愁更譜，六州調。

解蹀躞早春道中咏柳。　　楊芳燦

秋風暗消眉綠，烟鎖長堤上。經時倦眼，摩挲又偷相。寄語休繫青驄，折來猶是殘枝，新聲難唱。　　暗惆悵，空聽夜烏啼遍。流熒未來往，江潯曾記，年時艤蘭槳。更待幾日春風，料得冶葉倡條，別來無恙。

掃花游早春道中咏草。　　楊揆

新烟破曉，更快雪消晴，春意羞縮。回黄轉綠。恰似無還有，只供遥目。細雨斑斑，仿佛朝來新沐。黛痕蹙。縱秀色療飢，未盈予掬。　　芳徑小池曲。想夢淺西堂，吟思難續。花驄躑躅。憶王孫，料是歸期未卜。倦蝶香魂，幾日也應驚覺。韶景速。漸烟蹊，有人采綠。

洞仙歌有贈。　　楊芳燦

趁時梳裹，恰明姿玉潤。花朵盈盈壓危鬢。更橫波犀利，巧步尖纖，誰得似，一種可人風韵。　　彩雲行不得，笛嘽音高，羯鼓勻圓四弦緊。袞遍小凉州，淺立筵前，又軟語，流鶯聲近。長記得，相逢踏青時，看細馬春衫，倍憐輕俊。

前　調

幾番邂逅，信十分閑雅。不是矜持見時乍。看銀泥裙褶，金悄檀槽，貪顧曲，不覺酒闌燈炧。　　也應憐宋玉，月夕霞朝，爲爾腰圍瘦堪把。秀色遠山橫，好倩丹青，寫鬟影，春風圖畫。算標格，真應伴才人，坐翠竹叢邊，玉梅花下。

前　調

阿環嬌麗，正穠妝却扇。半嚲叢鬟貼金鈿。恍羅浮鳳子，五色翩襜，雙垂手，三叠霓裳拍遍。　　有緣連榻坐，對話江南，吴語關心最清軟。一曲紫雲回，賞殺嬌喉，紅氍上，明璣鋪滿。更别有，風流繫人思，聽冷雨幽窗，恁般凄怨。

前　調

天然點艷，是薰香佳俠。放誕卿還用卿法。正落梅妝罷，墮馬梳成，①同心帶，雙綰紅綃尺八。　　鴛鴦生怕捉，隔着芙蓉，未許相親便相狎。讔語故嘲伊，淺笑佯嗔，腮渦畔，紅潮一霎。只病酒，心情可憐生，便小盏當花，忍教輕呷？

前　調

鶯咽妊唱，聽紅芽頻點。銀燭千枝吐蘭焰。怪纖纖過酒，小小藏鈎，看瘦影，何事翠蛾偷斂。　　紺園留慧種，栴樹雙林，肯共群葩鬥華艷。回首夙生因，解怨飄零，道歌扇舞衫都厭。料别後，秋心定凄凉，對月淡花疏，此兒堪念。

前調同作。　　楊揆

青絲覆額，恰關情年紀。玉骨天然稱羅綺。華筵銀燭畔，故做生疏，真憐惜，試問卿還知未。　　嬌喉輕乍轉，唱遍凉州，字字珍珠爲伊記。如此好樓臺，合種瓊花，偏風雨，移根無計。待憶汝，他年意難忘，在畫板秋千，緑楊烟裏。

前　調

燕支北地，恁風流壓衆。小步氍毹自矜寵。酒痕衣上滿，沉醉歸

---

① 《芙蓉山館詞鈔》卷一《洞仙歌有贈》本句後小注"用壽陽孫壽事"。

來,渾不信,昨夜露涼烟重。　　更長蘭燭短,便是相逢,也只匆匆便相送。莫更惹驚波,打鴨中流,生累汝,雙鴛擔恐。問若個,當場最銷魂,好端正墻東,盈盈窺宋。

前　調

永豐坊角,怪春嬌酤透。一種腰身似垂柳。情深如見許,願作薰籠,長得傍,綉被春寒時候。　　東君珍重意,挽住風前,不放青青眼波溜。試共話江南,自我飄零,誰還向,旗亭沽酒。向客裏,看卿漸成人,只憔悴征衫,尚憐依舊。

前　調

明眸皓齒,愛傾城風貌。不信千金始成笑。三蕉成薄醉,倦倚屏風,眉青鬥,雙頰微紅相照。　　綺筵檀板脆,宛轉清歌,不是箏琶六州調。惜別儘流連,同是天涯,休獨上,吳江歸棹。倘後夜,相逢月圓時,更莫似前番,者般草草。

前　調

夜闌寒峭,正心情小極。徙倚筵前瘦無力。明姿知自愛,謝却鉛華,天然好,秋水芙蓉顏色。　　一聲河滿子,鈿暈羅衫,獨背銀屏泪偷拭。薄命懺三生,綉佛長齋,合伴我,香龕彌勒。記風露,花叢立多時,只隱語相憐,更無人識。

前調同作。　　會稽馬鑠[①]讓洲

蘭心蕙性,恁天然明慧。掠削新妝試羅綺。怕單飛燕子,風雨飄零,雕梁好,何似此生長寄。　　筵開東閣早,故意來遲,代罰深杯那辭醉。我自有情痴,見慣悟空,也拚得,爲卿憔悴。待悄地,商量訂新

---

① 馬鑠字讓洲,浙江會稽(今紹興)人,官留壩同知,著有《讓洲詩鈔》。生平參見吳鎮撰《松厓文稿續編·馬讓洲詩序》。

盟,趁淡月黄昏,露桃花底。

前　調

生來秀媚,是遠山眉嫵。小袖雲藍柘枝舞。聽石州歌遍,羯鼓聲停,敲檀板,也學吳音南部。　　温柔心性好,燭底燈前,慧語撩人半含吐。悄倚玉亭亭,欲趁清狂,猶恐惹,墙東人妒。只未了,情緣總難忘,記羅帕分紅,練裙題素。

前　調

青門絕調,乍移來玉塞。占斷歌塲定無賽。看石華廣袖,翠尾輕釵,妝梳巧,好倩内家車載。　　藏鈎卿最黠,一握春纖,幾度伴輸倩人代。按拍譜《霓裳》,細骨輕軀,真消得,明珠百琲。恰仿佛,唐宫夢回時,覺衣上雲多,袖中香在。

前　調

嬌憨絕世,是司花風貌。小字應呼寶兒好。正歌情微倦,酒力難勝,偎人處,破曉明霞初照。　　翠鈿遮不佳,頰上微痕,襯着梨渦巧囀笑。如燕好身材,粉隊香叢,誰得似,個人纖妙?記軟語,相憐最關心,道莫更多情,鏡中儂老。

前　調

綠珠弟子,愛花明玉净。生小吳妝最閑靚。向樽前乍見,眉語生疏,腰支瘦,只覺嬌多如病。　　亞枝紅一賓,映水低窺,鏡裏分明見斜領。生怕踏歌筵,何處迷藏,空盼斷,畫屏鬢影。料也識,吳儂最憐伊,問約指雙環,幾時情定。

【校勘記】

[1]《桐華吟館詞稿》卷二詞牌後有標題,作《錦堂春初二日次清風店》。

［2］睡：《芙蓉山館詞鈔》卷一《齊天樂鈴聲》詞作"眠"。

［3］此詞牌《桐華吟館詞稿》卷二作"臺城路"，按：“齊天樂”又名"臺城路"。

［4］人日道中：《芙蓉山館詞鈔》卷一作"人日"。

［5］過邯鄲偶成：《芙蓉山館詞鈔》卷一作"過邯鄲"。

［6］同作：《桐華吟館詞稿》卷二作"邯鄲作"。

［7］去：《桐華吟館詞稿》卷二《摸魚子邯鄲作》詞作"人"。

［8］向：《桐華吟館詞稿》卷二《摸魚子邯鄲作》詞作"去"。

［9］《桐華吟館詞稿》卷二詞牌後有標題，作《南樓令渡漳水》。

［10］原作"拆"，據《桐華吟館詞稿》卷二《南樓令渡漳水》詞改。

［11］《桐華吟館詞稿》卷二詞牌後有標題，作《探春咏迎春花》。

［12］《桐華吟館詞稿》卷二詞牌後有標題，作《采桑子旋次延津雜憶》。

［13］卷緑蕉：《桐華吟館詞稿》卷二《采桑子旋次延津雜憶》詞作"似卷蕉"。

［14］《桐華吟館詞稿》卷二詞牌後有標題，作《臨江仙旅舍阻雨》。

［15］《桐華吟館詞稿》卷二詞牌後有標題，作《風流子過温泉貴妃池見壁間有元人舊詞石刻因偕伯兄倚聲和之》。

［16］《桐華吟館詞稿》卷二詞牌後有標題，作《金縷曲咸陽曉發留別家簀山》。

荆圃倡和集詞二

瑶花春雪　楊芳燦

艷難留影，冷欲生香，冉冉隨風墮。簾波試捲，看山額，一抹凍雲低鎖。東君弄巧，亂飛下，九天珠唾。道邊城，花信來遲，聯贈玉枝冰賓。　　滿爐石葉烟消，正官閣蕭閑，啜茗清坐。昨宵歸夢，仿佛見，幾樹江梅初破。春光漸好，只薄宦，心情無那。拂瑶琴試儗幽蘭，且約吟朋教和。

前調同作。　侯士驤

怕教春見，應背春來，何事隨春墮。紛紛飄灑，留難住，憑仗冷雲縈鎖。團來一掬，貼梅萼，易融香唾。倩東風，熏染須勻，樹樹替儂簪賓。　　惜他暖玉弓弓，約深掩重門，對影痴坐。庭心檐角，奈向曉，已被晴霞烘破。苔痕借潤，看綠意，生姿婀那。恁心情也逐寒消，秀句飛來難和。

菩薩蠻　楊芳燦

東風吹散庭陰雪，繚垣微露苔痕碧。夜色淡如烟，邊城春可憐。　　燈花紅欲墮，對影愁無那。清夢到江梅，疏枝索笑開。

前調同作。　侯士驤

含情悄倚屏山立，春宵怕見如眉月。眉似月纖纖，愁痕夜夜添。　　兩枝紅燭并，濃淡人雙影。驀地眼波回，相看轉自猜。

前調同作。　楊承憲

暮天烟樹栖鳥語，小園人在雪深處。落日映疏櫺，微風吹晚晴。　　黃昏殘醉後，隱几聽清漏。吟遍鷦鴣詞，樓前月上時。

臨江仙　楊芳燦

露井冰銷寒意淺，抱琴人在閑庭。蕙爐香裊戶初扃。卷簾邀夜月，滅燭數春星。　　憔悴司勳才思減，天涯廿載飄零。江南山色夢中青。梅魂無處覓，柳眼幾時醒。

前調同作。　　侯士驤

幾日雪消寒意減，苔痕綠映窗紗。好春憐我在天涯。東風須着力，吹夢到梅花。　　可奈塞雲常四繞，歸途欲認還差。玉蟲紅淡月痕斜。三更殘酒醒，欹枕聽啼鴉。

前調同作。　楊承憲

孤館疏櫺風料峭，寒輕餘雪纔消。江南春色柳初嬌。閑情燈影畔，約夢到紅橋。　　幾日離情人不語，故園歸路迢遥。更闌香爐坐無憀。疏星三四點，缺月上林稍。

喜遷鶯春曉賦春聲。　　楊芳燦

文窗匼匝。漸淡白迷離，暈銷殘蠟。街鼓猶傳，寺鐘初動，山枕夢回寒怯。凝想江鄉舊事，百種春聲相接。清圓甚，是曉寒，烟外弄晴鵓鴣。　　隔葉。鶯語澀，雙燕飛來，又把金鈴踏。滿院黃蜂，賣花人過，故故回廊響屧。逗得春魂撩亂，睡起又還凭榻。如今但聽早鴉啼後，風聲吹霎。

前調同作。　　侯士驤

夜烏啼了。正一霎消凝，東風催曉。塔院鐘沉，轤綱鐸應，喚起舊愁多少？記否鸚哥饒舌，響板呼來嬌悄。鈴索動，聽輕搖，簾押折花低笑。　　懊惱。芳訊杳，消受今番，凄切邊城調。穿綠雛鶯，栖香小燕，共訴朝來寒峭。剛是餳簫遞去，又恰風箏吹到。晴窗裏，把羈人歸夢，做成草草。

木蘭花薄宦邊陲，交知間闊吟窗岑寂秋意盈懷，撫憶舊游，悵然成調。　　**楊芳燦**

記秋光如畫，楓葉路，菊花天。約俊侶狂朋，燈前蠟屐，堤畔呼船。難忘，持螯雅會，愛青山偏向酒人妍。紅釀香浮小盞，清歌韻入么弦。　　誰憐塵綱苦縈牽，一別十餘年。算舊家風景，而今都在，夢裏吟邊。天涯長卿游倦，只羨他平子賦《歸田》。爲問北山猿鶴，可思疇昔周旋？

百字令同作。　　**侯士驤**

紛紛寒雁，帶霜來，幾日竟秋深矣。半盞香醪容易醒，凭遍回欄曲几。夢影難圓，愁心欲碎，排遣渾無計。凄凉如許，問君可以歸未。　　無奈翅不著人，地非可縮，遠道三千里。白髮衰親勞望眼，日暮閭門空倚。犀豈通靈，蠹偏蝕桂，磨盡凌雲氣。箋天試叩，生予定是何意？

御帶花同作。　　**秦承霈**

邊城霜冷秋花瘦，獨夜無聊情緒。一行雁影帶寒來，小閣暗燈孤炷。夢裏還家，依稀認，故園烟樹。幾度盼南雲，愁到雙眉碧聚。　　記得當年，諸弟妹讓棗推梨，團圞笑語。而今何事，嘆飄泊頻年，旅懷難訴。凄綠叢中，聽落葉，蕭蕭如雨。已是九回腸，何必更烟鐘津鼓。

水龍吟同作。　　**楊承憲**

菊花零洛秋將半。燕子還來深院。邊地氣候頗遲，燕子過社日猶未去。

闌干獨倚，花外風來，數枝輕顫。遍地霜華，滿天凉月，離人怕看。剩滿懷秋意，無端根觸，譜入新詞吟偏。　　聞道紅橋斜路，小吳艖，綺羅弦管。江鄉風景，幾時得見，好尋游伴。留滯天涯，冷吟閑夢，年華如箭。聽一繩，新雁匆匆南去，不勝清怨。

江城子　楊芳燦

香桃瘦影上疏簾，月纖纖，夜厭厭。乍試生衣，窄地覺寒嚴。斜倚薰籠思往事，香爐了，又重添。　　丁東細漏響瓊籤，掩青鸞，展香緘。欲寄相思，翠管却慵拈。一段春愁無着處，分付與，兩眉尖。

蘇幕遮同作。　金匱楊英燦[①]蘿裳

髻雲鬆，眉黛斂。百褶仙裙，不耐東風颭。蓮步纖纖羅襪剗。纔解相思，已覺腰支減。麝烟凝，螺槅掩。小院春深，遲日鶯花艷。午夢初回凭畫檻。一縷柔情，薄暈潮生臉。

虞美人同作。　武進楊奎曙容光

重簾不捲留春久，開過荼蘼後。階前檢點數叢花，無限消魂却憶泰娘家。　　今年不似年時好，愁思催人早。韶光欲去總難留，始信輕狂，須趁少年游。

如夢令同作。　侯士驤

香篆結餘翠薄，燈蕊開殘紅落。準備夢伊家，今夜春魂有托。擔閣，擔閣，花外數聲愁柝。

采桑子同作。　楊承憲

高樓繡倦添惆悵，細雨潺潺。秋意闌珊，一抹空烟漾遠山。　　誰

---

①　楊英燦（1768—1827），字文叔，一字蘿裳，清江蘇金匱（今無錫）人，楊芳燦三弟。國子生，官四川安縣知縣，調成都，擢松蕃同知。所致有政舉，卒於官。著有《聽雨吟館詩稿》一卷、《聽雨小樓詞稿》兩卷。生平參見《〔光緒〕無錫金匱縣志》卷二十《宦望》、《聽秋聲館詞話》卷六、《錫山書目考》。

家唱徹江南調，低語雛鬟。瑤瑟輕彈，學譜雙飛曲最難。

南浦帆影。　楊芳燦

江光明瑟，恰中流，片片冷雲鋪。兩岸青山相對，界破翠模糊，演漾荻花風峭。又吹來，帖帖上平蕪。帶歸鴉數點，林梢沙尾，傳出別離圖。　　薄暝人家江閣，看一痕，移過淡如無。別是烟魂水魄，好景最難摹。極浦遠迷秋月，冷空波，低蕩夜燈孤。有騷人清夢，共伊飛去落江湖。

前調同作仄韻又一體。　　侯士驤

風正挂蒲高，認中流，片影參差來去。半幅淡相隨，澄輝裏，劃破幾重烟樹。回撾掙柁，沙灣綠轉痕斜露。鷗倚鷺翹，渾未省已過，蘆碕荻浦。　　軟波帖帖輕移，漸微茫遠逐，閑雲飛度。殘照欲低時，江樓畔，應有消魂人數。離情無據，一痕搖曳留難住。天壓高桅盦，翠暝揚入，月陰深處。

謁金門　楊芳燦

愁脉脉，抱影獨眠荒驛。階下寒蛩啼不歇，秋聲高一尺。　　凉浸羅衾疑濕，露氣隔簾吹人。單枕中宵頻轉側，夢雲無處覓。

采桑子同作。　楊英燦

擁衾坐到三更盡，玉漏丁冬。檐馬丁冬，無限相思魂夢中。　　年年總是傷憔悴。春也愁濃，秋也愁濃，秋葉春花一樣紅。

浣溪紗同作。　侯士驤

試問黃花瘦幾分，釀寒天氣正愁人。莫因間事損精神。　　雁柱啼殘孤軫月，麝衾捲破半床雲。不關心處亦消魂。

虞美人同作。　秦承霈

梧桐葉上蕭蕭雨，人在深深處。湘簾不捲篆紋斜，何事秋來，瘦影似黃花？　空庭獨坐添惆悵，試向雲邊望。三三兩兩雁當樓，今夜邊城，夢裏有歸舟。

蝶戀花同作。　楊承憲

幾日西風吹木葉。憔悴黃花，過了重陽節。遙望南雲如不隔，凌風恨少雙飛翼。　留滯天涯歸計拙。如此心情，又聽砧聲急。深院夜闌人寂寂，月華滿地霜華白。

蘭陵王　楊芳燦

夕陽落，何處數聲邊角？疏林外，月未成弦，一綫清光逗雲崿。羇人情緒惡。惆悵鸞飄鳳泊。漫回首，往事堪驚，過眼波濤夢猶噩。　無憀倚高閣。見萬里晴空，蓋野如幕。霜風颯爽盤雕鶚。漸遠岫沉碧，小窗送黑，秋星墮水影作作。覺夜氣蕭索。　企腳，望廖廓。尚詩膽槎枒，劍心噴薄。祇憐攬鏡顏非昨。願傍岩結屋，披雲采藥。山靈招手，定怪我，負夙諾。

前調同作。　侯士驤

晚風勁，秋色澄鮮如鏡。邊城下，捲地寒聲，霜葉沙瀾送千頃。故園人瘦瘠。應恨征夫薄倖。妝樓畔，過盡飛鴻，總是空排个人影。　閑尋舊時景。記眉譜新翻，玉臺花映。鬧紅深處鴛交頸。而今儘消受，黯鈴凄柝，半床孤擁秋衾冷。歡期杳難訂。　休省，倍消凝。漸寒透重簾，水昏烟暝。離魂渺渺愁無定。向豆蔻闌干，枇杷門徑。匆匆携手，語未竟，夢旋醒。

前調同作。　秦承霈

秋夜永，疊鼓譙樓初動。西窗外，獨樹蕭疏，滿地霜華似潮涌。

寒威隔簾送。半盞蘭膏欲凍。嘆倦客,正抱閑愁,又是誰家笛三弄？　殘書半床擁。更茗碗縱橫,爐香搖溶。一鈎新月天涯共。問江南消息,素娥知未,如何脉脉窺窗縫？空照破幽夢。　　高咏,瘦肩聳。算只有詩情,未減豪縱。美人天末寒雲重。悵何時携手,共傾酷瓮。清樽孤酌,謾倚醉,憶二仲。

前調同作。　楊承憲

更漏滴,簾外一鈎新月。看砌畔,黃菊迎霜,零落寒香少人惜。天涯惆悵客。萬里家山遥隔。小樓前,塞雁成行,飛度重雲響嘹嚦。　書幃掩岑寂。愛香散蕓編,花伴瑶瑟。高城昨夜吹長笛。又滿懷根觸,故人離別,夕陽影裏寒鴉色。猛聽得風急。　　江筆,花堪擷。正燈暈幢幢,茗烟泡泡。芭蕉搖影當窗碧。有無邊秋思,耐人尋覓。長吟短咏,呼伴侶,箋共擘。

點絳唇　楊芳燦

滿眼相思,帕綃新泪紅猶凝。玉爐烟冷,一桁簾波静。　小院無人,獨向雕闌凭。微風定,春池如鏡,落日桃花影。

前調同作。　楊英燦

寂寞春閨,含情斜凭闌干亞。鶯歸芳榭,故把珠簾下。　銀鴨香消,懶得添沉麝。妝初卸,海棠香謝,又是黃昏也。

前調同作。　俞訥

人在天涯,倚闌頻把愁眉蹙。舊歡難續,春草無情緑。　怊悵歸期,不似花期速。盤中曲,回文四角,先向中閑讀。

前調同作。　侯士驤

檐溜玲琮,憑空送到愁千斛。綉窗人獨,慵譜相思曲。　細數歸期，已過櫻桃熟。彈紅燭，燕兒雙宿，不禁眉痕蹙。

臨江仙　楊芳燦

記否徵歌桃葉渡？當筵頻醉羅群。東風吹暖一樓春。花香歡氣息，柳弱妾腰身。　飄泊天涯人易老，佳游早謝前塵。藥爐經卷伴黄昏。髩沾秦塞雪，夢斷楚山雲。

賣花聲同作。　侯士驤

盼到柳條青，已過清明。落花如雨聽無聲。不信一春憔悴意，單爲啼鶯。　斜月漏空庭，香霧冥冥。簟紋似水夜淒清。睡去總然無好夢，却也愁醒。

南歌子同作。　秦承霈

柳褪霏微雪，桃烘淺淡霞。東風作意做繁華，無奈濃春好景在天涯。　香夢尋寒蝶，閑愁怯曉鴉。故鄉消息盼仍賒，棖觸離心隔院又箏琶。

清平樂同作。　楊承憲

春雲破緑，纖月光流玉。檢得巴箋三兩幅，試譜新歌一曲。　歌成自酌湘醽，閑齋小户初扃。人静花陰整整，風微香篆亭亭。

高陽臺息園牡丹盛開，偕春塘，蘭臺小飲花下。因憶張春溪前寄《牡丹八咏》，因成二闋却寄。　楊芳燦

色盼呈華，花工弄巧，千苞争綻穠春。乞與東風，者番真個銷魂。平分塞上燕支色，愛朝來，臉暈潮痕。謾凝眸，玉照臺前，卯酒微醺。　殢人最是春陰好，著幾絲香雨，一抹嬌雲。共鬥明妝，嫣紅艷粉群群。態濃意遠誰能似？想長安，水畔腰身。惜韶華，且向花間，料理金樽。

前　調

寶扇迎來,錦車催到,人間纔信春深。勝侶招携,暖風遲日園林。壓檐新緑濃如滴,護花光,一片清陰。掩閑門,滿院狂香,長晝惛惛。　蓬山咫尺誰傳語? 只往來花底,小燕紅襟。六曲闌干,此間盡耐幽尋。多生綺語難忘却,乍拈來,已破禪心。怕輸他,三影才華,着意微吟。

前調同作。　侯士驤

嫩緑堆墻,軟紅壓徑,東風偏住閑門。共説花房,藥苞新破緘痕。狂香染影濃於酒,向闌邊,醉透朝曛。迨相尋,法曲霓裳,舞散珠塵。　芳菲莫道更番好,奈一番烟雨,一度銷魂。可惜相逢,春光只剩三分。倩妝占斷華鬘界,似傾城,晚嫁前身。漫凝情,休管飄零,且倒清樽。

前　調

共惜花飛,欲尋酒伴,吟鞭暫駐東城。半日偷閑,司勳偏擅風情。玉鈎挂起瀟湘影,涌紅潮,眼底霞明。獨輸君,薄醉拈毫,調譜清平。　憑誰寄語花神道? 囑司風令史,好護輕盈。揉柳飄綿,莫將香夢吹醒。渦邊嬌暈添微捻,待重來,印取星星。幾踟躕,倚遍雕闌,人殢春醒。

蝶戀花　楊芳燦

紅遍花枝青遍柳。彈指韶華,又是清明後。長日厭厭如中酒,閑愁空在眉尖鬥。　拋却金針慵刺綉。窣地簾波,料峭輕寒透。薄暮倚闌垂翠袖,落花風裏春人瘦。

前調同作。　俞訥

月影一簾春寂寂。風暖香消,花事全狼藉。恨縷愁絲千百結,伯勞飛燕東西隔。　　一去天涯無信息。却悔當筵，紅豆輕拋擲。深夜懷人頻轉側，夢魂何處尋踪迹。

前調同作。　　侯士驤

雙燕歸來烟乍暝。薄暮心情，不耐東風緊。風裏落花紅不定，隔簾飛去春無影。　　側側輕寒燈著暈。紗碧玲瓏，一綫蟾光映。剛是眼波斜欲凝，鸚哥絮語催人醒。

前調同作。　　楊承憲

庭院輕寒風寂寂。獨倚闌干，往事空相憶。遠道懷人情更切，海棠枝上朦朧月。　　薄醉旋醒眠不得。露影烟絲，曉暈沾衣濕。試盼江南春信息，花枝高處春山碧。

清平樂寄三弟。　　楊芳燦

天涯共被，最小憐予季。刻燭裁詩饒妙理，不讓阿連清慧。　　那堪經歲離群，閑愁兩地平分。夢汝池塘春草，盼余隴首秋雲。

蘇幕遮寄懷蘿裳先生。　　侯士驤

笑裁詩，閑賭酒。記得相逢，剛是櫻桃候。小院寒生花影瘦。金葉拋殘，忘却春宵久。　　望巴山，遮隴岫。脉脉心情，夢裏空頻逗。開到藥闌紅豆蔻。試問東風，莫道人如舊。

如夢令奉懷三叔父。　　楊承憲

歸雁數聲嘹嚦，獨坐小樓秋夕。長憶別離人，西去巴山千叠。岑寂，岑寂，門外疏星殘月。

燭影搖紅　　楊芳燦

且食蛤蜊，那知奴價高於婢？裸衣亭上大聲呼，何與痴人事。年少疏狂意氣。嘆此日，消磨盡矣。風沙袠劍，莽莽天涯，竟無知己。　　仰屋著書，千秋萬歲誰傳此？不如魚鳥見流連，肆意酣歌耳。客舍西風又起。憶故國，蓴鱸正美。幾時歸去？一棹飄然，五湖烟冰。

永遇樂同作。　楊英燦

落拓天涯，閑中驚見，秋光如許。一派酸風，幾群冷雁，獨夜將人侮。拍張叫絶，生余何意，墮地金鈴祇誤。看髀間，居然生肉，神傷暗裏空拊。　　驢鳴狗吠，紛紛聒耳，孺子成名指顧。世盡揶揄，汝誠知己，醉睨刀環語。而今歸去。短衣鴟箭，好向南山射虎。應定勝，鑽研故紙，共嘲書蠹。

齊天樂同作。　楊奎曙

離愁不待西風約，年來自驚蕭瑟。秦嶺寒雲，隋堤疏柳，同是天涯爲客。華年虛擲。嘆書劍飄零，空歌長鋏。鏡裏樊川，星星已見髩邊雪。　　回思舊游伴侶，暮天凝望處，翠嶂千叠。一抹雪烟，幾家砧杵，遥見鴉飛明滅。數聲羌笛。記紅蓼川頭，滿山涼月。銀漢西流，錦鱗無處覓。

法曲獻仙音同作。　楊承憲

樓閣寒輕，簾櫳月淡，數點飛鴉催暮。詩可消寒，閑宜殢酒，且自伯歌季舞。奈紅葉漸蕭騷，飄零恁情緒。　　秋何處？問西風，幾時能去？回首江南，千里迢迢路。白草黃沙無際，故鄉今在何許？彩筆蠻箋，近來慵譜消魂句。聽曲欄杆外，凄咽寒蛩語。

生查子　楊芳燦

月色上疏檑，凉意驚秋箪。試約小簾鈎，花影重重入。　　羅衣不厭單，陣陣輕颸襲。貪望女牛星，和露空庭立。

眼兒媚同作。　俞訥

庭院黄昏別緒濃,秋影小簾櫳。數聲零杵,一弦凉月,幾點飛鴻。　無邊舊事憑誰省?閣淚對西風。彈阮無心,調箏轉怯思,夢初慵。

菩薩蠻同作。　侯士驤

燕來雁去無消息,濃春盼到清秋節。不信竟無書,除非問鯉魚。　閑情吹不斷,心似芭蕉捲。蕉葉有時開,儂心逐灰塵。

卜算子同作。秦承霈

紅蓼逐風開,黄葉因風起。燕子無情也解愁,絮話秋生矣。　漠漠露凝空,寂寂簾垂地。試掩屏山數漏聲,領略秋滋味。

憶秦娥同作。　楊承憲

蟬聲咽,倩魂不解相思結。相思結,畫簾十二,西風瑟瑟。　年年花雨無人惜,小樓催送寒鴉色。寒雅色,斷橋流水,曉星殘月。

南鄉子塞上曲。　楊芳燦

天闊凍雲稠,嗚咽黄河日夜流。誤盡少年緣底事,封侯,白了空閨鏡裏頭。　荒僥十年留,颯沓霜風壓弊裘。慚愧卿曹車下拜,凉州,一斛葡萄何處求?

河傳同作。　侯士驤

殘月,如玦。照平皋,捲地西風怒號。穹廬行炙酌葡萄。呼曹,天寒北斗高。　篳篥聲悲人醉也,更三打,射虎蘭山下。折飛繪,没石棱。先登,馬蹄雲萬層。

一絡索同作。　秦承霈

日擁寒雲如赭，短衣匹馬。平沙莽莽少人行，莫回首，長城下。　哀角一聲起也，泪同鉛瀉。待招千古健兒魂，好共説，英雄話。

霜天曉角同作。　楊承憲

蘆笳聲急，捲地沙如雪。風勁角弓欲折，穿廬外，冷雲黑。　惜別看金玦，故鄉何處覓？電影飛光難掣，隴頭水，共嗚咽。

摸魚兒九日闌山登高。　楊芳燦

傍層樓，晴雲數點，霜空萬里無際。年年此日題糕會，佳客樽前同醉。離別易，真個似，萍蓬聚散無根蒂。漫郎憔悴。也中酒懷人，星星滿鏡，旅鬢早斑矣。　誰相念，十載邊城孤寄，西風吹夢迢遞。故山雲壑應無恙，何日好尋歸計？秋色裏，依舊是，紫萸黃菊傷心麗。憑高引睇。又猛拍闌干，曼聲長嘯，塞雁忽驚起。

金縷曲同作。　侯士驤

一望徒空闊。渺層霄，寒雲晻曖，怪峰巉崒。慘綠殘黃圍野墅，烟景蒼凉誰設？放眼看，浮圖盤鶻。落拓天涯游倦客，故園花又放重陽節。風光好，悵輕別。　憑闌對酒心先熱。憶揮毫，高臺戲馬，古今豪杰。浮世萍蓬悲聚散，轉眼繁華飄瞥。畢竟是，虛名難滅。他日登臨勞結想，更何人也把吾曹説？青山在，此盟切。

解語花鞭春。　楊芳燦

鮮雲乍卷，麗景初舒，簫鼓晴郊鬧。朱幡翠葆，紛成隊，兒女攔街歡笑。蹄塍角矯。訝刻畫，形模偏肖。待來朝，撲散香塵，看彩絲爭裊。　陌上春泥融了，漸軟紅吹漲，花信先到。玉驄驕裏，尋芳客，別有珊鞭縈繞。田家相報。聽遠樹，架梨_{鳥名}。催曉。好呼童，飯犢烟坡，勸東畬耕早。

前調_{剪彩}。

妝成梅萼，頌過椒花，儘有閑心性。春風曉鏡，雙蟬髶，宜貼銀幡華勝。金刀手冷。怪幾日，峭寒猶凝。颭晴霞，活色生香，乍看來不定。　　花戶油窗相映，愛晨光微逗，分外幽靚。葱纖巧逞，新裁剪，多恐蝶魂催醒。明姿端正。便香國，司花也稱。傍妝臺，小立盈盈，散滿身紅影。

前調_{賣燈}。

春情艷婉，夜色迷離，小市華燈遍。方空素絹，新描畫，露葉風枝低顫。燭花初剪。看萬點，琉璃齊泫。隔簾波，悄擲金錢，不道韶光賤。　　最憶雪晴池館，正蕙花香散，翠幕初卷。月華如練，人微醉，那管漏催銀箭。春風圖面。在夜火，闌珊庭院。悵江鄉，一種佳游，問甚時重見。

前調_{試鼓}。

架塗青漆，床釘圓花，百面春雷響。雲窗霧幌，傳聲處，趲得各風駘蕩。歌場十棒。恰衮遍，六么高唱。繞花叢，紅萼催開，更翠萌齊長。　　少日蕭郎伎癢，搰來騎屋棟，意氣豪上。一般俊爽，花奴手，可似漁陽清壯。休誇跌宕。怕絕調，更無人賞。近天街，且聽淵淵，和康時擊壤。

前調_{鞭春}。　　侯士驤

苔心雨坼，草脚冰融，暖意新晴透。青郊如繡，圖簫鼓，彩仗匀排芳囿。虧他裝就。問繭栗，形模肖否？拚曉來，拂散輕塵，笑語喧清畫。　　歲歲迎來如舊，任風前撲打，香粉飛溜。者番消瘦，無人管，

贏得燕銜鶯踩。春光泄漏。想轉眼，綠酣紅皺。待酒闌，游伴同携，探陌頭新柳。

前調剪彩。

煎成菜酊，貼罷桃符，整頓閑釵鈿。銀幡彩燕，玲瓏綴，尺幅吳綾輕剪。韶華猶淺。恁落手，飛紅片片。試拈來，鏡畔斜簪，助淡妝嬌倩。　　因想玉梅庭院，剩嫩寒測測，翠幕慵卷。春葱纖軟，金刀澀，香影散餘應倦。朝來賭看。問花樣，是誰新換？背雲屏，悄地思量，怕那人誇術。

前調賣燈。

纔看簪勝，又説傳柑，夜色晴烟颭。街西滿店，華燈設，高揭九枝明艷。青帘遮掩。認樹杪，疏星生焰。隔紅橋，小擔呼來，觸買春芳念。　　偏是柔奴痴憨，最愛他新巧，酬價難減。炷成雪檻，團圞影，驀地眼波紅斂。占花多驗。祝芳訊，莫將人賺。盼相逢，恰是元宵，照枕函嬌臉。

前調試鼓。

驅寒餕臘，下九初三，羯鼓喧游社。風前誰把，桐魚舞，滿斛珍珠激灑。酒酣細打。喚蝶夢，暫時拋捨。看墻陰，綠意生時，共道春歸也。　　猶記踏歌元夜，望滿城燈火，潑眼如畫。綺闌芳榭，春雷響，催得燭花紅卸。摻撾都罷。剩丸月，香塵隨馬。最難禁，哀樂中年，仗管弦陶寫。

清平樂小除夜對雪漫賦。　　楊芳燦

寒花冷葉，飄灑東風濕。階下縈盈看漸積，夜影自明簾隙。　　年華去我駸駸，天涯回首雲深。自撥紅爐炙硯，先生尚抱冬心。

前調同作。　俞訥

歲華欲去,急雪當檐舞。砌畔粉痕堆幾許,裝點詩人雅趣。　琴齋簇錦開筵,圍爐笑語喧闐。莫道春來無據,梨花柳絮爭妍。

前調同作。　侯士驤

風催雪舞,做弄年華去。把酒殷勤留不住,送入梨花深處。　凭闌夜色如霜,雲波叠叠橫窗。只有異鄉孤獨,照人無限思量。

前調同作。　楊承憲

小庭飛雪,人對梅花立。夜色一簾清欲滴,金鴨燒殘銀葉。　那堪獨坐長宵,故園歸夢迢遥。凝想江南此夕,香風正釀春嬌。

荊圃倡和集詞三

菩薩蠻　楊芳燦

相思人隔榆關道，芳心却怪春來早。低語祝花枝，人歸開未
遲。　　黃昏聽玉漏，影背明燈瘦。香夢繞屏山，雲迷第幾彎。

前調同作。　楊英燦

花間一別無消息，今朝又到花開日。小立倚欄干，春風翠袖
寒。　　雲屏簾半揭，對對飛蝴蝶。寂寞暗消魂，低頭拭泪痕。

前調同作。　侯士驤

雨絲冒柳痕猶淺，一陂烟草春如剪。滿地是東風，消魂三月
中。　　輕陰寒測測，倚檻人無力。燕子不歸來，梨花無數開。

前調同作。　俞訥

春來陡覺心情惡，愁深翻被春擔閣。花下獨徘徊，春歸人未
歸。　　韶華容易去，花落春無主。憔悴與春同，啼紅浥露叢。

前調同作。　楊承憲

疏窗月淡燈明滅，挑燈試譜新詞闋。夜靜覺衣凉，風微花暗
香。　　更闌人意倦，雲重天涯遠。滿眼是相思，無憀獨坐時。

翠樓吟丙辰二月，①花朝適逢春分社日，詞以記之。　　楊芳燦

春色平分，花期剛到，又逢簫鼓村社。韶光看總好，問何處最宜閑寫？少年游冶。記鬥草池塘，簸錢亭榭。彈指乍，前塵如夢，舊歡都謝。　　牽惹。萬縷閑愁，待雙燕歸來，訴他情話。花梢寒料峭，猶未放一枝紅亞。春魂欲化。漸苔髮風梳，柳眉烟畫。酬清夜，且傾佳釀，月波同瀉。

曲游春同作。　　侯士驤

徹曉歡聲沸，喜晴烟淺逗，微雨初霽。寒社人歸，正餳香韭嫩，花辰料理。共作傳杯計。況説道，春光分矣，縱然十倍繁華，已把五分抛弃。　　陌上。燕兒來却。趁綠潤紅腴，壘巢伶俐。莫恨蹉跎，未虧他絕塞，峭寒天氣。勒住些芳意。君知否？消魂容易。轉眼滿地飛花，盈盈空睇。

念奴嬌同作。　　楊承憲

幾番風信，又匆匆到了，春分時節。剛是花朝花解語，瞥見一雙飛蝶。褪粉猶新，眠香未醒，却被鶯聲嚇。枝頭來去，齊紈争忍輕拍。　　曉來一陣微寒，社公雨過，聽餳簫南陌。今歲春光來較早，却怕等閑抛擲。草甲青回，藥包紅斂，柳困風無力。樓臺多少，且尋燕子消息。

如夢令　　楊芳燦

捲幕鶯聲輕唤，拂鏡花枝低顫。韶景十分宜，只是離人腸斷。誰管？誰管？芳草江南春遠。

---

① 丙辰：嘉慶元年(1796)。

前調同作。　楊英燦

隔院曉鶯啼處，客夢驚殘初曙。擁被不勝愁，一任春風來去。無緒，無緒，滿眼落紅飛絮。

前調同作。　俞訥

回首不禁腸斷，人在天涯遼遠。消息竟沉沉，分得相思一半。誰見？誰見？梁上紅襟雙燕。

前調同作。　侯士驥

花淺最憐蜂裹，柳嫩不勝鶯坐。春已儘消魂，不説相思還可。無那，無那，昨夜夢兒偏作。

前調同作。　楊承憲

睡起春寒如許，一種閑愁無據。簾捲小銀鈎，隔院飛來風絮。縈語，縈語，却在緑陰深處。

浣溪紗　楊芳燦

一桁簾紋窣地垂，天涯芳訊費尋思。閑愁惟有翠眉知。　烟裊緑痕歸柳重，霞分紅意到花遲。殢人最是早春時。

前調同作。　楊英燦

閑展文窗六扇紗，平鋪小簟夢還家。春來芳思最交加。　檐覆緑雲因種竹，庭飛紅雨爲移花。藥爐烟裏度韶華。

前調同作。　侯士驥

曉暈如烟隔簟紋，喚人嬌鳥鎮紛紛。鴨爐香嫩暖初熏。　一枕纖雲垂冶夢，滿庭絲雨濕春魂。閑花落盡不開門。

前調同作。　　楊承憲

昨夜南樓夢醒時，泪痕點點濕羅衣。此情惟有蝶魂知。　　翠幕低垂人背立，柳絲無力繫相思。亂紅如雨任風吹。

掃花游上巳日束陸雨莊刺史。　　楊芳燦

重三到了，便春事匆匆，不堪留戀。逶迤芳甸。接晴空一抹，碧痕如剪。寒在花梢，紅意曉來猶倦。掩深院。只徙倚回闌，小句吟遍。　　簾捲散香篆。又閑理牙籤，晝長消遣。硬黄乍展。是誰臨禊帖，墨波微泫？逸少風流，此日平原兼擅。雨莊昨撫《蘭亭册子》見貽，故及之。恍重見。舊蘭亭，永和高宴。

前調同作。　　侯士驤

踏青纔罷，又轉眼重三，韶華何促。遥原送目。有明妝淡粉，采香湔渌。澱影莎痕，盡被東風吹足。奈羈旅。惹一種閑愁，飛散難束。　　雲屋畫欄曲。料褉飲人歸，新句剛續。晴窗幽獨。悄拈毫寫過，蘭亭橫幅。閑繞苔階，細數藥芽幾簇。芳意速。染春魂，嫩紅盈掬。

品令　　楊芳燦

春去花猶剩。嬌雲墮，明霞凝。香苞齊迸，枝頭點綴，十分韶景。倦眼薔騰昨夜，宿酲未醒。　　落紅滿徑。闌干曲，人閑凭。簾旌低揚，篆紋微裊，日斜人靜。移上窗紗，花影雲影樹影。

前調同作。　　侯士驤

啼鳩催何早？文窗外，濃陰繞。棟花吹老，喃喃燕語，問誰知道？一雯韶光換得，綠嬌紅小。　　庭空晝悄。簾波静，爐烟裊。愔愔長夏，閑愁如絮，惹來多少？人在天涯，春杳信杳夢杳。

滿江紅答侯大春塘寫懷之作。　楊芳燦

飄泊天涯，作計悮，虛名沾惹。不信道，名駒汗血，一生轅下。明鏡顛毛霜欲滿，青衫老淚鉛同瀉。任歡場，豪竹間哀絲，難陶寫。　　謀生拙，休誇詫。當官懶，從嘲罵。只騷茵墨寶，尚餘聲價。噩夢難尋空覆鹿，華年易逝如奔馬。向鐙前，看劍引深杯，寒芒射。

前　調

亹亹清談，對次道，欲傾家釀。算眼底，惟君堪語，襟期豪上。點筆驚看花亂落，撫弦要使山皆響。據詞壇，幾度鬥心兵，爭雄長。　　大道曲，琅邪唱。細腰鼓，漁陽杖。更呼盧行炙，狂追歡賞。蕭散不妨邱壑置，飛騰終有風雲想。數古來，才士盡如斯，君休悵。

前調寫懷二闋呈蓉裳夫子。　侯士驤

局促樊籠，身世恨，憑誰牽惹。堪誚處，朝霞貧薄，久居人下。萬里夢隨孤月去，廿年淚向殘編瀉。待從今，筆格碎珊瑚，休塗寫。　　長落魄，堪悲詫。莫放誕，遭嗤罵。只媚行烟視，做些聲價。物態從看駕化鼠，談空任聽程生馬。奈元龍，豪氣未全除，詞鋒射。

前　調

毀譽何應，且滿酌，鵝黃老釀。任若輩，痴肥裘馬，紅塵騰上。興到蟲魚皆綺語，悲來絲竹成凄響。況惠開，齋畔白楊新，和愁長。　　舒清嘯，傳高唱。騎屋棟，燃藜杖。嘆疏狂意氣，惟公能賞。甲觀不酬知己望，丁年虛結銜恩想。問孝標，賦命定何如，空怊悵。

前調過劉氏園賞牡丹仍用前韵。　楊芳燦

倚遍闌干，覺雙袖，暗香縈惹。恰正好，鼠姑風細，水明簾下。瑤島嬌雲連影墮，蕊宮仙露和愁瀉。縱江郎，彩筆夢中傳，難描寫。　　春魂

返,游蜂詫。輕陰護,晴鳩罵。只一枝穠艷,直千金價。天女自持紅錦節,明童莫駐斑騅馬。隔蜃窗,如雪和朝霞,光相射。

前　調

蘸甲深杯,向花底,滿傾紅釀。堪愛是,一叢倩影,苔階移上。滿徑濃陰松架静,半廊斜日花鈴響。更環流,細細潤香泥,春渠長。　　佳言吐,新詞唱。茶移銚,錢懸杖。喜相携俊侣,不孤清賞。帶雨似含傾國恨,避風謾作留仙想。怕嬌姿,飛去作行雲,添怊悵。

前調同作,用前韵。　　侯士驤

看到穠苞,怪羈客,閑愁偏惹。曾幾度,裁紅暈碧,醉吟花下。香霧滿庭春欲活,明霞一剪光初瀉。喜東山,游屐得追陪,同閑寫。　　雨微滴,人休詫。風微横,禽休罵。只輕陰遮護,買難論價。綉被暖堆酣夢蝶,幡鈴聲碎争檐馬。透簾波,艷影忽飛來,斜陽射。

前　調

軟藉莎茵,醅瓮倒,酴醿新釀。香滿座,落紅無數,撲人衣上。濃緑壓檐忘永晝,新流繞砌傳清響。更催開,荼尾助幽情,和烟長。　　須滿酌,還低唱。消愁策,吟詩杖。料春魂定喜,吾曹激賞。對影暫抒離别緒,當杯休作飄零想。縱嬌雲,欲化亦難留,徒增悵。

前調同作,用前韵。　　秦承霈

滿酌香醪,花叢裏,鄉思縈惹。依稀記,舊家亭館,水邊林下。漂泊天涯緣底事,華年去似流波瀉。聳吟肩,無限别離情,難摹寫。　　燕偷覰,嬌鸚詫。蜂小摘,流鶯罵。譜山香一曲,風光無價。有客喜拈金葉格,當花巧鬥紅牙馬。道聊將,劇戲代藏鈎,分曹射。

前　調

嚼蕊吹花,重洗盞,淺斟新釀。呼伴侣,長吟短咏,逸情雲上。一陣護花鈴索動，恍聞環佩天風響。展芳茵，緑抝漸盈階，苔痕長。　　聆俊語，傳高唱。挈蠻榼，携筇杖。愛穠華照眼，揮杯共賞。色界優曇彈指現，觀空更作非非想。任飛香，如雪不沾衣，休憎恨。

前調同作，用前韵。　　楊承憲

絮軟風柔，紗櫺外，烟痕縈惹。輕陰護，玲瓏簾箔，銀鈎初下。幾剪濃香雲欲化，一叢清露紅愁瀉。對傾城，宛轉譜新詞，蠻箋寫。　　春易逝，鶯爭詫。雨初歇，鳩還罵。爲韶華料理，酒經詩價。倘有香心憐宋玉，好回嬌眼窺司馬。映斜陽，倩影恰飛來，深杯射。

前　調

不醉無歸，須滿酌，烏程春釀。相對處，闌干六曲，紅羅亭上。笑靨日烘憐倦影，穠苞風坼聞清響。壓錦幬，微量逗明霞，叢叢長。　　瓊樹曲，清平唱。從良宴，陪吟杖。正閑庭寂静，共耽幽賞。絶世難酬金屋願，游仙終作瑤臺想。料春心，也似怨塵氛，添惆恨。

前調寄二弟，再叠前韵。　　楊芳燦

武庫兵鈐，無奈是，命宮招惹。經幾度，飛書馳檄，青油幕下。萬嶺猿啼深箐黑，五溪鳶墮哀湍瀉。飽艱危，矛淅劍頭炊，書難寫。　　少儒速，徒矜詫。孔璋健，工啁罵。怕淋漓磨盾，讓君聲價。猛士雄風驅地虎，書生神筆行天馬。看狼星，夜半落寒芒，彎孤射。

前　調

瘴雨蠻烟，都是我，離愁醖釀。記仿佛，夢中握手，壺頭山上。突陣弓刀侵夜起，翻營鼓角連天響。總勝他，荷戟逐戎旃，千夫長。　　露版入，鐃歌唱。銷烽燧，回旄杖。看窮搜虎穴，策勛行賞。笑我未成歸隱計，盼君且作凌雲想。只澤車，款段負平生，同惆恨。

前調寄三弟,回用前韵。　楊芳燦

迢遞雲山,思予季,不勝惆悵。還更有,間關戎馬,勞人可想,謂二弟。湘浦烽烟愁未息,錦江花月佳堪賞。羨阿奴,晨夕獨承歡,扶鳩杖。　　綵衣曳,笙詩唱。庭竹茂,陔蘭長。看巴渝試舞,箏琶競響。愧我黃塵烏帽底,何時銀燭華筵上?捧瑤卮,雁雁喜成行,斟家釀。

前　調

蜀棧連天,正黛色,千峰噴射。況又是,奔湍駛浪,瞿塘如馬。彈指兩年人久別,關心一紙書無價。奈朝來,乾鵲慣欺余,臨風罵。　　夢中事,醒時詫。心曲恨,毫端寫。怪愁吟未了,泪波偷瀉。我自看雲秦樹外,君應聽雨巴山下。道瀟瀟,不似對床聲,離愁惹。

前調寄懷蘿裳先生,回用前韵。　侯士驤

紅鯉書來,香滿袖,頻添忻悵。曾幾度,樽前燭底,勞君凝想。擘錦還期書麗句,拈花猶憶同清賞。更共誇,身手蔗竿輕,揮爲杖。　　聯嘲謔,從賡唱。推跌宕,爭雄長。偶賦成擲地,淵淵留響。一自渭城催別後,却看蜀道成天上。對閑雲,靉靆隔巴山,春愁釀。

前　調

日夕此間,排悶策,罽藏覆射。還獨向,賀蘭山側,呼鷹盤馬。眼底且消飄泊感,耳邊休管文章價。更倒冠,落佩縱清狂,從嘲罵。　　年華逝,堪驚詫。離索意,難披寫。每酒酣落筆,風濤奔瀉。君自揚鬐蓬島外,余甘低首鹽車下。料故人,念我在窮途,情牽惹。

漁家傲夏夜。　楊芳燦

屋角新蟾光冋冋,殘霞幾點紅猶凝。蝙蝠掠檐飛不定。空烟暝,一丸星過斜河影。　　試滌冰甌斟綠茗,胡床笛簟明波净。江國舊

游重記省。呼小艇，風篷雨幔凉千頃。

蝶戀花同作。　　侯士驤

一樹槐花飄綠雪。庭院沉沉，蝙蝠斜飛急。如此冰宵眠可惜，倚窗獨自吹蘆笛。　　八尺桃笙閑未拭。滿眼相思，好夢知難覓。幾點疏星青欲滴，曉風凉透天河色。

唐多令同作。　　楊承憲

微雨晚來晴，山痕烟外青。捲簾衣，倦撫銀箏。一道明河垂地白，相望處，隔盈盈。　　凉意滿空庭，藤床夢易生。掩疏窗，月影穿櫺。又是誰家吹短笛？偏觸起，故園情。

簇水晚過月湖，愛其烟景明瑟，煩襟灑然，爲賦此闋。　　楊芳燦

一片明漪。叢蘆瑟瑟搖青玉。抱城新漲。恰好似，月鈎微曲。幾陣釣絲風過。皺浪紋成縠。正無數，幽禽爭浴。　　凉意足。最愛一抹遥山，送來暝翠堪掬。玲瓏雲水。此地竟無三伏。好着千枝紅藕，點破烟光。綠湖滑畔，添個漁舠如。

洞仙歌同作。　　侯士驤

叢蘆深處，對縠紋如澱。淥浸城根野烟漫。偶晚凉，凝望白夾當風，沙淑上，暝翠壓空天遠。　　遥山雲欲合，返照吹開，水底餘霞影零亂。鸂鶒忽飛回，拍拍波聲，把一道，湖光衝斷。等風影依稀似吾鄉，記鬥鴨叉魚水仙祠畔。

風入松同作。　　楊承憲

蘆花蘆葉繞溪前，湖水漲湖烟。凉波風漾明於鏡，依稀似，新月初弦。望裏微茫無際，浪紋一碧搖天。　　遠山青影淡雲連，紅藕點波圓。江鄉此景何時見？銷長夏，好趁漁船。小立白沙汀畔，妒他鷗

鷺閑眠。

邁陂塘楊梅。　　楊芳燦

記冰厨，吳鹽如雪，滿盤鶴頂初破。年年笋老櫻殘後，便盼洞庭烟桤。園叟過，看拎到，筠籠翠箬重重裹。匀圓百顆。笑嬌小吳娘，玉纖拈處，先怕粉裙涴。　　間銷暑，露井水亭清坐，不須料理茶磨。夜深一口紅霞嚼，涼沁華池香唾。誰餉我，況消渴，年來最憶吾家果。歸田願左。便買夏論園，山資未辦，作計甚時可。

前調枇杷。

傍墻根，篩烟漏月，濃陰一簇如畫。蠟珠密向枝頭綴，壓得翠梢低亞。梅雨灑，也染就，嬌黃軟縐宮羅帊。林鶯婭姹。縱香夢驚回，金丸在手，爭忍便拋打。　　誇珍品，只有江南亭榭，離離子熟長夏。相如錯認秦中樹，賦筆空勞摹寫。纖露下，愛摘向，雕盤俊味甘於蔗。間情又惹。記端正窺人，當風郭袖，花底小門罅。

前調青李。

憶江鄉，堆盤碧實，拈來露氣猶濕。青房別是瑤池種，不數千株玉葉。寒水湢，恰好共，浮瓜顔色爭蒲鴿。甘回齒頰。似青子紅鹽，分來風味，入口却微澀。　　招涼處，偶傍間階小立，兒童樹底爭拾。一痕細認嫣紅凝，西子春纖曾捻。歸思切，正獨坐，幽齋寫到來禽帖。歡游未愜。羨當日南皮，名流佳宴，挈爾伴蠻榼。

賀新涼桐。　　俞訥

何地堪消暑？記桐陰，晝長人靜，氣涼如雨。密葉扶疏高百尺，么鳳尋香莫誤。看糸糸，低垂青乳。素箑輕搖風瑟瑟，且忘形，欲暝還相據。濃陰下，久延佇。　　年年夢繞江南路。報新秋，風飄一葉，愁添幾許。謾説琴材遭爨好，我亦頻年羈旅。空悵望，知音何處？

脱帽凭欄無限感,更難堪,斜日銜山暮。揮玉軫,唱金縷。

前調竹。

長夏多佳趣。憶江村,柴門晝掩,一庭箇簬。繞屋參差千頃碧,露壓烟啼無數。置身在,綠天深處。一樹疏花交掩映,小窗邊,濕翠含新雨。鋪苊席,酌蘭醑。　　數竿修整當軒户。夏清音,叢鈴碎佩,恍來仙侶。碧影迷離侵几硯,正是凉生日暮。但斫取,清光一縷。篩月玲瓏階砌净,好行行,刻遍《離騷》句。留佳客,共吴語。

前調蕉。

日正當庭午。繞墻陰,離披翠影,半空遮住。一片緑雲浮枕簟,沁入幽人肺腑。竟滌得,煩襟如許。簾幕愔愔長晝静,到深宵,細聽空階雨。何不向,此間樹。　　凉生紙閣催殘暑。更那堪,夕陽蟬韵,早秋蛩語。一榻清風宜客夢,不識人間塵土。烹新茗,綠圍庭宇。回首家鄉時正好,泛輕橈,且訪名園去。泖湖水,白如乳。

水龍吟菱。　　侯士驤

種菱消夏灣頭,滿陂疏翠空烟繞。搴芳人起,清歌唱動,露凉星曉。刺密侵衣,絲長冒袖,未容輕拗。記筥籃相餉,一肩水影,問風味,吾鄉好。　　猶憶闊腰争剥,剩堆盤,釀紅多少。萍踪飄瞥,菰蒲夢斷,惹人煩惱。只恐香根,飄浮湖畔,被風吹老。擬呼鄰共采,定知何日? 去拿烟棹。

前調芡。

雨餘千頃明漪,叢叢菱芡供遥目。采來波底,紫苞輕擘,明珠滿腹。味澀回甘,淡香堪戀,最宜茶粥。記石鐺活火,泉烹蟹眼,看一晌,剛催熟。　　每共瓜犀蓮葀,坐凉宵,分來盈掬。勻圓新顆,年年秋到，清芬嘗足。烟水鄉遥，稻粱謀錯，輸他雁啄。待去招梅老，磁甌泛雪，剥纖纖玉。

前調藕。

滿盤緗藕擎來，紗幬月浪明如洗。甘香沁齒，料應不數，浮瓜沉李。宛轉連絲，纖鬆削雪，一襟凉意。怕蓮根折盡，紅銷翠减，鏡湖冷，愁無際。　　回首西風又起，問同心，也知憐未。橫塘打槳，采香結伴，舊情空記。作客天涯，夜闌酒渴，最思佳味。悵江南路遠，玲瓏寒玉，有誰能寄？

齊天樂珍珠蘭。　　**秦承霈**

疏花隱葉渾難認，清宵露痕微泫。細裊冰絲，斜穿翠縷，瑟瑟寶珠成串。兜娘試剪。愛插向蘭雲，倚風輕顫。一斛樓東，向人憔悴訴清怨。　　疏簾剛逗新月，坐來冰簟滑，漏箭初轉。乍覺生香，如聞吹息，慣惹離人腸斷。愁深夢淺。問碧影纖纖，甚時重見。剩有清芬，夜凉浮茗碗。

前調茉莉。

瓊田萬賓仙雲墮，名花幻成奇絶。玉骨玲嬛，冰魂縹緲，不識人間炎熱。看來總別。似夢入瑶臺，月華如雪。未信炎州，出塵有此好標格。　　碧紗幬畔銷暑，玉壺曾貯處，一漾瑩澈。冷艷疑銷，空香欲化，頻向枕函邊覓。仙姿誰匹？怕素奈青梔，比來差劣。淡到無言，滿庭凉露白。

前調夜來香。

紗櫺月上玲瓏影，幽懷不禁根觸。似有香來，不知花處，葉色隔簾微緑。芳叢幾簇。愛人定風微，麝薰吹足。素女多情，空中也爲撒金粟。　　追凉最宜露坐，傍垂蘿低蔓，冷翠如幄。碧玉娉婷，緑珠嬌小,相對黛眉雙蹙。明河絡角。只可惜凉宵,漏聲催速。漫展蕉箋,譜新詞一曲。

百子令螢。　楊承憲

回廊凝佇,正流螢零亂,隨風低舞。滿院輕烟凉露草,暗裏乍窺無數。簾底星星,籬根閃閃,到處留堪住。深宵人静,成團碎影飛去。　猶憶紈扇擎來,玲瓏碧焰,向紗籠閑炷。借得夜珠剛一點,照遍相思新句。翎拂輕黄,尾拖疏緑,弄色看如許。倚屏閑想,而今瑣事無據。

前調蟬。

碧雲烟鎖,記閑齋小坐,晝長人静。深巷槐陰蟬響動,送到滿庭琴韵。密翳高枝,亂喧暝葉,幽夢凭催醒。微凉乍散,斜陽明透疏影。　偏是根觸情懷,酒邊夢底,凄切難頻聽。我住冰壺塵不到,清絶未煩君警。咽露疑沉,嘶風欲斷,辛苦誰相應?蛻仙踪迹,何時吹墮塵境。

前調絡緯。

蟬琴乍寂,看斜光低墜,閑庭幽敞。剛是鄰家機杼歇,絡緯蕭蕭相向。一架垂蘿,滿階纖草,斷續聞凄響。殘宵如此,惹來多少惆悵。　別有思婦無眠,燈花似豆,聽徹籬邊紡。軋軋繅車方對轉,留伴星疏月朗。聲亂隨風,人愁待夢,愈助飄零想。嬌嘶何促,五更凉意吹上。

疏影牽牛花。　楊芳燦

墻根籬隙,逗青花數賓,最好標格。小院凉生,翠影玲瓏,恰映妒羅雲碧。舊來曾識黄姑面,留取伴,星榆歷歷。數含苞,盼到開時,漸近蘭期初七。　認取牟尼一串,算花工畢竟,巧思先得。不信來朝，試看梢頭，繚繞蛛絲猶織。露痕洗出秋容淡，正夜静，明河似雪。愛幽姿，插鬢偏宜，一任弄梭人摘。

前調同作。　　侯士驤

篠墻蓼岵，甚疏花小小，低裊蘿蔓。悄指花稍，暗搯蘭期，七夕盼時猶遠。無端滴翠延青處，已冒得，秋痕成串。豈隔年，泪點封綃，一昔被風吹滿。　　每到露濃星淡，正新凉睡穩，開遍庭院。絡角明河，侵曉西斜，惜別心情誰管？空餘促織聲凄咽，代訴盡，弄梭嬌怨。等日高，來覓幽香，爲帶相思常倦。

高陽臺新秋息園晚眺。　　楊芳燦

小雨催凉，微雲弄晚，一庭秋色澄鮮。茶具携來，呼童試瀹清泉。繞廊静聽風甌語，淡吟懷，句可通禪。記前番，藥甲開時，曾放舠船。　　閑階幾簇秋花瘦，倚玲瓏小石，分外幽妍。垂柳多姿，蕭疏已惹愁烟。林鶯總惜春紅老，到秋蟬，緑也堪憐。正銷凝，新雁行行，又過樓前。

前調同作。　　侯士驤

未落青匏，漸肥紅棗，秋痕吹上疏林。凉滿吟懷，閑庭堪賦幽尋。雨絲糝入冥濛處，奈緑成，一片凄陰。捲簾衣，量水添香，瀹茗調琴。　　天涯鴻爪留殘印，記盟蘿款竹，翠醑頻斟。采緑餐英，能消幾度登臨。暗蛩莫漫啼新怨，舊時秋，已滿離心。試凭欄，淡了斜陽，烟柳深深。

前調同作。　　楊承憲

微雨纔收，嫩凉漸滿，小園秋色迷離。暮靄遥生，遮檐樹影參差。家山回首憐天末，剩幽懷，無限相思。盼林稍，幾叠雲波，一抹烟絲。　　樓臺依舊饒幽蒨，只怪他去燕，寒到先知。可識籬花，者番疏瘦多姿。秋痕淡勝春濃處，在斜陽，蒼翠明時。快披襟，蕭爽閑情，寫入新詞。

齊天樂 三弟寄椒珠并蜀箋數種，賦此二闋示之。　　楊芳燦

申椒密綴驪珠顆，玲瓏是誰呈巧？郁烈盈懷，匀圓在握，雅稱騷人襟抱。奇芬繚繞。似頌過靈花，酌來春醑。佩作香瓔，辟邪不用鑄剛卯。　　休嫌幻成圓相，當風偏逆鼻，生性孤峭。蘭是同心。桂原共氣，風格自憐差老。禪機悟早。愛百八牟尼，一般香妙。證入聞思，帶些辛味好。

前　調

文鱗六六巴江到，蠻箋百番相贈。海藻輸華，溪藤讓滑，幅幅琉璃光瑩。粉痕紅凝。更染透桃花，十分妍靚。韵事流傳，錦官城外薛濤井。　　宮中曉寒曾賦，衍波題未了，仙夢催醒。冶習銷磨，香詞零落，不似當年吟興。舊游追省。把袍襖留題，遍鈔還剩。待仿銀鈎，剪鐙銷夜永。

前調 蘿裳先生寄贈椒珠蜀箋，賦謝二闋。　　侯士驤

玉盤頌罷饒閑致，紅椒試供清玩。匀過聯璣，密同編貝，約取牟尼成串。玲瓏如貫。料九曲穿來，巧煩纖腕。記取懷人，梯林摘處目應斷。　　奇芬莫嫌孤潔，任貯懷籠袖，流韵偏遠。一樣團圞，十分辛苦，似有騷情縈絆。堪憐宛轉。特寄贈詞人，紉蘭留伴。佩近樽前，染香新釀滿。

前　調

蠻箋一束如春笋，青禽遞來巴峽。矸粉光新，染香痕重，製仿浣花遺法。錦緘匼匝，似滑笏生綃，盈盈尺八。珍重毋忘，漢宮篆語鎮心押。 箋有用"長毋相忘"漢瓦當圖式者。　　晴窗展餘幾幅，記新愁舊事，欲

題還怯。賦筆空饒,吟情已倦,何日清平給札。彩銷紅壓。共海藻溪藤,瑣歸金匣。留寫鹽眠,証靈飛六甲。

謁金門　楊芳燦

秋漸老,滿目淡烟衰草。無數寒鴉喧樹杪,落霞紅未了。　　叢菊籬邊開早,有酒共誰傾倒? 萬里家山書不到,雁聲風外杳。

前調同作。　侯士驤

憑小檻,幾樹濃陰初減。雨洗秋容烟盡斂,遠山青一點。　　午夢初回清簟,一院蟲聲門掩。薄暝雲歸天色淺,鄉愁如酒釅。

前調同作。　楊承憲

簾波隔,滿院薄寒秋色。雁背斜陽孤影没,晚山烟外碧。　　衰柳亂飄殘葉,更助離人凄切。欲話心情誰共說? 寥天雲一抹。

探春寒夜撥閟。　楊芳燦

月淡烟痕,霜明夜色,幾點疏星窺牖。硯凍生華,爐温留篆,燭影暗垂紅豆。嘆年光荏苒,看鏡裏,朱顏非舊。漫循短髮蕭騷,早衰真似蒲柳。　　甘載天涯淹久,悵吟伴飄零,俊游難又。霞斝慵斟,蠻箋倦擘,潦倒漸疏詩酒。相思惟選夢,愛細細,長宵清漏。夢到家山,江梅花發三九。

前調同作。　侯士驤

燈穗紅低,酒鱗碧碎,人在峭寒庭宇。星點窺櫺,霜痕鋪砌,不着半分塵土。算減他幽趣,總少了,梅花幾樹。夜闌吟伴相親,笑聲吹落空廡。　　忽記此身孤旅,到醉醒攤書,頓成凄楚。天遠圍愁,雲荒遮眼,有夢也知何處?怪無情冷雁,怎一一,背人飛去。隻影蕭然,三更看月開户。

前調同作。 周爲漢

臘酒初傾,春燈欲試,歲事匆匆暮矣。風雪天涯,關山萍迹,依舊頭顱如此。嘆華年易去,到此際,閑愁慣起。那堪撫序茫茫,飄零兼作游子。　　長夜獨吟難已,對一樣闌干,恁愁孤倚。漏咽銅龍,烟消金獸,簾外輕寒似水。祇有懷人怨,漫裁句,自偎寒被。迢遞家山,夢魂今夜歸未。

前調同作。　楊承憲

院落霜痕,窗浮燈影,彈指年華忽忽。如此深宵,者般情景,誰念天涯羈客?輸他南去雁,早盼得,江梅消息。滿懷何限凝情,聽更人坐虛室。　　庭畔輕風蕭瑟,剩一片烟絲,微茫夜色。爐篆繾綣,釭花初爇,百種閑愁交集。遣愁惟仗酒,已壓盡,糟床香滴。拭眼高空,蟾鈎劃破殘白。

燭影搖紅讀周生偉雲《寒夜有感詞》,倚聲和之。　楊芳燦

一障栖遲,拂雲祠畔榆關路。少年豪氣漸銷磨,不怨風塵誤。過眼飛光難駐。看元鬢,星星非故。叢殘卷帙,狼籍丹黃,任嘲書蠹。　　莫放清狂,樽前浪飲丁都護。千杯濁酒向空澆,何處平原墓?遙夜霜天月午。喜還有,豪吟俊侶。銅弦鐵撥,試譜新詞,待君回顧。

前調同作。　侯士驤

僕善言愁,乃知卿更愁於我。小窗燈火共深宵,對影俱無那。爲問騷人清課。且料理,琴床茶磨。空庭寒峭,吹滿霜痕,月低星大。　　身世茫茫,名山有約何時果?此身今已墮風塵,不説飄零可。一枕游仙方作去聲。奈又被,麗譙催破。沈沈街柝,聽徹消魂,伴君痴坐。

前調原作。　　周爲漢

撇却湖山，五年浪走風沙陌。那堪小技悮文章，問世無奇策。客舍天寒月黑。聽去雁，叫空歷歷。離人對此，孤擁殘燈，百端交集。　　檢點吟囊，虛名身後知何益？雲中鷄犬盡飛鳴，不信皆仙骨。莫恨上清淪謫。但放我，疏頑亦得。天隨宅畔，且覓烟岑，劚苓挑水。

荊圃倡和集詞四

浣溪紗　楊芳燦

六扇文窗日弄紗，嫩晴鵲語鬥簷牙。簾心風引篆紋斜。　　烟態漸濃如待柳，霜痕微泫不妨花。夾衣纔試薄寒加。

前調同作。　侯士驤

野色空濛寧欲無，初陽如月淡平蕪。小樓春淺綠楊疏。　　一抹霞紋紅照榻，滿窗山影碧侵裾。煮茶聲裏夢回初。

前調同作。　楊承憲

爲怯春寒掩畫屏，禁烟天氣曉冥冥。苔痕延綠上空亭。　　泪着羅衫愁有迹，寒侵珊枕夢無情。花枝高處遠峰青。

倦尋芳春陰。　楊芳燦

留烟渲翠，借霧迷香，春意無限。薄靄冥濛，吹上苔衣微泫。鵲腦慵添爐篆細，龍脣罷撫琴絲緩。傍雕闌，問小桃無語，似含嬌怨。　　聽屋角，午鳩頻喚，惆悵芳時，晴景難見。窣地簾波，斜倚枕函人倦。好夢竟隨蘭信杳，幽情不逐花風展。望吳關，謾凝眸，綠蕪天遠。[1]

前調同作。　侯士驤

暖凝衣潤，暝覺窗深，人意如夢。午倦初回，爐篆綠凝簾縫。

密樹遠遮青欲化，絮雲低裹濃於凍。倚層樓，有歸心一片，難穿烟孔。　　念此際，關河黯黮，鄉遠身羈，花與愁共。滿眼迷濛，和醉和春都擁。立久不知香霧濕，啼殘只惜衫痕重。燕歸時，似相偎，訴寒凄哢。

前調同作。　　楊承憲

虬檐做暝，鴛甃生寒，潤逼衫袖。小炷爐薰，曲院愔愔長晝。甃徑細吹花霧重，壓簾寒浸春人瘦。倚危樓，正一天雲濕，模糊遠岫。　　看又是，禁烟時候，挑菜踏青，佳約空負。滑到鶯吭，葉底數聲圓溜。紅意淡迷香似夢，綠陰静掩濃於酒。悄無言，盼階前，苔衣增厚。

生查子　　楊芳燦

愁多不見春，却怪春來早。翠被壓空床，遠夢迷烟草。　　無語倚香篝，獨夜嫌寒峭。簾外落花風，紅閃缸花小。

前調同作。　　侯士驤

春來只厭頻，人遠還如舊。芳草淡無言，緑到天涯否？　　綉被壓餘寒，夢斷疏燈後。細雨夜窗深，簾外梨花瘦。

前調同作。　　楊承憲

庭院夜寒生，燕宿空梁静。彈淚上春衫，點點胭脂凝。　　愁夢不成圓，最怯清宵永。淡月下墙腰，一樹桃花影。

西子妝題折枝桃花小幅。　　楊芳燦

穠蕊風開，幽姿露泫，照眼十分嬌俊。不知誰是拗花人，展生綃，細匀香粉。天然淡冶。看鶯骨，棱棱瘦損。殢春情，儘毫尖傳出，無言有恨。　　朝寒嫩。卯酒扶頭，銀鏡朱霞暈。蘭舟一棹渡烟江，想官奴，舊家標韵。明窗把玩。料不怕，妒花風緊。步虛來，莫是瑤臺

路近。

探芳信同作。　侯士驤

　　畫簾底。甚小白薦紅，盡情開矣。怪春來偏早，盈盈漫凝睇。是誰奪取花工巧，占一枝芳意。拂生綃，濃淡勻來，粉明香媚。　　閑想小村裏。記烟艇歸時，晚霞如綺。爲問東風，吹遍舊枝未。幾番喚醒真真夢，奈飄零容易。倩毫尖，留住春痕旖旎。

一枝春同作。　楊承憲

　　翠幕朝褰，展生綃，認取蓉城俊侶。亭亭瘦艷，分向誰家高樹。亞枝紅重，記曾送，膽瓶深貯。任簾外，吹透東風，悄遞春魂一縷。　　深宵幾回延佇。怕幽姿，欲花夢隨春去。雲屏燈淡，小立對花無語。摹他倩影，特付與，粉凝香護。還恐被，露井閑枝，倚嬌相妒。

春霽本意。　楊芳燦

　　曉起庭花，呈笑靨似喜，風光澄淡。薄靄纔銷，游絲欲墮，一院濕烟全斂。沾衣數點，昨宵翠雨林梢颭。倚高閣。遠眺，晴郊細草綠於染。　　便擬料理，細馬輕衫，好尋芳叢，莫負春艷。正前山，碧螺新沐，滿襟秀色似堪擥。遙指酒旗過野店。燕語鶯語，分明共勸游人，當筵且酌，玉醪盈甀。

前調同作。　侯士驤

　　幾日濃陰，看樹重深巷，綠低如壓。清曉推窗，曦光飛入，妍暖頓生琴榻。試勾簾押，隔籬草色青堪納。小池畔。新溜，痕添澱影戲雛鴨。　　細數幽圃，杏靨梨腮，遍吹和風，轉眼紅襍。問來朝，晴還準否，一鳩屋角似相答。野店香醪應不乏。鱖肥笋嫩，好共三兩吟朋，酌春小盞，對花輕呷。

前調同作。　楊承憲

宿雨初收，寒意淺曉起，翠幃高捲。綠潤林梢，碧凝苔格，春思不勝撩亂。濕雲齊剪，一方天色明於澱。曲檻外。呼婦，雙鳩相對語諧婉。　瞥眼過盡，如許韶光，賣花人來，深巷頻喚。待相招，踏青伴侶，小橋風揚酒旗轉。何處閑園門可款？柳外遥指，恰見一抹晴霞，微烘蒨影，杏花開倦。

解蹀躞青銅峽。　楊芳燦

古峽撐空對峙，靈掌何年擘？斷崖巉峭，蒼然爛銅色。晴空何處奔雷，滔滔東注洪濤，山根豗擊。　黛痕積，劃破一綫天光。日車行逼側，犀株不照，盤渦洞深黑。我欲驚起魚龍，携朋試上高峰，夜吹鐵笛。

前調白塔寺。

支笻更尋蕭寺，呀豁松關闢。蒼藤絡澗，怪石病猿瘠。攢圖密布山腰，恍疑阿育天王，鑿開青壁。　倦登陟，箕踞老樹根邊。綠痕鋪蘚席，春風吹到，山花翠紅坼。笑我不解談禪，且放一曲狂歌，寥天雲碧。

側犯青銅峽。　侯士驤

巑岏複叠，千峰東得河身窄。攀陟，望峽底漩渦，窅而黑。磴衝懸溜斷，濤劈飛雲坼。岩側，想龍蜃，蛟虯此其宅。　洪濛往事，鑿空非人力。舊沙磧，料巉巖，合沓奔湍塞。試問登臨，幾多狂客。山川留待，我來橫策。

前調白塔寺。

閑尋梵舍，一陂野翠侵衫屐。山脊，見無數浮圖，壓虛碧。影涵春漲静,根插岑雲白。村僻,悵佛火,荒寒磬聲寂。　　香龕暫憩,小倦耽幽適。粉墙隙,覓當年,舊句苔痕蝕。甲寅初夏,①放舟過此,寺壁留詩已無存矣。只有河流,噴沙激石。摇蕩層闌,依然如昔。

過澗歇青銅峽。　楊承憲

孤峭。摩天路,漫滅雙崖奇特,群峰四旁森列。似矛戟。出峽犇濤何急,雷輥聲轟耄。盲風起,怒鶻驚飛響礫礫。　　洪濛誰試手?鑿斷雲根。[2]削成奇骨,終古無人迹。苔蝕藤纏,老樹槎枒,[3]蒼烟深處,往來惟見猿猱擲。

前調百塔寺。

古寺。巉峨倚,山側松杉深黑,暇日尋幽興劇。理輕策。閑撫階前怪石,峭蒨玲瓏極。瓢堂廢,開士何年駐飛錫?　　登高宜眺聽,叠嶂攢雲。驚濤滚雪,欄楯浮空碧。苔磴無塵,跌坐多時,舉鞭試數,岩腰矗矗浮圖[4]百。

紅情　楊芳燦

小園雨過,看盈盈葉底,危花難妥。照水亞枝,顧影偏憐態纖瑣。薄暝殘霞數點,晴烟外,怯風吹墮。似静女,病起慵妝,臨鏡髻雲嚲。　　一實,最婀娜。乍點注縫唇,笑齒微瑳。冶情無那,怕點閑階翠苔破。分付催春杜宇,莫更把茜痕啼涴。任高閣,客去也,且留伴我。

緑　意

嫩晴臺榭。又壓檐新緑,一片低亞。試拓窗紗,几硯生凉,碧痕潑眼疑瀉。漫研螺墨爭題句,正滑膩,苔箋初砑。羨尋香,小燕身輕,

---

① 甲寅:乾隆五十九年(1794)。

穿過幾重烟罅。　　況是迷空翠雨，遠山愁黛斂，秀色難畫。挑菜期過，采綠人歸，可惜好春無價。便尋游伴携蠻檋，拚醉倒，青莎堪藉。怎因循，負了韶華，彈指愔愔槐夏。

紅情_{同作}。　　侯士驤

問誰解事，把花枝染到，消魂如此。葉底蔫紅，半面殘妝淡相倚。漫認香心未老，都忘却，飄零深意。但漸恐，啼盡鵑痕，孤瘦更無比。　　雨洗，夕陽裏。縱借與斷霞，分艷能幾。料卿倦矣，苦戀東風甚情味。何似紛紛飛了，也博得玉人清泪。只倩影，空佇盼，小園竟閉。

綠　意

舊痕雨濺。恁障來如許，濃綠難認。曉起微寒，試凭回欄，愈覺園亭清潤。幽情不戀穠華滿，願秀色，伴人常準。只滿蹊，嫩碧堪憐，忍説踏莎挑笋。　　最愛小池溦影，任掠波燕剪，娟净無損。便是枝頭，密綴纖妍，先有粉堆香襯。陰烟一片沉雲墊，更染得，黛蛾嬌俊。好層層，遮住飛花，莫放春魂歸盡。

紅情_{同作}。　　楊承憲

過春社了_{梅溪句，}[①]問閑園剩得，愁紅多少。天氣嫩晴，葉底疏花着枝小。只恐春魂欲化，闌干外，綉幡風裊。栖未穩，小蝶驚飛，一縷夢痕杳。　　寒峭，烟徑曉。正帖帖茜霞，掩映尤好。此情懊惱，知否香心未全老？隱約緗簾捲處，又玉剪一雙尋到。儘片片，衒去也，壘巢更巧。

綠　意

晶簾捲處。怪東風多事，染遍庭樹。休負春光，滿目輕陰，昨夜

---

① 　出宋代史達祖《雙雙燕·咏燕》詞。

夢回微雨。荒階一片苔成篆,斜陽裏,柳絲千縷。更指點,渺渺平蕪,可是個儂歸路。　悄悵者番韶景,怎穠華瘦減,葽碧如許。小院無人,曉起春寒,隔葉清圓鶯語。壓檐冷翠濃如滴,向靜裏,微聞香度。怡飛來,秀色盈裾,吟入采藍新句。

蝶戀花　楊芳燦

錦瑟無端移玉柱。客鬢蕭疏,彈指華年誤。婪尾酒寒杯懶舉,勸人空費流鶯語。　試看小園桃李樹。嫩綠陰陰,一抹朝烟護。花片似知春去處,隨風萬點尋春去。

踏莎行同作。　侯士驤

藥甲開齊,柳綿飛亂,春痕滿地鵑聲斷。爲誰催去爲誰來,匆匆只把流光換。　醉裏詩成,夢中人遠,一庭花雨新愁倦。年年是我送君歸,幾時送我君爲伴。

定風波同作。　楊承憲

露井香桃瘦幾分,一枝憔悴傍閑門。燕子也知春欲去,無語,掠波飛皺綠粼粼。　昨夜東風吹夢轉,天遠,歸心偏隔隴頭雲。誰道遣愁須仗酒,依舊,夕陽烟柳最銷魂。

春夏兩相期郊園小集。　楊芳燦

愛春餘,水天明霽。閑園猶剩芳意。藥甲齊開,淡日一欄紅醉。蝶酣殘夢粉纔銷,燕叠新巢泥還墜。乍捲疏簾,輕衫怕染,林梢濕翠。　招携偶爾幽憩。向石唇把釣,竹身題字。瓠脯松肪,小飲頗饒清致。銀鉤微泫墨痕濃,碧紋低揚茶烟細。驀地思量,櫻笋年光,家山風味。

前調同作。　侯士驤

好林亭,蔣家三徑。頻來占取幽勝。紅藥叢邊,今度回欄猶憑。

釣絲拂水影斜牽,玉子敲窗聲低應。長晝閑尋,苔箋香滑,茶甌碧凝。　　當筵互主觴政。只闌藏覆射,儘拚酪酊。旅話都忘,略似故園光景。坐間俊侶盡吳音,烟中小閣如漁艇。可奈催歸,拋却藤陰,一規晶餅。

前調同作。　　楊承憲

惜匆匆,好春纔送。東君不駐飛輬。俊侶相邀,未減襟情豪縱。欄前初見藥苞開,葉底猶聞鶯聲呀。試款園扉,一徑濃陰,樹稍烟重。　　當杯共倒醅瓮。有芹芽菜甲,伊蒲清供。薄醉偏宜,小簟午餘閑夢。覺來簾外晚風寒,落花紅補苔衣空。莫便言歸,茶熟香溫,耐人吟諷。

山亭晏太平寺齋期指席間新蔬分賦得香椿,限苗字。　　楊芳燦

偶來蕭寺停游屐。聽齋鍾,飽餐香積。淨饌薦嘉蔬,正小樹,靈芽初茁。祇憐玉版不同參,空留伴,青芹紫蕨。侵曉露痕晞,看相對,溪童摘。　　壺江風味生來別。付詞人,定煩吟筆。冷齒嚼清芬,疑采自,旃檀林側。更宜略漬水晶鹽,好長供,山厨藿食。石鼎起松風,點銅瓶雷莢。

前調分得茨菇,限煮字。　　侯士驤

秧塍水漲區分後。見青青,瘦莖風舉。葉展尾雙叉,似輕燕,貼波低舞。歲逢添閏綠應濃,早捎滿,閑陂疏雨。蕭寺偶停驂,野客采,來盈筥。　　上方齋磬敲晴午。越僧爐,豆香同煮。茶熟餉花邊,料勝似,雪燈分芋。更宜淨饌配蒲芽,有小片,白凝犀箸。清味淡逾真,補詩囊新句。

前調分賦得蠶豆,限綠字。　　楊承憲

三眠蠶老齊登簇。正晴郊,豆花開足。嫩莢綻離離,最愛是,壓

賸新緑。傾筐秀色露痕凝，見桑下，兒童争剥。煮繭剩餘香，磊落碧，珠盈掬。　　八關齋日參尊宿。恰爐邊，石鐺炊熟。漆櫑乍盛來，論俊品，最宜茶粥。居然入口味回甘，羨野衲，果饒清福。餐罷向人誇，貯琅玕滿腹。

小諾皋納涼聯句。

暝岫堆青，斜陽斂絳，散盡晚霞餘綺。芳燦。展青蒲，露坐桐陰，竹扉初閉。士驤。預報來朝酷熱，試看明星稠概。承憲。只一繩，河影如烟垂地。芳燦。簾絡蟲絲，檐捎蝠尾。士驤。喜閑庭，翠梢低顫，風過豆花棚底。承憲。蕉箪小，桃笙膩。芳燦。　今歲三庚，偏逢置閏，怎怪炎歊如此。士驤。問何夕，月露流空，火雲全洗。承憲。幸免黄塵遠道，猶有茶瓜清美。芳燦。覺幽抱，静極自生涼意。士驤。興劇耽吟，神清忘睡。承憲。想水精眠夢何人，江國雲波千里。芳燦。天影白，曉鐘起。士驤。

臺城路西瓜燈。　楊芳燦

盈筐最愛寒瓜好，團欒削成青玉。碧水浮餘，華筵戰後，傾出瓊漿一斛。是誰鐫琢，訝面面玲瓏，薄如蟬殼。不信丹陵，也分餘焰到冰谷。　　煎熬偏近膏火，青門人去久，空想高躅。五色前身，九華幻影，相對頓忘煩溽。虛幬照讀，厭螢尾星星，練囊微緑。映徹清輝，圓蟾明屋角。

前調同作。　侯士驤

寒瓜巧仿明燈製，盤盤琢花凹凸。蒲鴿青凝，冰荷焰淡，小炷圓輝幽絶。玲瓏窗隙，映紗影深深，盡成空碧。待到殘宵，蘭膏微燼翠應滴。　　筠籃初記相餉，有滿襟涼意，足抵冰雪。不料清心，翻成炙手，應被東陵人惜。漫誇幽潔，縱一晌晶熒，已嘲觸熱。何似閑園，晚畦留五色。

前調同作。　楊承憲

靈瓜琢就明燈好，何須九枝華靚。細鏤疏花，新翻巧樣，小圃人來持贈。烟痕碧凝，正曲院風微，綠窗低映。蘭焰分來，冰心應是未全冷。　　驪珠幻成圓相，水明簾押上，留伴高咏。一種團欒，十分瑩徹，認取碧城秋影。招涼露井，愛雪色茶甌，瓊漿猶剩。啜罷清寒，坐看忘夜永。

蝶戀花七夕。　楊芳燦

乞巧雙蛾初畫就。試捲簾波，脈脈蟾光逗。總爲個人離別久，佳時一倍添僝僽。　　斜凭欄干聽玉漏。心字香銷，又是三更後。涼露如烟吹滿袖，明河影裏榆花瘦。

南樓令同作。　侯士驤

天色一條青，秋河分外明。掩屏山，倦譜銀箏。忽記蘭期剛此夕，風露下，盼雙星。　　私語最無憑，閑愁逐夢生。妒靈烏，占了深盟。落盡燈花飛盡月，猶獨自，數流螢。

臨江仙同作。　楊承憲

屈指蘭期逢七日，半彎眉月初弦。雙星又到鵲橋邊。微雲澄夜色，涼露濕秋烟。　　簾底燈光明似水，閑吟漫擘瑤箋。暗將綺語懺情天。心盟遲舊約，置閏莫頻年。今歲閏六月。

步月玉簪花[5]　楊芳燦

玉箸留痕，冰壺蘸影，冷光微映簾押。幽叢淺綠，比蕉心差狹。看露下，素萼開緘，訝雲外，瑤姬來霅。搔頭小，吹墮碧闌，幻成香莢。　　麝熏圍匼匝。正拜月妝成，葉底爭掐。個人纖媚，傍蘭雲低插。愛一縷，香逗秋衾，正半夜，夢回涼榻。清韵足，沉水罷添睡鴨。

露華同作。　侯士驤

露痕吹足。看稚翠疏叢，娟静如沐。曉徑誰來，抛墮一枝寒玉。花工琢取搔頭，雪艷自饒幽獨。涼意遠，清芬滿庭，瑣事偏觸。　那回個人闌曲。記替插蘭雲，曾近蛾綠。幾度淡香飛處，應誤釵卜。任是秋夢圓時，料也無心妝束。新睡起，低鬟半簪斜矗。

暗香同作。　楊承憲

搔頭玉琢，訝漢宮人去，香叢留着。坐久夜深，恍若仙雲墜欄角。涼露玲瓏欲滴，更漏盡，閑庭月落。堪愛是，樹底風微，清韵逗簾箔。　寒薄，烟漠漠。好插向膽瓶，婀娜冰蕚。個人冷艷，夢人瑤臺化霜鶴。長記水晶雙枕，輕墮處，帳垂金索。恁寂寂，開盡了，竟忘舊約。

瑣窗寒新秋夜坐。　楊芳燦

雨洗秋容，烟澄霽色，晚風蕭灑。涼燈如雪，小坐水邊亭榭。傍文窗，簾衣自垂，瓶花影顫枝低亞。愛茶香黯淡，相邀俊侶，冷吟閑寫。　吟罷。離愁惹。甚飄泊天涯，舊歡難借。年華彈指，琴思酒情都謝。暗窺人，明蟾半鈎，夜深冷光翻露瓦。聽階前，清響琤然，一片檜梧下。

玉漏遲同作。　侯士驤

雨晴天色嫩。秋烟滿院，被風催損。聽徹啼螿，舊夢宵來無準。悄向閑庭小坐，漸看到，明河生暈。燈蕊爐。一條粉月，紙窗斜印。　井梧不解飄零，只葉葉聲聲，自催涼信。空館年來，諳足旅愁羈恨。堪悵風懷漫減，總不似，當時疏俊。吟未穩。伴人星點飛盡。

夢芙蓉同作。　　楊承憲

夜窗簾押上。正嫩凉漸滿，小庭幽敞。一種秋心，催亂百蟲響。明河垂地朗。片雲飛度搖揚。孤坐臨風，怪清光如許，蟾影共秋長。　　凝立暗添怊悵。果否天公，容我常蕭放？芙蓉湖畔，漁屋定無恙。宵來燈暈傍。夢中時趁烏榜。甚日真歸，儘采菱剝茨，烟水愜清賞。

秋霽本意。　　楊芳燦

凉雨初過，喜天放新晴，滿眼秋色。林響蕭騷，池光淡沱，苔痕綠透簾隙。濕雲無迹，斜陽影裏殘虹直。更杳杳，屋角遙岑，微露一螺碧。　　蒼然平楚，暝色催愁，幾番巡檐，暗數歸翼。望吳天，故園何處，山中猿鶴正相憶。萬里雲波蘭訊隔。凭高目斷，又是根觸離心，小樓風外，一聲長笛。

前調同作。　　侯士驤

薄晚閑尋，眺水郭莎村，雨後空色。瓜架陰濃，稻塍穗重，障來野綠無隙。林沉風迹，遙扉靜揚炊烟直。接樹杪，一道晴霓，界住半天碧。　　暝過沙渚，宿鷺連拳，似驚人聲，瞥鼓雙翼。瞰凉波，幽情如許，他年此景定相憶。恰喜澄輝當不隔。明蟾漏彩，照我歸坐空庭，滿身花影，弄秋吹笛。

前調同作。　　楊承憲

澄湛秋光，不縱目晴郊，負此秋色。荻渚花飛，果園棗熟，風來凉透衣隙。杳無塵迹，閑潭塔影一枝直。更忽聽，落葉蕭蕭，吹斷半林碧。　　烟陂水瀨，分外空明，愛他漁舟，來往如翼。奈寥天，雲波漸暝，小村清景耐人憶。回首遙原蒼翠隔。夕陽樓角，細數幾點昏鴉，一繩新雁，倚窗橫笛。

綺羅香_{秋雨}。　楊芳燦

碎響敲風，重陰罨暝，小院乍鳴涼葉。濺玉跳珠，鴛甃晚來聲急。漸餘潤，欲逼生衣，覺微冷，又拋輕簟。炷香篝，芸餅初銷，簾心一縷篆烟濕。　西窗抱影孤坐，又似去年時候，閑愁千叠。聽徹潺湲，最憶釣船蓑笠。愁獨夜，歸夢模糊，正一片，江天雲合。燈影下，誰伴微吟，暗蛩寒語澀。

前調_{同作}。　侯士驤

濕翠沾衣，涔陰壓屋，寒色漸凝烟篠。做雨催涼，頓觸旅人襟抱。盼雁宇，雲重書沉，掩蛩戶，箔疏風峭。儘黃昏，滴碎離心，愁絲千縷入空裊。　虛窗孤坐凝想，可惜一番雨過，一分秋老。此夕蕭蕭，誰念異鄉寒早。倚倦枕，歸夢圓時，奈落葉，帶愁飛到。欄角外，乍斷檐聲，隔紗燈焰小。

前調_{同作}。　楊承憲

冷砌拋珠，空階濺玉，曲院沉沉秋雨。縱目寥天，重叠涔雲無數。聽急點，亂灑書幃，漸涼意，又侵衫絝。掩屏山，棖觸鄉心，寒花相對淡無語。　爐香暗銷鵲尾，聽徹潺湲聲裏，愁添幾許。孤館燈昏，歸夢夜來無據。欄干外，滴碎梧桐，最憶是，故園雙樹。人寂靜，獨自銷魂，倚窗吟斷句。

邁陂塘_{秋水}。　楊芳燦

灌長河，百川秋水，豆花雨後新漲。澄泓一碧開奩鏡，照影沙鷗三兩。天宇曠，愛極目空明，波底涼雲蕩。釣車風響。見垂柳陰陰，夕陽紅處，隔岸曬漁網。　閑吟賞，陡覺襟情散朗，居然濠濮閒想。葭蒼露白添離緒，最憶吳淞江上。烟上長，記曾聽吳歌，帶月搖雙槳。別來無恙。恨拋却蓴鱸，西風甘度，何日買歸榜。

前調秋草。　　侯士驤

望平原，微茫遠磧，依然殘碧遮住。當初不識飄零恨，慣是送人南浦。今可悟，到圃冷花稀，一樣嘗酸楚。離心如許。又添上哀螿，終宵啼徹，有夢也難做。　　虹橋畔，多少踏青游侶，此時俱向何處？塞烟沙雨淒迷景，可是明妃舊墓？憑囑付，待燒後重生，莫遍天涯路。者番已誤。算落葉多情，隨風飛下，伴爾共荒墅。

前調秋聲。　　楊承憲

掩重關，夜深孤坐，單衣漸怯寒峭。秋聲一派來何處？觸撥離人懷抱。燈焰小，聽落葉西風，總是淒凉調。玉爐香裊。恰鄉夢回時，暗蛩無數，唧唧滿烟草。　　更漏急，又是夜烏啼了，寒砧萬戶齊搗。誰家短笛嗚嗚響？喚起舊情多少。愁緒繞，向静裏微參，何似忘情好。推窗盼曉。正月墮疏林，霜鐘催動，萬籟入空杳。

憶舊游寄懷周二倬雲。　　楊芳燦

漸凉烟破碧，墜葉零紅，塞雁飛初。減却清游興，只水西雲北，渺渺愁余。秋風易驚倦客，吹泪滿衣裾。恨千里蘭山，故人別後，懷抱何如？　　離居。應念我，向燈火空簾，獨自仇書。舊日題襟處，記茶寮炙硯，雪屋圍爐。人去高齋岑寂，苔緑上階除。正離夢回時，半窗淡月槐影疏。

玲瓏四犯同作。　　侯士驤

籬豆覆花，檐梧飄翠，驚心衫苧催換。撿書消永夜，最憶當時伴。蟲聲又喧旅館。遍苔階，別愁啼滿。一榻茶烟，半簾星影，吟到燭花短。　　晴郊共，調款段。記踏春小圃，繁杏零亂。夢尋黃葉去，人與秋爭遠。新詞譜就銷魂句，倚瑶瑟，不勝清怨。香緘展。怕看時，撩伊淒斷。

金縷曲同作。　楊承憲

惜別情無那。掩重門，凉宵岑寂，憶君愁坐。我正悲秋秋漸老，殘葉半林吹墮。自別後，眉頭常鎖。猶記西窗同剪燭，道名山有約終須果。抄术序，當清課。　　一行新雁南樓過。怕裁書，非關筆墨，近來慵惰。同是天涯游子意，不説飄零還可。料心迹，君應知我。抱影行吟無限恨。聽蛩聲啼徹烟痕破。燈乍冷，夢剛作。

水龍吟蓼花。　楊芳燦

小紅開遍遥汀，明漪倒浸玲瓏影。花工似惜，秋容催老，渚蓮千柄。故着幽姿，叢叢點綴，水鄉烟景。料閑鷗也愛，風標如許，拚立到，斜陽冷。　宛轉虹橋相映，正湖干，釣絲風定。柔枝婀娜，低捎翠藻，弱牽青荇。擊碎珊瑚，冐將瓔珞，粉零香剩。悵江南路遠，何時花外，更維蘭艇？

泛清波摘遍同作。　侯士驤

荷凋葉墜，蘋老香空，菱鑒暗愁寒色早。前溪幾簇，瘦穗低垂糝紅小。呼烟棹。蘆汊斜穿，殘霞逗出，蘸上夕陽明一道。試擊吟篷，看到秋容晚晴好。　莫輕拗。十里秋魂茜痕，留住冶情多少？弄影澄漪艷趁，掠波沙鳥。漁歌杳。灘月碎光自流，釣綠也無人到。剩有冷楓千片，鷗邊分照。

百字令同作。　楊承憲

水天澄澈，愛疏花開遍，十分纖媚。剛是雨餘烟景好，宵得秋痕成穗。岸柳搖青，汀莎拖碧，鷗夢凉於水。縠紋千頃，茜霞飛上篷背。　最憶喚艇前溪，蘋香吹盡，菱鏡消空翠。剩有冷紅無限好，七尺珊瑚擊碎。落葉聲中，斜陽影裏，洒盡胭脂泪。明波倒映，一奩艷雪難繪。

玲瓏四犯銀川有菜,形如未開菡萏,味極清蓮,花白,因賦此闋。　　楊芳燦

寒玉琢成,碧羅裹就,晚菘別樣新巧。沙塍斜壓處,風露經秋飽。園官曉來送早。付廚娘,齋期剛到。魚笋清甘,鷄蘇膩滑,與爾恰同調。　　未開蓮,萼偏肖。算佳名合配,甫里紅稻。生花看舌底,禪味嘗來好。前身合是祇園種,也分得,耆尼香妙。寒蕊小。翻蔬譜,周郎未曉。

　　　　　　臨江仙引同作。　　侯士驤

秋末晚菘好,拒霜爭賣,帶雨新鋤。沙塍畔,蒙茸寒綠齊舒。佳蔬,裹來千葉玲瓏白,恰似芙蕖。幽畦净,正風清月墮,承露開初。　　山廚,園丁曉贈,閑齋堪配伊蒲。竟味如蜜藕,不减瓊酥。甘腴,任蓴絲老,五湖約,歸興都疏。閑惆悵,怕何郎泊,舊社空蕪。

　　　　　　惜秋華同作。　　楊承憲

別種秋蔬,愛霜前,露下擔頭爭市。圓裹碧羅,華池半開蓮蕊。白葵赤莧知難,并風格,天然清美。相比,似叢蕉,宛轉香心初啓。　　暇日過蕭寺。有吟朋三兩,共尋開士。小步紺,園雨過,綠痕如洗。挑來煮向風爐,畔香飯,飽餐菇米。矗矗。吐清言,爨花舌底。

【校勘記】

[1]"緑蕪天遠"四字後至本卷末全部詞作,原誤排於本書詩四録楊芳燦撰《春蔬八咏·菜臺》"果腹得真味"句"腹得真味"四字後。今據本書體例調整。

[2]鑿:楊承憲(夔生)《真松閣詞》卷一作"斸"。

[3]槎:楊承憲(夔生)《真松閣詞》卷一作"杈"。

[4]圖:楊承憲(夔生)《真松閣詞》卷一作"屠"。

[5]玉簪花:《芙蓉山館詞鈔》卷二作"玉簪"。

荆圃倡和集詞五

傾杯樂晚秋雜憶。　　**楊芳燦**

水落烟汀，霜零沙渚，延緣齊上枯荻。燈明籬隙。小艇夜聚，縛寒蒲何急。蠻薑漫搗流涎處，聽糟床香滴。堪憶舊游，招酒伴，劇飲紺筐同擘。　　惆悵天涯歲晚，空伴監州，對酒慵浮白。歸興爲蓴鱸，季鷹曾未。識內黃標格。茶鼎鳴初，琴絲彈罷，記眼波行迹。夢江國。籬菊也，笑人岑寂。右憶蟹。

古香慢

影虧蟾碧，香褪蜂黃，早蕊開倦。剩有疏枝，宮額淺勻常懶。冷萼着微霜，殿秋晚，餘馨更遠。想花應，念我翠袖，暮寒一樣清怨。　　思往事，畫堂東畔。銀地無塵，簾幕高捲。綠醑頻傾，芳意夜涼吹滿。回首昔游非，仿佛是，夢迷仙苑。遣秋心，把招隱，小山吟遍。右憶桂。

金盞子

壓樹懸黃。看筠籠，小摘一籬霜後。風味有誰如，算荔可，呼奴橘應爲友。翠深誤認鶯衣，叠宮羅圓縐。齲齒怯。瑤姬裹將檀帕，幾番偷齅。　　懷袖暗香逗。記破處，并刀映素手。華堂夜，闌客醉，金杯軟，餘芬冷沁芳酎。自從別却垂虹，想秋光依舊。鄉思切，併作一種含酸，添上眉皺。右憶橙

傾杯樂同作。　　侯士驤

荻覆魚罾，萍粘蝦罶，漁舠閑艤秋浦。連宵薄霧。小港夜語，認箐燈烟艣。爬沙爭縛青蒲密，看跪螯盤互。新釀熟時，輕擘處，桂圃蟾陰剛午。旅館秋風吹到，吟畔樽前，爲爾添離緒。爾雅亦慵疏，聽茶鐺沸，後眼波空注。舊舍雲荒，寒溪釣廢，夢水鄉何處？愁幾許。也擬學，步兵歸去。右憶蟹。

古香慢

冰蛉分影，金粟留姿，岩桂開漸。露濕秋宵，檀暈着枝微染。風峭遠馨多，隔鄰墅，飄來冉冉。記邀朋，月榭翠醽，共斠吹韵浮甗。　　向清曉，宿酲猶釅。凉夢初回，凭遍幽檻。苔篆無痕，黃雪滿庭鋪糁。舊事悵難尋，曾幾度，惹人消黯。小堂東，料一樹，冷香空掩。右憶桂。

金盞子

翠實醋霜，綴新黃，樹樹江南秋老。籬角摘低枝，認映額，輕羅透香纖爪。擘時沆瀣流酸，愛金罌圓小。山市販。鮮回壓肩清韵，果園人到。　　孤峭孰同調。二十五，《離騷》《橘頌》好。一般歲寒伴侶，行吟處，怪他楚客忘了。華筵玉膾登盤，記紅薑同搗。凉宵裏，最是酒渴思伊，鄉夢翻杳。右憶橙。

傾杯樂同作。　　楊承憲

荻浦潮平，霜天月黑，鄉園又早秋足。漁燈幾簇。小艇夜艤，正雙螯行速。爬沙入籪筵緣處，被葦稍纏縛。最憶舍北，吳淞吳，波漾一溪寒綠。　　怊悵。何時歸去，荻火沉沉，紅稻新炊熟。小臼搗金薑，冶游招酒伴，紺筐同剝。半殼含黃，一樽浮白，愛醉餘香馥。嘆飄泊。空自對，一籬寒菊。右憶蟹。

古香慢

晴飘翠葉，影逗疏花，早蕊初坼。露下霜前，盼斷故園消息。庭畔夜凉多，料屋角，圓蟾曾識。愛嫩黄，如許照水。亞枝一樣雙絕。　　憑欄處，寒添翠袖。小院更闌，香透簾隙。鼻觀微參，妙悟證通禪悦。遥記畫堂東，好認取，廣寒秋色。惜秋心，更此夕，有人相憶。右憶桂。

金盞子

作客天涯，漸秋歸，最憶故園佳果。葉底綴繁星，見霜後，兒童摘來婀娜。嬌黄軟叠宫羅，愛勻圓百顆。吟伴共。相邀不須料理，石鐺茶磨。　　孤坐暗香度。乍一口，含酸翠眉鎖。吴鹽似花勝雪，并刀剖，殘醉頓消香唾。清芬凉沁金杯，正空庭月墮。思佳味，盼斷江國秋光，甚日歸果。右憶橙。

無悶冒雨行鳴沙道中漫賦。　楊芳燦

沙暗荒原，雲裏遥岑，寒雨迷空似織。怕短景長途，易催曛黑。偏惹離人清泪。共灑上，征衫絲絲濕。秋容漸老，更能禁得，幾番騷屑。　　行色。正凄惻，漸流潦縱橫，短轅搖兀。看烟外，蕭林一行疏直。且譜商歌激楚，有萬里，西風吹吟筆。携朗笛，叫破層陰，放眼霜天晴碧。

前調同作。　侯士驤

疏鐸低鳴，寒色滿川，莎阪短轅行獨。酸雨忽吹來，撒空如粟。濕壓沿蹊殘葉。聚碎響，沙瀾爭飛逐。四山漸暝，幾時盼到，隔坡茅屋。　　岩麓。下歸牧，正馬滑厓欹，客心驚觸。羨高柳，垂陰暮鴉爭宿。障眼浔雲萬叠，那肯放，蟾光明如燭。喜烟中，人語微聞，樹罅一燈穿。

前調同作。　楊承憲

雲壓遥岑,四面低垂,寒雨絲絲飄灑。聽馬首金鐶,清圓鳴也。短景霜天易暮。又落葉,蕭騷平林下。舉鞭試數,隔溪歷歷,一行茅舍。　　平野。堪駐馬,有三兩幽禽,樹梢同話。恰新句,吟成喜從長者。滿目秋痕漸老,更風物,天然明如畫。正銷凝,試望高空,濕透幾重烟罅。

凄凉犯雨夜聞雁用白石韵。　楊芳燦

北風吹送榆關雁,深更旅館蕭索。寒聲正苦,客懷無那,又攪邊角。燈昏雨惡。夢初醒,秋衾絮薄。最憐伊,層雲萬里,帶濕度荒漠。　　此去江南岸,菇米莓苔,水鄉堪樂。碧天向晚,揀平沙,一繩齊落。怕説飄零,任過盡,無書附着。想家山,舊侶定怪,負夙約。

前調同作。　侯士驤

暗燈空館吟秋雨,無聊想遍分索。雁聲如話,一行掠過,古城樓角。羈懷正惡。漫傾盡,村醪味薄。望高空,寒雲似墨,去影破溟漠。　　蕭瑟邊關道,蘆管吹愁,峰高回樂。夢回倚枕,點青衫,泪花彈落。不到凄凉,便絮盡,何曾聽着。甚哀音,漸遠耳畔,尚隱約。

前調同作。　楊承憲

晚來客舍人初定,一行雁影如索。羈懷無那,山城寥寂,又聞殘角。西風正惡。恁窗外,雨寒烟薄。聽聲聲,叫破層陰,嘹嚦過荒漠。　　孤館凄凉甚,羨爾南飛,稻粱堪樂。燈昏夢醒,漸邊關,秋容寥落。耳畔哀音,還記得,舊曾聽着。且附書,俊侶把臂,訂後約。

三姝媚蘋果。　楊芳燦

壓枝低欲墜。看摘下唐梯,露痕猶漬。潤臉呈姿,愛脂輕黛淺,

自然明媚。枕角衾邊,更夜静,暗香微遞。引逗吟情,青李來禽,遜伊風味。　　梵夾翻餘猶記。比紅豆蠻江,一般名字。惜取團欒,把紫衯偷裹,緑窗遥寄。沁齒清甘,應會得,別來深意。細嚼相思人倚,妝臺薄醉。

前調同作。　侯士驤

勻圓垂草舍。認梨頰桃腮,壓枝低亞。紺碧微凝,更燕支點注,十分嬌姹。小摘霜前,喜園客,裹分輕帊。悄貯青甆,鼻觀幽香,暗生簾罅。　　記得麗人花榭。有一種裙波,似伊姚冶。舊事關心,只倩痕空覰,閑情偏惹。梵語消魂,誰悟取,相思偷寫?忍嚙清芬留伴,枕函獨夜。

前調同作。　楊承憲

驪珠紅欲暈。愛擒到筠籠,露痕猶凝。百顆新圓,正寒生金井,十分間靚。鄉夢初回,覺香意,枕函邊近。衾畔拈來,紅豆相思,一般風韵。　　着齒餘芬凉沁。更窀地簾垂,一燈孤影。舌底回甘,漸月墮更闌,閑庭人静。摘向雕盤,漫嬴得,別離深恨。根觸吟懷此夕,睡情難穩。

夢芙蓉沙泉旅舍夜坐偶成。　楊芳燦

野雲浮淰淰。漸遥空送暝,四山烟浸。殘霞墮水,萬鑷散秋錦。旗亭留客飲。茅檐榆柳交蔭。撿點征衣,且添將半臂,霜氣覺凄凛。　　長路蕭閑轉甚。弄墨研脂,試把新詞品。甆甌雪色,濃緑鬥茶瀋。暗塵凝角枕。夜寒慵就孤寢。坐到更深,見風窗紙縫,冷月一條滲。

前調同作。　侯士驤

野橋秋水淰。見叢蘆瑟瑟,一陂寒浸。斜陽匿岫,霞彩織天錦。

漫沽村釀飲。遮帟疏樹低蔭。卸馱團蕉，漸荒雲四合，暝色逼人
凛。　　笑我清狂愈甚。自汲銅瓶，儘瀹新泉品。高吟落筆，古硯墨
流瀋。夜闌欹旅枕。小奚倚壁先寢。遠夢難成，又聽殘戍角，燭泪冷
紅滲。

瑞龍吟五原道中即事聯句。

古城角。遙見烟際疏林，坂前茅屋。芳燦。垂鞭行過溪橋，馬蹄
得得，川原回複。士驤。

槿籬曲。無數壓檐紅柿，飽霜齊熟。芳燦。村農負畚歸來，半扉
斜日，呼兒飯犢。士驤。

莫道邊城土瘠，幾番甘澤，便成饒沃。麥積滿場連耞，還夏新穀。
士驤。飯香浮甑，出盎寒菹綠。芳燦。留行客，白醅初壓，青旗斜矗。士
驤。夜榻篝燈宿。芳燦。歡聲到耳，田歌相續。士驤。羨爾蕭閑福。芳
燦。却自笑，風塵頻年轆轆。士驤。五湖三畝，歸期未卜。芳燦。

蓮陂塘過柳湖書院，吳三海晏留飲，即席賦此。　　楊芳燦

繞湖邊，數株官柳，相逢總作青眼。尋幽試訪同心侶，小院竹扉
容款。懷抱展。對千頃澄陂，三斗塵都浣。蠻箋翠管。笑結習難忘，
年來自喜，詩興未全懶。　　還爲我，料理茶鐺酒盞，山厨更出佳饌。
蟹胥魚膾俱清美，仿佛故園觴宴。扶醉看。愛檻外黃花，香喫西風
遠。淹留忘返。漸城角吟秋，山鐘送暝，鳥外碧霞晚。

前調同作。　　侯士驤

傍城隅，書倉小築，湖漘亭館幽窔。訪君暫喜征塵浣，搖漾一奩
寒翠。堪靜對。算濠濮間情，恰與騷人配。闌干柳外。愛略彴斜通，
夕輝明處，波影上衣袂。　　秋將老，瘦盡碧花紅穗，壓籬叢菊香碎。
糟床新釀誇初熟，净饌頗饒鄉味。消薄醉。借半日清閑，疏俊容吾
輩。遠峰斂黛。看列岫雲歸，山窗催黑，烟際暝鴉墜。

繞佛閣六盤山古寺題壁。　　楊芳燦

嶺危磴狹，群峭拔地，積翠疑壓。細路如綫，不知誰鑿嵱嵷費鍬鍤？紆行百匝，人馬似蟻，緣上螺甲。出峽入峽。萬古無數輪蹄繞山脅。　　岌嶪訪禪刹，決眦秋空雲翳豁。古雪數峰晴光寒照闔。聽絶壑濤聲，松檜磨戞。駃風吹霅。訝鼓浪虬龍，掀動鱗鬛。又噌吰，暮鐘相答。

前調同作。　　侯士驤

峭峰嶄岸，危磴萬折，高插雲崿。野回秋净，瞥驚黛色如烟半空落。懸崖青削，土厂壁立，枯蘚疑剥。石棱犖砢。頂趾交摩盤空似猱玃。　　險惡徑誰鑿？梵宇山腰架飛閣。小憩瓢堂憑虛臨廣漠。愛暝翠重重，圍繞欄角。奪眸輝爆。訝落日餘霞，光射林壑。正高吟，又催車鐸。

玉京秋曉月。　　楊芳燦

天宇碧。冰蜍又飛上，半規孤白。翠波不動，雯華疑裂。背壁昏燈無焰，漸秋窗，凉影如雪。催行客。夜烏驚起，繞枝淒咽。　　冷浸星痕欲滴。點征衣，方諸泪濕。如許清輝，無因向，紅樓人説。馬背尋殘夢，仿佛身到，琳華宮闕。太相逼。一片烟霜晚色。

前調同作。　　侯士驤

茅店静。尖風透簾隙，燭花紅冷。玉鈎乍上，碧空逾净。委照疏林深處，拂征衫，一身秋影。尋烟徑。霜痕鋪地，印來孫罔。　　娥輈飛光未竟。碾雲波，星丸欲迸。雁宇蒼深，生寒白，層峰翻暝。踏葉明沙裏，聽徹向曉，鈴聲淒警。倍消凝。掩户居人未醒。

前調同作。　　楊承憲

人意倦。晚寒茅店静，玉鈎光泫。荒鷄催動，風燈紅閃。净埽纖

雲無迹,看澄澄,碧羅天遠。留半面。無端苔蝕,匣中銅片。　　　清影自和簾捲。奈情懷,不禁撩亂。盼到離山,依稀聽,漏殘銀箭。貪路行人起,此夕偏恨,香銷夢淺。林影斷,嘶馬前村路轉。

徴招霜花。　　楊芳燦

玉烟匝地殘蟾起,高空夜雲齊斂。青女鬥嬋娟,散瑤花如糝。着衣明冉冉。只吟髻,怕教頻點。更惜東籬,菊叢憔悴,舊香全減。　　　攏馬過溪橋,空濛裏,回首一番消黯。冷蕊不依枝,逐西風輕颭。莫嫌姿太淡。好秋色,儘伊烘染。看霞外,幾樹丹楓,比茜桃還艷。

前調同作。　　侯士驤

糝空霜片輕於霰,紛紛曉風催送。殘白映蟾光,裹雲英疑凍。颭衣明水汞。惜清艷,不禁吹動。着眼莎田,玉苗千頃,冷和烟種。　　　寒色入吟鞭,村鐘起,飛影暗隨塵鞚。回首化晴霏,悵芳心如夢。濕痕看易溶。醉秋葉,萬紅爭擁。疏籬畔,野菊分姿,壓瘦枝香。

前調同作。　　楊承憲

霜華千片飛無影,秋空曉來澄霽。隨意弄妍姿,誤唐昌瓊蕊。颭風開素蒂。向冷處,更饒明麗。跋馬荒原,一鞭斜月,濕烟無際。　　　青女也司花,靈苗苗,六出讓他纖媚。彈指現優曇,恁開殘容易。凝情空遠睇。待持贈,晴窗無計。只前山,槲赤楓丹,暎征衫如綺。

臺城路戊午初夏,①余將赴蘭山,道出鳴沙,文樣園明府招集同人酌余于沙溪橋觀水草堂,抵暮始歸,爲賦此解。　　楊芳燦

平蕪遙指虹橋影,溪流恰環沙尾。舊侶情多,勞人意倦,假日暫停征騎。虛亭壓水,愛紫漾新蒲,碧瑤疏葦。倚檻微吟,晚山剛逗一簾翠。　　　食單移近高柳,晚風烏匼爽,吹滿涼意。膾切銀絲,羹調

---

① 戊午:嘉慶三年(1798)。

玉葉,別是山厨風味。清歡淺醉,問幾度天涯,俊游如此。卜夜流連,月波明似洗。

前調同作。　侯士驤

一灣野水明晴淥,當軒恰環橋影。霞外停驂,鷗邊分宅,坐我涼波千頃。塵眸都醒,作半日清游,頓忘羈恨。幾笏凹峰,夕陽紅翳翠微頂。　山厨呼酒行炙,醉歡逢舊侶,肯輟吟興。柿葉陰濃,豆花香重,不似塞垣風景。圓蟾破暝,看淡碧春衫,澱痕飛映。歸傍苔磯,短轅如小艇。

掃花游莧。　楊芳燦

滿園花莧,正穀雨初過,碧鮮紅净。名訛荔挺。笑參差誰注,更呼人莕。庚呆籬邊,五色叢叢相映。露痕凝。自課巴童,摘向閑町。　齋閣清夢醒。恰炊熟雕菇,午香浮甑。陶盤乍釘。着蓬鹽蒟醬,點來尤勝。一種芳鮮,肯近腥甌膩鼎。味堪并。只山厨,冷淘槐餅。

前調同作。　侯士驤

笋殘韭老,正蔬譜難搜,羹材清美。柴門曉倚。恰雛青茸紫,露痕如洗。小圃人來,摘遍石棱沙尾。午餐未。配昌歜葵葅,嘗到新味。　閑想籬豆底。好留取叢叢,小添幽意。霜華點綴。有雁來紅影,與他爭麗。寫幅丹青,得似何郎有幾?蝶飛起。任畦邊,雪猫偷戲。

齊天樂秋懷。　楊芳燦

一番雨洗三庚暑,秋容晚來蕭曠。烟草蒙茸,露花纖瘦,曲沼縠紋新漲。明雲薦爽。漸老樹無風,秋聲自響。暝色遥山,一痕淡墨寫屏障。　新涼好近燈火,夜闌人語静,獨掩書幌。旅况無聊,吟情漸減，夢繞巴山千嶂。離懷悵惘。怕華髮緣愁，又增千丈。倚枕無眠，小窗殘月上。

前調同作。　　侯士驤

文園小極驚疏雨，孤吟一庭淒綠。人倚新寒，愁生薄暮，掩户泠泠風竹。香温莽熟。恰消得凉天，幾分根觸。無奈鄉心，已隨秋影墮飛鶩。　　仇書夜闌微倦，剪燈空展枕，客夢難續。蟹籪雲荒，魚標烟冷，憶我溪西茅屋。旅游羈獨。縱江岸無田，也應歸速。待趁鷗波，挂蒲帆六幅。

前調同作。　　陸芝田

頳螢照雨疏槐冷，露稍顫林明瑟。旅榻無憭，撥愁慵撿，零亂半床緗帙。微吟乙乙。伴衰葉啼風，夜燈如漆。滿眼淒凉，流光又到晚秋日。　　天涯有人凝佇，早歸來料理，書蠹琴蟲。峭石欹花，凉雲警鶴，莫負藤扉烟月。壯游南北。算潦倒無成，應羞七尺。好覓山田，待鋤苓劚术。

前調同作。　　楊承憲

西風又入青苔院，秋空暮烟縈惹。小雨催凉，微雲做暝，人在峭寒庭榭。擘箋吟罷，愛籬畔秋花，帶霜低亞。薄醉旋醒，翠螺一賓露檐罅。　　憑欄試展清眺，只斜陽淡處，林影如畫。遠道書稀，素心人去，孤負秋光蕭灑。舊歡都謝。悵迢遞吳關，甚時歸也。獨坐凝愁，短墻新月下。

菩薩蠻　　楊芳燦

西風作意吹晴色，夕陽明處雲波裂。野水碧彎環，秋痕淡到山。　　小樓簾乍卷，極望吳天遠。鄉思正淒迷，一繩新雁低。

前調同作。　侯士驤

無聊又過重陽節，滿城砧杵催寒急。木落見秋山，樓空碧一彎。　　黃花空對酒，孤負持螯手。寒草淡無烟，離愁接暮天。

前調同作。　陸芝田

高齋岑寂秋陰老，閑愁不剪如秋草。林外雨疏疏，西風啼鷓鴣。　　故園音信隔，苔鎖經行迹。爲問曲欄西，寒花瘦幾枝。

前調同作。　楊承憲

一簾涼浸秋無影，疏林翠薄烟初瞑。雲裂數峰青，西風吹夢醒。　　倚闌搔首立，高柳蟬琴寂。日暮暗消魂，庭虛正掩門。

百字令雨窗撥悶。　楊芳燦

重陰易瞑，近黃昏又聽，四檐鳴雨。庭院深深門掩乍，送到一城砧杵。金鴨烟銷，玉蟲爐冷，孤坐人無語。敲窗亂葉，桐風徹夜凄苦。　　籬角幾簇秋花，凄涼心事，似倩寒蛩訴。待寫霜晴新帖子，好約尋山儔侶。怊悵韶光，沉吟舊夢，展轉愁千縷。爲秋憔悴，拈毫更覓秋句。

前調同作。　侯士驤

錦鳩無賴，把一天飛雨，竹窗啼滿。分影涼燈叢菊瘦，愁與疏花爲伴。寒透重簾，潤浸小榻，檐點敲風亂。砌蛩聲急，終宵似訴清怨。　　心憶劃句爐閑，鬥茶人杳，烟冷蘼蕪院。千里相思勞盼望，雲重雁書常遠。綠減秋眉，香銷吟筆，暗怯流光換。瀟瀟葉底，曉來殘滴猶泫。

前調同作。　陸芝田

廣庭人静，正愁烟做瞑，遠天如夢。微雨半林隨葉墮，冷霧陰陰欲凍。疏竹凄聲，叢蕉碎響，寂寞閑愁擁。客悰無寄，冰絲裊裊孤弄。　　遙想閣北窗南，數枝衰菊，潦倒苔衣空。可惜天涯兄弟遠，孤負籬頭香瓮。古榻殘缸，依稀歸去，夢隔寒雲重。無端驚覺，朝光淡白窗縫。

前調同作。　　楊承憲

庭虛夜靜，聽瀟瀟竹牖，漸鳴秋雨。曲院燈昏人影瘦，愁對寒花無語。一剪凄風，滿襟清泪，抱影思吟侶。拈毫題罷，一繩暝雁飛去。　　聲聲滴碎離心，苔階滑澾，幾度閑凝佇。悵望吳關天樣遠，重叠涔雲遮住。潤逼筠簾，涼侵古榻，歸夢渾無據。拋殘卷帙，客懷岑寂如許。

憶舊游爲王雪舫題《剡溪棹雪圖》。　　楊芳燦

愛長天玉戲，水漾明波，山隱空烟。靜夜閑乘興，便携將茶具，溪畔呼船。遙聽櫓聲鴉軋，驚起鷺鷗眠。羨擁棹微吟，披裘長嘯，標格如仙。　　誰憐隴頭客？記舊日清游，回首凄然。踏雪關山路，正朔風吹面，欲折吳棉。甚日片帆歸去，剡曲共洄沿。約相訪衝寒，風流未必輸晉年。

高陽臺同作。　　楊承憲

老樹飛花，遙岑罨黛，琉璃一色澄鮮。鶴氅斜披，衝寒且扣輕舷。孤篷搖漾波明處，訪伊人，葭畔蘆邊。想風流，嘯傲溪山，大令當年。　　遠灘漁火微明滅，正數聲柔櫓，驚起鷗眠。林影波光，微茫似隔寒烟。生綃寫出清游興，悵回頭，鄉路三千。點江毫，漫把離悰，譜入吟箋。

探春慢爲王雪舫題《梅花老屋圖》。　　楊芳燦

倚檻吟香，巡檐索笑，數椽老屋幽絕。冷蕊清疏，橫枝消瘦，共耐

殘年冰雪。鼻觀微參處，證妙悟，欲通禪悅。無言坐到更深，古簾微逗寒月。　憫悵羅浮夢杳，便驛使西來，難問消息。翠羽啼烟，縞衣怨夜，廿載空山岑寂。待譜江南曲，怕吹徹，玉龍淒咽。孤對生綃，臥游空展瑤席。

臺城路同作。　楊承憲

東風又到茅齋畔，窗間早梅開近。老幹槎枒，疏花錯落，竹外晚來風定。十分閑靚，正坐久無言，濕烟初暝。六尺銀墻，濛濛淡月寫香影。　孤山千樹易老，擁裘孤對處，寒意猶凝。贈遠雲迷，吟香人瘦，簾底殘燈相映。素輝難認，怕畫到南枝，便添離恨。且瀹清泉，伴君消夜永。

荆圃倡和集詞六

齊天樂題秋蝶小幅。　楊芳燦

凉光破碧驚栖蝶，苔墻幾回飛繞。曉夢猶迷，春魂易化，剩得冶情多少。繁華悟早。只銷瘦堪憐，粉輕金小。似戀疏香，回身更向蕙叢抱。　　元嬰曾費摹擬，畫衣留五色，蕃錦爭巧。怯露伶俜，倚風搖揚，一抹淡烟纖草。佳名恁好。訝幻影翩翩，鳳車呼到。寫入生綃，不教秋色老。

前調同作。　楊承憲

秋陰寂寞西風老，紛紛蝶飛空圃。影瘦金銷，衣凉粉薄，幾度欲飛還住。秋來何許？悵烟草冥濛，又成遲暮。欄角徘徊，一般也似慕儔侶。　　相逢曾記花徑，玉階香露冷，撩亂低舞。苦竹門荒，愁蕉院静，凄碧易迷歸路。毫端栩栩。似遠夢驚回，一庭疏雨。尺幅冰紈，漫題腸斷句。

菩薩蠻集詩牌作。　楊芳燦

簾開冷滴蒼苔雨，虛窗寂寞閑禽語。竹屋聚雲凉，綠痕凝暗香。　　遙空流影淡，烟渺平蕪遠。留客晚催詩，殘霞照曲池。

前調　楊揆

幽廊夜静留栖燕，梧桐月過墻陰淺。無語數秋星，流螢到小亭。　　明缸愁影瘦，蝶夢迷清漏。獨坐拂青琴，寥寥空外音。

前調_{同作。}　陸芝田

空階人静閑花落,書帷夢醒生寒薄。官柳緑搖烟,雨餘聞暮蟬。　倚欄凝望極,草色連愁碧。天末淡微霞,一行新雁斜。

前調_{同作。}　楊承憲

新晴渺渺平蕪遠,寒林寂寞輕烟晚。雨冷碧苔香,天空雲影凉。　吟餘愁思亂,花落閑庭滿。窗燭緑痕銷,簾開夜色遥。

江神子_{題玉簪小幅。}　楊芳燦

小闌干曲漫凝眸,碧痕稠,粉蘂抽。冉冉吹香,滿院露華流。一片凉光殘夜月,臨半鏡,整搔頭。　水明簾子漾瓊鈎,玉兒愁,雪兒羞。只恐嬌雲,飛去影難留。憑仗騷人匀水墨,標格好,淡如秋。

前調_{同作。}　楊揆

一叢秋影色香兼,月纖纖,漏厭厭。好夢初回,凉透夜明簾。淺淡糚梳看不定,雲髩嚲,莫輕拈。　仙姿端合寫霜縑,翠毫銛,玉葱尖。粉恨脂愁,消瘦爲誰添?忍俊漫隨烟化去,須珍重,伴香奩。

前調_{同作。}　陸芝田

纖姿開遍玉痕明,夜烟青,韵泠泠。一縷柔魂,風嫋亞枝横。殘夜孤鐙清似水,研黛墨,寫香莖。　仙裾應化彩雲輕,態伶俜,漏東丁。補入冰紈,幽怨不勝情無。那酒醒凉月墜,銷瘦影,上銀屏。

前調_{同作。}　楊承憲

亭亭素萼映銀屏,晚風輕,夜凄清。坐久重簾,如有淡香生。稚翠疏叢看最好,秋影裏,認傝停。　琢成寒玉最瓏玲,透窗櫺,月華明。尺幅冰紈,猶帶露痕馨記。得水晶雙枕畔,斜墮處,一枝横。

百字令 喜黃葯林至高平，招同周倬雲、陸秀三游柳湖，即席賦此。　　楊芳燦

廿年舊雨，喜天涯握手，倍增幽興。遲日園林新霽後，占取風光殊勝。瘦竹迎篝，枯苔印屐，柳色明衫影。湖光湛綠，小亭恰似漁艇。　　最愛泉味清甘，瓶笙細響，就石支茶鼎。似此佳游曾幾度，記否故山烟景？静識禽音，樂知魚意，懶愜閑雲性。踏歌歸去，一林疏翠初暝。

前調 伯兄至蘭州示游柳湖詞，漫賦此闋。　　楊揆

匆匆走馬，記此間舊有，一泓澄沼。葉葉垂楊圍似幄，飛雪吹棉多少？萬里來人，十年前事，根觸關懷抱。不成長住，惹他鷗鷺争笑。　　偏是公等疏狂，酒罏茶鼎，俊煞閑風調。知否有人斜照外，隔着千山凝眺？桃渡春波，蓉江秋雨，曾泛沙棠棹。流連光景，算來畢竟歸好。

前調 同作。　　周爲漢

晝長人静，正郊園雨過，滿天晴色。曲渚疏蒲風葉顫，響曳數叢殘碧。半晌閑情，一襟野思，此地塵凡隔。斜陽斂絳，湖光移上苔格。　　最愛小坐溪亭，風漪過處，照影沙鷗立。酒盞茶鐺須料理，箋約吟朋同擘。蘋老波心，柳欹沙尾，山翠凉如滴。漁歌唱晚，林端剛逗新月。

前調 同作。　　陸芝田

柳深無暑，待相招俊侶，共尋幽憇。昨夜一番凉雨過，新漲恰環沙尾。茭葉烟寒，蘋花香冷，湖影明衣袂。倚闌凝佇，晚山低鎖空翠。　　隔浦漁唱初殘，沙鷗撲漉，碎碧摇疏葦。瓠脯松肪滋味别，小飲更饒清致。竹屋吟餘，苔階巡遍，寂寞簾垂地。山鐘送暝，林端吹滿凉意。

行香子聽雨。　楊芳燦

碧墮疏槐，翠滴新苔。漸瀟瀟，響急閑階。生衣欲換，涼意吹來。任畫簾垂，蘭燭炧，篆香灰。　好句同裁，韵字重排。對床聽，詩儘伊催。去年今夕，無限離懷。正夜偏長，愁未了，夢初回。

前調同作。　楊揆

遮斷星河，隔斷雲波。甚秋來，風雨偏多。儘教窗外，沒個殘荷。也沁庭花，沾砌草，暗檐蘿。　愁斂修蛾，恨寫輕羅。舊情懷，容易消磨。更無杯酒，何處清歌？只繞階行，憑欄望，擁衾哦。

前調同作。　楊承憲

烟影當庭，雲影流屏。夜將闌，如坐艫舲。寒蛩落葉，都助秋聲。聽乍蕭蕭，時點點，更泠泠。　響戞檐鈴，涼透窗櫺。怕今宵，夢太分明。閑抽翠管，且索湘醽。在竹間樓，花外閣，水邊亭。

前調藝香圃即事。　楊芳燦

秀影檐蘿，涼意汀莎。小池亭，偏占秋多。香凝寶鴨，酒泛紅螺。愛鳥閑閑，花淡淡，水羅羅。　繞柱微哦，倚瑟清歌。悵流光，容易蹉跎。年來好夢，總在烟波。待放湖舠，尋釣石，理漁蓑。

前調同作。　楊揆

矮屋如舲，短几如枰。乍涼天，風意流泠。更無人到，閑敞疏櫺。有小蜘蛛，雙蛺蝶，瘦蜻蜓。　午夢初醒，卯飲還醒。雨餘山，一角先青。不翻棋譜，懶鬥茶經。愛錦葵鮮，鈿菊綻，玉簪馨。

前調同作。　楊承憲

雨過空階，綠遍苺苔。舊時秋，已滿吟懷。那禁添上，幾陣涼颸。

且擘蠻箋,吹鈿笛,酌霞杯。　　琢句敲推,選韵安排。拓疏窗,午夢初回。可人風物,隨意亭臺。正豆花垂,榆花瘦,菊花開。

沁園春<small>中秋即席用迦陵韵[1]</small>。　楊芳燦

今夕何年,皓月當頭,停杯問之。記隱囊麈尾,曾陪庾亮,皋禽朔管,曾伴陳思。清宴西園[2],冶游北里,多少騷人絶妙辭。今何處?只瓊宮無恙,環佩袿徽。　　晴空霧斂烟霏,算此景,年來見亦稀。儘掀髯老我,音情頓挫,隨肩愛弟,才調恢奇。蘭席平鋪,螺窗盡拓,觚爵齊騰逸興飛。燒高燭,擘蠻箋十樣,醉墨分題。

前　調

風度疏篁,露下高梧,清耀轉揚。更凉莎繞砌,蛩聲斷續,明雲墮水,雁影微茫。緑釀浮缸,紅紗照坐,起舞當筵低復昂。秋光好,且冷吟閑醉,此計差長。　　偶然闌入歡場,有俗客,前來興也妨。恰人如兩晋,襟懷灑落,樽開三雅,裙屐回翔。笑語官奴,兼呼末婢,落筆争誇錦綉腸。流連久,愛清言郭象,狂態袁羊。

前　調

對月高歌,細數生平,紛紛角張。嘆少儒戎幕,征裘凋敝,相如園令,賦筆摧藏。寄泪音書,驚心烽火,容易人歸百戰場。吾衰矣,漸容銷秦鏡,髩點吴霜。　　風沙古塞伊凉,竟誤認,他鄉是故鄉。恨五湖烟水,空思泛宅,廿年塵土,未許褰裳。忍負盟鷗,更騎官馬,羞向關西道姓楊。誰招隱?道小山叢桂,吹滿秋香。

前調<small>同作</small>。　楊揆

如此秋光,净洗冰蟾,何堪負之。只新霜吹鬢,難工作劇,前塵若夢,轉費尋思。蒓老誰憐?菘香可愛,吾欲歸與大有辭。商量處,把鄉心千叠,譜向瑶徽。　　長天萬里烟霏,恁彈遍,思歸和者稀。枉

買田上水，狙狙有志，乘車下澤，鹿鹿無奇。快閣同登，胡床小據，眼看南雲一雁飛。今宵集，是十年重見，蘸墨應題。

前　調

何處深宵，羌管悠悠，其聲抑揚。恰遠山一抹，層青磊落，斷垣三尺，衰綠微茫。消我塵心，謝他俗客，莫問當杯酒價昂。頻相囑，道聽歌休短，倚劍須長。　　誤入多少名場，但解讀，《離騷》定不妨。算本無骨相，虎頭燕頷，謾誇文采，鳳翥鸞翔。昔昔如斯，今今可惜，景物頻縈九轉腸。憑欄望，正風吹塞草，低見牛羊。

前　調

坐轉銀河，聽徹銅籤，羅雲四張。記瓊樓玉宇，天邊行樂，筍廊柘館。花下迷藏，何事頻年，遍逢此夜，野火青磷吊戰場。吾行倦，看關河無恙，幾換星霜。　　清談也劇淒涼，盼何處，雲山是故鄉？倘白蘋洲好，瓜應作艇，青楓江冷，芰可爲裳。惟我與君，當初有諾，卜宅蓉湖繞綠楊。休孤負，取熏鑪更爇，千瓣心香。

前調_{同作}　　陸芝田

一夕清歡，凉月多情，相呼共之。記洞庭波遠，蕭蕭落木，天涯人獨。渺渺余思，修竹衣單，方諸泪濕，別意空吟二謝辭。今何夕，到蘭堂桂榭，常奉清徽。　　元譚玉屑紛霏，算除却，南樓此會稀。悵朝霞貧薄，飛騰無分，少瑜憔悴，文采難奇。公本憐才，僕偏感遇，只怕流光轉眼飛。蒼茫意，且滿研螺墨，逸句争題。

前　調

屈指生平，愛我如公，雙眉且揚。況烟絲吹濕，晶簾湆湆，雲波浸碧。玉宇茫茫，六曲窗明，九枝燈艷，如意橫揮舞態昂。風流甚，漸倒冠落珮，引興逾長。　　清輝艷照歡場，儘微礙，雯華也不妨。想風禽傳語，金鈴戞觸，玉娥相待，翠羽翻翔。涼意纔添，澄光未隔，夢向秋江浣俗腸。徘徊久，算曾非幽獨，且共相羊。

前　調

對景歡呼，竿木隨身，相將拍張。更婆娑庾亮，當筵塵拂，詼諧曼倩。隔坐鈎藏，三疊搥琴，一聲擊鉢，絶勝豪家鼓吹場。休孤負，記鷄聲古道，馬影朝霜。　　風塵已嘆荒涼，縱閉影，家居似異鄉。遽同邀俊侶，吟殘漏板，頻翻麗曲，和就霓裳。話到他年，牽舟相傍，漁屋陰陰護綠楊。追隨意，夢滿溪菱茨，風露都香。

前調<small>同作</small>。　楊承憲

夜色澄鮮，素月流空，邀朋賞之。正一庭霽影，更番起舞，滿階如水。幾度尋思，佳釀浮缸，新螯入饌，興極當筵醉不辭。凭闌處，好閑調簫管，侍理琴徽。　　高空露脚霏霏，算如此，清宵世所稀。更歌宜擊缶，襟情磊落，詩成刻燭，才思經奇。榻小頻移，簾低半卷，翠濕疏林葉亂飛。秋光麗，且濡豪潑墨，有句須題。

前　調

露下庭柯，謖謖林端，清風暗揚。愛秋花幾簇，亞枝纖瘦，明星數點。寒影微茫，隔座藏鈎，空堂説劍，清酒三升氣激昂。晶簾下，且香添心字，漏箭聽長。　　年來跌蕩詞場，便落佩，斜簪總不妨。任元譚亹亹，客俱疏俊，清思乙乙，我獨回翔。燈蕊零紅，酒鱗暈碧，索句頻回宛轉腸。憑嘲謔，笑讀書博塞，臧穀亡羊。

前　調

澄淡雲容，滿地蟾陰，華筵夕張。正晚風簾幕，燈前閑寫，嫩涼庭院。花徑潛藏，回首天涯，幾番消黯，此夕追隨翰墨場。秋蕭爽，看丹黃樹樹，染遍新霜。

黄榆古塞蒼凉，記昨夜，雲波夢故鄉。正蓉湖月冷，芰蓮傍艇，青溪烟淡，蘿薜褰裳。見説他年，名山有約，買宅江干種緑楊。還相憶，料畫堂叢桂，已綻秋香。

玉漏遲憶鷗小艇玩月。　　楊芳燦

晚霞初散綺，正素月流空，光逗簾額。試拓疏窗，淺印一方珂雪。凉意蕭蕭竹樹，人静後，滿庭秋色。河影直。遠山不動，夜雲堆碧。　　携手共覓清歡，好料理吟箋，莫負蘭夕。記否頻年，對影漫勞相憶。小閣玲瓏如艇，渾疑泛，鷗波千尺。更漏急，生衣露華吹濕。

露華同作。　　楊揆

纖雲欲坼。看一鏡亭亭，漸露寒色。乍近闌干，繚繞花陰如拂。清輝不瀉圓池，瘦影却穿方格。停燈坐，塵襟盡消，擬換金骨。　　江鄉舊事堪憶。有萬頃明漪，冷浸吟魄。好是船唇篷背，醉倚瑤瑟。十載不到吳淞，久負水天空闊。料此際，眠鷗正穩蘋末。

真珠簾同作。　　楊承憲

烟絲搖漾林梢颭。銀屏敞，早是凉燈初剪。淡月夜窗深，曳冷光微泫。天末閑雲看盡斂。愛竹柏，清陰葱蒨。簾捲。聽豆花風外，一蛩吟遠。　　最憶唤艇鷗邊，有滿陂空翠，罨波如澱。秋影湛虛明，映霜楓千片。官閣蕭閑陪勝賞。訝此景，眼前真見。忘倦，倚闌干竟夕，素華堪戀。

臨江仙　　楊芳燦

近郭砧聲處處，遥汀雁影群群。天涯秋色已平分。水明先得月，山峭不留雲。　　燈小金蟲俗墮，香殘銀葉微薰。夜闌孤坐更銷魂。迷離尋遠夢，顛倒寫回文。

前調_{同作}。　　楊揆

乍拂紅絲小硯，閑挑韵字輕紗。共拈新句手頻叉。銀河窺牖近，珠斗傍簷斜。　　彈指流光九月，關心信使三巴。香銷燈炧客思家。夜涼千里月，秋影一闌花。

前調_{同作}。　　周爲漢

露重秋花自落，風微瘦竹還鳴。月華穿牖影瓏玲。珠簾慵不卷，欄角坐吹笙。　　自覺閑愁易惹，最憐好夢難憑。水紋湘簟夜涼輕。樓空聞獨雁，屏遠背疏燈。

前調_{同作}。　　陸芝田

燈影如烟暈碧，簾紋似雪斜明。無端秋思旅魂驚。一繩寒雁影，幾處遠砧聲。　　掩卷頻懷舊約，拈毫且理閑情。滿庭凉露夜冥冥。夢隨鷗外月，尋遍水西亭。

前調_{同作}。　　楊承憲

陡覺新寒料峭，夜雲一碧初收。豆花落砌晚風柔。閑情空約夢，消瘦不關秋。　　嫩乳初浮茶盞，微烟自裊香篝。闌干六曲竹間樓。夜明簾半捲，新月小如鈎。

浣溪紗　　楊芳燦

凉月生波欲二更，疏花移影上窗欞。一亭風露峭寒生。　　冰簟銀床秋淡濘，玉繩瑶井夜分明。倚闌凝望不勝情。

前調_{同作}。　　楊揆

漏箭才添細細長，小亭高處占秋光。且携俊侶共徜徉。　　清淺盆池宜受月，玲瓏花格不留香。露華吹袖夜深涼。

前調同作。　周爲漢

秋逼新凉到小庭，修篁夜黑點疏螢。舊紗窗暗一燈青。　深閣簾垂香欲爐，空階蟲語酒初醒。紅蕉葉上露星星。

前調同作。　陸芝田

蓮漏沉沉夜漸長，秋心隨夢落池塘。越羅衫薄不禁凉。　四壁蟲聲燈穗細，半簾花影露華香。坐看微月上銀墻。

前調同作。　楊承憲

疊鼓風飄夜未闌，林梢猶見月彎環。小園秋色有無間。　壓架垂蘿陰漠漠，繞窗疏竹影珊珊。畫屏閑展六朝山。

金縷曲送黃大葯林之官大荔。　楊芳燦

同是栖栖者。喜重逢，連床快説，廿年前話。最好南樓看皓魄，萬頃明波如瀉。又九日，菊花盈把。説餅題糕徵往事，許吾曹共結疏狂社。耽觴咏，占閑暇。　逡巡又過初冬也。黯將離，輕冰小雪，短長亭下。入洛游梁知未倦，園令行裝都雅。況更是，吟懷蕭灑。人説風光沙苑好，對終南山色青如畫。富梨栗，美桑柘。

前　調

酒正三行矣。聽清圖，金環馬首，離聲乍起。半載西窗同剪燭，不算匆匆分袂。到此際，又抛清泪。老去總憐儔侶少，更浮雲游子天涯意。歸田願，幾時遂。　風塵浪走車生耳。記年時，從戎玉帳，故人千里。破臘山城逢驛使，贈我梅花一紙。我亦有，新詞想慰。去冬，君在興安軍營寄梅花小幅，余填《金縷曲》四闋却寄。去官齋饒暇日儘，驅烟染墨供游戲。郵筒便，望頻寄。

前調同作。　楊揆

風雪旗亭下。問長年，蓬飄萍聚，是何爲者？記得征車初卸日，正好綠陰槐夏。銷幾度，月沈燈炧。到底相逢還草草，向尊前不盡纏綿話。驪歌唱，袖重把。　　長河東去驚流瀉。渺秦雲，盼公來處，送公行也。回首曾經征戰地，烽火關心猶怕。道此日，餘氛潛化。從古關中形勝在，典名區人總稱同華。來非暮，寇君借。

前　調

我本無長技。廿年來，塵勞漸見，鬢星星矣。夙昔清談陪細席，倜儻蕭閑自喜。看入手，韶光容易。此度官齋重話別，撫前塵歷歷難忘記。燒短燭，灑清泪。　　公行也覺傷離意。炙寒冰，沈吟七字，淒聲盈耳。我唱伊涼尤激楚，捲地霜華飛起。和馬首，金環替戾。試上樂游原上望，望蘭山應念人千里。憑尺素，往來寄。

前調同作。　周爲漢

霜氣吹簾罅。敞文窗，明燈照影，清樽共把。也識此行非遠別，不必臨岐泪灑。怪懊惱，吾何爲者。靜綠千山寒月景，送離心先到終南下。鷄又唱，燭花炧。　　公行冷落清歡夜。記相携，竹軒延月，槐廳銷夏。遠道吟情雖好在，應念鷺盟鷗社。羨恰值，隴梅開也。去去漫尋黃葉路，向寒香深處遲征馬。清瘦影，爲余畫。

前　調

曩昔同行地。記聯吟，每逢佳處，共停征轡。短樹圍村挑酒斾，青杏纔看着子。今塞雪，又紛紛矣。野闊天低人影小，裊鞭絲遠入寒山翠。還根觸，動離思。　　關中自昔人風美。計程途，官齋到日，恰逢新歲。萬頃桑麻平野外，曖曖炊烟墟里。想到處，田歌盈耳。花映小庭衙放後，聽禽聲宛轉饒新意。得佳句，好頻寄。

前調同作。　陸芝田

剪燭傾杯斝。記追隨，幾回清賞，竹廊烟榭。隔牖頻聞呼子慎，蘭焰一燈微炧。伴掩卷，冷吟閑寫。淡月無言花影轉，步池西師友相從者。蠻箋擘，彩毫把。　　圍爐正好銷寒夜。悵匆匆，祖筵張早，驪歌唱乍。漫道長安天樣遠，後日離懷縈惹。又駃雪，旗亭催下。鈴鐸郎當如對語，黯相看早已銷魂也。清夢杳，逐征馬。

前　調

仙掌摩天倚。帶長河，清渠委注，列塍如綺。瓜芋閑田連萬頃，風土最稱淳美。是宏景，著書之地。想見訟庭春草遍，恰早衙放處詩成矣。展緗帙，據烏几。　　邊城回望人迢遞。立斜陽，亂山紅處，定增遥思。千里關河風雪冷，珍重加餐須記。但相憶，尺書頻寄。絳帳可容參末座，酒樽開雄辯聆三耳。憐才甚，識公意。

前調同作。　楊承憲

半載同官舍。喜從公，詞場跌蕩，坐婔群雅。最憶涼秋陪勝賞，小閣愔愔情話。對萬頃，月華如瀉。蘸墨分箋題逸句，聽高城戍鼓剛三打。追往事，黯然者。　　不禁惜别閑愁惹。聽玲瓏，驪歌唱徹，短轅初駕。此去秦中形勝地，放眼終南太華。想吟興，更饒清灑。畫卷詩筒官閣畔，漫回頭燈火蘭山夜。公定念，鯫生也。

前　調

怕聽嘶征騎。悵當筵，離觴乍引，不成酣醉。短策輕裝頻檢點，此去征程迢遞。况又是，釃寒天氣。馬滑霜濃行古道，且殷勤勉作加餐計。江郎賦，魂銷矣。　　長河落日西風起。眺蒼凉，五泉山色，暝烟無際。摯袂依依公莫忘，舊日題襟韵事。雁歸也，尺書須寄。沙苑春光來歲好，頌神君人在棠陰裏。知不負，此行耳。

【校勘記】

［1］中秋即席用迦陵韵：《芙蓉山館詞鈔》卷二作"中秋即席用迦陵韵同二弟作"。
［2］圍：《芙蓉山館詞鈔》卷二《沁園春中秋即席用迦陵韵同二弟作》詞作"樓"。

附　　録

一、序　跋

芙蓉山館全集序　劉繼增

　　楊蓉裳先生所著詩文，及身付刊，先後有三本。自少至謁選，爲《真率齋初稿》詩十卷、詞二卷；筮仕甘肅汔户曹，爲《芙蓉山館詩稿》十六卷、《詞稿》四卷；罷官後主講關中書院，即前兩本刪併之，益以續得，刊《詩》八卷補一卷、《詞》二卷、《集句詞》一卷，概以《芙蓉山館》名集。不曰《稿》而曰《鈔》，是爲晚年手訂之本，與《文鈔》并行。被兵後，諸版盡毀，流傳日稀。兹所輯，一依關中定本，無少移易。惟《文鈔》原未分卷，厘爲八卷。綜名《全集》，而兩本刪落不興焉。助余斠讎者，裘葆良廷梁、曹械卿櫃、尤幹臣桐、陸秋查鴻祥及先生族孫厚甫應培。書成，用志緣起如此。至先生詩若文，海內學人都能道之。原序具在，故勿贅。光緒辛卯夏六月無錫劉繼增。①〔光緒十七年（1891）刊刻無錫劉繼增木活字印本〕

桐華吟館詩鈔序　馮培

　　才之奇者，非徒騁才而已，必有學以濟之。醞舍群翻，囊括衆妙，而才乃□□，而不窮嚴滄浪。論詩以爲才非關學，此一偏之論，流弊所以易滋也。顧負奇才而不值奇境，則狃於故常變能不盡無由，傾吐胸中之奇，吾觀於荔裳方伯詩而益信。方伯英才挺絶，弱歲即與難兄蓉裳振藻摛華，蜚聲藝苑。諸先達巨公，倒屣折節，詞賦早播人口，人但驚爲才之艷發而不知其深於學以練其才，故瀾翻富贍，一歸醇正也。

---

　　①　辛卯：光緒十七年（1891）。

方伯少壯之年游吳越、歷燕齊,雍容省掖,放筆千言,宮商婉轉,漱六朝而鑄三唐,蔚□麗已。繼乃西征,省兄往□蘭山洮水間,稍變秦聲。迨佐參衛藏軍事,探星源,指月窟,四馬窮荒,沙行索度,跋涉一萬六千里。飛章走檄之暇,磨盾賦詩,讀之使人色駭而眉舞,蓋其地焉,前古所未有,謂非奇境,足以助之乎!

夫方伯以一儒臣褌褶靴刀,奮功名於絶域,固已勞勩備著。既而錫命酬庸,荐莅封疆。其時楚蜀毗連之地,苗氛邪孽所在,煽動而籌兵轉鑲,措置裕如,是豈可以詩人目之者。及兵燹息消,鎮靜休養,中朝依以爲重,而遽爾奄忽,未竟其才,此真可爲國家惜。而詩卷之留傳,僅止於是,則可惜抑又其餘也。已予曩在樞廷共事,結契有年,謬許予爲知詩者,洎引疾乞歸。方伯開藩隴右,書問往還,猶以詩相商榷,故今者序其詩而重有感焉,嗚呼! 獨詩也與哉! 嘉慶丁卯三月即望愚弟馮培拜序。①［清嘉慶十二年(1807)刻本］

真松閣詞序　方廷瑚

梁溪多詞人,國朝以來,嚴秋水宮允顧梁旅舍人,所著詞稿,至今膾炙人口。劉芙初太史晚出,受業於楊蓉裳先生之門,得其傳衣,名噪藝苑。伯夔刺史爲先生家嗣,早歲敦敏嗜學,青緗劬好,含咀道腴。平生富著述,尤工倚聲,守其家鉢,更陶冶於唐宋諸名家而擷其精華,據以妙筆,江南北一時稱宗匠焉。

顧以文憎命,達連不得志於有司。歲己卯,②以縣丞簡發來直,始宣力于河防,旋補雄縣丞,調蠡邑,擢固安令,洊升薊州牧,鳴琴退食之。暇乃編録《真松閣》詞如干卷,先以授梓郵筒,寄示屬弁一言。余竊謂北宋詞人不襲南唐之貌,而或失之過剛,南宋則力矯剛勁險率之弊,而常流於巧膩,過猶不及,君子疑之。《真松閣詞》六卷,譬之於文,殆合江鮑徐庾爲一爐之冶,古艶以樹骨,俳側以寓情,濃郁以鑄詞,抑揚感慨以寄意,掉群雅而成專家,傳世行遠,又奚疑哉。伯夔詩古文俱有專集,他日手自纂訂,彙付剖劂,與先世《芙蓉山館全集》同播詞壇,并垂不朽,斯尤余之所厚望者耳。道光甲午季春即望石門弟方廷瑚拜叙。③［清道光十四年(1834)刻本］

---

① 丁卯:嘉慶十二年(1807)。
② 己卯:嘉慶二十四年(1819)。
③ 甲午:道光十四年(1834)。

真松閣詞跋　方廷瑚

梁溪多詞人，國朝以來，嚴秋水宮允顧梁旅舍人，所著詞稿，至今膾炙人口。劉芙初太史晚出，受業於楊蓉裳先生之門，得其傳衣，名噪藝苑。伯夑刺史爲先生冢嗣，早歲敦敏嗜學，青緗劬好，殆或過之。生平著述於詩文外，尤工倚聲，守其家法，更陶冶於唐宋諸名家而擷其精華，據以妙筆，江南北蔚然，稱大宗矣。

余性拙而懶於學，一無所成。伯夑於戊寅、己卯間簡發來直，[①]需次會城，每有吟咏，常督和之。余以家事牽混輒負約，不果作，伯夑不余責也。又暇日常以《真松閣詞》集見示，余於詞學茫乎若迷，或不能句讀，讀未終闋嗒焉。若喪不能出一言以相往復，伯夑亦不余責也。伯夑嗣由蠡邑丞擢固安令，鳴琴退食之。余乃編録舊作如干卷，先以付梓郵寄，屬余弁以一言，余卒讀而嘆曰："集中長短諸作，氣凝而厚，詞麗而贍，味隽永而音節舒和。嘗謂北宋詞人不襲南唐之貌，而或失之過剛，南宋則力矯北宋剛勁險率之弊，而常流於纖膩，過猶不及，君子疑之《真松閣詞》一册，譬之於文，殆合江鮑徐庾爲一爐之冶，古艷以樹骨，俳側以寓情，濃郁以鑄詞，抑揚感慨以寄意，撥群雅而成專家，傳世而行遠，又奚疑哉。"即以此數言録寄。伯夑若云弁言，則吾豈敢其言之不文與未能傳作者真意之所在，伯夑當如昔之不余責也。夫道光甲午季春即望石門方廷瑚書後。[②]〔清道光十四年（1834）刻本〕

二、詩詞評

荆圃唱和集　丁紹儀

楊蓉裳外祖官隴右時，每與署中親友拈韵徵歌，刊有《荆圃唱和集》，今佚矣。

中惟同邑侯春塘明經最多最佳，餘如武進楊容光奎曙《虞美人》云："鎮垂簾押留春久。開過酴□後。階前檢點數叢花，無限銷魂，却憶泰娘家。今年不

似年時好。愁思催人早。韶光欲去總難留，始信人生，須趁少年游。"妻縣楊簣山之灝、荔裳中翰，省兄西秦，將聯騎北上，值其生朝，賦詞爲壽。《金縷曲》云："捉坐行杯勺。祝華年，小蘇初度，略分今昨。蓉裳以十二月十八日生，前坡公一日。荔裳以正月四日，後子由一日。計就游染辭秘省，只算暫時休沐。漫調悵，鸞飄鳳泊。似我浪游三十載，笑儒冠難悔從前錯。蠶絲吐，苦纏縛。兹行况復偕康樂。羨同車、兄吟春草，弟吟紅藥。眺聽河聲兼岳色，好辦酒瓢詩橐。橫短笛、爲吹飛鶴。儂自天涯泥絮滯，盼吾宗故事留臺閣。名山在，緩前約。"金匱俞木庵訥《眼兒媚》云："庭院黃昏別緒濃，秋影小簾櫳。數聲寒杵，一弦涼月，幾點飛鴻。無邊舊事憑誰省，閣淚對西風。彈阮無心，調箏轉怯，思夢還慵。"春塘名士驤《菩薩蠻》云："含情悄倚屏山立，清宵怕見如眉月。眉似月纖纖，愁痕夜夜添。兩枝紅燭并，濃淡人雙影。驀地眼波回，相看轉自猜。"《浪淘沙》云："盼到柳條青，已過清明。落花如雨聽無聲。不信一春憔悴意，單爲啼鶯。斜月滿空庭。香霧冥冥，簟紋如水夜姜清。睡去總然無好夢，却也愁醒。"帆影《南浦》云："風正挂蒲高，認中流片影，參差來去。半幅淡相隨，澄輝裏，劃破幾重烟樹。回撾捩柁，沙灣綠轉痕斜露。鷗倚鷺翹渾未醒，已過蘆□奇荻浦。軟波帖帖輕移，漸微茫，遠逐閑雲飛度。殘照欲低時，江樓畔、應有銷魂人數。離情無據。一痕搖曳留難住。霞斂遥山盫翠暝，□入月陰深處。"均不涉浮艷。〔丁紹儀《聽秋聲館詞話》卷十一，清同治八年(1869)自刻本〕

三、傳　記

楊蓉裳墓志銘　陳用光

君諱芳燦，字才叔，一字蓉裳。姓楊氏，常州無錫人。曾祖宗濂，祖孝元，父鴻觀。三世皆以君弟揆官甘肅、四川布政司，晉贈如其官。曾祖姚馮，祖姚顧、倪，姚顧，皆晉贈夫人。顧夫人夢五色雀集庭樹而生君。君生七月而能言，君大父特愛之。長而詩文華贍，見稱於老宿。年十九補縣學生，冠其曹。鄉試罷歸，應學使者試，彭文勤公大異之，以已主試時失君爲悔也。文勤竣學使事，將受代，君方居父憂。招君問家事昆弟，遂以兄女字君之弟揆。君兄弟三人，君爲長。次揆，以召試賜舉人，歷官至四川布政使。次英燦，今爲四川安縣知縣。

君旋以選拔貢生，應庭試，得知縣，分發甘肅。嘗攝西河、環縣，旋補授伏羌。回民田五爲亂，起石峰堡，伏羌回民馬稱驥應之。未發，君先期既募鄉勇爲防守，會馬映龍、白中煒、馬宏元以稱驥之謀告君，立捕殺稱驥四人。方請兵，而賊至，君率應龍、中煒、宏元偕鄉勇登陴守五日夜。兵來，與賊比日戰，圍始解。映龍，稱驥甥也。君能得其心，與共守。

又嘗脫李五於獄，而使之迎官兵言狀，李五果得銀牌還。君治縣，溫溫若不任事者，坐堂皇，訊事罷，即手一編，就几讀，人或以爲笑，孰知其臨變敏決若是。

初，蘇四十三之亂，獄詞連伏羌，人大恐。君請於提刑曰："馬得建等饋銀在蘇四十三未爲亂前，與從逆者有間，請量從末減。"於是家屬悉得免緣坐。及石峰堡事平，賊首張文慶子太憾映龍之泄謀，曰："映龍固與吾父通音問，其助守城，欲於五日後獻城也。"阿文成逮映龍至靜寧。君與偕往，言於文成曰："映龍欲獻城，曷爲以其謀告？且伏羌無兵，鄉勇皆烏合衆，亦無俟五日後力始竭也。"文成曰："彼非馬得建子耶？"君曰："彼固以得免緣坐，時時與某言涕泣，思得當以報公也。"文成以爲然，立命出之獄。嗚呼！此又足以見君之神而明，其定亂出圍城，非由倖致也。

君後雖以守城功擢知靈州，嘗單騎諭散奪米飢民，請借口糧，設粥廠以安衆。大吏亦甚知君才矣。而自念家世本儒術，不樂爲外吏，遂入貲爲員外郎，居户部。與纂《會典》，辰入申出，專力於館書。歸則擁書縱讀，益務記覽爲詞章。君詩出於義山、昌谷，而自成其體。又工儷體文，嘗語用光曰："色不欲其耀，氣不欲其縱，沉博奧衍，斯儷體之能事也。"君旋丁顧夫人憂，貲不能治裝，鬻書以歸。爲衢州、杭州、關中書院山長者數年，最後入蜀修《四川通志》，主錦山書院山長。乙亥冬，省弟於安縣。十二月二十一日，以疾卒於安縣署中。距生乾隆十八年十二月十八日，享年六十三。妻徐宜人。子二：承憲、承惠。承惠以後君世父潮觀，爲冢孫。承憲娶沈氏，生子一：應韶。承惠娶趙氏，生子一：應融。女三：長適今景州知州秦承霈，次適今臨清州州判龔瑞穀，次適候選通判張嗣敬。承憲工詩詞，能承其家學。以狀來屬爲君志幽文，乃序次而銘之。

銘曰：謂君當懦兮靖豺貙，謂君當顯兮潛郎署暫居。與余游處兮蛮倚驢，即別去兮余懷孤。過大梁兮重遇余，雖暫覿兮喜摻袪。黯蜀山兮雲飛徂，遠君之鄉兮孰與爲娛。招子雲兮攀相如，庶一見而慰君兮，歸委蜕於蓉湖。〔陳用光《太乙舟文集》卷八，清道光二十三年(1843)孝友堂刻本〕

户部廣東司員外郎前甘肅靈州知州楊君墓志銘　趙懷玉

嘉慶丙子夏，[①]吾友楊君才叔喪歸自蜀。是冬，其孤承憲手狀，請銘其墓。予與君交四十載，君仲弟布政與予齊年，比歲又先後主關中講席，無以辭。君諱芳燦，號蓉裳，才叔其字。世爲無錫人。曾祖宗濂，祖孝元，考鴻觀，清德未耀，并以君仲弟揆貴，贈通奉大夫、甘肅布政使。妣顧氏，封太夫人。

君生前一夕，母夢五色雀集庭樹。生七月，即能識楹帖，字不誤。四歲，讀《四子書》，竟能背誦唐人古今體詩八百餘首。稍長，從舅氏顧君游，爲詩時得佳句。君世父潮觀，四川邛州知州，故名宿。君兄弟與群從中表皆以才名，里中諸老折輩行交之。年十九，爲金匱縣學生員，名第一。試江寧，見賞於袁大令枚。南昌彭文勤公視學江蘇，每試，輒冠其曹。旋遭父喪。免喪，爲丁酉選拔貢生。[②]廷試一等，以知縣用，發甘肅。文勤聞之，致書惋悵，君亦忽忽若有所失。

己亥，[③]赴甘肅，攝西河、環縣，旋補伏羌。乾隆四十六年四月，河州循化逆回蘇四十三爭教事起，攻陷河州。初，安定回馬明心倡立新教，從者頗衆。至是與老教構釁，遂起事。布政王廷贊誘明心執之。群回以索教主爲名，進攻蘭州。會英勇阿桂公、嘉勇福康安公先後率師至，賊始破滅。當兩教構釁，伏羌回馬得建等十六家斂銀爲訟費。事平後，獄詞連及，臬使馳驛至縣，嚴鞫之。其家屬數百人，滿城號哭，勢洶洶。君以得建斂銀在蘇四十三起事前，與從逆有間，力爲申辨。遂祇論得建等，免其緣坐，闔城帖然。以其暇，修朱圉書院與姜伯約祠。

明年，邑西南天門山石鼓忽鳴，相傳鳴則主兵。君既修築縣城，復請減糶以備倉貯。未幾，回匪田五果起石峰堡。召募鄉勇，設立堆卡，日費數百緡。或曰："賊氛尚遠，如此糜費，奈帑空何？"君曰："帑空不過死我耳。與一城生靈、全家性命，孰輕重耶？"既而賊掠固原，攻靖遠，擾安定。城中馬稱驥等約爲

---

① 丙子：嘉慶二十一年(1816)。
② 丁酉：乾隆四十二年(1777)。
③ 己亥：乾隆四十四年(1779)。

内應，獲奸細始知，亟捕。稱驥等皆持械抗拒，格殺四人，然後就縛。方欲請兵，賊已大至。焚燒郭外居民，火光燭天。時城上兵民雖衆，而非精練。舊有獵戶，鳥槍每發必中，選得三十餘名，以資捍禦，賊頗畏之。君則懷印佩刀，登陴固守。賊槍箭雨集，城上亦矢石交下，如是相持凡五晝夜。當是時，援兵不至，人心皇皇。忽有步騎絡繹從東北來，離二十餘里而止。是夜，賊攻圍益急，衆疑賊黨續至。君召獄中積匪李五，脫其械，謂之曰："官兵已到，特未知領兵者何人。汝能往探得實，當貰汝罪。"即以印文界之，使縋城出，時天猶未明。日出時，李五返，則胸懸銀牌，亟挽之上，乃曰："領兵者總督也。"探懷，出銀牌十，批其印文云："孤城困守，烽火連天，不意書生當此重任，實堪嘉尚。馬稱驥等即於城內正法。毋以援兵即至，稍有疏虞。"君傳示四城，酌給銀牌，鼓勵民勇，歡聲如雷。官兵與賊接仗，前後殺賊五百餘人，賊膽落，不敢復逼。方賊屯天門山，入夜潛來攻城，寂無燈火。是夜忽列炬數千，迨曉而衆已遁矣。

初，賊首張文慶子張太，以舉發內應憾馬映龍，因言與其父通，約五日後獻城，以官兵突至，未果。有檄逮訊。君知其冤，即與偕往，見嘉勇公，曰："首發內應者映龍，果欲獻城，將約爲死黨，何肯舉發？且獻城必於五日後，俟守者力盡耳。伏羌向無官兵，民夫皆烏合之衆，賊至即獻，何必五日？"公曰："彼爲馬得建子，肯助我耶？"君曰："得建之案，吏議已照叛逆，公免其緣坐。映龍言之，往往感泣，正欲得一當以報公耳。"公曰："爾能保之乎？"君曰："非特芳燦保之，同守城者皆願保也。"會衆投具保狀，公乃釋然，立命出之。

軍務竣，以守城功，上有旨以知州題補。丁未，[1]補靈州。丁巳，[2]靈州歲饑，州民有搶奪者，里長張皇具報，市門悉閉，闔邑驚疑。君曰："此饑民耳，可無慮。"即馳往慰撫。白上官借口糧，既發倉散給，又設立粥廠。械搶奪爲首者示，民情翕服。戊午，[3]權平涼知府。會君仲弟授甘肅布政，例回避。以久於風塵，備嘗艱險，不樂居外，改捐員外郎，在戶部廣東司行走。尚書朱公珪舉爲《會典》纂修官，旋爲總纂修。甲子，[4]布政卒於任，將告歸，以書垂成，不准乞

---

① 丁未：乾隆五十二年（1787）。
② 丁巳：嘉慶二年（1797）。
③ 戊午：嘉慶三年（1798）。
④ 甲子：嘉慶九年（1804）。

假。時季弟英燦已奉母南下，布政已遷江寧，乃先遣子歸省。丙寅，①京居日貧，又念親綦切，得心疾。聞人大言疾步，輒蹶氣震怖。旋遭太夫人憂，質寓中書籍爲舟車費。歲暮，達江寧。悲勞臻至，容髮自此衰矣。明年冬，葬顧太夫人於嶧峒灣。

戊辰，②主衢州正誼書院、杭州詁經精舍。己巳，③陝西巡撫延主關中講席。庚午，④諸生捷秋榜者二十二人，一時稱盛。辛未，⑤蜀中大吏延修省志，適季弟題補安縣，君遂赴蜀，以便往來其間。癸酉，⑥在成都，忽遭危癥，久始稍痊。時予已在關中，亦嬰末疾。秦蜀尚邇，書問時通，嘗爲予撰詩文集序。乙亥，⑦志局將藏，君欲南歸。蜀中當事力挽，增修脯至千金，遂勉留。是冬，在安縣偶感寒疾，遂不起。

嗚呼！始君與布政皆以詞藻顯，既而并著戰功，俱可不朽。然君少予六年，布政且少予十有三歲，乃兩人志墓之文，咸出予手，予之衰疾頹廢，反塊然獨存，斯可哀已！所著有《真率齋稿》十二卷、《芙蓉山館詩詞稿》十四卷、駢體文八卷行世，又《集外》詩四卷、文四卷、藏於家。君生乾隆十八年十二月十八日，卒嘉慶二十年十二月二十一日，春秋六十三。配徐氏，封宜人。子二：承憲，候選府經歷；承惠，候選縣丞，爲從兄掄後，承邛州大宗。女三人：直隸景州知州秦承祜，山東臨清州州判龔瑞穀，候選通判張嗣敬，其婿也。孫二人：應詔、應融。以嘉慶二十二年九月甲寅，葬無錫嶧峒灣祖塋之昭穴。

峒銘曰：才陵六朝，命寄百里。研京練都，捍城築壘。經緯兼之，中外歷只。胡爲駸駸，而遽中止。我銘無愧，百世以俟。［趙懷玉《亦有生齋文集》卷十八，清道光元年（1821）刻本］

楊蓉裳員外傳　陳文述

君名芳燦，字蓉裳，一字才叔，江南金匱人。以拔萃科試高等，選甘肅伏羌

---

①　丙寅：嘉慶十一年（1806）。
②　戊辰：嘉慶十三年（1808）。
③　己巳：嘉慶十四年（1809）。
④　庚午：嘉慶十五年（1810）。
⑤　辛未：嘉慶十六年（1811）。
⑥　癸酉：嘉慶十八年（1813）。
⑦　乙亥：嘉慶二十年（1815）。

令,擢靈州牧。入京爲户部員外郎,以母憂歸,卒於蜀。君天資英絶,年甫冠,所爲詩文已爲藝林所重,與弟荔裳有"二楊"之目。

及官伏羌,即值田五之變。田五者,回民之譎鷙者也。聚石峰堡,以復新教惑衆,謀作亂。未期而事泄,遂由海城攻靖遠。破通渭,戕都統參將於高廟山,合數萬人攻伏羌。伏羌當秦隴之衝,城中回民雜處。君外輯軍民,内杜間諜,獲馬中驥等數人誅之。其良者,君拊循激勸,咸願助君堅守。居民以回也疑之,君曉以大義,民與回遂和。擘畫甫定,而賊大至,君隨機宜設方略應之,與下同甘苦,當矢石之衝者四晝夜。援兵至,圍始解。賊不得越伏羌而東,乃退守石堡。會大將軍阿公、制府福公統禁旅至秦,蜀兵亦先後雲集,築長圍以攻。遂破石堡。是役也,非君以死守扼其衝,必蔓延四出,不可驟定。論者比之睢陽、玉壁焉。事平,論功,擢靈州牧。

時荔裳已由中書舍人從大將軍福公征廓爾喀,與君遇靈州。逾年,軍事平,荔裳以觀察擢甘肅藩司,君例應引避。不樂外任,乃入資爲户部員外。君故工駢體文,及官京朝,多暇日,所爲文益宏整典重。京師有大著作,必假君手。君由請必應,文不加點,日常數千言,輦下數才人者君爲舉首,後生寒畯,多被容接,士論翕然歸之。纂修《會典》,克舉其職。會荔裳卒於蜀,太夫人繼逝,君乃南歸。君之歸也,貧無以自給。則西之秦,主講關中書院者數年。繼又之蜀,客蜀者又數年,修《四川通志》,會季弟蘿裳令縣竹,遂至縣州。以嘉慶乙亥冬卒於縣州。

君與人平易,無疾言遽色,而外和内介,生平未嘗有失德。文人之敦行者,莫君若矣。所著有《真率齋集》《芙蓉山館詩集文集》各若干卷行於世。子二:夔生,官薊州牧;麟生,以嗣從兄揄後。女二:一適同里秦氏,一適虞姚張氏。

陳子曰:"余之識君也,在辛酉春。以計偕留京師,先後與君過從者五年。君怡聲緩步,使人浮氣皆斂。而身居圍城,乃忠義奮發,却敵全城,爲國家保障,洵賢者不可測矣。君弟荔裳,以書生從軍絶域,勒銘二萬里外。及官蜀,適白蓮教不靖,與軍事相始終,所著《桐花吟館詩》,與兄媲美。論文人者,'二楊'其不易及哉!"[陳文述《頤道堂文鈔》卷三,清道光刻本]

楊芳燦　張維屏

楊芳燦,字蓉裳,江南金匱人。貢生,官户部員外郎。有《吟翠軒初稿》。

蓉裳驚才絶艷，綴玉聯珠，駢體之工，幾於上掩温邢，下儕盧駱。而詩則取法於工部、玉溪間，填詞亦兼有夢窗、竹山之妙。乃僅以拔萃科，選爲伏羌縣令，既而逆回構亂，烽火連天，蓉裳嚴守孤城，授子傳餐，獨當豕突。事平久之，乃量授靈州。又偃蹇十餘年，始爲農部。雖兼《會典》館纂修，而終不獲與於承明著作之林，殊爲缺事。然聞京師盤敦之盟，必以君爲赤幟，蓋光焰固不能掩也。《湖海詩傳》。

楊州牧驚才絶艷，世謂盈川復生。袁簡齋太史論詩所云："毗陵星象聚文昌，洪顧孫楊各擅場"者也。始以里選上計，出宰伏羌，值回氛肆逼，攖城守禦，指揮殺賊，一軍皆驚。王述庵廉使統師長武，嘉其偉節，賦詩二律，飛達圍城。州牧即有和章，并自著《伏羌紀事詩》一卷，又何整暇！竟以殊功特擢，可謂才人之奇遇。《吳會英才集》。〔張維屏《國朝詩人徵略》卷三九，清道光十年（1830）刻本〕

楊芳燦與楊揆事略　李元度

同時楊君蓉裳，名芳燦，無錫人。母顧夢五色雀集庭樹而生君。詩文少即華贍。學使彭文勤大異之，字以兄女。

由拔貢應廷試，得知縣，補甘肅之伏羌。回民田五爲亂，起石峰堡，縣民馬稱驥應之。未發，君先期募鄉勇設防，會馬映龍以賊謀告君，立捕殺稱驥。賊遽至，與映龍等登陴守，五日圍解。映龍，稱驥甥也。君治縣，温温若不任事者。坐堂皇，訊事罷，即手一編，就几讀，人笑之。而其應變敏决乃若是！初，蘇四十三之亂，獄詞連伏羌人，大恐。君力請於提刑，得末减。及石峰堡事平，賊首張文慶子泰憾映龍泄其謀，曰："映龍故與吾父通，其助守城，欲於五日後獻城也。"阿文成逮映龍至静寧，君曰："映龍果欲獻城，曷爲以謀告？且伏羌無兵，勇皆烏合衆，亦無俟五日後力始竭。"文成悟，立出之獄。君以功擢知靈州，嘗單騎諭散奪米飢民，請借口糧，設粥廠以安衆。大府才之。

君顧不樂外吏，入資爲員外郎，居户部，與修《會典》。公餘擁書縱讀，益務記覽爲詞章。詩出入義山、昌谷間，而自成其體。又工儷體文，驚才絶艷，世謂盈川復生。嘗曰："色不欲其耀，氣不欲其縱，沉博奧衍，斯儷體之能事也。"守伏羌時，王蘭泉廉使統師長武，嘉其偉節，賦詩飛達圍城，君立和之，并上《伏羌紀事》百韻。其整暇如此！

丁母憂，貧甚，鬻書以歸。主衢杭及關中書院數年，入蜀，修《四川通志》，主錦江書院。弟揆[1]，知安縣，往省之，卒於其署。年六十有三。著有《吟翠軒初稿》。

揆字荔裳。乾隆庚子，召試舉人，少擅風雅，與其兄蓉裳齊名。由中書從嘉勇福公征衛藏，所歷熊耳山、星宿海諸勝，異境天開，詩格與之俱進。累官四川布政使。著有《藤華吟館集》。〔李元度《國朝先正事略》卷四十四，清同治五年(1866)循陔草堂刻本〕

通奉大夫四川布政使司布政使贈
太常寺卿楊公墓志銘　趙懷玉

公諱揆，字同叔，一字荔裳。楊氏之先自華陰遷常州，再遷無錫，祖孝元，考鴻觀，世爲名諸生，皆以公貴贈如其官。母顧氏封太夫人。公生而聰穎，八九歲時即好涉獵史事，塾師嘗以蘭是香祖屬對，即應聲曰："梨爲百果宗。"問何出？曰："《南史·張傅傳》也。"長老異之。年十四，贈公去世，從其兄，今户部郎芳燦學時户部，已名噪里中，所交悉知名士，公亦頡頏其間，有二難之目，南昌彭文勤公視學江左，聞其才，以兄子妻之。

入都爲國子監生，兩試京兆不售，乾隆四十五年召試一等，賜舉人，授內閣中書，五十五年充文淵閣檢閱，入軍機處行走。明年廓爾喀酋長侵犯藏界，誘執西藏丹津班珠爾等稱兵肆掠，富察嘉勇公福康安爲大將軍，奏公從行。五十七年，恩賜花翎，以內閣侍讀升用。五十八年補侍讀甫，逾月授四川北。六十年加按察使銜，授四川按察使，以勦樂苗陘，未赴任。嘉慶二年正月加布政使銜，二月補甘肅布政使，總統宜縣，公奏留四川辦理軍務。四年二月，之官是歲。十一月調四川，在甘肅四川皆代理總督事，爲鄉試監臨官。再典武關鄉試，此歷官大略也。

其從征廓爾喀，越日月山，兹星宿海，後隊過大雪，行李盡失，糧糗不繼，拾牛馬矢蘊火煮冰調麥屑療饑。夜則蒙裘露宿，及抵濟嚨山，險不能容馬，官兵皆舍騎爾徒，每經絶徙，則手足并用。嘗夜雨前塗，賊至，進退無所，遂與同行者淋雨中，擁背持踵以達旦。王師抵帕朗古廓爾喀，惶懼乞降，公以一書生履其問略，無失策。超勇海蘭察公爲參贊，最知兵，聞公言輒云："與我意合。"爲宿將所重如此。

其任川北,當黔楚逆苗煽動。總督和琳檄理軍務,旋與嘉勇公合攻下苗寨,殲擒賊目。嘉勇公封貝子,總督封伯爵,公亦進秩。時湖南輩習教匪徒潛結醜類,剽掠村堡,攻擾州郡,勢甚熾,官兵頻有斬獲。俄貝子卒於軍中,總督亦相繼歾,衆心洶洶。有旨以額勒登保、德楞泰二公接統大軍,公設方略,搜軍實以左右之,由是壁壘一新。其任甘肅,爲公舊游地,凡城垣戶口版籍賦,胸有成竹,僚屬賢否亦瞭然於中,故不煩爾理。其任四川,值賊竄擾,道路梗塞,總督魁倫調度失宜,賊踩渡潼河,焚掠三臺中江縣境,成都戒嚴。總督逮問,公撫輯難民,調查奸□。旬日間流亡安集,人心以寧。於龍安松潘安設臺站,□□□州邑采買米穀,以資飛挽。既而各帥率兵接仗,餉又不繼,總督勒保公則遠在軍營,公乃直陳情形,請發餉銀三百萬,幕客斂手,懼拂上意,疏人竟邀俞允。

在蜀五年,經畫雷波,馬邊夷務,及時蔵功。然頻歲軍興,庫帑略盡而糧負支餉則絡繹而至。公衡量緩急,權爲假貸,僅乃得濟,而心神因之告瘁矣。始公以僄直受暑,誤服凉劑致痰飲疾後忽復發,遂至不起。事聞,得旨,照軍營病故例議恤,特贈太常寺卿,蔭一子入監讀書,期滿,以知縣銓選。

公與戶部皆以文名,又皆以武功著。自傷少孤事,太夫人色養備至,友于兄弟,與人交不設城府。爲文沉博絶麗,下筆千言,飛章走檄,洞穴要廓爾喀平定,當立碑記功,向多記室爲主帥,代作大將軍令,即署公銜名勒石,番藏蓋文人奇遇也。詩初學長慶,出塞後境日險,句亦日奇,駸駸乎入杜韓之室。所著有詩文集如干卷,奏牘如干卷,衛藏記聞如干卷。生乾隆二十五年正月四日,卒嘉慶九年五月十六日,春秋四十有五。配彭氏封夫人。子三:曰承懋,三品蔭生,候選知州;曰承慧,國子監生;曰承愻,候選通判。女一,未字,以嘉慶十五年某月日葬於某鄉之某阡。其孤來謁余文,余以奏賦。與公同舉庚子,公少余有十有三歲。方同官京師,公處境尤困貧,病至,無以自給。一旦遭際,洊歷崇階而戎馬驅馳,精力亦頗能支柱,以爲朝暮,當致節鉞而壽,亦未可量也。乃財逾疆仕,勞勩身殲,如余之濩□無成者,反操筆而志其墓,悲已!

銘曰:桓桓方伯,智才絶倫。詞賦通籍,韜鈐致身揚。歷行間投,黽克側席。胡天不吊,鳳靡鸞吪。星隕井絡,爰遺岷峨。帝軫賢勞,清卿進秩。生榮死哀,父作子述。蜿蟺者山,瀠洄者溪。我銘幽宮,岸谷弗移。〔趙懷玉《亦有生齋文集》卷十八,清道光元年(1821)刻本〕

贈太常寺卿四川布政使荔裳楊君墓志銘　秦瀛

　　嘉慶九年五月十六日，四川布政使楊君荔裳以勤於其職，積勞致疾卒。事聞，天子憫其勞，贈太常寺卿。予祭葬，蔭一子爲知縣，舊例惟在軍營病没者得議恤。君没於位，亦得仰荷國家逾格之榮恤贈有加，由是飾終之典於君爲特厚。

　　按狀君諱揆，字同叔，號荔裳。其先自武進遷無錫，曾祖宗濂，祖孝先，即吾邑所稱介，公先生者也。父鴻觀與其世父邛州知州潮觀并工詩文，不遇，早卒。三世皆以君貴贈如君官。妣顧氏，封太夫人。君家先世既以文學著稱，而其外氏自修遠先生，諱宸者，著名聽社，百年來其學更遠有端緒。君之兄蓉裳承兩家之學，擅才藻。君稍後出，亦髫齔即能文辭，尤長於詩。蓉裳既由拔貢生出爲知縣，而君以國子生於乾隆四十五年純皇帝召試江寧行在，賜舉人，授内閣中書。

　　閱數年，入直軍機處。會廓爾喀酋長侵犯西藏，誘執班珠爾等稱兵肆掠，富察嘉勇公福康安爲大將軍，奏君從行。廓爾喀遠距碉門萬八千里，君以書生從事，自星宿海而外，所歷懸厓絶壑險岨，非人境。層冰山積，人馬驚墮，而君枕戈淅劍，磨盾草檄，著紙若飛。及既成事，撰文紀功，勒石而還，方君之在廓爾喀也。蒙賜花翎，以内閣侍讀擢用，既還。除侍讀，旋授四川川北道。乾隆六十年擢四川按察使。嘉慶二年遷甘肅布政使，時四川方有軍事，總統宜綿公奏留君。逾二年，始蒞甘肅，旋復調爲四川布政使，越六年而没。計君由侍讀出外，歷監司藩臬，諸所經營擘畫，其事實與軍旅相終始，故其爲川北道也。黔楚逆苗煽動，君隨嘉勇公往討之，公薨於軍。閱三年，苗始平。迨任甘肅，教匪方跳梁羣秦階所在騷動，總督松筠公統兵於外，以省垣之事屬君。君至築城垣，稽户口，問邊氓疾苦，噢咻煦嫗，民以不擾。無何移四川，屬賊竄擾渡潼河，焚掠三臺中江縣境，成都戒嚴。總督魁倫逮問，君設施粗具，慮師行饋餉不繼，檄它州縣預籌糧糧，以資飛挽，而諸道兵餉仍匱乏。總督勒保公遠在軍營，君亟疏請發餉銀二百萬兩。幕客斂手，思（懼）失上意，奏入報可。君遇事果決持大體，無所迴顧，多此類顧以軍興，久資帑略盡而請者絡繹，輒無以應。君權衡緩急，懂乃得濟。教匪以次殲滅，而君疾作不可治矣。卒之日，年四十有五。烏虖！

　　始余爲諸生，訪蓉裳於邑之城北，始識君。君年纔十三耳，與譚南北史事甚熟。及余官中書，君亦隨以獻賦，得是官，窮甚。沈抑不得志者數年，阿文成公方在内閣，少司寇王蘭泉先生爲公道君之才，公於君姓名不甚記憶，詢諸余，時余已遷侍讀,詳以告公。君始以撰文知名,同在軍機者一年,而君有廓爾喀之行,君歸替余爲侍讀,兩人相繼出外,尺書通問無間。余衰老,意君志事當不止於是。悲已!君娶南昌彭氏,贈檢討元璨女,封夫人。子承戀,候選知縣,女一,未字。所著有詩文集如干卷,衛藏紀問如干卷。其孤既由成都歸君之巷,將以某年某月葬於某鄉某原。

先期蓉裳乞余文,志君墓辭曰:遄車馴驪,稅於方轄。既牽以馳,孰爲摧之。縶匪自入天寶,隕而侯折其輈。捐於中逵,蜀江演迤。劍門厜㕒,魂兮來歸。生斯葬斯!潭潭幽宮,陰風晝吹,名其不劘,徵余銘辭。[秦瀛《小峴山人文集》卷五,清嘉慶二十二年(1817)刻道光間補刻本]

周笥雲墓表　方履籛

君諱爲漢,字心渠,笥雲其自號也,浙江浦江縣人。清第播華,逸踪裕範。考諱能珂,甘肅山丹縣知縣。野王著高妙之行,鍾離勤隱親之惠。君爲山丹公次子,粹質軼乎璠璵,慧心發乎髻辮。舞雞燭智,夢鳥探胸;學不再問,敏逾任昄。文若宿構,群疑范雲;長而曠度,益兹研思。罔懈勁築,蹈而表銳,造密酪而含辛。郭亮動聲則宮商俱揚,王筠涉筆則孔翠群翔。

晢兄鑒湖刺史,亦以環瑋。博達早勝今譽,分鑣藝林,炫彩錦肆。辨神韵於髦嶠,質經業於瓅珪,雖雙驥之稱,一時并重。而君尤能精究七略,貫綜百氏,激花驚芬,英絶領袖,鑒湖亦自謂弗逮也。於是投斧得占,負輅遄往,入槐市而覓舉,宜竹箭之見珍。洛水宴集之賢,太學聲華之彥,莫不定交。杵臼清論,簞瓢符彩,映座則義氣如雲。奇句懾人,則頭尾擊地。其時無錫楊蓉裳先生方領農曹,獨雄詞坫,而遂寧張侍御問陶、陽湖劉編修嗣綰、桐鄉蔡儀部鑾揚、甘泉汪水部全德諸君爭吐洪輝,各標麗篆。君頡頑其間,機杼自異,咸推文猛,或畏儒梟。龍門既登,元禮爲之,撫掌蛾陂,坐對次都。洽其高情,由是盛烈愈揚,翕羽日廣,而君砥厲之志亦益。顥密期垺,美於前修,雖鈌肝而不悔矣。無如絶塵之步,不能登丹梯之枎;貫月之槎,不能越鴻溝之限。溫卷屢投,屈聲徒振,百中爭能,嘆學術之終悮一第,慍子令結轖以寡歡。

入粟授官爲邑主簿,乖其本能懷,終不謁選。資郎之號,無愧文園;斗食之吏,難羈僧孺。繼而遭山丹公憂。衡陽之橘林未植,成都之遺桑已枯。季彦隨兄守遺令而不返,管生奉母卜新壙而僑居,遂乃賃廡長安載旒渭涘。揃土營馬鬣之封,支床見雞骨之毀。苴杖尚陳,蓼莪更廢,稱叔鸞之死孝,感杜栖之噩夢。雖庭下翔鳩不無靈契,而水中遇蛭已有隱癥。加以下殤頻告傳,金瓠之哀辭,倚戶微吟,發錦瑟之清怨,幾至歲聞薤露。門列松楸,肺腑之親,凋亡殆盡。含酸吊影,積瘁抽心,憂能傷人,宜孝章之不永也。

　　鑒湖宦游桂管,遣書相迓。壬申之秋,辭醫就道,停驂武昌,氣疾增劇,方伯素訥,公雅重君才,躬延伯休之。車手量真長之藥,沈綿轉篤,遂至不斷,年尚促於公。明位未登於少府,既膺多難,復愴游魂。天道之酷,乃至是乎!君性耽奇,思晚益苦,吟詩文之境,造詣日深。凡骨盡捐,異藻獨艷。鴻黄窈邃之韵,葩華荓布之色。長卿之賦,來非入間;昌谷之辭,加以精理。泃足睥睨,時雋撖腋唐賢。其所自訂有《枕善齋集》八卷,既卒之。後鑒湖專志搜輯,又得八卷,散佚尚多,存者已足不朽矣。真泠之誠,願侍新阡,鑒湖哀之,護其單櫬以嘉慶二十年某月葬於長安縣塔坡里。

　　計君畢生命多踦隻,文人之厄,幾遘其全。惟有俊昆爲之曲,蔭生則愛無分,形没則補其遺緒。馬況晚成之論,足慰牢愁;王微告靈之書,或消幽憤。此則君之幸也。履籛與君同侍宦於沔隴之區,并執贄於宏農之館,名齒後先,臭味相洽。時方總角,未及盟心,後客燕都,遽聞君訃,素交設位,余爲奠章,舉殤高誦,相向失聲。今越十年,而鑒湖又屬校其全集,且乞表君之隧,昔日黄童之譽竟爲後世之相知此。時元石之文敢附,生年之死友,庶使宿草不萎,流泉應節,飄零温尉,猶懷詞客之靈,慷慨陸機,獨吊中郎之墓。[方履籛《萬善花室文稿》卷七,清光緒七年(1881)王氏刻謙德堂畿輔叢書本]

祭周篛雲文并序　方履籛

　　歲惟元黔,次於大淵。周子篛雲,卒於漢臯之旅。嗚呼!馳電匿影,沈月不光。菁華汩於崇朝,哀忱起於中夜。龍蛇之厄,抉十仞而泉飛;夢雞之辰,叩九閽而星落。應汝南之著作,不名其官,吳季重之,善愁終之。以命啓文園之篋,封襌之書將亡。披子雲之帷,草元之心未化。嗟乎!滔滔逝水不能駐金石之流,冉冉行雲豈殊於蜉蝣之瞬。惟當世以誰懟假大地而埋憂?達士之寄,今乃言旋,勞人之生,誠不如死。然而摧千尺之桐,竟先撥其枝葉,刈百畝之蕙,又遽傷其根荄。安仁悼逝之時,未周於歲,蘭成傷往之作,不絶於書。匪朝伊夕,掬瓊瑰於盈懷;跼地踏天,恨尺蠖之無足。拓落寡耦,崎嶇捐歡,入室靡睹,出門何之藜菆泣。兩圍十口之棺，茅檐坐霜冷，三生之夢望故鄉而不見，類飛蓬之焉如。因其伯兄宦於嶺粵，將往依之，未及至也，悲秋羇舍，殉之以身。躑躅冥途，欲迷其徑，枕函簡而長謝，御布衾以永休。十干木未知視斂之人，萬里停輿定多欺貧之鬼。寒烟夕卷斷葉，驚飛鄰笛乍起。臥白骨而酸魂生，矧載將以蒼蠅爲吊客。人之生也，死固其所。死之爲累，乃若是其凄怨乎？

歌《薤露》以何時，仰昊穹而莫答。所謂修文繼職，玉棺降空。賈太傅之賦《鵩》，王子猷之亡琴，千悲萬恨何可勝言？一號三呼，魂終不復。以今況之，增痛靡已。既卒之，後更閱一載，其友人之在京師者，始克知之。素車奔赴，同慚元伯之靈；寶劍初鳴，難覿徐君之冢。因僦其夙寓，爲位而哭。懼神遠之未格也，乃爲文以招而祭曰：黃雲瑟瑟，丹楓湛湛。魂兮歸來，念此夙忱。惟子之生，志度淵粹。荃蘭之姿，爲世珍瑞。既有今德穆於清風，既有丕文侔於化工。秋水照神，春霞麗物；良璞在躬，其彩焉拂。莊元之誼，銘衷凝素。發言彪炳，爰談爰賦。時之不達，道屈未伸。百冶之銑，乃栖埃塵。命之不淑，幽閟其世。遭家不造，終屛憂悴。載駕我車於陝之鄉，載依我兄於嶺之陽。崔巍其愁，驅其怠運。極命衰隕，越爲害凉。沙掩旅窮，月寢肌朔，飆一來靈魂誰依？名山之編，藏於足後。嘔心而亡，繋子是咎。子之家室，盡汨重泉。潛質相晤，慰子後先。楸輀未安，魄苦相近。魂其久淹，湖湘之境。友恭是則，思兄未忘。魂其有知，隨流而揚。十棺之穴，兆於隴左。魂其遠行，或侑或妥。少微作芒，離離晨嚼。魂兮歸來，歸於天上。惟我素執，判袂有年。渥彩懷音，夢寐是延。求之不得，泣涕漣若。乃灑桂醑，藉以清爵。斗酒雙鷄，酬於三步。迹遍湘干，珮捐澧浦。神飅蕭然，仿佛載欽。鑒此明潔，魂兮來歆。〔方履籛《萬善花室文稿》卷三，清光緒七年（1881）王氏刻謙德堂《畿輔叢書》本〕

周倬雲家傳　姚椿

周爲漢，字嶠東，亦曰倬雲，先世家浙之浦江。父能珂，官甘肅山丹知縣。甘肅邊省少文學，無錫楊農部芳燦知靈州，奇君詩文，亟稱之，君由是受學焉。游於京師，所交益廣，詩日益奇，然竟無所遇，返甘肅。而能珂卒，兄心如官粵西，獨力任喪事，卒以此病。君先是嘗援例爲縣主簿，非其所好，終身未嘗謁選。性狷集，每面折人過，以此不滿于人，人亦以此重之。君即葬父於長安塔坡里。會心如題補粵西，君往省視，行至武昌，病甚。卒於旅舍，年四十，□歸葬於塔坡里。

　　君所著有《枕善齋集》十六卷。於詩尤致力刻峭雄肆，幽奧酸澀，讀之使人不怡，大約出入退之、長吉，兼采晚唐諸人之美。於文宗農部，法唐賢，晚而有意著書。在長安答其友武威何翰林承先書曰："辱書勉以宜著書，甚善。然茲事不易言也。夫文以道立，道以學成，古之著書者，皆以畢生之力，赴之六經之書，成於暮年。其他著述，雖未必皆軌大道，迹其合者，彼其人或求之有年，或偏攻一蓺而漸與之，於書其成也，皆不以歲月計。幸而道成，書即成也，不幸而道不成，書固可以不成也。而牽率以成之，則固所不可，夫如是故當其命，筆知言吾道焉而已。前不知古人以我爲何等，絕無依傍也。後不知後人以我爲何等，任其毀譽也。是以純駁不妨互見，而工拙可以并存，至其獨到之處，則斷斷乎不可磨滅。何則道不可廢，故書亦不可廢也。今之著書者，吾惑焉，於道茫乎，未有聞。而亦不求，諸道本無可言，强而言之，高者剿襲，餘論排比古事，朝撮附合而成之。不則支吾酬應，以悦一時之耳目。朝方操觚，暮已脱稿，索隱好怪，污費筆墨，其去道愈遠。嘗見故家箱篋，市肆庋閣，錦櫝牙籤，褎然雅麗。而或存爲蠹糧，或鬻爲廢紙，啓而視之，率皆貴人文集。計其當時，如此珍重，豈不自以爲不朽，而無一人知其名，無一人求其書者，蓋不探其源而逐其末，流爲之易，故傳之難。著書至是，豈不痛哉。然則不求道之大成，而倉卒以言著作，夫豈可哉！爲漢有鑒乎是，今兹所急，不在著書而在求所以著書者，此豈可以立談就耶！裁損嗜欲，以治其心；閱覽文史，以進其業。如是十年、二十年，其或有成與。凡吾所謂有待者，如此成不成聽之於天，吾兄以爲何如？或有所著書，先以示我。"然君所欲著書，竟不成，獨其詩文傳於世焉。

　　論曰：予與君遇於京師，其後別去，不數得書，及今乃始得見君與友人書。嗚呼！其可慨也已。君兄以文見屬，予特爲表此，使後之知者毋徒以文士畫君焉。[姚椿《晚學齋文集》卷六，清咸豐二年(1852)刻本]

【校勘記】

[1] 揆：有誤，當爲"英燦"。據《〔光緒〕無錫金匱縣志》卷二十《宦望》中知楊芳燦三弟楊英燦官四川安縣知縣，調成都，擢松藩同知，卒於官。另據《楊蓉裳先生年譜》知楊芳燦二弟楊揆於嘉慶九年(1804)殁，嘉慶十六年(1811)楊芳燦赴成都三弟楊英燦處，後卒於楊英燦官署。

參 考 文 獻

一、古代文獻

（一）地方志

《〔光緒〕浦江縣志》：（清）善廣修、張景青纂，《中國地方志集成·浙江府縣志輯》第 54 册影印民國五年黃志璠再增補鉛印本，上海書店出版社 2011 年版。

《〔光緒〕無錫金匱縣志》：（清）裴大中、倪咸生修，（清）秦緗業纂，《中國地方志集成·江蘇府縣志輯》第 24 册影印光緒七年（1881）刻本，鳳凰出版社 2008 年版。

《〔光緒〕青浦縣志》：（清）汪祖綬等修，（清）熊其英、邱式金纂，《中國地方志集成·上海府縣志輯》第 6 册影印光緒五年（1879）尊經閣刻本，上海書店出版社 2010 年版。

《〔嘉慶〕靈州志迹》：（清）楊芳燦等修，（清）郭楷撰，蔡淑梅校注，中國社會科學出版社 2015 年版。

《〔嘉慶〕新修江寧府志》：（清）吕燕昭修，（清）姚鼐撰，《中國地方志集成·江蘇府縣志輯》第 2 册影印嘉慶十六年（1811）刻本，鳳凰出版社 2008 年版。

《甘肅新通志》：（清）升允、長庚修，（清）安維峻等纂，中國國家圖書館藏宣統元年（1909）刻本。

《江蘇藝文志·無錫卷》：南京師範大學古文獻整理研究所編著，江蘇人民出版社 1995 年版。

（二）史部

《清史稿》：趙爾巽等撰，中華書局 1977 年版。

《國朝耆獻類徵初編》：（清）李桓編，《清代傳記叢刊》第 127 至 191 册，臺北明文書局 1986 年版。

《弇山畢公年譜》：（清）史善長編，《北京圖書館藏珍本年譜叢刊》第 106
册，北京圖書館出版社 1999 年版。

《楊蓉裳先生年譜》：（清）楊芳燦編，（清）余一鰲續編，《北京圖書館藏珍
本年譜叢刊》第 120 册，北京圖書館出版社 1999 年版。

《楊氏家譜》：（清）楊應坦、楊念祖修，南京圖書館藏光緒十四年（1888）賜
書堂木活字本。

《國朝詩人徵略》：（清）張維屏撰，首都圖書館藏道光十年（1830）刻本。

《國朝先正事略》：（清）李元度撰，首都圖書館藏同治五年（1866）循陔草
堂刻本。

《清史列傳》：王鍾翰黠校，中華書局 1987 年版。

《四庫全書總目》：（清）永瑢等撰，中華書局 1965 年版。

（三）集部

《全唐詩》：（清）彭定求等編，中華書局 1960 年版。

《荆圃倡和集》：（清）楊芳燦撰，首都圖書館藏嘉慶四年（1799）幼舫本。

《芙蓉山館詩詞稿》：（清）楊芳燦撰，上海圖書館藏乾隆五十七年（1792）
石渠選刻。

《芙蓉山館詩鈔》：（清）楊芳燦撰，南京圖書館藏乾隆五十八年（1793）松
花庵刻本。

《芙蓉山館詩鈔續刻》：（清）楊芳燦撰，南京圖書館藏嘉慶三年（1798）松
花庵刻本。

《芙蓉山館詩鈔詞鈔文鈔》（《芙蓉山館全集》）：（清）楊芳燦撰，《續修四庫
全書》本第 1477 册，上海古籍出版社 2002 年版。

《辟疆園遺集》：（清）楊芳燦、楊揆撰，國家圖書館藏乾隆六十年（1795）刻本。

《梁溪詩鈔》：（清）顧光旭撰，國家圖書館藏嘉慶元年（1796）刻本。

《桐華吟館詩稿》：（清）楊揆撰，首都圖書館藏嘉慶十二年（1807）刻本。

《真松閣詞》：（清）楊夔生撰，國家圖書館藏道光十四年（1834）刻本。

《過雲精舍詞》：（清）楊夔生撰，臺北新文豐出版公司 1997 年版。

《亦有生齋集》：（清）趙懷玉撰，南京圖書館藏道光元年（1821）刻本。

《洮陽詩集》：（清）李苞撰，國家圖書館藏嘉慶刻本。

《春融堂集》：（清）王昶撰，《續修四庫全書》本第 1437 至 1438 冊，上海古籍出版社 2002 年版。

《小峴山人詩文集》：（清）秦瀛撰，《續修四庫全書本》本第 1464 冊，上海古籍出版社 2002 年版。

《頤道堂詩選》：（清）陳文述撰，《續修四庫全書》本第 1504 冊，上海古籍出版社 2002 年版。

《湖海詩傳》：（清）王昶輯，《續修四庫全書》本第 1625 冊，上海古籍出版社 2002 年版。

《湖海文傳》：（清）王昶輯，《續修四庫全書》本第 1668 冊，上海古籍出版社 2002 年版。

《兩浙輶軒録》：（清）阮元輯，《續修四庫全書》本第 1683 至 1684 冊，上海古籍出版社 2002 年版。

《兩浙輶軒續録》：（清）潘衍桐輯，《續修四庫全書》本第 1685 至 1686 冊，上海古籍出版社 2002 年版。

《松花庵全集》：（清）吳鎮撰，《中國西北文獻叢書》第 165 冊，蘭州古籍書店 2008 年版。

《聽秋聲館詞話》：（清）丁紹儀撰，國家圖書館藏清同治八年（1869）無錫丁氏刻本。

《存素堂文集》：（清）法式善撰，《清代詩文集匯編》第 435 冊，上海古籍出版社 2010 年版。

《清名家詞》：（清）陳乃乾輯，上海書店印行 1982 年版。

《清文匯》：（清）沈粹芬等輯，北京出版社 1996 年版。

《詞律》：（清）萬樹撰，上海古籍出版社 1984 年版。

二、近現代文獻

（一）著作

《隴右著作録》：（民國）張維撰，《西北文獻叢書》第 78 冊，蘭州古籍書店 2008 年版。

《晚晴簃詩匯》：徐世昌著，傅卜棠編校，華東師範大學出版社 2009 年版。

《唐宋詞格律》：龍榆生著，上海古籍出版社 1978 年版。

《全清詞鈔》：葉恭綽著，中華書局 1982 年版。

《清詩紀事》：錢仲聯著，鳳凰出版社 2004 年版。

《清代人物生卒年表》：江慶柏著，人民文學出版社 2005 年版。

《清人別集總目》：李靈年、楊忠著，安徽教育出版社 2007 年版。

《清代通史》：蕭壹山著，中華書局 1986 年版。

《全清詞·雍乾卷》：張宏生編，南京大學出版社 2012 年版。

《清代人物生卒年表》：汪慶柏著，人民文學出版社 2005 年版。

《清人室名別稱字號索引》：楊廷福等編，上海古籍出版社 1988 年版。

《清人文集別錄》：張舜徽著，華中師範大學出版社 2004 年版。

《無錫望族與名人傳記》：趙永良、蔡增基編，黑龍江人民出版社 2003
年版。

《無錫望族與名人傳記續編》：趙永良、蔡增基編，中國文聯出版社 2007
年版。

《隴右文獻錄》：郭漢儒著，甘肅文化出版社 2014 年版。

《隴右文學概論》：聶大受著，蘭州大學出版社 2007 年版。

《甘肅古代作家》：李鼎文、林家英、顏廷亮著，甘肅人民出版社 1984 年版。

《清代人物傳記史料研究》：馮爾康著，商務印書館 2000 年版。

《詞學通論》：吳梅著，上海古籍出版社 2006 年版。

《明清進士題名碑錄索引》：朱保炯、謝沛霖編，上海古籍出版社 2006
年版。

《楊芳燦集》：楊續容、靳建民點校，人民文學出版社 2014 年版。

《江蘇地方文獻書目》：江慶柏主編，廣陵書社 2013 年版。

《地域·家族·文學——清代江南詩文研究》：羅時進著，上海古籍出版
社 2010 年版。

《清代文學論稿》：蔣寅著，鳳凰出版社 2009 年版。

《清代士人游幕表》：尚小明著，中華書局 2005 年版。

《清代詞社研究》：萬柳撰，中州古籍出版社 2011 年版。

《清代世家與文學傳承》：徐雁平著，三聯書店 2012 年版。

（二）論文

《〈晚晴簃詩匯〉之乾嘉詩卷研究》：李美樂撰，上海大學中國古代文學專業 2014 年博士學位論文，指導教師張寅彭教授。

《乾嘉代表詩人研究》：趙杏根撰，蘇州大學中國古代文學專業 2005 年博士學位論文，指導教師錢仲聯教授。

《楊芳燦及其詞研究》：王麗娜撰，西南大學中國古代文學專業 2013 屆碩士學位論文，指導教師胥洪泉教授。

《楊芳燦及其詩詞研究》：杜運威撰，寧夏大學中國古代文學專業 2014 屆碩士學位論文，指導教師顧建國教授。

《〈清史稿·文苑傳〉補正》：陸湘懷撰，《浙江師大學報（社會科學版）》1996 年第 4 期。

《明清無錫進士簡論》：杭建偉撰，《明史研究》第 8 輯。

《梁溪詩派述論》：王文榮撰，《蘇州大學學報》2011 年第 3 期。

《袁枚佚劄四通考述——兼及袁枚、楊芳燦交游考》：鄭幸撰，《蘇州大學學報》2008 年第 6 期。

《余一鰲與楊芳燦、顧翰、卞紹儀諸家親族關繫考》：林玫儀撰，《中國文史研究集刊》2011 年第 38 期。

《楊芳燦詞輯佚及其價值》：杜運威、叢海霞撰，《嘉興學院學報》第 26 卷第 1 期，2014 年版。